<u>일러두기</u>

1. 번역에 쓰인 원전은 2013년 중국 장강문예출판사에서 출간한 '얼웨허 문집' 제1판을 사용했다.
2. 맞춤법과 띄어쓰기는 한글 맞춤법과 외래어 표기법에 따랐다.
3. 한자는 우리말로 표기하고, 꼭 필요한 경우에만 괄호 속에 원음을 병기해 이해하기 쉽도록 했다.
   예 : 다이곤多爾滾(도르곤)
4. 인명과 지명은 우리말로 표기했다. 단, 이미 굳어진 표현은 원지음을 존중했다.
   예 : 나찰국羅刹國(러시아). 이후에는 '러시아'로 표기
5. 본문 중의 괄호 안에 뜻을 풀이한 것은 모두 옮긴이의 설명이다.

【전면개정판】

인류 역사상 최대의 제국을 지배한 위대한 황제

건륭황제

8

얼웨허 역사소설

홍순도 옮김

더봄

건륭황제 8권

개정판 1판 1쇄 인쇄   2016년 6월 13일
개정판 1판 1쇄 발행   2016년 6월 18일

지은이   얼웨허(二月河)
옮긴이   홍순도
펴낸이   김덕문

펴낸곳   더봄
등록번호   제399-2016-000012호 (2015.04.20)
주소   경기도 남양주시 별내면 청학로중앙길 71, 502호(상록수오피스텔)
대표전화   031-848-8007   **팩스**   031-848-8006
전자우편   thebom21@naver.com
블로그   blog.naver.com/thebom21

ISBN 979-11-86589-60-1 04820
ISBN 979-11-86589-52-6 04820(전18권)

책값은 뒤표지에 있습니다.

원명원圓明園
처음에는 강희제가 넷째아들인 윤진에게 하사한 정원으로, 원래 이름은 루월개운鏤月開雲이었다.
이후 윤진이 옹정제로 즉위하면서 황실 정원으로 조성하기 시작해 1725년부터 150여 년에
걸쳐 확장하였다. 특히 건륭제는 건륭 2년(1737)에 원명원으로 거처를 옮기고 제2차 확장을 직접
주관하여 장춘원長春園과 기춘원綺春園을 건축하고, 프랑스 로코코 양식의 영향을 받은 유럽식
건물인 서양루西洋樓를 세우는 등 '원명원사십경'圓明園四十景을 조성하였다. 현재 면적은 100만
평에 달하며, 그중 호수 면적이 35%를 차지한다. 그림은 건륭제 초기 원명원 모습이다.

화신和珅

1750~1799. 만주정홍기滿洲正紅旗 출신으로,
성씨는 유호록鈕祜祿이다. 본명은 선보善保,
자는 치재致齋이다. 빈한한 출신인 그는 원래 황제
친위대의 교위校尉에 불과했지만 명석하고 약삭빨라
건륭제가 시키는 일을 마음에 들게 잘 처리했으며,
황제가 찬사를 듣기 좋아한다는 것을 알고 듣기 좋은
말만 골라서 했다. 그 결과 건륭제의 신임을 받아 곁에서
시중을 드는 어전시위御前侍衛가 되고, 10년 만에
대학사에 오르는 등 무소불위의 권력을 휘두른다.
그러나 가경제嘉慶帝 때 사사賜死되고 마는데,
지금도 중국 역사상 재물을 가장 많이 축적한
탐관食官의 대명사로 통한다.

원매袁枚

1716~1797. 절강성 전당錢塘 사람으로, 자는 자재子才이고, 호는
창산거사倉山居士이다. 건륭 4년(1739)의 진사進士 출신으로,
서길사庶吉士, 강녕 현령江寧縣令 등을 역임했다. 하지만 관리로
이름을 날리기보다는 시인, 산문가로 더욱 유명하다. 1749년에
벼슬을 사직하고 남경南京 소창산小倉山 수원隨園에 은거하면서
《소창산방시문집》小倉山房詩文集, 《수원시화》隨園詩話, 《수원수필》
隨園隨筆 등의 저서를 남겼다. 특히 시詩에 능해서 조익趙翼,
장사전蔣士銓과 더불어 '건륭삼대가'乾隆三大家로 일컬어진다.

3부 일락장하 日落長河

13장
도망자 해란찰의 당당한 기세

해란찰에 대한 비밀 심문은 해시亥時 무렵까지 이어졌다. 위지근현은 그 심문을 통해 사건의 경위를 소상히 알게 되었다. 그러나 해란찰이 관인官印이 찍힌 감합勘合(증명서)을 소지하고 있지 않았기 때문에 신분을 확실하게 증명할 방법이 없었다. 더구나 그의 몸에서 10만 냥짜리 은표가 발견된 탓에 위지근현은 무척 당황스러웠다. 그는 고민 끝에 해란찰과 정아를 아문 뒤편의 수용소에 따로 수감하라고 명했다. 그리고는 서둘러 수레를 타고 성 북쪽에 있는 염정사鹽政司아문으로 고항高恒을 찾아갔다.

염정사아문은 염고鹽庫까지 한울타리 안에 있었던 탓에 규모가 매우 컸다. 족히 사방 2리는 됐다. 창고는 그 동쪽과 북쪽에 걸쳐 즐비하게 늘어서 있었다. 서쪽은 자그마한 화원이었다. 화원 옆에는 큰 뜰이 있었고, 그 뜰 안에는 호화로운 저택이 있었다. 그곳이 바로 덕주의 유명한 부호인 '마 과부'의 집이었다. 그런데 그녀는 다른 사람이 아니라, 바로 고항이 내무萊蕪현 태평太平진에서 비적들을 소탕할 때 정을 통했던 마신馬申씨였다. 용모가 아름다운 그녀는 당시 돈 많은 시골 지주와 혼인했으나 안타깝게도 남편이 발기부전이었다. 당연히 남편에게 불만이 이만저만이 아니었던 차에 세 폭 석류치마에 휘감기면 정신을 못 차리는 고항을 만나게 됐던 것이다. 둘은 마른 장작에 불이 붙듯 급속도로 가까워졌다. 아무려나 고항은 마신씨와 황홀한 밤을 보내고 태평진을 떠났다. 그러나 그날 이후로 그녀를 잊지 못했다. 결국 백방으로 방법을 강구해서 그녀와 남편 마기요馬驥遙를 덕주로 데려왔다.

다시 만난 두 사람은 여전히 서로 죽고 못 사는 사이라는 사실을 확인했다. 결국 같이 살기로 작정을 하고 고항은 사비를 들여 마신씨의 남편 마기요에게 염정고사鹽政庫司의 관직을 사줬다. 그리고는 그에게 소금창고를 지키는 일을 맡겼다. 고항은 이렇게 해서 바로 염정사아문 옆에 있는 마신씨의 집을 무시로 출입할 수 있었다. 그랬으니 덕주 사람이라면 둘의 적나라한 관계를 모르는 이가 없었다. 뒤에서 수군거리면서 고항을 '과부의 샛서방'이라고 손가락질하기까지 했다. 그러다 보니 마신씨는 남편이 멀쩡하게 살아 있는데도 '마 과부'로 낙인찍히고 말았다.

위지근현은 그곳을 자주 드나드는 터라 눈을 감고도 찾아 들어갈 수 있었다. 한마디로 자기 집보다도 익숙한 곳이 바로 염정사아문이었다.

그는 아문에 당도해 수레에서 내렸다. 9품 무관인 문정門政이 황급히 예를 갖춰 인사를 올렸다.

"지부 나리, 저희 통정사通政使께서는 서원西院에서 마 고사庫司(창고지기)와 의논중이십니다. 피皮 현령께서도 화청에서 통정사 대인을 기다리고 계십니다. 이 시간에 두 분 나리께서 오신 것은 필히 요긴한 사안이 있으신 것 같은데 하관이 가서 모셔오도록 하겠습니다."

"피충신皮忠臣도 와 있다고?"

위지근현이 대문 안으로 들어서면서 말했다. 이어 우중충하고 거대한 창고를 바라보면서 덧붙였다.

"그러면 가서 아뢰고 오든가. 우리가 여기서 기다린다고 하게. 창고 동북쪽 모퉁이 담을 높인다더니 높였나? 물건을 잘 건사해야지, 툭하면 소금을 도둑맞으니 우리가 여기에만 매달리다 보면 다른 일을 못 본다고!"

문정이 연신 굽실거리며 대답했다.

"높였습니다. 벌써 높였죠! 하관들이 어찌 감히 나리의 분부를 어기겠습니까? 지금 당장 가서 아뢰겠습니다. 어서 안으로 드시죠!"

문정은 말을 마치자마자 종종걸음으로 고항을 찾아 나섰다. 그 시각 고항은 한창 마 과부와 실랑이를 벌이고 있었다. 문정은 그 사실을 모를 리 없었으나 상황이 여의치 않다고 생각한 듯 세 개의 대문을 지나 안뜰로 들어갔다. 마기요가 기거하는 서쪽 별채에는 불이 꺼져 있었다. 반면 상방上房에는 불이 환하게 켜져 있었다. 안에서는 고항과 마신씨의 기척이 들렸다. 문정은 입을 감싸 쥐고 킥킥 웃으면서 계단을 오르려고 했다. 그러다 마 과부가 훌쩍이면서 우는 소리에 발길을 멈췄다. 그는 발소리를 죽인 채 일단 석류나무 밑으로 물러났다. 감히 엿들을 수도 없고, 그렇다고 돌아갈 수도 없어 난감했던 것이다.

문정은 고개를 들어 하늘을 올려다봤다. 맑은 하늘에 별들이 총총했다. 그때 마 과부가 울먹이면서 말하는 소리가 귀에 들려왔다. 알고 보니 마 과부는 고항 몰래 어딘가 화원 한 채를 사놓았다가 그것이 들통 나서 고항에게 혼이 나는 중이었다.

방 안에 있는 고항은 더워서 온몸이 땀투성이였다. 상비죽선湘妃竹扇으로는 성이 차지 않는지 파초芭蕉 잎으로 만든 큰 부채를 힘껏 흔들면서 화를 내고 있었다.

"뭘 잘했다고 눈물을 찔찔 짜고 그러는가! 내가 지금 틀린 말을 했는 가? 원래 나무가 크면 바람도 세게 맞는 법이라고! 나를 끌어내리려고 호시탐탐 노리고 가랑이 잡아당기는 자들이 얼마나 많은데 또 공금으 로 집을 샀다는 말인가? 지금이 비상 시기인 걸 몰라서 그러는가? 조 정에서 벌써 몇 번씩이나 지방의 재정적자가 도를 넘었다면서 대대적인 수사를 암시했단 말이야. 이런 시점에 그리 나대고 다니면 칼침 맞고 싶 어 안달하는 것과 다를 게 뭐 있겠어?"

"집은 마씨 명의로 샀어요. 당신하고 무슨 상관이 있다고 그래요?"

마신씨는 변명을 하고는 더욱 서럽게 울었다. 그러면서 다시 하소연 을 했다.

"진석석陳惜惜 그년에게는 집을 사 주고, 유아연劉阿娟 그 계집에게는 화원을 사줬어요. 어제는 취아翠兒 언니까지 고 어르신이 구중궁궐 부럽 지 않은 큰 저택을 사줬다면서 자랑을 늘여놓던데요? 그것들에게는 다 사주면서 저한테는 그리 인색해도 되는 거예요?"

고항이 마신씨의 항변에 대답이 궁해졌는지 화를 가라앉히고 마신씨 에게 다가갔다. 이어 껴안으면서 어깨를 깨물어주려고 했다. 그러나 뾰 로통해진 마신씨는 앙탈을 부리면서 고항을 밀어냈다. 고항이 다시 사 정하듯 달랬다.

"알았어, 알았어. 소리 좀 낮춰. 밖에서 다 들을라. 거기 누구야?"

고항은 마신씨가 서 있던 창가로 다가가다 문득 창문 너머로 석류나 무 밑에 서 있는 문정을 발견하고는 짐짓 아무 일도 없다는 듯 마른기 침을 했다. 이어 대수롭지 않은 표정을 지으면서 밖으로 나갔다. 그리고 는 눈을 가늘게 뜨면서 말했다.

"나는 또 누구라고! 소공자小貢子, 자네가 이 시간에 여기는 어쩐 일인가?"

문정은 고항의 말에 황공해 하면서 위지근현과 피충신이 기다리고 있다고 아뢰고는 덧붙였다.

"이 밤중에 방문하신 걸 보면 필히 긴요한 용무가 있을 거라 짐작해 주인어르신을 모시러 왔습니다."

고항이 소공자의 말에 가만히 한숨을 내쉬었다.

"조금 있다가 건너간다고 이르게."

고항은 문정이 물러가자 다시 방 안으로 돌아와 마신씨에게 말했다.

"내가 부리는 포의노야. 신경 쓸 거 없어. 방금 들었지? 누가 와서 기다리고 있다는 걸! 저들이 이 밤중에 갑자기 쳐들어온 것은 필히 우리 염정사의 재정 적자를 조사하기 위해서일 거야. 이제 속이 시원해? 내가 대파처럼 거꾸로 처박혀 자네한테 득이 될 게 뭐가 있어?"

마신씨는 고항의 말을 듣고서야 비로소 사태의 심각성을 조금 깨달은 듯했다. 곧바로 '우는' 시늉을 멈추고는 피식 웃음을 터트렸다.

"적자가 생겨봤자 얼마나 되겠어요? 당신이 그랬잖아요, 천하의 까마귀는 너 나 없이 다 검다고. 또 요즘 세상에 소매 속이 깨끗한 청백리들이 어디 있느냐고 했잖아요. 폐하께서 아무리 진노하신다고 해도 그 많은 탐관오리들을 몽땅 잡아 죽일 수는 없잖아요?"

마신씨가 잠깐 말을 멈추더니 눈물, 콧물을 닦던 손수건으로 고항의 이마에 맺힌 땀을 닦아줬다. 그리고는 다시 말을 이었다.

"그렇다고 사내대장부가 식은땀까지 흘려요? 걱정하지 마세요. 아직 돈은 주지 않았으니 사정이 생겨 집을 못 사겠다고 하면 되죠, 뭐. 사실은 이번에는 진짜 홧김에 일을 저질러버리려고 했어요. 호색한이라도 천하에 둘도 없는 호색한 같으니라고! 나 하나로 모자라서 주변 시녀들에 여자라는 여자는 다 품어봤으면 됐지, 어디 또 밖에다 눈을 돌리고 그래요?"

마신씨가 밉지 않게 눈을 흘겼다. 그리고는 더워 죽겠노라면서 겉옷을 훌렁훌렁 벗어 던졌다. 곧 속이 훤히 들여다보이는 하얀 속곳이 드러났다. 풍만한 몸매가 훤히 비쳤다. 통통한 허벅지와 풍성한 젖무덤은 말할 필요조차 없었다. 부항은 그것들이 자주 봐온 것임에도 새삼스레 불타는 욕정을 느꼈다. 금세 눈동자가 풀려 얼빠진 사람처럼 그녀의 몸만 뚫어지게 바라봤다. 마신씨가 그러자 온갖 요염한 교태를 다 부리면서 고항에게 다가가 목을 껴안았다. 이어 신음하듯 말했다.

"그랬잖아요, 머리에서 김이 나면 밑으로 그 열을 빼줘야 한다고."

고항이 평생 감겨 살아온 여자들의 석류치마는 다 합치면 하늘을 덮고도 남을 정도였다. 그만큼 그는 여색을 밝히는 호색한이었다. 여자들에게 쏟는 정성이면 세상에 못할 일이 없을 것 같은 그런 사람이었다. 그렇게 옷을 갈아입듯 입맛 따라 여자들을 하룻밤 노리개로 삼아온 그였으나 이상하게도 마신씨에게는 꼼짝을 못했다. 실제로 그가 한 여자에게 그처럼 오래 빠져든 것은 머리털이 나고 처음이라고 해도 좋았다.

사실 마신씨는 외모와 애교만 뛰어난 것이 아니었다. 다른 여자들에게서는 느낄 수 없는 아교 같은 흡인력이 있었다. 심지어 그녀는 혼을 쏙 빼놓는 육감적인 자태와 사내의 욕정을 한껏 부채질하는 기교도 탁월했다. 또 그렇게 불을 지펴 놓고 남자가 애간장이 탈 쯤에는 살짝 도망쳐버리고는 했다. 가히 '정사情事의 마술사'라고 해도 과언이 아니었다. 그래서 천하의 경성경국傾城傾國의 미색들을 마음대로 품었다, 버렸다 하던 고항도 그녀의 뒤꽁무니를 비굴하게 쫓아다닐 수밖에 없었던 것이다. 게다가 그녀는 고항이 한눈에 반했으나 전혀 곁을 주지 않은 당아와 용모도 대단히 비슷했다. 아무튼 그런 이유로 인해 두 사람은 몇 년 동안 만리장성을 쌓아왔어도 번번이 새롭기가 첫날밤 같았다. 고항은 품

안으로 파고드는 마신씨를 껴안은 채 침대로 다가가 벌렁 쓰러뜨렸다.

"알았어, 머리 아프게 만드는 번뇌는 밑으로 팍팍 쏟아버리지! 그런데 내가 다 벗고 덤비면 또 쏙 빠져나가려고 그러지?"

"아니, 안 그럴게요. 그건 배불리 먹이면…… 집 생각을 하지 않을까 봐 그랬던 거죠."

마신씨가 살살 눈웃음을 쳤다.

"그럼, 어서 홀랑 벗어."

"애들이 보면……."

"괜찮아!"

"둘 다 하나도 걸치지 않고 엎치락뒤치락하니 꼭 짐승 같네!"

이미 마신씨의 속곳을 벗겨낸 고항이 그녀와 한 덩어리가 돼 돌아가면서 말했다. 이어 음담패설을 마구 늘어놓았다.

"벌써 질척거리잖아. 나는 이 소리가 제일 좋아. 만져봐, 오늘 아주 요절내버리고 말 거야. 지난번에 목욕할 때 한 것도 좋았지?"

고항의 말에 마신씨가 너무 좋아 기절할 뻔했던 어느 때의 순간을 떠올리고는 바로 고항에게 덮쳐들었다. 그리고는 그의 그것을 입안에 넣고 혀끝으로 간질인 다음 탐욕스레 빨기 시작했다. 곧 방 안의 숨소리가 거칠어지면서 이상야릇한 신음소리가 연신 터져 나왔다. 고항의 몸 위에 올라탄 마신씨는 그 소리에 맞춰 풍성한 젖가슴을 출렁거리기 시작했다. 동시에 마치 말을 타듯 아래위로 박자를 맞췄다. 발정한 암캐가 따로 없었다.

"아, 너무 좋아. 이대로 죽어버려도 여한이 없겠어. 조금만 더……. 요즘은 당신이 이 계집, 저 계집 들쑤시고 다녀서……, 나야말로 오늘은 적자를 메우네."

마신씨의 끈끈하게 젖은 말이 채 끝나기도 전이었다. 절정을 향해 치닫던 그녀와 고항의 정사는 갑자기 찬물을 뒤집어쓴 듯 싸늘하게 식어 버리고 말았다. '적자'라는 두 글자를 듣자마자 고항의 그것이 폴싹 주저앉고 말았던 것이다. 마신씨는 못내 실망한 듯 빨고 만지고 하면서 온갖 수작을 다 부렸다. 그러나 한번 시들어버린 그것은 좀처럼 일어설 줄을 몰랐다. 그녀가 땅이 꺼져라 한숨을 쉬면서 원망을 쏟아놓았다.

"조금만 더 해주지, 좋다가 말았잖아요! 결정적일 때 죽는 건 도대체 뭐예요? 그 순간에 딴 년 생각을 했던 거죠?"

고항 역시 아쉽고 미안한 마음이 들었다. 하지만 위지근현과 피충신의 늦은 방문 때문에 불안해진 속내를 사실대로 말할 수도 없었다. 그저 난감하기만 할 뿐이었다. 좋다가 만 마신씨는 곧 뾰로통한 표정으로 옷을 입고는 머리를 만지면서 홱 돌아앉았다. 고항은 그녀가 그러거나 말거나 일어나서는 주섬주섬 옷을 주워 입었다. 이어 뿌리치는 그녀의 어깨를 감싸면서 좋은 말로 달랬다.

"오늘은 어쩌다 이렇게 됐어. 미안해. 어찌된 영문인지는 나중에 알려줄게. 예전에 송宋나라 고종高宗도 이 짓을 하다가 '금나라 병사들이 쳐들어왔다'는 말에 놀라 그때부터 평생 고자가 됐다잖아. 그래서 삼천 궁녀들의 옥문玉門이 다 곰팡이가 슬어 못 쓰게 되지 않았겠어? 중요한 일이 있어 가봐야 하니 다음에 잘해줄게!"

고항이 말을 마치고는 문 앞으로 다가갔다. 마신씨가 얄미워 죽겠다는 듯 눈을 흘겼다.

"다음이라뇨? 조금 있다가 와야죠. 알았죠?"

"알았네!"

고항은 대답과 함께 바로 걸음을 옮겼다. 이어 마치 뛰어가듯 서둘러 계단을 내려섰다.

그 시각 위지근현과 피충신은 무릎을 맞대고 앉은 채 골머리를 앓고 있었다. 내정의 유력한 소식통에 의하면 조정에서는 유통훈의 아들 유용을 파견해 피충신의 공금 유용 혐의에 대한 대대적인 수사에 착수할 것이라고 했다. 사실 공금을 이용한 도자기 매매는 피충신 혼자 한 것이 아니었다. 그와 위지근현이 손을 잡고 한 것이었다. 이를 위해 둘은 산동성 번고藩庫에서 5만 냥을 빌렸다. 그런데 고항은 둘에게 7만 냥짜리 차용증을 쓰게 하고는 앉은 자리에서 은자 2만 냥을 꿀꺽 해버렸다. 둘은 그래도 장사가 잘되면 돈을 갚을 요량이었다. 그런 상황에서 갑자기 산동 포정사로부터 빚 독촉이 날아들었다. 당초 떼어주기로 했던 이자 1만 냥도 필요 없으니 호부에서 파견한 수사관이 도착하기 전에 원금만이라도 빨리 갚으라는 것이었다. 그럴 만도 한 것이 장부의 허점을 찾아내는 데는 족집게라는 전도가 호부의 지휘봉을 잡았으니 그 구멍을 막지 못하는 날에는 일파만파로 어디까지 파장이 번질지 모를 일이었기 때문이었다. 그 때문에 척을 지게 될 사람들이 한둘이 아닐 터였다. 두 사람은 사실 앞서 고항에게 그 일을 보고하고 대책 마련을 촉구했다. 그러나 아직까지 이렇다 할 답변을 듣지 못했다. 그래서 지금 이 순간에도 바늘방석이 따로 없었다.

그러던 와중에 해란찰에게서 10만 냥짜리 은표가 나왔다. 그 돈은 두 사람에게는 엄청난 유혹이었다. 전부는 아니어도 반만이라도 빼앗을 수 있다면 발등에 떨어진 불을 무사히 끌 수 있을 텐데. 두 사람은 너무나도 욕심이 나 눈알까지 빨갛게 충혈되기에 이르렀다. 그러나 둘은 그 돈이 어떤 돈인지 너무나 잘 알았다. 당연히 꺼림칙한 마음도 없지 않았다. 자칫 "군비를 착복했다"는 죄명이라도 뒤집어쓰는 날에는 꼼짝없이 서시西市(사형장)로 끌려갈 것이 뻔하기 때문이었다.

은표는 먹자니 불덩이요, 놓자니 고깃덩이였다. 다시 말해 계륵이었다. 두 사람은 고민을 거듭하다 급기야 해란찰을 죽여 증거를 인멸하자는 끔찍한 생각까지 하기에 이르렀다. 그러나 마음속으로만 그런 생각을 할 뿐 누구도 먼저 이야기를 꺼내지는 않았다. 사실 해란찰이 단순히 '탈영병'일 경우 형부에서 수사를 하고 합당한 판결을 내리면 될 터였다. 하지만 그렇지 않고 고만청 등 여섯 명의 목숨을 빼앗은 살인범이라는 것에 비중을 둔다면 얘기는 달라질 수 있었다. 사건이 민사에 속하는 만큼 현지에서 수사할 명분이 충분했다. 기회를 틈타 쥐도 새도 모르게 해란찰을 없애버릴 수 있었다. 그럴 경우 "형이 지나치게 무거웠다"는 비난을 받고 가벼운 처벌만 감내하면 될지도 모를 일이었다.

두 사람이 그렇게 검은 속내를 감춘 채 사건 자체에만 매달려 논의하고 있을 때였다. 고항이 팔자걸음으로 들어섰다. 둘은 긴 옷자락을 쳐들고 인사를 올리려고 했다. 그러자 고항이 탐탁하지 않은 표정으로 손사래를 쳤다.

"됐어! 그런데, 이 야밤삼경에 무슨 일인가?"

위지근현이 먼저 조심스레 입을 열었다.

"조정에서 체포령을 내린 탈영병 해란찰 때문에 늦은 밤에 뵙기를 청했습니다. 탈영병인 주제에 오늘 부두에서 사람을 여섯이나 죽이고 셋에게 중상을 입혔습니다. 이런 대형 사건은 민심을 흉흉하게 만들고 우리 성城의 체통에 먹칠을 하기에 충분합니다. 실로 악영향이 이만저만이 아닙니다."

피충신 역시 바로 위지근현을 거들고 나섰다.

"성 전체가 발칵 뒤집혔습니다! 대청 개국 이래 덕주에서 이런 흉흉한 사건이 터지기는 처음입니다."

"음!"

고항은 짤막하게 대답하고는 안락의자에 앉았다. 이어 냉차를 마시면서 위지근현으로부터 사건의 경위를 들었다. 그러다 가끔 미간을 찌푸리기도 하고 고개를 절레절레 젓기도 했다. 그러면서 위지근현의 보고가 끝날 때까지 가타부타 말이 없었다. 얼마 후 그가 오랜 침묵 끝에 비로소 한숨을 내쉬면서 입을 열었다.

"해란찰이라는 사람은 나도 알아. 겉으로 보기에는 골빈 놈처럼 굴지만 실은 의롭고 담대하고 배포 있는 진짜 호걸이지!"

위지근현과 피충신은 고항의 의외의 반응에 서로 마주보면서 의아하다는 표정을 지었다. 이어 피충신이 말했다.

"오늘 보니 머리는 비상하더군요. 많은 사람들 앞에서 본인의 신분을 확 밝혀버리니 우리가 무례하게 굴 수도 없고…… 하지만 머리가 비상하다고 봐주고 의리 있다고 죄를 간과할 수는 없는 것 아닙니까? 그는 탈영범일 뿐 아니라 살인죄까지 이중 범죄를 저질렀습니다. 벌건 대낮에 여섯 명의 무고한 목숨을 앗아갔습니다. 이 죄가 탈영보다 더 큰 것 같습니다. 도대체 어떻게 처리해야 할지 모르겠습니다."

"자네들도 생각한 바가 있을 게 아닌가. 말해보게! 자네들의 말뜻은 그자에게 살인죄를 적용해 여기에서 사건을 떠맡으려고 하는 것 같은데……."

고항이 도금한 자기 찻잔을 애지중지 만지작거리면서 심드렁한 표정으로 물었다. 혹시라도 고항이 흠명범인이라면서 북경으로 보낼 것을 주장하지 않을까 노심초사하던 위지근현이 내심 안도하며 천천히 대답했다.

"두 가지 죄를 따져보면 아무래도 여섯 명의 목숨을 빼앗은 죄가 더 큰 것 같아서 그리 말씀을 올렸습니다."

피충신은 위지근현이 핵심을 찌르지 못하고 쓸데없는 소리만 한다고 생각했다. 초조한 표정으로 앉아있던 그는 고항이 위지근현의 말에 여전히 심드렁한 표정을 보이자 안 되겠다고 생각한 듯 나섰다.

"또한 해란찰은 출처가 불분명한 은표를 십만 냥이나 소지하고 있었습니다. 게다가 그자는 이미 군직에서 파면당해 실은 일반 백성이나 다름없습니다. 일개 필부가 우리 경내에서 많은 사람을 죽였는데도 우리가 적극적으로 나서서 수사를 하지 않는다면 성省에서도 좌시하지 않을 것이 분명합니다."

"뭐라고? 십만 냥짜리 은표라고 했나?"

고항의 축 처졌던 눈꺼풀이 피충신의 말에 바로 당겨지듯 위로 치켜올라갔다. 그는 그제야 두 사람이 야밤에 자신을 방문한 진정한 의도를 알 것 같았다. 그것은 살인죄를 뒤집어씌워서 현지 수사를 정당화하고 심문이라는 명목하에 해란찰을 죽인 다음 그 돈을 꿀꺽하자는 검은 심보였다.

고항은 처음에는 부하들의 말에 소름이 끼쳤다. 그러나 여자들 때문에 많은 빚을 지고 있는 그에게 있어 10만 냥은 바꿀 수만 있다면 양심과 의리, 충정 그 이상을 다 팔아도 괜찮은 것이었다. 10만 냥을 빼앗을 수만 있다면 그중에서 최소한 4만 냥은 자신에게 돌아올 터였다. 그렇게 되면 국가 차원의 재정 조사를 피하기 위해 여기저기서 돈을 꾸는 위험천만한 짓을 하지 않아도 괜찮았다.

고항은 고위직에 몸담고 있는 사람답게 조정의 내막을 비교적 많이 알고 있었다. 그의 눈에 비친 건륭은 겉보기에는 옹정보다 너그럽고 자비로워 보이지만 죄수를 처결할 때는 냉정하기 그지없었다. 적어도 네 번씩은 고민을 거듭했던 옹정과는 달리 주필朱筆을 들었다 하면 사정없이 죽죽 가위표를 긋고는 했다. 게다가 높은 자리에 있는 관리일수록 사회적인 파장을 고려해 같은 죄목일지라도 훨씬 무겁게 죄를 묻는 경향이 있었다. 또 설사 본인의 단호한 결재에 미진한 점이 있었을지라도 그에 대해 후회하는 법이 없었다. 그 군주에 그 신하라고, 형부의 유통훈 역시 속된 말로 씨도 먹히지 않는 '돌덩이'였다. 고항은 그런 생각이 들자 갑자기 진저리를 쳤다.

고항은 홍촉紅燭을 무색케 하는 반짝이는 눈빛으로 찻잔을 뚫어지게 바라봤다. 위지근현과 피충신은 사뭇 긴장된 표정으로 그의 결정을 기다리고 있었다. 얼굴에 조마조마한 표정이 그대로 드러났다. 고항은 오래도록 침묵하다 갑자기 "푸홋!" 하고 웃음을 터트렸다.

"그자가 덕주에서 살인을 저질렀는데 덕주 현령이 나 몰라라 하면 안 되지! 그걸 말이라고 하나? 나는 염무鹽務만 봐도 골치 아픈 사람이야. 적당히 알아서들 하게나."

고항의 말뜻은 분명했다. "너희들이 알아서 하되 나는 팔을 걷어붙일 수 없다"는 것으로 풀이할 수 있었다. 피충신은 헤헤 마른 웃음을 지으면서 말머리를 돌렸다.

"통정사 어르신, 호부의 전도가 이미 제남에 도착했다고 합니다. 계속 번고 문을 열지 않고 조사에 비협조적일 경우 산동 번사藩司 공명철鞏明哲을 탄핵하겠다고 엄포를 놓았다 합니다. 물론 공명철은 이 마당에 우리에게 이자 달라는 소리는 못할 것입니다. 그러나 우리가 칠만 냥짜리 차용증을 남기지 않았습니까? 그것이 마음에 걸립니다. 이대로 나간다면 들통나지 않을 수 없습니다! 이 역시 하관들이 밤중에 무례하게 방문한 이유 중의 하나입니다."

고항은 위지근현과 피충신의 음모를 모르는 척하는 조건으로 무려 4~5만 냥이나 챙기게 됐다고 할 수 있었다. 때문에 입을 싹 닦고 둘의 말을 모른 척할 수는 없었다. 그러나 다른 한편 둘이 돈을 빌미로 자신의 목을 옥죈다고 생각하자 화가 치밀었다. 급기야 그가 대놓고 불쾌한 표정을 한 채 물었다.

"자네들은 그 돈으로 대체 무슨 장사를 한 건가? 비단인가, 아니면 방직기계인가? 뭐가 제대로 돼가기는 하는 거야? 본전은 언제쯤 뽑을 수 있을 것 같은가? 차용증에는 내가 보증인으로 돼 있네. 상환일은 이제 반 년밖에 안 남았어. 서두르게! 괜히 나까지 곤욕 치르게 만들지 말라고!"

"그러니 저희 둘은 국구 어르신과 한 배를 탄 몸이죠. 같은 배를 탔으면 뒤집히지 않기 위해서 한 마음, 한 뜻으로 노를 저어 나가야 할 것 아닙니까?"

피충신이 번들거리는 이마를 쓸어내리며 간사한 웃음을 흘렸다. 이어 덧붙였다.

"남경, 소주, 항주 쪽으로 방직기계를 보내고 오는 길에 비단을 가져다 팔 때도 있습니다. 또 사천으로 약재나 원단을 보내고 올 때는 안휘성 동릉銅陵에 들러 구리를 사다가 놋그릇을 만들어 파는 경우도 있습니다."

고항이 피충신의 말에 심드렁한 표정을 한 채 차갑게 내뱉었다.

"구리? 그건 폐하께서 가장 싫어하시는 짓이라는 걸 모르는가! 하나밖에 없는 목을 가지고 장난치는 것도 아니고……."

위지근현이 그러자 껄껄 웃음을 터트렸다.

"위험 부담이 큰 만큼 이문이 많이 남지 않습니까! 한 탕만 제대로 하면 최소 삼십 배의 이문을 남길 수 있습니다. 지난번엔 배가 뒤집히는 바람에 큰 손해를 봤지만 이번에는 성공해서 빚도 갚아야죠. 솔직히 말씀드리겠습니다. 이번에 사천으로 보낸 물품의 장사도 금천 전사戰事가 잠정적으로 중단되는 바람에 엉망이 됐습니다. 벌레 물린 데 바르는 약만 조금 팔았을 뿐 목재는 본전도 못 건지게 생겼습니다. 그나마 위험을 무릅쓰고 구리라도 가져오지 않으면 무슨 수로 빚을 갚겠습니까?"

고항이 즉각 당치도 않다는 듯 입을 비죽거렸다.

"아무리 돈이 좋다지만 목숨을 잃고서야 무슨 의미가 있겠나! 세관에 걸리면 어떻게 하려고 그러나?"

위지근현이 미리 다 생각을 해두었다는 듯 대답했다.

"소금 속에 깊이 묻었기 때문에 웬만해서는 찾아낼 수 없습니다. 그런 염려는 거두셔도 됩니다. 문제는 위에서 내려왔을 때 재수 없이 걸리는 것이죠! 솔직히 그게 걱정돼 잠이 안 옵니다. 부전자전이라는 말이 있죠? 유용은 어찌 그 아비 유통훈을 그리도 신통하게 빼쏘았는지 모르겠습니다. 무호蕪湖로 내려간 지 두 달밖에 안 됐는데, 어제 관보를 보니 벌써 그에게 걸려 재수 옴 붙은 자들이 여럿 있는 것 같았습니다. 무호 쪽에서 관리로 있는 친구들이 그러는데 유용은 미복을 하고 다니기에 얼굴이 어떻게 생겼는지도 모른다고 합니다. 혹시 지금쯤 덕주로 올라오고 있는 것은 아닌지 모르겠습니다. 재수가 없을라치면 뒤로 넘어져도 코가 깨진다고 했으니 조심해야겠습니다."

"장사는 자네들이 시작했으니 뒤로 넘어져 코가 깨지든 앞으로 처박든 마음대로 하게!"

고항은 은근히 공포 분위기를 조성하면서 압박을 가하는 위지근현과 피충신을 향해 내뱉듯 말했다. 이어 준엄한 어조로 다그쳐 물었다.

"나를 연극에 등장하는 무지렁이 국구로 보면 오산이네! 해란찰 사건은 자네들이 독자적으로 처리하고 싶으면 하라고 했지 않은가. 나에게 뭘 더 바라나? 내가 그런 명령을 내렸다고 종이에 글을 써서 증명이라도 남기기를 바라는 건가, 아니면 내가 친히 심문하기를 바라는 건가?"

"아니, 절대 그런 건 아닙니다!"

위지근현과 피충신은 고항의 종잡을 수 없는 표정에 당황한 듯 손사래를 치면서 연신 허리를 굽실거렸다. 순간 고항은 더 이상 이 자리에 같이 있어서는 안 되겠다는 생각에 바로 일어났다. 그리고는 촛불에 시선을 박았다. 두 눈이 푸르스름한 빛을 발하고 있었다. 한참 후 그가 천천히 입을 열었다.

"그 사람이 진짜 해란찰이라는 법은 없네. 가혹한 형벌에 장사가 없다고 제대로 자백 받을 때까지 알아서 하게. 됐네, 그만 물러들 가게!"

"예!"

위지근현과 피충신은 비교적 원하던 대답을 듣고는 홀가분한 마음으로 물러갔다. 고항은 그런 두 사람의 뒷모습을 천천히 쳐다봤다. 입가에 음흉한 미소가 번지고 있었다. 얼마 후 그가 시계를 꺼내 시간을 봤다. 이미 자정이 가까워오고 있었다. 그는 고개를 들더니 길게 숨을 몰아쉬고서는 밖을 향해 가볍게 불렀다.

"소공자, 들어오너라!"

"찾아 계셨습니까!"

소공자는 고항이 부르자마자 마치 땅에서 솟아난 것처럼 어느새 그의 앞에 모습을 나타냈다. 고항이 예를 면하라는 뜻으로 손사래를 치면서 물었다.

"굉달宏達 객잔에 투숙한 손님의 정체를 알아봤느냐?"

소공자가 기다렸다는 듯 또박또박 대답했다.

"예, 확실히 밝혀졌습니다. 유용이 분명합니다. 호부 주사 당각신唐閣臣이 마침 무호에 볼일이 있어 내려왔다가 유용을 봤다고 합니다. 두 사람은 같은 해 진사 합격자입니다. 또 함께 모임도 가진 적도 있습니다. 그래서 얼굴을 확실하게 안다고 합니다. 우리 아문의 영성英誠이 무호에서 덕주까지 유용의 뒤를 쭉 따라왔다고 하니 절대 틀림이 없을 것입니다."

"상대가 미행이 있다는 걸 눈치채지는 못했겠지?"

"그럴 리는 없습니다!"

"알았네. 잘했네."

고항이 흡족한 표정을 지으면서 소공자를 칭찬했다. 이어 기분이 좋은 듯 방 안을 한 바퀴 돌고나더니 책상 앞으로 다가가 붓을 들었다. 편지를 쓰려는 모양이었다. 그러나 곧 다시 붓을 내려놓고는 장롱을 열어 와룡대臥龍帶 하나를 꺼냈다. 그리고는 와룡대를 조심스레 손으로 쓸어보고는 소공자에게 건네줬다.

바느질이 매우 꼼꼼하게 된 고급스런 허리띠였다. 까만 비단에 까만 실로 누비고 변두리에는 노란 금선金線으로 만卍자 무늬를 수놓은 것이었다. 특히 금실로 살아서 꿈틀대는 것 같은 용무늬를 수놓은 앞면이 예사롭지 않아 보였다. 사실 그 물건은 고항이 태평진에서 비적 유삼독자의 소굴을 소탕할 때 큰 공을 세웠다 해서 건륭이 친히 하사한 와룡대였다. 고항의 높은 신분을 보여주는 상징물이라 할 수 있었다. 그래서 그는 사람들 앞에서는 그 와룡대를 감히 허리에 두르고 다니지도 못했다. 아무려나 일반 관리들의 입장에서는 황제가 하사한 와룡대를 한 번 보는 것만으로도 굉장한 영광일 터였다.

"지금 이 와룡대를 가지고 가서 유용을 만나거라. 내가 사정이 여의치 않아 만나러 갈 수가 없어 여기서 만사 제쳐두고 기다리고 있노라고 이르거라!"

고항이 얼굴 가득 의아스러운 표정을 짓고 있는 소공자를 향해 말했다. 그러자 소공자가 난처한 표정으로 물었다.

"그분이 못 오겠다고 하면 어쩌죠?"

"그럴 리 없어. 그가 감히 그럴 수는 없어!"

"끝까지 본인이 유용이 아니라고 잡아떼면 어쩌죠?"

"밥집에 앉아 밥 먹고 있는 걸 내가 직접 목격했다고 하거라."

고항은 소공자가 자꾸 난색을 표하자 얼굴에서 즉각 웃음기를 거두었다. 이어 더 이상 대꾸를 못할 정도로 준엄하게 덧붙였다.

"중요한 일이 아니면 나도 이 시간에 누구를 오라 가라 할 사람이 아니야. 정 못 오겠다고 하면 두말하지 말고 돌아와!"

"예, 알겠습니다."

소공자가 물러갔을 때는 이미 4경이 다 됐을 무렵이었다. 멀리 닭이 홰를 치는 소리가 들려오고 있었다. 원래 날이 밝기 직전의 어둠이 가장 무겁다고 했다. 주위는 암담한 어둠에 덮여 있었다.

한여름이기는 했으나 이른 새벽의 공기는 살짝 움츠러들 정도로 선선했다. 고항의 마음은 긴장과 불안, 후회 등의 감정으로 복잡하기 이를 데 없었다. 더구나 어지를 받고 사건 수사차 내려온 형부의 낭관郎官을 곧 대면해야 하니 그럴 수밖에 없었다. 사실 그는 재물에 눈이 어두운 사람은 아니었다. 술이 좋아 술집에 돈을 쏟아 붓는 사람도 아니었다. 머리도 뛰어난 편이었다. 전국의 염정鹽政을 총괄하는 위치에서 일도 그만하면 잘하는 편이었다. 비록 부항과는 비교할 수 없었으나 그래도 그 많은 '국구'國舅들 중에서는 나름 '재목' 축에 속했다. 누가 봐도 승승장구할 일만 남은 사람이었다. 그러나 그는 여색에 지나치게 집착하여 결과적으로 오늘과 같은 위기를 자초하고 말았다.

그러나 이미 엎지른 물이요, 돌이킬 수 없는 현실이었다. 그가 그렇게 불안한 마음으로 앉았다 섰다 좌불안석으로 기다리고 있을 때였다. 창밖 복도에서 가벼운 발소리가 들려왔다. 그는 마음을 다잡으면서 의자에 앉았다. 잠시 후 소공자가 젊은 관리 한 사람을 데리고 들어와 아뢰었다.

"국구 어르신, 유 대인을 모셔왔습니다!"

소공자는 유용을 안내하고는 바로 밖으로 물러갔다. 의자에 앉자마자 다시 일어난 고항은 말없이 유용을 유심히 뜯어봤다. 아니나 다를까, 그의 모습은 마치 젊은 날의 유통훈을 보는 것 같았다. 보통 체격에 넓은 어깨, 조금 안으로 휜 다리, 검붉은 대춧빛의 긴 얼굴, 빗자루 같은 짙은 눈썹, 날카로운 세모눈, 메기처럼 큰 입에 삐쭉삐쭉 제멋대로 자란 콧수염, 어딜 봐도 아버지 유통훈의 판박이였다. 그래도 아버지보다 몸가짐은 더 정갈하고 세련돼 보였다. 6품 관리의 예복인 팔망오조八蟒五爪를 수놓은 관복 위에 백로를 그려 넣은 보복을 구김살 하나 없이 깔끔하게 받쳐 입은 것이 확실히 그래보였다.

유용 역시 예를 행하고는 천천히 고항을 뜯어봤다. 고항이 그런 유용을 보고 피식 웃으면서 편히 앉으라고 자리를 내줬다.

"잘 왔네, 숭여崇如(유용의 호). 조정 신하는 한집 식구나 다름없으니 내 집에 온 것처럼 편히 앉게, 편히!"

"감사합니다, 국구 어르신! 이 늦은 시각에 어인 분부가 계셔서 하관을 부르셨는지요?"

유용이 의젓하게 자리에 앉은 채 하인이 건네는 차를 받아 탁자 위에 내려놓으면서 물었다. 고항은 대답 대신 가만히 한숨을 내쉬었다. 이어 희미하게 서글픈 미소를 흘리면서 대답했다.

"자네가 그리 꼿꼿하게 앉아 사무적인 어투로 물으니 갑자기 말문이 막히는구먼. 왕래가 잦은 편은 아니나 자네 부친 연청은 나하고 막역한 사이지. 워낙 연청이 여기저기 기웃거리는 걸 싫어하고 나 역시 그런 연청의 성품을 존중해 자주 만나지 않은 것뿐이네. 연청은 소신껏 본연의 업무에 진력해 명신의 입지를 굳혀 가고 있으나 나는 국구라는 멍에를 지고 사니 요즘은 만날 기회가 더 적어진 것 같네. 세상 사람들은 염정사라고 하면 공금을 물 쓰듯 횡령하는 파렴치한 족속들의 본거지라고 백안시하고 있으나 사실 다 그런 건 아니라네."

유용은 혼자서 북 치고 장구 치는 고항의 말을 잠자코 듣고만 있었다. 가끔 아버지를 칭찬하는 대목에서도 몸을 약간 숙인 채 예만 표할 뿐이었다. 시종일관 엄숙하고 진지한 표정을 유지하고 있었다. 고항은 바위처럼 미동도 없이 버티고 있는 젊은이의 패기와 배짱에 내심 감복하면서 갑자기 말머리를 꺾었다. 이어 매우 침통한 말투로 입을 열었다.

"나도 부상(부항)처럼 밖으로 나가 군공軍功을 세우고 안에서는 정무에 전념하면서 훌륭한 신하로 살고 싶은 마음이 간절하네. 그러나 어쩌겠나! 몰염치한 어중이떠중이 소금 장사치들과 뒤엉켜 씨름하다 보니 자신도 모르게 그들과 동색同色으로 물들어 가는 걸. 지난번에는 귀비 누님이 따끔하게 일침을 놓더군. 더러운 냄새를 풍기면 똥파리가 날아들게 된다고 말이네. 본인만 몸가짐을 바로 하면 아비도 등쳐먹는 장사치들이라 할지라도 무슨 수로 접근하겠느냐고 말일세. 솔직히 나는 풍류죄도 지었고 풍류빚도 한 짐이네. 공금을 유용한 죄도 인정하네. 이제 내가 어찌해야 할지는 잘 알고 있으니 수사를 하겠다고 하면 날이 밝는 대로 번고를 열고 장부를 꺼내놓겠네."

"국구 어르신!"

유용은 신분의 차이가 엄연한 '국구'가 한낱 새내기인 자신에게 진솔한 고백을 하자 감동을 받지 않을 수 없었다. 가벼운 한숨도 내쉬었다.

"국구 어르신께서 이렇게 진솔하게 마음을 여시고 하관을 따뜻하게 대해주실 줄은 정말 몰랐습니다. 번고를 열어 장부를 조사하는 것은 하관의 직분이 아닙니다. 그러나 국구 어르신에 대한 좋지 않은 소문이 나돌고 있는 건 사실입니다. 외람된 말씀이오나 번고에 진 빚이 있다면 빠른 시일 내에 갚는 것이 최선일 것 같습니다."

고항은 유용의 말을 듣고는 처음보다 훨씬 마음이 가벼워졌다. 사실 아무리 빈틈이 없다고 해도 아직은 세상물정에 어수룩한 젊은 유용이 어찌 알았겠는가. 빙그레 미소를 지으면서 그를 바라보는 고항이 이미 덫을 쳐놓았다는 것과 자신이 이미 그 덫에 걸려들었다는 사실을……. 아무려나 고항은 재빨리 화제를 돌렸다.

"혹시 해란찰의 사건에 대해서 들은 바 있나?"

"덕주에는 소문이 파다한 것 같던데요? 조금 있으면 온 천하가 떠들썩하게 생겼습니다. 하관도 그 현장을 가봤습니다."

유용이 바로 대답했다.

"한바탕 뒤집어지겠지. 방금 위지근현과 피충신이 다녀갔네. 그 사건을 여기에서 수사하고 종결지으려고 하는 것 같았네."

"예?"

"사람을 여섯이나 죽였어. 십만 냥짜리 은표도 소지하고 있었다고 하네."

고항의 말에 유용의 얼굴이 딱딱하게 굳었다. 그는 그제야 고항의 뜻을 간파했는지 다그치듯 물었다.

"그래서 국구 어르신께서는 뭐라고 하셨습니까?"

고항이 대수롭지 않다는 표정으로 대답했다.

"강도 높은 형벌을 가해야 한다면서 입을 모으더군. 나야 염정사의 일만 책임지는 사람이니 지방의 정무에는 간섭할 권한이 없네. 내가 책임 못 질 바에야 알아서 하라고 했지. 보내고 나서 곰곰이 생각해보니 뭔가 꿍꿍이속이 있는 것 같았네. 해란찰이 '탈영병'임은 온 천하가 아는 바 아닌가. 또 그가 부두에서 살인을 저질렀을 때는 한낮이라 수많은 사람들이 지켜봤고 또 현장에서 잡히지 않았는가. 그러니 그대로 보고서를 작성해 올려 보내면 될 텐데 어인 이유로 형벌을 가한다는 말인가? 심문을 통해 자백을 받아낼 일도 없는데 말일세. 이상하지 않은가? 그래서 생각다 못해 자네가 나서서 어찌된 영문인지 알아봤으면 해서 불렀네."

유용은 고향의 말을 듣고는 그들에게 무슨 꿍꿍이속이 따로 있다는 사실을 알 수 있었다. 그렇다면 위지근현과 피충신은 그렇다 치고 고항이 자신의 관할 범위도 아니라면서 문제의 사건에 남다른 관심을 보이는 이유는 무엇일까? 그리고 무엇 때문에 이 밤중에 자신을 불러 그런 얘기를 해주는 것일까? 의혹은 꼬리에 꼬리를 물고 이어졌다. 유용이 생각을 잠시 멈추고는 침착하게 고항에게 물었다.

"국구 어르신, 그런데 하관이 덕주에 있는 건 어찌 아셨습니까?"

고항이 빙그레 웃어보였다.

"그거야 부상이 알려줘서 알았지! 왜? 내가 알면 안 되는가?"

유용이 고항의 질문에 침착하게 대답했다.

"그런 뜻은 아닙니다. 이 사건은 국구 어르신께서 충분히 관여해도 되는 일입니다. 해란찰은 조정의 수배령을 받은 분명한 흠범입니다. 지방관들은 설령 총독일지라도 사사로이 조정의 흠범에게 벌을 내릴 권한이 없습니다. 배후 내막에 대해 하관이 알고 있는 바를 솔직히 말씀 올리겠습니다. 피충신 등은 안휘성에서 몰래 구리를 실어와 놋그릇 제조상에게 팔아 넘겨 거액을 챙긴 혐의가 있는 자들입니다. 또 공금으로 장사 밑천을 삼은 죄도 이미 다 밝혀졌습니다. 국구 어르신께서는 혹시 이자들과 관련이 없으십니까?"

고항은 가슴이 뜨끔했으나 짐짓 모른 체하면서 딱 잘라 말했다.

"절대 그런 거 없네. 그들이 평소에 내 처소로 자주 들락거린 건 사실이네. 얼마 전에 급히 은자 칠만 냥을 번고에서 빌리는데 보증인이 필요하다면서 울상이 돼서 찾아왔더군. 아주 모르는 사이도 아니어서 체면상 어쩔 수 없이 보증을 서 줬네. 그게 전부네. 그렇게 나를 못 믿겠다면 오늘 일은 없었던 걸로 하세."

고항은 일부러 낯빛까지 붉히면서 은근히 화를 냈다. 유용은 한발 물러설 수밖에 없었다. 이어 자리에서 일어나면서 조심스럽게 말했다.

"무슨 말씀인지 잘 알겠습니다. 하관은 이만 돌아갔다가 묘시卯時에 승당昇堂할 때 가보도록 하겠습니다. 편히 주무십시오."

고항이 고개를 끄덕였다.

"자네도 더 이상 미복 차림으로 다니는 건 곤란할 것 같네. 알아서 잘 처리하게. 그리고 위지근현이 자네보다 관직이 높다는 걸 잊어서는 아니 되겠네."

"명심하겠습니다."

유용은 고항의 말이 끝나자 예를 갖추고 물러나왔다. 밖은 이미 어슴 푸레하게 밝아오고 있었다.

고항은 밤을 꼬박 새웠으나 이상하게 피곤하지가 않았다. 결국 자리를 박차고 일어났다. 이어 시원하게 세수를 하고는 소공자를 불러 분부를 내렸다.

"덕주부아문으로 가서 심문 현장을 지켜보고 오너라. 제때에 달려와 보고 올리는 것 잊지 말고!"

고항은 소공자를 보내놓고는 머리를 쥐어 짜내면서 건륭에게 올릴 밀 주문을 작성하기 시작했다. 그게 끝나면 부항을 비롯해 유통훈, 기윤, 아계 등과 가족들에게도 편지를 써야 했다. 당장 쓰지 않으면 안 되는 편지가 그야말로 산더미처럼 남아 있었다.

덕주부에서 묘시卯時에 해란찰 사건과 관련한 재판을 시작할 것이라는 소문은 이미 성 안에 자자하게 퍼져 있었다. 그러나 정작 해란찰 본인은 꿈에도 모르고 있었다. 위지근현이 전날 해란찰을 아문으로 압송해온 뒤 그를 묶지도 않고, 수용소를 잠그지도 않은 채 깍듯이 예우해줬으니 그럴 만도 했다. 게다가 저녁에는 네 가지 요리에 술까지 대접하는 성의를 보였으니 의심을 하는 게 이상할 터였다. 한 가지 이상한 것이 있다면 '부인'夫人 정아가 같은 뜰 안의 다른 방에 수감돼 있다는 사실이었다.

밤새 방이 떠나가도록 코를 골면서 푹 잠을 잔 해란찰은 날이 훤히 밝았는데도 여전히 꿈속이었다. 그러다 방문이 "쾅!" 하고 열리는 소리에 깜짝 놀라 눈을 번쩍 떴다. 눈앞에 험상궂게 생긴 대여섯 명의 아역들이 문을 박차고 들어오는 모습이 보였다. 그들은 어리둥절해 있는 해란찰을 순식간에 짐짝 묶듯 꽁꽁 묶고 항쇄까지 덮어 씌웠다. 해란찰은 뭔가 일이 잘못 되어간다는 생각을 하면서도 순순히 아역들에게 등을 떠밀린 채 밖으로 걸어 나갔다.

'그 사이 성명聖命이라도 내려온 것일까? 아니, 그럴 리 없어. 북경에서 덕주까지 팔백리 긴급 서찰을 내려 보낸다 해도 이렇게 빨리 도착할 수는 없어. 그렇다면 도대체 무엇 때문에 이러는 걸까?'

해란찰은 그렇게 생각하면서 고개를 숙였다. 순간 방금 전 아역들이 허둥대며 자기에게 입혀 놓은 수의에 시선이 닿았다. 그는 가슴이 쿵 내려앉는 것 같은 느낌을 받았다. 덕주 지부 등의 검은 속셈을 알 것 같았던 것이다.

'그자들은 군비를 착복하기 위해 형벌을 핑계로 나를 죽이려 드는 것이 틀림없어! 이를 어쩌면 좋을까?'

해란찰은 떠밀리며 끌려가는 와중에도 황급히 머리를 굴리며 대책을 강구하기 시작했다.

관아 주변에는 이미 구경꾼들로 꽉 차 있었다. 아역들은 막무가내로 밀려드는 그들과 한창 승강이를 벌이고 있었다. 해란찰은 도대체 위지근현이 어떤 죄목으로 어떻게 자신의 목숨을 빼앗으려고 하는지 고민을 하며 걸음을 옮기고 있었다. 그때 저쪽에서 정아가 두 명의 아역에게 끌려나오는 모습이 보였다. 그는 미리 생각이라도 해두었던 듯 큰 소리로 외쳤다.

"이봐, 정아! 두 가지를 명심하오. 첫째, 저자들이 원하는 대로 자백을 해주오. 둘째, 나는 해란찰이 틀림없소. 절대 의심을 품으면 안 되오. 절대!"

아역들은 해란찰이 말을 다 끝내기도 전에 그의 입에 시커먼 수건을 쑤셔 넣었다. 그러나 영리한 정아는 이미 해란찰의 말뜻을 알아들었다. 일단 불필요한 희생은 피하자는 게 그의 뜻이었던 것이다.

둥! 둥! 둥!

둔탁한 당고堂鼓 소리가 세 번 울려 퍼졌다. 그와 동시에 아역들이 기러기 날개 형태로 정렬했다. 바깥에서는 여전히 소동이 벌어지고 있었다. 그때 고함소리가 들렸다.

"범인을 앞으로 끌어내거라!"

순간 장내는 물 뿌린 듯 조용해졌다. 해란찰은 서쪽 측문을 통해 안으로 들어갔다. 아역은 그제야 해란찰의 입을 틀어막았던 수건을 끄집어냈다. 곧이어 동쪽 문으로 정아가 들어왔다. 두 사람은 서로를 바라보며 한참이나 그 자리에 서 있었다. 해란찰이 히죽 웃으면서 먼저 입을 열었다.

"부인, 그래도 아녀자라고 봐주나 보네? 묶지도 않고, 항쇄도 씌우지 않은 걸 보니……."

해란찰의 말이 채 끝나기도 전이었다. 아역의 손바닥이 사정없이 그의 얼굴을 갈기고 지나갔다.

"어디서 감히 허튼소리야!"

한 주먹거리도 안될 듯싶은 말라깽이 아역이 해란찰을 향해 눈을 부라리면서 소리를 질렀다. 그러나 해란찰은 전혀 기가 죽지 않았다. 코웃음까지 치면서 공당公堂 안을 유심히 살펴봤다.

넓고 환한 대당에는 붉은 칠을 한 기둥이 여섯 개나 있었다. 그중 두 개의 기둥에는 영련楹聯이 붙어 있었다.

백성들을 학대하기는 쉽지만
하늘을 속일 수는 없다.

그 영련 앞에는 아역들이 줄지어 있었다. 그들은 수화곤水火棍(아문을 경비할 때 쓰는 곤봉 같은 무기)을 틀어쥔 채 꼼짝도 않고 서 있었다. 또 그 앞 상좌上座(윗사람이 앉는 자리)가 설치된 벽면에는 검은 바탕에 흰 글씨를 쓴 편액이 걸려 있었다.

명경고현明鏡高懸(사리에 밝거나 판결이 공정함)

관복 차림의 위지근현은 가운데 공좌公座에 근엄한 모습으로 앉아 있었다. 또 7품 현령 피충신은 탁자를 사이에 두고 옆자리에 자리를 잡고 있었다. 그 밖에 몇몇 기록관들은 붓과 종이 그리고 벼루가 준비돼 있는 낮은 탁자 앞에 앉아 있었다. 정아는 그 광경을 보고는 얼굴이 창백하게 질린 채 두 손을 꼭 붙잡고는 다리를 가볍게 떨고 있었다. 해란찰이 그런 정아에게 위로의 말을 건네려고 할 때였다. 위지근현이 당목을 두드리면서 일갈을 했다.

"뭘 그리 두리번거려? 꿇어앉지 못할까!"

"꿇어!"

두 아역이 위지근현의 말이 끝나자 곧바로 해란찰의 무릎 뒤를 걷어찼다. 해란찰은 신음소리와 함께 털썩 무릎을 꿇었다. 피충신이 순간 황급히 위지근현에게 뭐라고 귀엣말을 했다. 그제야 위지근현은 먼저 죄인의 포승을 풀어줘야 했다는 것을 깨닫고는 명령을 내렸다.

"포승을 풀고 항쇄를 벗겨라!"

그러자 아역들이 달려들어 거칠게 포승을 풀었다. 해란찰은 그 기회를 놓치지 않고 뻐근한 팔을 뒤로 젖히면서 정아를 향해 손짓으로 안심을 시켰다. 이어 눈동자가 튀어나올 정도로 두 눈을 부릅뜬 위지근현을 비웃기라도 하듯 히죽 웃는 여유까지 보였다. 그러더니 갑자기 위지근현과 피충신을 향해 버럭 소리를 질렀다.

"뭘 두리번거리느냐고? 저 편액의 글씨를 보니 한심해서 말이 안 나온다. 내가 아랫도리를 내리고 중간다리에 붓을 끼워 써도 저것보다는 낫겠다, 쯧쯧!"

위지근현과 피충신은 해란찰의 말에 기가 막히고 환장할 노릇이었다. 사실 어젯밤 두 사람은 기름에 넣어도 튀겨질 것 같지 않고, 찜통에 넣어도 삶아질 것 같지 않은 해란찰을 어떻게 심문할 것인지 밤새도록 머리를 맞대고 골머리를 앓았다. 결론은 초반에 기선을 제압해야 한다는 것이었다. 그런데 이제 보니 이 방법도 전혀 통하지 않을 것 같았다. 기선을 제압하기는커녕 오히려 제압당하고 있었으니 말이다. 하는 수 없이 위지근현은 일단 의례적으로 해란찰의 나이와 이름, 고향을 물었다. 이어 사건 경위에 대해 다시 한 번 더 확인했다. 해란찰은 그제야 어제 여섯 명이 사망하고 부상이 심한 두 사람도 오늘내일 하는 중이라는 사실을 알게 되었다. 그는 애석하다는 듯 한숨을 내뱉었다.

"에이⋯⋯, 기왕 청소하는 거 몇 놈 더 쓸어버릴 걸 그랬어. 고작 여섯이 뭐야!"

"지금 뭐라고 그랬어? 큰 소리로 다시 말해봐!"

"내 말은⋯⋯!"

해란찰이 기왓장에 금이 갈 정도로 목소리를 높였다. 아문 앞의 구경꾼들은 발 디딜 틈 없이 몰려들어 저마다 목을 빼들었다. 해란찰은 이

때다 하고 다시 말을 이었다.

"싹수 노란 개자식들을 여섯밖에 못 해치운 것이 통탄스럽다 이거야! 더 듣고 싶어?"

그 말에 아문 주변은 걷잡을 수 없이 술렁거렸다. 위지근현은 억장이 막히는 표정으로 해란찰을 멍하니 바라봤다. 기가 한풀 꺾인 모습이 역력했다. 그러나 공당을 포효한다는 죄명을 덮어씌우려고 해도 큰 소리로 말하라고 한 사람이 본인이니 벙어리 냉가슴 앓는 수밖에 없었다. 그가 곧 애써 마음을 다잡고는 물었다.

"왜 사람을 죽였어? 고만청이 당신의 아비를 때려죽인 철천지원수라도 되는가?"

"몇 번을 말해야 알아듣겠어. 그 자식이 우리 마누라를 겁탈하고 내 아들한테 손찌검을 하는데 가만히 있을 사람이 어디 있어? 내 식구를 보호하다 보니 본의 아니게 그렇게 됐다."

"덕주는 삼척왕법이 안 통하는 곳인가? 억울하면 관부에 고발하지 그랬어?"

"이놈의 동네는 법보다 주먹이 가깝거든!"

해란찰과 위지근현의 문답은 마치 애들 말싸움 같았다. 피충신은 그렇게 유치한 대화가 이어지자 자신도 모르게 조급해졌다. 위지근현이 해란찰의 상대가 못 된다는 생각도 들었다. 급기야 그는 가볍게 기침을 하면서 끼어들었다.

"내가 보기에 당신은 진짜 해란찰이 아니야. 어디서 행패를 부리던 포악무도한 도둑이 해란찰인 양 행세하면서 다니는 거야. 내 말이 맞지? 어서 바른대로 이실직고하지 못할까?"

피충신이 매섭게 두 눈을 치켜뜨고 따지듯 물었다. 해란찰이 기가 막힌다는 듯 되물었다.

"그러면 나는 누구인가?"

"그건 내가 지금 묻고 있지 않은가!"

"그러면 백번을 물어도 나는 해란찰이지."

아문 밖에서는 구경꾼들이 해란찰과 피충신의 대화를 듣고는 키득키득 웃어댔다. 피충신은 화가 났는지 그들에게 조용히 하라고 고함을 질렀다. 그런 다음 눈을 부라리면서 다시 물었다.

"해란찰은 조정에서 체포령을 내린 흠명죄인이야. 당신이 해란찰이 분명하다면 은신하거나 관부에 자수하는 것이 정석이거늘 어찌 대낮에 사람을 죽여 가며 자신을 드러냈다는 말인가?"

"나는 쌓은 공로만 있을 뿐 지은 죄가 없기에 도망갈 필요가 없었어. 사천과 하남을 경유하면서는 그곳 관부를 믿지 못해 자수하지 않았을 뿐이야."

해란찰이 이어 정아를 가리키며 덧붙였다.

"우리 마누라한테 물어보라고. 내가 거짓말을 하는지! 덕주에 와서 자수하려고 했더니 안 하기를 잘했네! 하나같이 수채 구멍처럼 더러운 놈들을 뭘 믿고…… . 이기지도 못할 나를 붙잡고 시간 낭비하지 말고 일찌감치 조정에 넘겨!"

위지근현과 피충신은 마냥 당당하기만 해란찰의 말이 끝나기 무섭게 약속이나 한 듯 서로를 쳐다봤다. 동시에 후유! 하고 한숨을 토해냈다. 사실 해란찰이 진짜인지 아닌지의 여부는 그를 북경으로 압송해가면 당장 밝혀질 터였다. 그럼에도 위지근현과 피충신은 가능성이 전혀 없기는 했으나 눈앞의 그가 진짜 해란찰이 아니기를 진심으로 바라마지 않았다. 만약 진짜 해란찰이 맞다면 상황은 무척 복잡해질 것이 분명했다. 때문에 어떤 방법을 써서라도 그가 가짜라는 자백을 받아내야만 했다. 그래서 '탈영병'이 아닌 일반 '강도'로 만들어 현지에서 처형시켜 버려야 했다. 그래야만 10만 냥짜리 은표가 자신들의 수중에 들어올 수 있었다. 위지근현이 그런 생각을 하면서 눈알을 굴리더니 아역들을 향해 크게 외쳤다.

"주릿대를 대령하라!"

"예!"

아역들이 우렁찬 대답소리와 함께 떡갈나무로 만든 단단한 주릿대를 가져왔다. 피충신은 한술 더 떠 얼굴이 창백하게 질려 바들바들 떨고 있는 정아를 가리켰다.

"두 연놈에게 모두 주릿대 맛을 보여줘라. 그러고도 계속 해란찰이라고 우기는가 보자!"

피충신의 말에 해란찰의 얼굴에서 웃음기가 사라졌다. 정아만은 고문을 당하게 해서는 안 된다고 생각한 것이다. 해란찰은 두 손을 들어 읍을 하면서 진지한 표정으로 말했다.

"내가 몇 마디 하겠네. 내 말을 듣고 난 연후에 고문을 하든지 말든지 하시게. 내가 해란찰인지 아닌지 여부는 육부의 관리를 이리로 파견하든가, 아니면 나를 북경으로 압송해가면 즉각 알 수 있는 일이야. 대낮에 사람을 죽인 일도 나는 사실대로 다 자백했어. 그러니 나와 정아는 고문을 받아야 할 이유가 전혀 없어. 당신들이 무엇 때문에 나를 사지로 몰아넣으려고 하는지는 당신들 스스로가 잘 알 거야. 정아, 기왕 이렇게 꿇어앉은 김에 우리 서로 맞절을 하자고. 하늘과 땅을 증인으로 삼아 이 많은 사람들 앞에서 부부의 연을 맺는 것이 어떻겠소!"

정아가 해란찰의 말에 눈물범벅이 된 얼굴을 들었다. 그리고는 그를 처연하게 바라보았다.

"저는 이미 당신을 남편으로 생각한 지 오래 됐어요. 몸종으로 옆에 남아 당신을 시중들 수만 있어도 원이 없겠다고 생각했는데 그렇게 생각해주시니 고마워요. 당신의 뜻에 따르겠어요."

아문 밖의 구경꾼들은 해란찰과 정아의 눈물겨운 고백에 감동을 받은 듯했다. 여러 명이 훌쩍거리는 소리가 들렸다. 동시에 우레와 같은 박수갈채도 터져 나왔다. 그러자 기록관과 아역들까지 그들과 함께 목이 터져라 환호성을 질렀다.

뜻하지 않은 상황에 당황한 것은 위지근현과 피충신이었다. 특히 위지근현은 생각할수록 뒤가 켕기고 두려워졌다. 급기야 피충신과의 약속을 깨고 몸을 일으키면서 아역들에게 명령을 내렸다.

"오늘은 이만하고 물러들 가거라! 저 둘은 다시 감옥에 처넣어라!"

위지근현이 말을 마치고는 옷자락을 휘날리면서 잽싸게 자리를 떴다. 구경꾼들 역시 하나둘씩 흩어지기 시작했다. 넓은 공당에는 피충신 혼자만 목석처럼 멍하니 서 있었다.

14장

육욕에 불타는 태감과 귀비

그로부터 이틀 뒤 고항과 유용이 올린 밀주문이 내무부에 도착했다. 때는 찜통더위가 계속되는 한여름이었다. 건륭은 무더위를 피하기 위해 황후 부찰씨를 비롯해 여러 비빈妃嬪, 어御, 잉媵, 답응答應, 상재常在 등 나름 신분이 있는 궁인宮人들을 거느리고 창춘원暢春園으로 처소를 옮겼다. 이어 담녕거澹寧居에 기거하면서 건륭이 황자 시절에 사람을 접견하고 업무를 처리하던 운송헌韻松軒을 군기처로 사용했다. 때문에 양심전은 텅 비었다. 그래도 누군가는 궁전을 지켜야 했다. 그 임무는 육궁 부도태감副都太監 고대용高大庸이 맡았다. 그가 건륭이 없는 동안 그곳의 업무를 총괄하게 된 것이다.

원래 순리대로라면 양심전의 총관태감은 복의卜義가 승진했어야 마땅했다. 복효卜孝가 처형당한 후 그가 최고 고참 태감이었던 것이다. 그러나 후래거상後來居上(나중에 왔으나 상석을 차지함)이라고, 후배인 왕치가 그 자리를 차지하고 말았다. 그가 특유의 친화력과 재빠른 눈치로 성총을 듬뿍 받으면서 복의를 제친 것이다. 그래서 이번에도 그가 복례ʰ禮, 복지ʰ智, 복신ʰ信 등 열 몇 명의 태감들을 거느리고 창춘원으로 옮겨 건륭의 시중을 들게 됐다.

이렇게 해서 부총관태감 직분의 복의는 고대용과 함께 아직 이렇다할 직분도 없는 어린 태감들을 데리고 텅 빈 양심전이나 지키는 신세가 되었다. 그러나 별달리 할일이 없었다. 그저 낮에는 빗자루를 들고 청소를 했고 밤이면 야경순시를 돌고 나서 한데 모여 도박과 음주가무를 즐겼다. 어찌 보면 자유롭고 마음 편한 나날이라고 할 수 있었다. 사실 태감들은 거세당해 남자 노릇을 못한다 뿐이지 다른 것은 모두 일반인과 다를 바 없었다. 호의호식하고 싶고 황제와 여러 고관들에게 아부해 남다른 총애를 받고 싶은 욕심도 일반인과 똑같았다. 때문에 복의는 '굴러온 돌'에 의해 뿌리가 뽑힌 '박힌 돌' 처지가 되자 울분이 치밀었다. 그러나 억울해도 안으로 삭이는 수밖에는 달리 방법이 없었다. 건륭이 태감들에게 유난히 엄격하다는 것을 잘 알고 있었기 때문이었다.

실제로 건륭은 태감이 규정을 어기거나 도를 넘는 행동을 하면 가차없이 가혹한 체벌을 시행하고는 했다. 평소에도 개돼지는 저리 가라 할 정도로 짐승보다 못하게 다루기도 했다. 그랬으니 복의가 감히 불평하는 말을 한마디라도 입 밖에 낼 수 없는 것은 당연했다. 이 점에서는 다른 태감들도 크게 다르지 않았다. 복효가 처형당한 이후 그들은 며칠 동안 속이 한줌이 되어 숨소리도 크게 내지 못했다. 하기야 죄를 지어 맞아죽은 말단 태감들의 시체가 며칠 건너 한 번 꼴로 동화문을 통해 좌가장左家莊에 있는 화장터로 실려 가고는 했으니 그럴 만도 했다. 이는 누구나 익히 알고 있는 사실이었다. 그러나 그들은 수석 태감으로 황제의 성총을 듬뿍 받던 복효가 모두가 보는 앞에서 곤장에 맞아 죽을 줄은 꿈에도 생각하지 못했었다.

건륭은 군주를 가까이에서 섬기는 태감들에게 대소사를 막론하고 맡은 일만 열심히 하면 된다고 누누이 강조했다. 그래서 복의는 내무부에서 밀주문이 담긴 노란 함을 보내오자 지체하지 않고 곧장 몇몇 태감을 데리고 창춘원으로 향했다. 창춘원은 그새 몰라보게 변해 있었다. 원명원과 연결돼 끝과 끝을 짐작하기도 어려울 만큼 규모가 방대해져 있었다. 원래 서원西苑이라 불리는 북해자北海子, 서해자西海子, 비방박飛放泊 일대는 대부분이 원元, 명明 때 어원御苑으로 사용하던 곳이었다. 그러다 조정의 국력이 강성해지고 부고府庫가 차고 넘치는 태평성세가 도래하자 건륭은 원명원의 면모를 일신시킬 야심찬 계획을 세웠다. 만국의 사신들이 대국의 천자를 알현하는 곳으로 지정할 생각을 한 것이다. 건륭의 원래 계획은 그곳의 규모를 대폭 늘리고 만국의 대표적인 명승고적들을 그대로 복제해 외국 사신들이 혀를 찰 정도로 거대하고 장엄하게 만들고자 했다. 그러나 첫 시작부터 예부상서 우명당의 목숨을 건 간언에 발목이 잡히고 말았다.

우명당은 열하熱河에서 건륭에게 간곡하게 진언했다. 특히 막대한 비용이 드는 원명원 재건축을 적극 주장하는 기윤을 '사악한 아첨꾼'이라고 비판했다. 심지어 건륭에게 '요순堯舜 같은 성군이 못 된다'고 목청을 높였다. 건륭은 결국 우명당의 목숨을 건 직언을 치하하지 않을 수 없었다. 그러나 원명원 재건축에 대한 미련을 완전히 버린 것은 아니었다. 그저 전부 헐어내고 새로 건설하고자 했던 구상은 보류한 채 한꺼번에 무리한 공사를 하지 않고 해마다 몇 군데씩 손을 보는 것으로 생각을 바꾼 것이다. 또 해마다 1000만 냥씩 투입하기로 했던 예산도 400만 냥으로 대폭 삭감했다. 그러나 그렇게 공사규모를 줄였어도 원명원 공사가 진시황의 아방궁阿房宮과 수당隨唐 때의 운하 건설 이래 최대 공정이라는 사실은 변함이 없었다.

복의는 말에서 내린 다음 이마에 손을 얹고 멀리 북쪽을 바라봤다. 아지랑이 피어오르듯 솟아오르는 지열 속으로 목재와 석회, 모래 등 건축자재를 실은 마차들의 행렬이 끝없이 이어지고 있었다. 장백산長白山(중국에서 백두산을 일컫는 말)에서 실어온 홍송紅松, 운남雲南에서 공납한 녹나무는 굵기가 한 장丈은 될 것 같았다. 가장 가늘게 생긴 것도 두 사람이 팔을 벌려 겨우 안을 수 있는 굵기였다. 그 목재들은 한 무더기씩 동해자, 서해자를 따라 능산陵山처럼 엎드려 있었다. 땡볕에 웃옷을 벗어 던진 민부들은 몇백 명씩 무리를 지은 채 목재와 돌을 운반하느라 땀을 흘리고 있었다. 그러나 앞에서 작은 황색 깃발을 흔들면서 지휘하는 사람만 있을 뿐 영차, 영차 힘을 북돋우는 함성은 들리지 않았다. 아마 창춘원에 있는 황제를 귀찮게 할까봐 감히 소리를 지르지 못하는 것 같았다. 복의는 고삐를 어린 태감에게 던져주고는 만수무강문萬壽無疆門으로 들어갔다. 문을 지키고 있는 시위는 파특아였다. 그를 알아본 복의가 인사를 했다.

"파 군문, 수고하십니다."

"폐하께 밀주함을 올리러 왔소? 패찰을 주시오!"

파특아는 무뚝뚝했다. 배시시 웃는 태감의 얼굴은 쳐다보지도 않은 채 손을 내밀기만 했다.

"파 군문, 어제오늘 만난 사이도 아닌데 새삼스럽게 왜 그러십니까?"

"패찰을 달라고 했소!"

복의가 고개를 저으면서 웃음을 머금었다. 파특아는 건륭이 과이심 왕의 수중에서 구출해준 몽고족이었다. 때문에 건륭의 은혜를 결코 잊지 않겠다면서 오로지 군주에 대한 충성심만 꽁꽁 다져온 사람이었다. 언젠가는 기윤이 패찰을 깜빡 잊고 가져가지 않았다가 파특아 때문에 건청문 안으로 들어가지 못했을 정도였다. 복의 역시 그 얘기를 들은 적이 있었다. 그때는 설마 그러기까지야 했겠냐면서 반신반의했었으나 오늘 막상 당하고 보니 황당하기만 했다. 그는 어쩔 수 없이 두 개의 밀주함을 왼쪽 팔로 옮겨서 안고 오른손으로 허리춤에 달고 있던 패찰을 꺼내 파특아에게 내밀었다.

"충성심이 실로 대단하십니다. 누구도 못 따라갈 것 같습니다. 일등시위로 승진하는 것은 시간문제일 겁니다!"

그러나 파특아는 복의의 말 속에 들어 있는 비아냥거림을 알아차리지 못했다. 때문에 여전히 무뚝뚝한 말투로 운송헌 방향을 턱짓으로 가리켰다.

"폐하께서는 운송헌에서 대신을 배알하고 있으니 들어가 보게!"

파특아는 아직 한어의 존댓말을 잘 몰랐다. 그랬으니 황제가 대신을 배알한다고 말해 놓고도 자신이 무엇을 잘못 말했는지 모르고 있었다. 복의는 그런 파특아를 보자 속으로 킥킥거리고 웃지 않을 수 없었다.

복의는 담녕거를 지나 죽림 사이의 오솔길을 따라 걸어갔다. 그리고는 오른쪽으로 꺾어 홰나무가 울창한 숲길을 지났다. 그러자 검푸른 노송에 반쯤 가려진 궁궐이 보였다. 운송헌이었다. 밀주함은 무거운 것이 아니어서 힘들지는 않았다. 게다가 울창한 숲에 둘러싸인 운송헌은 사람의 피로를 씻어주는 청량한 기운이 감도는 곳이었다. 그럼에도 불구하고 복의는 땀을 비 오듯 흘렸다. 그때 마침 화신이 몇몇 서리書吏들을 인솔해 책궤冊櫃를 들고 나르는 모습이 보였다. 복의는 발걸음을 재촉해 그쪽으로 다가갔다. 그러자 화신이 먼저 말을 걸었다.

"방금 부항, 유통훈, 아계, 기윤 그리고 악종기는 영대瀛臺로 들라는 어지가 계셨습니다. 그리로 가보세요!"

영대라면 복의도 가본 적이 있었다. 창춘원이 자랑하는 몇몇 뛰어난 경관 중의 하나인 그곳은 호수 안에 있는 자그마한 섬이었다. 다소 경사진 그 섬 위에는 그림 같은 수각水閣과 정자亭子가 있었다. 또 각종 교목喬木과 화훼들이 가득했다. 마치 풍성한 꽃바구니 같은 모습이었다. 그 섬 한가운데에는 공工자 형태의 정전이 있었다. 백옥으로 만든 긴 다리가 언덕에서 섬 가운데의 정전까지 이어지고 있었다. 의사議事 장소를 그리로 옮긴 것은 물론 수려한 경관 때문일 터였다. 복의는 가깝게 보이지만 실은 2리 길도 더 되는 그 거리를 혼자서 함을 안고 달려갈 자신이 없었다. 그래서 생각 끝에 조심스레 화신에게 사정을 했다.

"함이 별로 무겁지는 않으나 날이 더워서 그런지 그곳까지 갈 생각을 하니 맥이 풀리는구먼. 두어 사람 딸려 보내줄 수 없겠소?"

화신이 복의의 말에 가느다란 눈썹을 살짝 위로 모았다. 이어 고개를 갸웃하면서 미안함을 표했다.

"그건 좀 힘들겠는데요. 여기서 시중드는 사람들은 한 구멍에 무가 한 개씩 박혀 있듯 다 각자 할 일이 있습니다. 보시다시피 한가한 사람이 어디 있습니까?"

복의는 그렇지 않아도 창춘원에 들어설 때부터 기분이 언짢았던 터였다. 그런 상황에 아계의 졸개에 불과한 화신조차 자신의 청을 들어주지 않자 못내 화가 났다.

'별것도 아닌 놈마저 사람을 업신여기다니……, 어디 두고 보자!'

복의는 속으로 그렇게 이를 갈았다. 하지만 얼굴에는 웃음을 머금고 있었다.

"어휴! 사도仕途(벼슬길)에 오르지도 않았는데 벌써부터 고자세로 나오면 안 되지! 이 리 길을 갔다 온다고 무가 시들어버리겠소? 입 연 사람 무안하게 하지 말고 한 번만 도와주시게."

기분이 언짢기는 화신도 마찬가지였다. 도와주고 싶어도 마음대로 사람을 딸려 보낼 수 없는 자신의 처지를 복의가 전혀 헤아려주지 않으니 답답하기도 했다. 그래서 그 역시 억지웃음을 지으며 빈정거리듯 대꾸했다.

"이게 고자세면 턱까지 쳐들고 말했다가는 고고자세겠네요? 복 태감은 밑에 무가 안 달린 사람이니 어디든 마음대로 오가도 되겠지만 나처럼 아랫도리에 무가 달린 사람은 금원禁苑을 함부로 들쑤시고 다닐 수가 없지 않습니까?"

태감의 약점을 자극하는 화신의 말에 복의는 화가 불같이 치밀었다. 화신의 말이 다 끝나기도 전에 휭하니 돌아서서 걸음을 옮겼다. 화신이 그런 복의의 등 뒤에 대고 한마디 더 던졌다.

"살펴 다녀오십시오!"

복의는 화가 치밀어 오르다 못해 머리까지 어지러웠다. 그러나 꾹 참고 담녕거로 되돌아왔다. 바로 그때 원래 양심전에서 차를 끓이던 새내기 태감 진학회秦學檜와 마주쳤다. 복의는 화를 주체하지 못해 씩씩거리면서 방금 전의 속상했던 일을 진학회에게 털어놓았다. 그는 복의의 하소연을 듣고는 웃음 띤 얼굴로 말했다.

"주인이 득세하면 개 짖는 소리도 커지는 법이에요. 여태 그런 이치도 몰랐습니까? 어가는 아직 영대로 움직이지도 않았는데, 그쪽으로 미리 가 있을 필요가 뭐 있어요? 폐하께서는 연기궁衍祺宮에서 낮잠을 주무시는 중이세요. 양성각養性閣 쪽에 가서 기다리고 있다가 어가가 출발할 때 맞춰 밀주함을 올리면 지금 영대로 가서 기약 없이 기다리는 것보다 훨씬 낫지 않겠어요? 꼴 보기 싫은 왕팔치에게 대신 올려달라고 부탁을 할 필요도 없고 말이에요."

복의와 진학회는 담녕거와 동쪽 서재 사이의 샛길로 들어섰다. 이어 궁려窮廬를 돌아갔다. 그러자 호숫가의 무성한 나무숲 사이로 새로 지은 궁궐 담장이 보였다. 그 담장은 동에서 서로 숲이 끝나는 곳까지 길게 뻗어 있었다. 또 담장 너머로는 높낮이가 제각각인 새로 지은 궁전들이 얼핏 보였다. 그곳의 궁문은 하나같이 남향으로 나 있었다. 그리고 10보 간격으로 선박영善撲營에서 나온 군교軍校들이 불상처럼 버티고 서 있었다. 둘이 화초가 무성한 길을 따라 걸어가자 다시 나란히 세 개의 궁전이 나타났다. 진학회가 나직이 말했다.

"다 왔어요. 여기가 바로 연기궁이에요."

복의와 진학회는 사실 오는 길 내내 감히 말 한마디 나누지 못했다. 주변 경계가 삼엄하고 분위기가 무거운 탓이었다. 복의는 궁전 안에 들어서서야 비로소 크게 숨을 몰아쉬었다.

"세상에! 여기는 자금성보다 경계가 더 삼엄한 것 같네. 하마터면 숨 막혀 죽는 줄 알았지 뭐야! 이 손에 땀 좀 봐……. 그런데, 여기 궁전들은 모양새가 어째 꼭 서양 그림에서 본 집들같이 생겼네?"

"토이기土耳其(터키)의 왕궁을 본 따 지었다고 들었어요."

진학회가 말을 마치고는 동쪽에 낮게 엎드려 있는 태감 전용 방으로 복의를 데리고 들어갔다. 이어 자리를 내주고 냉차를 따라주었다.

"바로 직전에 봤던 궁전은 홍모국紅毛國(네덜란드)의 왕궁을 본 따 지은 거예요. 저쪽으로 더 들어가면 포도아葡萄牙(포르투갈)의 건물 양식도 있다고 해요. 반대편 건물은 나찰국羅刹國(러시아)의 크리무궁인가 크렘린 궁인가 하는 왕궁과 닮았다고 하고요. 그밖에도 구라파 각국의 건축양식을 본 딴 궁전들이 얼마나 많은데요! 궁전마다 중간에 쪽문을 내서 서로 통하게 했어요. 여기서 이렇게 보면 담녕거가 정중앙에 위치해 있지 않습니까? 담녕거를 중심으로 여러 나라 왕궁의 건축 풍을 본 딴 궁전을 세운 것은 대국 천자의 위엄을 만방에 떨친다는 뜻을 담고 있죠. 비빈들은 여기에 잠깐 머물러 있는 거예요. 사실 진짜 후궁전은 여기서 북으로 십 리나 떨어진 곳에 있어요!"

복의는 진학회의 설명을 듣는 내내 눈을 휘둥그레 뜨고는 감탄을 금치 못했다.

"부처님 맙소사! 이렇게 지으려면 은자가 엄청나게 들었겠네?"

"그거야 우리가 신경 쓸 일이 아니죠! 은자로 바다를 메우든 산을 갈아엎든 우리하고 무슨 상관이에요? 또 상관을 해서도 안 되고요!"

진학회는 이어 창을 통해 밖을 내다보더니 다시 입을 열었다.

"나는 그만 가봐야겠어요. 폐하께서 토이기 욕탕에 드실 시간이 다 됐나 봐요. 여기서 기다리고 있다가 폐하께서 목욕을 마치고 나오시면 그때 밀주함을 건네도록 하세요."

복의는 진학회의 말이 끝나자마자 창밖을 내다봤다. 과연 태감 복신이 몇몇 새내기 태감들과 함께 건즐巾櫛(몸 닦는 수건), 조복, 조관을 공손히 받쳐 든 채 건륭을 옹위하면서 서쪽 월동문에서 정전 쪽으로 가고 있었다. 그가 서둘러 태감 복장으로 갈아입고 나가는 진학회의 등 뒤에 대고 물었다.

"구경 좀 해도 되는가? 나찰국의 왕궁이 어떤지 보고 싶은데……."

"조심해서 다니면 괜찮을 거예요. 그런데 서쪽에는 나랍씨 귀비마마의 처소가 있으니 거기는 되도록 가지 말아요. 요즘 폐하께서 걸음이 뜸하셔서 대단히 예민하다고 들었어요."

복의는 진학회가 나간 뒤에도 한참을 더 기다렸다. 그러다 뜰에 사람이 아무도 없는 것을 확인하고서야 비로소 발을 걷고 조용히 태감 방을 나섰다.

때는 미시未時 무렵이었다. 기세 좋게 불을 뿜던 해가 서쪽으로 조금씩 기울고 있었다. 구름 한 점 없는 쪽빛 하늘은 마치 푸른 물감을 쏟아 놓은 것 같았다. 지금 바깥은 지열이 올라와 찜통이 따로 없을 정도였다. 그러나 창춘원 안은 세외도원世外桃園이 따로 없는 청량세계였다. 복의는 푸른 이끼가 듬성듬성 끼어 있는 자갈 깔린 좁은 산책로를 유유자적 걸어갔다. 이름을 알 수 없는 거대한 교목喬木들이 울창하게 하늘을 덮은 사이로 한줌 햇볕이 마치 금싸라기를 흘리듯 나뭇가지 틈새로 흘러내리고 있었다. 짜증스럽기만 하던 햇볕이 이처럼 따사롭고 부드럽게 느껴진 적은 처음이었다. 그는 마치 평온한 꿈을 꾸고 있는 것 같았다. 산책로 양측에 병풍처럼 늘어진 포도넝쿨과 장미넝쿨은 한데 어우러져 마치 꽃 동굴 속으로 들어가고 있는 느낌을 주었다. 화려한 무늬의 나비들이 그윽한 꽃향기와 포도향기에 이끌려 나풀대면서 춤을 추고, 뭇 새들이 이 나무 저 가지에 올라앉은 채 귀를 즐겁게 하는 노래를 부르고 있었다. 마치 사람 사는 곳이 아니고 새들만 사는 곳 같았다.

홀린 듯 한참을 걸어가던 복의는 갑자기 정신이 번쩍 들었다. '크렘린궁'만 잠깐 보고 온다는 것이 자기도 모르게 너무 멀리 갔던 것이다. 그는 서둘러 발길을 돌렸다. 그러나 그 와중에 우연히 '크렘린궁'의 동쪽 회랑을 지나면서 꽃바지를 입은 궁녀 한 명을 발견했다. 그녀는 두 팔을 드러낸 채 몸 씻은 물을 쏟아버리고 있었다. 그러다 그녀 역시 돌아서다가 복의를 발견했다. 그리고는 알은체를 했다.

"난 또 누구라고!"

"괵괵蟈蟈아!"

복의가 궁녀의 이름을 부르며 걸음을 멈췄다. 그리고는 음흉하게 웃었다.

"목욕했냐? 방 안에 너 혼자 있어?"

괵괵도 빙긋 웃으면서 대답했다.

"네가 들어오면 둘이지."

복의는 괵괵의 의미심장한 말에 주변을 두리번거렸다. 아무도 없다는 것을 확인한 그는 재빨리 꾀꾀의 옷 안에 손을 집어넣고는 봉긋한 젖봉오리를 만졌다.

"오늘은 너하고 놀아줄 시간이 없어. 폐하께 밀주함을 올려야 하거든!"

봉건왕조 시대의 세간에서는 태감을 남자로 보지 않았다. 하지만 태감들도 일반인과 마찬가지로 오욕칠정이 있는 사람이었다. 비록 남자구실은 못하지만 이성을 갈구하는 마음은 여느 남자들과 똑같았다. 특히 궁궐 안에는 미색이 뛰어난 여자들이 가득하니 더욱 유혹이 컸다. 마음이 싱숭생숭하고 꿈자리까지 어지러웠다. 사실 한漢나라에서부터 청淸나라에 이르기까지 궁중의 일각에서는 애욕에 목마른 태감과 궁녀들 사이의 난잡한 남녀관계가 공공연한 비밀이었다. 궁녀끼리, 태감끼리 또는 궁녀와 태감들이 집단으로 음란한 짓을 저지르는 것이 다반사였다. 개중에는 몰래 둘만의 언약식을 치른 다음 부부처럼 지내는 이들도 있었다. 그들을 일컬어 '채호'采戶라고 불렀다. 복의와 꾀꾀이 바로 그런 사이였다. 꾀꾀은 오랜만에 만나는 '남정네'를 그냥 보내기가 아쉬운 듯 추파를 던지면서 계속 아양을 떨어댔다. 그래도 복의가 들어올 생각을 하지 않자 얼굴을 붉히면서 팩하고 토라졌다.

"나 말고 또 누가 있는 거지? 양심전에서 다른 계집들하고 놀아나는 거 아냐? 흥, 내가 모를 줄 알았어? 양심 없는 인간아. 폐하께서는 내 낭이와 '토이기 욕탕'에서 씻고 있는데 갈 데까지 안 가고 쉽게 나올 줄 알아?"

"그래? 그래, 알았어. 그럼 들어가자!"

복의가 안 되겠다고 생각한 듯 잽싸게 꾀꾀을 따라 방 안으로 들어갔다. 이어 걸상에 앉으면서 말했다.

"딴 여자 같은 거 없어! 내가 너같이 고운 년을 놔두고 어디 한눈을 팔 수 있겠냐?"

곽곽은 어느새 암캐처럼 변해 마구 덤벼들었다. 그리고는 무서운 듯
두 팔을 내밀어 투항하는 자세를 취하는 복의를 깔아뭉개면서 점차 거
친 숨을 몰아쉬기 시작했다.

"보고 싶어 환장하는 줄 알았어. 불타는 나를 놔두고 그냥 간다고?
어림도 없지!"

곽곽은 복의에게 엿가락처럼 찰싹 들러붙었다. 동시에 자신의 가슴을
다 드러내놓고는 복의의 옷도 허겁지겁 풀어헤쳤다. 그리고는 밀가루 반
죽처럼 흐물흐물하기만 한 복의의 그것을 주무르고 빨아대며 온갖 짓을
다 해댔다. 말 타듯 복의를 타고 앉아서는 제풀에 흥이 나서 신음소리
도 커졌다. 복의 역시 그런 곽곽을 보면서 흥분했다. 그녀의 밑에서 흘러
내린 끈적끈적한 액체를 자신의 몸에 문지르기도 했다.

곽곽은 '밀가루 반죽'을 혹사시켜 드디어 절정에 올랐는지 비명에 가
까운 소리를 질렀다. 이어 기진한 듯 복의의 몸 위에 죽은 듯 엎어졌
다. 복의가 안쓰럽고 서글픈 마음이 드는지 여자의 머리를 쓸어내렸다.

"미안해……. 우리 같은 건 사람 축에도 못 끼지."

곽곽은 한참 후에야 얼굴을 들었다.

"그래도 왕팔치는 무슨 약을 먹었는지 그런 대로 쓸 만한 것 같던데?
너도 약 좀 구해 먹어."

"네 이년! 왕팔치와도 이 짓을 했다는 말이야?"

복의가 곽곽을 밀어내면서 화를 냈다. 그러자 잠깐 어리둥절해 있던
곽곽이 어이가 없는지 실소를 흘리며 대꾸했다.

"남들 다 아는 사실을 혼자만 모르고 있으면서 뭐라는 거야? 남자 구
실 해보라고 가르쳐 줬더니 되레 사람을 의심하고 있어!"

그러자 복의가 눈이 휘둥그레져서 물었다.

"너는 그걸 누구에게 들은 거야? 진짜 그런 약이 있어?"

곡곡은 밉지 않게 눈을 흘기며 입을 비죽거렸다. 이어 가볍게 코웃음을 치면서 옷을 입더니 창밖을 살펴봤다. 그리고는 낮은 소리로 소곤소곤 속삭였다.

"이 바보야! 내가 지금 너를 데리고 가서 똑똑히 보여줄게!"

곡곡이 쥐처럼 바깥 동정을 살피더니 귀비 나랍씨의 처소인 동쪽 편전을 턱짓으로 가리켰다. 그리고는 손짓으로 멍하니 서 있는 복의를 불렀다.

"등신아, 나를 따라와. 신발 벗어 들고."

복의는 고분고분 신발을 벗어들고 곡곡을 따라나섰다. 곡곡은 밖으로 나가지 않고 까치발을 한 채 방 안에 있는 병풍을 돌아갔다. 병풍 뒤에는 비밀통로 같은 쪽문이 있었다. 또 문에는 창호지 대신 유리가 끼워져 있었다. 유리 너머로는 아무것도 보이지 않았다. 복의는 조심스레 문을 밀고 따라 들어갔다. 그러나 방향을 분간할 수 없어 잠시 그 자리에 서 있었다. 한참 후 어둠에 눈이 익숙해지고 나서야 희미하게 뭔가 보이기 시작했다. 그곳은 좁고 길게 뻗은 방이었다. 안에는 크고 작은 두 개의 나무상자가 있었다. 그 위에는 금과 은으로 만든 수저와 그릇들이 잘 정돈돼 놓여 있었다. 또 동쪽 벽에는 노란딱지를 붙인 찻잎 상자와 찻잔, 술잔들이 진열돼 있었다. 반면 서쪽에는 벽 대신 두 겹으로 된 무거운 천이 드리워져 있었다. 창문이 하나도 없으니 안은 어두울 수밖에 없었다. 궁중살림에 익숙한 복의는 그곳이 후궁의 침실에서 차를 끓여 나르는 암방暗房이라는 사실을 알 수 있었다. 복의가 막 천의 한 귀퉁이를 열어보려고 했을 때였다. 곡곡이 손바닥을 세워 목을 치는 시늉을 하면서 황급히 말렸다. 이어 복의를 끌어당겨 휘장에 귀를 바싹 붙인 채 뭔가를 엿들었다.

복의는 말없이 잠시 귀를 기울이더니 흠칫 놀라는 표정을 지었다. 휘장 저편에서 침대가 삐걱대는 소리와 두 사람이 소곤대는 소리가 들려왔기 때문이었다. 조금 지나자 이불을 흔들어 펴는 듯한 소리도 들렸다. 곧이어 귀비 나랍씨의 이상야릇한 신음소리가 들려왔다. 간간이 남자의 거친 숨소리도 섞여 있었다. 누가 들어도 남녀 간의 정사가 한창이라는 사실을 알 수 있을 정도였다. 황제는 지금 토이기 욕탕에 계시지 않는가. 그렇다면 귀비 나랍씨와 함께 있는 남자는 누구일까? 복의는 부쩍 호기심이 동했다. 자신도 모르게 휘장에 손을 댔다 뗐다 하면서 귀를 더 바싹 들이댔다. 나랍씨의 신음소리는 더 이상 들리지 않았다. 대신 난데없이 태감 왕팔치의 울먹이는 소리가 들려왔다.

"소인은 정말 무용지물이옵니다. 오늘따라 더 말을 안 들으니 죽을 맛이옵니다."

"내려오지 말고 좀 더 있어봐!"

나랍씨의 목소리였다. 톡 건드리면 신음이 터져 나올 것처럼 한껏 들떠 있는 듯했다.

"자네가 태감인 줄 누가 모르나? 이 정도라도 애썼네."

"귀비마마께서 내리신 귀한 약을 먹고도 이 모양이니……."

"가늘기가…… 젓가락 같아. 그래도 대충 요기는 할 만하니 됐어."

"소인……, 그만 내려가면 아니 되겠나이까?"

"아니! 조금 더 만져 줘."

……

"귀비마마?"

"왜?"

"폐하와는…… 어떻게 하시옵니까?"

"어허! 이것이 위아래 없이 아무 소리나 하고 있어!"

나랍씨와 왕팔치 두 사람의 대화는 끈적하기가 이루 말할 수가 없었다. 복의는 전혀 예상치 못했던 상황에 큰 충격을 받았다. 가슴이 쿵쿵 뛰고 말도 나오지 않았다. 꾁꾁이 다시 발소리를 죽이며 살금살금 방으로 돌아와서는 눈웃음을 치면서 말했다.

　"이제 알겠지? 왕팔치가 어떻게 너를 제치고 총관이 됐는지! 무슨 약을 먹긴 먹은 게 확실해. 그러기에 귀비마마가 그 정도면 대충 요기는 할 수 있다고 하잖아."

　복의는 꾁꾁의 말은 듣는 둥 마는 둥 했다. 여전히 놀란 토끼 눈을 한 채 넋 나간 사람 같은 모습을 하고 앉아있었다. 급기야 도저히 믿을 수 없다는 듯 조용히 중얼거렸다.

　"믿을 수가 없어! 세상에 어찌 이런 일이 있을 수 있냐? 붙잡히면 가죽을 벗기고 난도질을 할 일이야!"

　꾁꾁이 복의의 말에 코웃음을 쳤다.

　"가죽을 벗기긴! 전에 혜빈惠嬪도 태감과 놀아난 적이 있대. 현장에서 벌거숭이인 채로 나랍씨에게 들켰다잖아. 그래도 하나는 빨래방으로 쫓겨나고 다른 하나는 용양재龍陽齋로 가서 옥그릇을 지키는 가벼운 처벌만 받았잖아. 집안 흉이 밖으로 나가봤자 제 얼굴에 침 뱉기라는 걸 폐하께서 어찌 모르시겠어!"

　복의는 꾁꾁의 입에서 '폐하'라는 두 글자가 나오는 순간 밀주함을 떠올렸다. 이어 황급히 꾁꾁의 뺨을 쪽 소리 나게 빨고는 방에서 뛰쳐나갔다. 꾁꾁이 그러자 다급히 따라 나와서는 두 손으로 복의의 등을 토닥토닥 두드리면서 단단히 일렀다.

　"우리 둘은 오늘 아무것도 안 본 거야. 무덤까지 이 비밀을 가지고 가야 해, 알았지?"

　복의는 고개를 끄덕이며 허둥지둥 연기궁으로 달려갔다. 다행히 건륭은 아직 목욕탕에서 나오지 않은 것 같았다. 그래도 승여乘輿는 떠날 채비를 마치고 정전 앞에 대기해 있었다. 복의는 그 광경을 보고서야 비로소 안도의 숨을 내쉬었다. 이어 진학회의 태감 방에 들어가 부채질을 하면서 건륭이 나오기를 기다렸다. 그렇게 앉아 있자 얼마 후 진학회가 땀을 철철 흘리면서 들어섰다. 진학회는 "덥다, 더워!"를 연발하면서 냉차를 꿀꺽꿀꺽 들이마신 다음 입가를 쓱 문질러 닦고는 입을 열었다.

"이 찜통더위에 물 끓이다가 오늘은 진짜 끓는 장면을 봤지 뭐예요. 폐하와 내낭이 목욕탕 안에서 그 짓을 하는데……. 와, 못 참겠더군요!"

진학회가 말을 마치고는 흐물흐물 웃으면서 무슨 음탕한 얘기를 꺼내려고 복의에게 가까이 오라는 손짓을 했다. 그때 건륭이 한 무리의 태감들에게 둘러싸인 채 모습을 드러냈다. 언홍과 영영 두 비빈이 궁문 앞에서 무릎을 꿇은 채 배웅을 하고 있었다.

"그 재미난 얘기는 나중에 꼭 들려줘."

복의가 낄낄 웃었다. 이어 서둘러 밀주함을 들고 달려 나가 계단 밑에 조용히 서 있었다.

"복신, 함을 받아 오너라."

건륭이 복의를 발견하고는 명령을 내렸다. 그리고는 언홍과 영영에게도 분부했다.

"그만 일어나게. 저녁에 짐은 황후의 처소로 들 것이네."

건륭은 말을 마치고는 승여에 오르려고 했다. 그러다 승여 옆에 고개를 숙이고 서 있는 내낭을 향해 말했다.

"내낭, 자네도 황후의 처소로 가 있게. 짐이 의사를 위해 영대로 가니 저녁에 황후를 보러 갈 거라고 이르게. 저녁 수라는 따로 준비할 필요 없다고 하게. 돌아와서는 언홍이한테 가서 수저를 들 것이네. 그런데, 어찌 왕팔치가 안 보이는가?"

사람들이 어찌된 영문인지 몰라 두리번거리고 있을 때였다. 멀리 '크렘린궁' 쪽에서 왕팔치가 헐레벌떡 달려오고 있었다. 그는 숨이 턱에까지 차오르도록 뛰었다. 곧이어 건륭 앞으로 온 그는 무릎을 꿇더니 손으로 가슴을 눌러 진정을 시키고는 비굴한 웃음을 지은 채 아뢰었다.

"나랍씨 귀비께서 낚시를 즐기시면서 소인에게 미끼를 좀 끼워달라고 하명하시기에 지체했사옵니다!"

복의는 속으로 코웃음을 쳤다. 이어 석연치 않은 구석이 많은 왕팔치를 뚫어지게 노려봤다. 건륭은 회중시계를 꺼내 봤다. 시침이 미시未時 끝 무렵을 가리키고 있었다. 건륭이 승여에 오르더니 밀주함을 열면서 명령했다.

"출발하거라!"

"폐하께서 납신다, 물렀거라!"

왕팔치가 큰 소리로 외쳤다. 그 말을 전하는 소리가 높았다 낮았다 하면서 파도 타듯 멀리 퍼졌다.

"폐하께서 납신다……."

"폐하께서 납신다……."

영대에서는 대신들이 벌써 한 시간째 건륭을 기다리고 있었다. 그러나 그들은 꼼짝할 생각도 하지 않고 그런 듯이 앉아 있었다. 영대 주변은 서쪽으로는 서산西山에 인접해 있고, 동쪽으로는 옹산饔山과 만수산萬壽山을 옆구리에 끼고 있었다. 또 남쪽으로는 비방박飛放泊을 마주하고 있었다. 그러니 실은 남해자南海子의 서북쪽에 위치한 셈이었다. 바로 그 서쪽에 있는 초승달 모양의 수로水路는 담녕거 서북쪽에 이르러 제법 큰 호수를 이루었다. 영대는 바로 그 호수의 한가운데에 있었다. 주변에는 팔선동八仙洞, 십팔학사정十八學士亭, 대혁대對奕臺 등 수려한 경관들도 심심치 않게 있었다. 특히 동서 양쪽에 산을 끼고 있기 때문에 여름에도 덥지 않았다. 남풍이든 북풍이든 울창한 숲을 통과해 불어오는 바람은 덥고 다습한 기운을 여과시켜 시원하고 맑은 느낌을 주었다. 그뿐 아니라 관성정觀星亭에 올라 바라보면 하늘을 찌를 듯 우뚝 솟은 옹산과 만수산의 검푸른 위용도 장관이었다. 선녀가 멱을 감고 있을 것 같은 서산 너머에는 뽀얀 안개가 감돌아 당장이라도 시흥이 솟구칠 것 같았다. 남쪽과 북쪽을 바라보면 울창한 숲속에 그림 같은 회랑과 누각, 정자들이 보일 듯 말 듯 흩어져 있어 이것 역시 영대 부근의 또 다른 장관이라고 할만 했다.

영대에서 건륭을 기다리는 신하들은 평소 사방이 막힌 답답한 사합원四合院에서 부채와 씨름을 하다가 오늘은 말로만 들어왔던 영대의 수려한 경관과 시원함을 만끽할 기회를 가지게 됐다. 그랬으니 사실은 어가를 기다린다는 명목하에 일찌감치 나와서 기다리는 것이었다.

그들 몇몇 군기대신들은 부항과 아계를 제외하고는 하나같이 육부의 업무까지 겸한 거물들이었다. 따라서 모두들 점잖고 무게 있는 모습이었다. 특히 평소에 기품 있고 노련미가 풍기는 부항은 감개가 무량한 표정으로 천천히 영대의 난간 주위를 거닐고 있었다. 한편 심장질환이 있는 유통훈은 난간 옆 걸상에 앉아 수련을 하듯 지그시 눈을 감고 있었다. 병부 상서로 새 삶을 시작한 악종기는 아직은 모든 것이 다소 어색한 듯 조용히 앉아 있었다. 어떤 장소에서든 분위기를 주도하는 사람은 역시 기윤이었다. 그는 별로 관심도 보이지 않는 아계를 붙잡고 자신이 중책을 맡아 추진 중인 《사고전서》 편수작업에 대해 장광설을 늘어놓고 있었다.

"《사고전서》는 크게 경經, 사史, 자子, 집集 네 부部로 나뉘지. 규모가 얼마나 방대한지 아마 사해四海를 통틀어도 못 미칠 거야! '자부'子部에만

유가儒家, 병가兵家, 법가法家, 농가農家, 의가醫家, 천문산법天文算法, 술수術數, 예술藝術, 보록譜錄, 잡가雜家, 유서類書, 소설小說, 석가釋家, 도가道家 등 많은 유파가 포함돼 있어. 크게 네 개 부로 나뉘지만 쪼개고 또 쪼개면 총 구백이십 부에 일만 칠천팔백칠 권이나 되는 분량이야. 자네는 장군 이니 아마 병서에 대해 관심이 많을 거야. 자네가 원하는 병서는 어떤 것이든 이 속에서 전부 찾을 수 있어!"

30여 세의 젊은 나이로 조정의 중추 부서에 자리를 잡은 아계는 기윤의 말을 들어주느라 갈수록 죽을 맛이었다. 어떻게 하면 재상의 풍모도 갖추면서 지나치게 무게를 잡는다는 말도 피할 수 있을까, 조금 있다 어가가 당도하면 어떻게 맞이해야 할까……. 오만가지 생각으로 인해 머릿속이 복잡하기 그지없었다. 그러나 나라의 중대사를 맡고 있는 기윤이 말을 하는데 건성으로 응대할 수도 없는 일이었다. 결국 아계는 머릿속으로는 본인 생각을 하면서 기윤의 말에 적당히 미소를 짓고 머리도 끄덕여 주었다. 그러나 그게 여간 힘든 게 아니었다. 때마침 기윤이 목이 마른 듯 혀로 입술을 축였다. 아계는 그것을 보고 재빨리 자리에서 일어났다. 이어 찻물이 조금 남은 기윤의 찻잔에 차를 따라주며 장단을 맞춰주었다.

"과연 대단하네! 경청하다보니 자네는 유가 쪽에 속하는 것 같아. 시비是非를 판가름할 수 없는 경우가 한 가지 생각나니 가르침을 내려주게."

아계의 말에 다른 사람들도 관심을 보였다.

"유가의 이론으로 판가름할 수 없는 시비도 있다는 말인가? 말해봐. 들어나 보자고."

그러자 아계가 고개를 끄덕였다.

"내가 섬주陝州 지부知府로 있을 때의 일이야. 그곳의 삼문협三門峽에 청리촌清里村이라는 고을이 있었어. 그곳에서 발생한 민사 사건 때문에 내가 골머리를 크게 앓은 적이 있다고. 마을 족장이 공龔씨의 며느리인 공왕龔王씨를 행실이 부정하다고 고발한 사건이었지. 족장의 말에 따르면 여자는 마을의 몇몇 젊은이들과 떼를 지어 몰려다니면서 음탕한 짓을 했다고 해. 어떤 날 밤에는 새벽까지 이상야릇한 신음소리가 들려 온 동네가 잠을 못 이룰 정도였다고 해. 결국 족장은 두 남녀의 간통 현장을 덮쳐 아문에 고소장을 올려서 나에게까지 보고가 올라왔지. 그래서 내가 구질구질하게 그따위 일이나 보려고 이 자리에 앉아 있는 줄 아느냐고 화를 냈지. 그랬더니 현령이 이렇게 하소연을 하는 거야. '이 여자는 타고나기를 음란하게 타고났다고 합니다. 고소장이 한두 번 올라온 것이 아닙니다. 문제는 사람들이 한결같이 이 여자를 최고의 효부라면서 입을 모아 칭찬하는 것입니다. 여자의 남정네는 물론이고 시아버지, 시어머니, 시동생, 올케가 모두 아문으로 달려와 이 여자가 잘못되면 자기네 가문이 문을 닫게 될 거라면서 제발 풀어달라고 손이 발이 되게 비는 겁니다'라고 말이야. 아무튼 사건은 어찌어찌 결판이 났어. 하지만 이런 경우에는 어떻게 해야 마땅한지 기윤 공께서 가르침을 줬으면 해."

"음란함은 만악萬惡의 으뜸이야. 효는 백행百行의 기본이고!"

기윤이 말을 꺼내놓고는 잠시 침묵했다. 이어 깊은 사색에 잠긴 채 몇 번이고 입을 열려다가 다시 다물기를 반복했다. 그러더니 한숨을 쉬면서 조심스럽게 말을 이었다.

"전자는 행실에 옮겼을 때를 논하는 거야. 솔직히 오욕칠정五慾七情을 지닌 인간인 이상 마음속에 음심淫心이 없는 사람이 어디 있겠어? 후자는……, 효심과 효행의 차이점을 알아야 할 것 같아. 가진 자가 물질적인 풍요로움을 시혜하는 차원에서 노인들에게 시주했을 때 이는 효행이라고 할 수 있겠지. 그러나 근본적으로 따뜻한 효심이 뒷받침 돼 있지 않는 효행은 진정한 효라고 보기 힘들 것 같아. 가난 때문에 남의 집 머슴살이를 하는 사내가 어쩌다 주인의 배려로 고기 한 점을 먹게 됐다고 가정해보자고. 사내는 평생 고기냄새 한 번 맡아 보지 못한 어미가 눈에 밟혀 그 고기를 소중히 싸 가지고 눈길을 달려 어미를 찾아가 입안에 넣어드렸어. 이럴 경우에는 만금이 무색한 효가 아니겠나?"

기윤의 대답은 아계가 원한 정확한 답이 아니었다. 결국 아계를 비롯해 모두가 석연찮은 표정을 지었다. 그러자 기윤이 덧붙였다.

"글쎄……, 이 문제는 정의情意와 도리道理가 극과 극을 치닫는 경우이니 누구의 손을 들어줘야 할지 모르겠군. 갑자기 머리통이 복잡해지네."

부항이 뒷머리를 긁적이면서 난감해 하는 기윤을 보면서 웃었다.

"어떤 여자인지 참으로 대단하구먼. 우리의 천하통天下通 기효람으로 하여금 뒷머리를 긁게 만드는 걸 보니! 아마 그 집의 남정네가 밤일을 잘 못해 줬나 보지?"

기윤이 즉각 다시 입을 열었다.

"인간이 사는데 원칙과 도리만 가지고 살 수 있겠습니까? 사람이 살다보면 무 자르듯 옳고 그름을 판명할 수 없는 경우도 비일비재하죠. 덕을 많이 쌓으면 승천하고 죄가 깊으면 지옥에 떨어진다는 건 천고의 진리가 아닙니까? 옥황상제와 염라대왕께서 머리 맞대고 고민하실 일이지 범인凡人인 제가 어찌 판단할 수 있겠습니까?"

기윤의 말에 좌중의 사람들은 모두 껄껄 웃고 말았다. 아계 역시 싱겁게 웃지 않을 수 없었다.

아계는 군무에는 일가견이 있다고 자부하나 아직 정무에는 문외한이었다. 때문에 세상 돌아가는 얘기에 관심을 갖고 정무를 차근차근 배우기로 결심했다. 그가 그런 생각을 하면서 다시 부항에게 물었다.

"예부에서 며칠 전 각 성의 열녀烈女, 열부烈婦 후보자 명단을 올려 보낸 걸 봤습니다. 혹시 부상께서는 강서성 금화金華에서 일어난 사건을 알고 계십니까?"

"강류姜柳씨가 불한당들에게 윤간을 당하고 맞서 싸우다 죽은 사건 말인가?"

부항이 알고 있다는 듯 고개를 끄덕였다.

"안타깝게도 이미 윤간을 당한 뒤 죽었으니 결백함을 칭송하는 패방牌坊은 세워줄 수 없게 됐어. 말이 났으니 말인데 연청, 그 다섯 불한당 놈들은 어찌 처벌하기로 결정을 내렸는가?"

"넷은 참립결斬立決(형을 집행할 시기가 아니더라도 즉시 처형함)에 처하기로 했습니다."

유통훈이 귀만 열어두고 속으로는 다른 생각을 하고 있다가 바로 대답을 했다. 그러다 다소 말끝을 흐렸다.

"조사해보니 하나는 고자여서 아예 엄두를 못 냈다고 했습니다. 그래서 참수하되 집행유예를 선고했습니다."

유통훈의 말에 좌중의 사람들은 얼굴에 허탈한 웃음을 머금었다. 그러나 아무도 감히 드러내놓고 웃지는 못했다. 기윤이 고개를 돌려 부항을 향해 말했다.

"폐하께서 홍량길洪亮吉, 심귀우沈歸愚, 전향수錢香樹, 주수균朱修筠 등 네 명의 《사고전서》 사집史集 부총교副總校를 파면한다는 어지를 내리셨습니다. 모두가 둘째가라면 서러워할 석유碩儒들인데 말입니다. 부상은 사집 총교總校 직을 맡으셨으니 조금 있다 폐하께 이들의 손이 필요하다고 주청을 올려주시면 어떻겠습니까? 그 많은 문자를 교열하면서 오자 하나쯤은 발견하지 못할 수도 있는 일 아닙니까? 제가 장담하건대 이들 네 명은 모두 착실하고 열심히 일하는 사람들입니다. 저도 가끔은 실수를 하는데 이들도 그럴 수 있지 않습니까?"

부항이 기윤의 부탁에 씁쓸한 웃음을 흘리면서 바로 대답했다.

"폐하께서 진노하셨네. 나에게도 벌봉罰俸 반 년의 책임을 물으셨어. 아직 모르고 있었군!"

아계와 유통훈은 이때 부항과 기윤 둘의 대화보다는 주변 경관에 마음을 더 빼앗긴 듯했다. 아니나 다를까, 둘은 저만치 걸어가 어딘가를 가리키면서 담소를 나누고 있었다. 순간 기윤이 부항에게 조용히 따라오라는 시늉을 했다. 부항이 의아쩍은 표정을 지은 채 기윤을 따라 산 뒤편으로 향했다.

"또 무슨 귀신놀음을 하려고 그러나?"

부항의 물음에 기윤이 바로 대답했다.

"이 사람이 부상께 아직 세간에 알려지지 않은 비밀 처방을 가르쳐드리겠습니다. 제 말만 기억하신다면 앞으로 절대 폐하께 훈계나 문책을 당하시는 일이 없을 것입니다. 물론 알려드리기 전에 우리 두 사람 사이에 약법삼장約法三章(漢나라 고조 유방이 진秦나라 수도 함양咸陽을 점령했을 때 현지 백성에게 한 세 가지 약속)이 있어야겠습니다. 만에 하나 제가 어떤 착오를 범해 폐하께 문책을 당하게 되면 부상께서도 저를 꼭 도와주셔야 합니다!"

"그거야 당연하지. 그런데 비밀 처방이라는 게 대체 뭐야?"

"그들이 왜 파면을 당했는지 아십니까? 부상께서 벌봉에 훈계까지 들으셨는지에 대한 이유도 아십니까?"

"오자를 못 찾아냈기 때문이지!"

기윤이 부항의 대답에 고개를 절레절레 저었다. 이어 놀라서 눈이 휘둥그레진 부항을 향해 말했다.

"솔직히 말씀드리겠습니다. 부상께서 오자를 하나도 안 놓친 것이 문제의 근원입니다. 부상께서 허점을 보이지 않고 계속 이대로 물샐틈없이 일을 잘하신다면 폐하의 인정을 받지 못할 뿐더러 언젠가는 강등을 당할지도 모릅니다!"

"그게 무슨 해괴한 논리인가?"

부항은 이해가 가지 않는다는 반응을 보였다. 그리고는 기윤의 보충 설명을 기다렸다.

"폐하께서는 성학聖學이 연박淵博하십니다. 결코 성조와 세종에 뒤지지 않을 정도로 높은 덕목도 자랑하시는 분이십니다. 게다가 근정勤政 자세와 놀라운 근골筋骨은 천고의 제왕들 중에서도 으뜸에 속합니다! 한마디로 폐하께서는 지고무상至高無上의 성군이십니다. 물론 신하들이 뛰어나기를 원하시지만 신하들이 흠잡을 데 없이 걸출한 단계까지 이른다면 이를 간과하실 수 있겠습니까? '과유불급'過猶不及(넘치면 부족한 것보다 못하다는 의미)이라는 말도 있지 않습니까? 부상, 이만하면 제가 명명백백하게 말씀 올린 겁니까?"

부항은 총명한 사람이었다. 기윤의 뜻을 '명명백백'하게 이해할 수 있었다. 자고로 천고의 충신들 중에는 이유도 없이, 영문도 모른 채 파란만장한 삶을 마감하는 경우가 허다했다. 그들의 충정이 오히려 비극을 초래한 데는 다 이유가 있었다. 가장 중요한 이유는 역시 구중을 조감하는 제왕들이 지고무상의 권위에 위기의식을 느꼈기 때문이었다. 한마디로 군주들은 '머리 위에 기어오를' 정도로 '똑똑한' 신하를 반기지 않았던 것이다!

부항이 닳아 떨어질 정도로 숙독한 육경사서六經四書(경학經學. 유교의 경전)에는 "신하는 황제보다 무능해야 한다"거나 "황제가 무능하면 신하는 '무골충' 또는 '백치'가 돼야 한다"는 등의 내용은 들어 있지 않았다. 그랬으니 기윤에게 그런 얘기를 들은 그로서는 충격이 컸다.

기윤은 그런 부항을 보면서 자신이 너무 직설적으로 말했나 하는 생각에 조금 후회가 되었다. 그러나 뜻밖에 부항은 기윤을 질책하지 않았다. 오히려 기윤에게 다가가서 예를 갖추며 정중하게 읍을 했다.

"좋은 가르침을 받았네. 정말 고맙네. 기윤 공의 가르침은 내가 평생을 무사히 살다 갈 수 있도록 도와줄 것이네!"

기윤이 벅차오르는 감정을 추스르면서 입을 열었다.

"말씀드리고 보니 어쩐지 부상을 조금 덜 착한 신하가 되도록 종용한 것 같네요. 그러나 명철보신明哲保身을 아무리 운운해봤자 제 몸 하나 제대로 건사하지 못한다면 어찌 폐하를 일대영주一代令主로 보좌할 수 있겠습니까?"

부항과 기윤이 그처럼 솔직하게 속내를 털어놓고 있을 때였다. 멀리서 음악 소리가 들려오기 시작했다. 건륭의 어가가 도착한 것 같았다. 두 사람은 마주 보고 웃으면서 제자리로 돌아왔다. 아니나 다를까, 건륭은 이미 맞은편 구곡판교九曲板橋에 도착해 승여에서 내리고 있었다. 신하들은 재빨리 달려가 무릎을 꿇고 영접을 했다. 건륭이 천천히 걸어 교두정橋頭亭에까지 이르렀다. 부항이 먼저 머리를 조아렸다.

"신 부항이 폐하께 문후를 여쭙사옵니다!"

건륭이 걸음을 멈추고는 몇몇 고굉股肱 대신들을 바라보며 미소를 지었다.

"모두 일어나게! 운송헌도 서늘하기는 하지만 그래도 바람이 잘 통하는 이곳이 더 좋을 것 같아 이리로 오라고 했네. 짐을 따라 공자전工字殿으로 들어가세."

부항 일행이 건륭을 따라 들어간 궁전 안은 역시 들은 바대로 바깥 못지않게 시원했다. 그들 중 일부는 그 사실이 신기한지 건륭이 내전으로 들어가 옷을 갈아입는 동안 어좌를 둘러싼 병풍 앞에서 두리번두리번 실내를 둘러보기도 했다. 실내 역시 신기한 것이 많았다. 우선 사방에 커다란 창을 낸 것이 특이했다. 그래서인지 통풍이 잘되고 햇살도 잘 들어왔다. 또 벽은 서예 작품이 단 한 점도 걸려 있지 않았는데, 그로 인해 오히려 더 깔끔하고 정갈한 멋을 풍기고 있었다. 금전金磚(도금된 벽 돌)을 깐 바닥은 그림자가 어른거릴 정도로 반들반들했다. 얇은 신발을 신은 발이 시원할 정도로 차가웠다. 건륭은 신하들이 마음대로 다니며 구경하지는 못하고 고개만 돌려 주위를 둘러보고 있는 사이에 내전에 서 나왔다. 순간 신하들은 다시 다 함께 무릎을 꿇었다.

들어올 때 미색 두루마기만 입고 있었던 건륭은 금룡金龍을 수놓은 자주색 마고자를 껴입고 나왔다. 목에는 침향나무 향이 나는 조주를 걸고 있었다. 또 허리에는 백옥으로 가장자리를 장식한 띠를 두르고 있 었다. 쓰지 않은 관모는 왕팔치가 받쳐 들고 있었다. 건륭이 검은 비단 으로 만든 단화를 신고 쿵쿵 소리를 내면서 궁전 안을 거닐다 악종기에 게 다가가더니 아래위를 훑어보았다.

"경은 나이를 먹어도 여전하구려! 그래, 끼니는 거르지 않고 잘 먹는 가? 연청, 자네의 심질心疾은 좀 차도를 보이는가? 짐이 태의 둘과 내무 부 태감 스무 명을 경의 부저府邸로 보내 시중들라고 했는데, 그리로 갔 던가?"

악종기와 유통훈은 즉각 황급히 머리를 조아려 사은을 표했다. 이어 유통훈이 감격에 겨워 울먹이며 아뢰었다.

"폐하의 하해와 같은 성은에 눈물을 쏟으면서 감격해마지 않았사옵 니다. 사실상 친왕과 다름없는 그런 대우에 신은 그저 황감할 뿐이옵니 다. 태감은 감히 곁에 둘 수 없어 모두 되돌려 보내고 태의도 한 사람만 남게 했사옵니다. 폐하께서 내리신 어사약주御賜藥酒를 마시고 신의 심 장병은 대단히 큰 차도를 보이고 있사옵니다."

유통훈의 말이 끝나자 바로 악종기가 종소리처럼 크고 웅글진 목소리로 아뢰었다.

"폐하의 홍복 덕택에 신은 아직도 하루에 쌀밥 세 그릇과 삶은 고기 두 근은 너끈히 먹을 수 있을 정도로 튼튼하옵니다. 폐하께서 윤허해주신다면 전장으로 나가 적들을 무찌르고 싶사옵니다!"

건륭이 고개를 끄덕였다. 이어 부항과 아계를 건너뛰어 기윤을 향해 말했다.

"고기 먹는 데는 기윤을 당할 사람이 없지. 효람, 자네는 명민한 사람인데 어찌 그리 송곳으로 자기 눈을 찌르는 아둔한 짓을 해 물의를 빚는 것인가! 친붕호우親朋好友들을 불러 적당히 술잔 기울이면서 즐기는 것은 뭐라고 할 생각이 없네. 그런데 경은 어중이떠중이 같은 무리들에게까지 청첩장을 보내 집으로 불러 모아놓고 질펀한 술자리를 만들었다면서? 도찰원 어사들이 대신의 체통에 어긋나는 부정한 행실이라고 자네를 탄핵한 상주문을 제출했네. 짐은 보류하고 있으나 마음이 석연치 않네."

건륭의 질책에 기윤이 즉각 황공한 표정을 한 채 연신 머리를 조아렸다.

"신이 죄를 청하옵니다. 어사들의 탄핵 상주문에 대해서도 이의가 없사옵니다! 신이 불민해 쓰레기 같은 무리들이 들러붙게 됐음을 깊이 자책하고 반성하옵니다. 하오나 이번에 그자들을 초대한 것은 사실 두 번 다시 보지 않기 위함이었사옵니다."

"그게 무슨 소리인가?"

기윤이 즉각 대답했다.

"음식상에 오른 주식主食은 발바닥 각질을 소로 넣은 물만두였사옵니다. 신은 백 명도 넘는 가인들에게 더운 물에 발을 담가 각질을 벗겨내게 했사옵니다. 하지만 그것만으로는 부족해서 아계 공에게 부탁해 친병들의 묵은 때를 삼십 근도 넘게 긁어왔사옵니다. 하오니 그 물만두를 먹은 자들이 두 번 다시 신의 문지방을 넘겠사옵니까?"

세상에 이런 기상천외한 일이 어디 있는가! 건륭은 기가 막힌 듯 할 말을 잃고 멍하니 앉아 있다가 이마를 치면서 호탕하게 웃었다.

"각질로 만두를 만들다니! 하하하하!"

"아유, 더러워! 기효람은 진짜 괴물이옵니다."

부항이 울컥 치밀어 오르는 구역질을 애써 참으며 말했다. 악종기 역시 수염을 떨면서 웃었다. 그러자 아계가 변명하듯 입을 열었다.

"각질에 뭔가를 섞어 만병통치약을 만든다고 구해달라기에 깜빡 속았사옵니다. 워낙 대학자라 별 기괴한 걸 다 아는구나, 그 정도로만 생각했었사옵니다. 그날 초대받은 사람들이 이 사실을 알게 되면 아마 십년 전에 먹은 것까지 다 토해낼 것이옵니다!"

좌중의 사람들이 아계의 말에 또 한바탕 웃었다. 건륭은 이어 왕팔치의 손에서 생사生絲 조관을 건네받아 머리에 썼다. 이어 웃음을 거두고 밀주함에서 꺼낸 두 통의 상주문을 부항에게 건네줬다.

"고향과 유용이 올린 밀주문이네. 둘 다 장문長文은 아니니 돌려가면서 읽어보게. 우연이라도 그런 우연이 있을까! 두 탈영병 말일세. 하나는 감옥에서 행패를 부리는 옥졸을 죽이고, 하나는 덕주에서 불한당을 죽였다네. 그리고 둘 다 기막힌 도화운桃花運(애정운)이 트인 것 같고……."

건륭이 말을 마치고는 어좌로 올라가 앉았다. 이어 온화한 표정으로 좌중을 둘러보면서 입을 열었다.

"오늘 의사議事 내용은 어제 어지를 내려 고지했던 그대로네. 부세賦稅, 백련교白蓮敎, 이치吏治, 금천 전사에 대해 집중적으로 논의하고자 하네. 음, 그 밖에 눌친에 대한 처벌 조항도 있네."

'눌친'이라는 말에 밀주문을 읽고 있던 부항을 비롯한 모두의 시선이 건륭에게 쏠렸다. 건륭의 낯빛은 점차 서늘하게 식어가고 있었다. 건륭이 침울한 어조로 덧붙였다.

"눌친과 장광사는 이미 풍대豐臺까지 압송돼 왔다고 하네."

15장
처형 당하는 눌친

좌중의 사람들은 물론 몇몇 군기대신들조차 눌친이 북경 근교에 도착했다는 사실을 전혀 모르고 있었던 만큼 모두들 깜짝 놀랐다. 건륭이 우울한 표정을 한 채 덧붙였다.

"짐도 점심 수라 때 보고를 받았네. 미처 경들에게 알려줄 시간이 없었지."

건륭이 잠시 말을 멈추고는 창밖 어딘가에 시선을 던졌다. 그러더니 혼잣말 하듯 다시 나지막이 말을 이었다.

"붓대 놀리는 자나 갑옷 입은 자나 다 마찬가지야! 이치는 엉망이고 부세는 불균등해. 게다가 억울한 옥사는 줄을 잇고 있어. 백성들이 아우성을 치지 않으면 이상한 일이지. 태양이 비추지 못하는 곳의 어둠이라…… 더 이상 좌시할 수 없어. 이대로는 절대 안 돼."

건륭이 다시 침묵을 지키며 책상 위에 놓여 있는 옥 여의를 만지작거렸다. 그는 가끔 차를 조금씩 마시기도 하면서 대신들이 밀주문을 다 읽을 때까지 기다렸다. 모두들 밀주문을 돌려가면서 다 읽고 나자 부항이 다시 두 손으로 받쳐 올렸다. 그제야 건륭이 명령을 내렸다.

"다들 자리에 앉게. 의사에 앞서 짐이 쐐기를 박아두겠네. 눌친의 문생이 방방곡곡 없는 곳이 없는 줄 잘 알고 있네. 경들 중에도 눌친과 다년간 함께 일을 해온 사람이 있을 테지. 그러나 그가 북경에 압송돼 왔다는 기밀을 누설해서는 절대 아니 되네. 그런 사람이 있다면 법에 따라 엄정히 죄를 물을 것이네. 일단 눌친의 죄가 확정된 다음에는 평소의 친분에 따라 사적으로 정을 나눠도 상관하지 않겠네. 이를 어겼을 시에는 군기대신이라 할지라도 짐의 용서를 받기 힘들 것이야."

부항은 건륭의 말에 남들 모르게 미간을 깊게 찌푸렸다. 뭔가 말하기 힘든 속사정이 있는 것 같았다.

아계가 부항의 눈치를 보면서 먼저 입을 열었다.

"폐하께서 먼저 눌친의 죄명을 정해주시는 것이 순서가 아닐까 사료되옵니다. 신들은 당연히 입에 자물쇠를 군게 채울 것이옵니다. 하지만 아니 땐 굴뚝에도 연기가 나는 것이 요즘의 관료사회이옵니다. 조정에서 왕법에 따라 그의 죄를 먼저 정명定名하는 것이 바람직할 것 같사옵니다. 이는 신의 어리석은 의견이오니 결과는 폐하의 성재聖裁에 따르겠사옵니다."

건륭이 그러자 부드러운 눈매로 새내기 군기대신을 바라보면서 고개를 끄덕였다.

"어리석은 의견은 아니네. 임시변통의 계책으로는 가능하겠네. 미리 죄명을 정해놓으면 이 사건으로 인해 예기치 않은 문제가 생기는 일은 없을 테지. 부항, 경은 눌친과 가장 오래 일을 해왔던 사람이네. 그 사이 둘 사이에 정견이 일치한 적도 있고 상충한 적도 많았을 테지. 눌친은 금천으로 자청해 가기 전까지 경의 윗자리에 있었던 사람이야. 그러니 경이 말을 떼기가 대단히 조심스러울 줄로 아네. 짐은 경의 고충을 잘 알고 있네. 그럼에도 사심 없이, 법대로 이번 사안에 소신껏 임해주기를 바라네. 경이 당당하게 소신을 밝히는 데 걸림돌이 생기지 않도록 짐이 시시비비를 가려주겠네."

부항은 자신의 난감한 입장을 헤아려주는 건륭의 말에 적잖이 감동을 받았다. 바로 자리에서 나와 무릎을 꿇고는 머리를 조아렸다.

"망극하옵니다, 폐하! 눌친은 신과 더불어 오래도록 폐하를 섬겨온 사람이옵니다. 군주에 대한 충정과 종묘사직에 대한 애정은 누구 못지 않게 대단한 사람이었다고 생각하옵니다. 타고난 성정이 과묵하고 차가운 데다 약간 어둡고 편벽한 경향을 보이기는 했사오나 그런 성격이 기추機樞 대신으로서의 장점이 될 수도 있다고 신은 늘 생각해 왔사옵니다. 신은 이번에 금천 전사의 지휘봉을 받아 쥘 때까지 그가 이토록 최악의 상황을 몰고 올 줄은 꿈에도 몰랐사옵니다. 독단과 아집으로 일관해 패망을 불러오고 상사욕국喪師辱國의 죄를 솔직히 청하기는커녕 이를 덮어 감추고자 살인과 기군欺君을 시도했사옵니다. 결코 정신이 제대로 박힌 사람의 소행이라 보기 힘드옵니다. 그에게 기대를 걸었던 모든 이들에게 받아들이기 힘든 실망을 안겨준 것도 부족해 폐하의 지인지명知人之明에 일격을 가했사옵니다. 신은 그 생각만 하면 밤중에도 벌떡 일어나 앉을 정도로 절치切齒의 통한을 금할 수 없사옵니다. 죄를 논한다면 기군죄가 먼저이옵니다. 그 다음이 지휘력을 부실하게 운용한 죄라고 사료되옵니다. 종묘사직, 조정과 폐하의 체통에 먹칠을 한 죄는 결코 용서할 수 없사옵니다!"

부항은 흥분에 떨면서 격정을 토로했다. 눈에서는 두 줄기 굵은 눈물이 흘러내렸다. 궁전 안은 그의 말이 끝나자 무서울 만큼 처연한 정적에 사로잡혔다. 복도로 불어오는 바람소리가 소슬하게 느껴질 정도였다. 부항이 감정을 추스르면서 다시 입을 열었다.

"물론 눌친에게도 부인할 수 없는 공로는 있사옵니다. 영정하永定河 제방을 견고히 쌓아 북경의 물난리를 미연에 방지한 데는 눌친의 공로가 크옵니다. 그때 당시 우매한 신은 제방 공사를 극구 반대했었사옵니다. 또 비록 어지를 받아 하남, 강남, 산동 등 몇 개 성을 시찰하고 정무를 정돈했다고는 하나 그 노고와 숨은 공로를 부인할 수 없사옵니다. 이 밖에 재해복구에도 전력을 다해 굶주린 백성들에게 조정 신료에 대한 두터운 신임을 심어주는 데도 기여했사옵니다······. 따지고 보면 죄는 무거우나 수십 년 재상 임기에 쌓은 공적도 결코 무시할 수 없사옵니다. 만에 하나 용서를 받을 수 있다면 이것이 그 첫 번째 이유가 아닐까 하옵니다. 두 번째 이유도 있습니다. 눌친은 언제나 청렴하고 분에 넘치는 재물을 취하지 않았사옵니다. 그 동안 수만 냥의 은자가 오가는 굵직한 사건들을 처리했으나 뒤가 그렇게 깨끗할 수 있을까 의심스러울 정도로 청렴했사옵니다. 지금은 탐관오리들이 동면에서 깨어나 슬슬 기지개를 켜는 시점이옵니다. 심지어 일각에서는 부현府縣 이상 관리들 중에는 청백리가 없다는 말까지 공공연히 나돌고 있는 실정이옵니다. 그래서 유통훈도 이치 쇄신의 기치를 내걸고 강남으로 내려갔다오지 않았사옵니까. 이 시점에 눌친의 청렴함을 크게 부각시켜 죄를 면해준다면 관가의 풍기를 바로잡는 데 도움이 되지 않을까 사료되옵니다. 세 번째 이유도 말씀 올리겠사옵니다. 조정에는 '팔의'八議(《주례》周禮에 근거해 의친議親, 의현議賢, 의고議故, 의능議能, 의공議功, 의귀議貴, 의근議勤, 의보議賓 등 여덟 가지 절차를 거쳐 중죄는 가벼운 벌, 가벼운 죄는 더욱 가볍게 문책하는 것. 이는 귀족의 특권임)의 사례가 있사옵니다. 눌친은 알필륭遏必隆(강희제 초기의 보정대신)의 손자이자 효소인황태후孝昭仁皇太后(강희제의 두 번째 황후)의 외손外孫이오니 '팔의'를 적용시켜 죄를 가볍게 문책할 수 있지 않을까 사료되옵니다."

부항의 평가는 사심이 전혀 없는 매우 공정한 것이었다. 건륭도 귀를 기울여 들었다. 그는 팔의나 재상의 공로 같은 말에는 그리 마음이 동하는 것 같지 않았다. 하지만 '청렴' 두 글자에 대해 논할 때에는 얼굴에 동요하는 표정이 역력하게 나타났다. 건륭 역시 눌친의 청렴함에 대해서는 인정하지 않을 수 없었던 것이다. 건륭은 고개를 들어 천장을 바라보면서 잠시 생각에 잠겨 있더니 천천히 입을 열었다.

"집 앞에 사자 같은 사냥개를 매놓아 사사로운 청탁을 원천봉쇄했다고 하지 않았나. 그래서 문전門前이 거마車馬 오가는 소리도 없이 한산했다지. 다소 억지스럽기는 하지만 청렴함만은 인정해 줘야겠지. 경은 눌친의 기군죄가 패전죄보다 먼저라고 했네. 사실 상사욕국의 죄도 결코 간과할 수 없는 죄목이네. 제갈무후諸葛武侯(제갈공명)는 눈물을 뿌리면서 마속馬謖을 참斬했네. 그러니 짐이 그리 못한다는 법도 없지 않은가?"

건륭은 말을 마치고 고개를 숙였다. 그리고는 땅이 꺼져라 긴 한숨을 토해냈다. 한참 후, 그가 핏기가 싹 사라진 얼굴을 들었다.

"경들이 말해보게, 어떤 처벌을 내려야 마땅한가?"

악종기가 가장 먼저 대담하게 입을 열었다.

"목을 쳐야 마땅하옵니다! 평생 전쟁터에서 뒹굴어온 신은 패전을 초래한 주장主將의 목을 치지 않고서는 책임을 물을 수 없다고 생각하옵니다. 부하 장군과 병사들의 마음속에도 저마다 판단 기준이 있사옵니다. 어디서부터 어떻게 잘못됐는지는 지켜보는 옆 사람이 더 잘 아는 법이옵니다. 여기에서 불공정한 처벌의 선례를 보인다면 앞으로의 전사에 걸림돌이 될 것이옵니다."

아계도 옆에서 거들고 나섰다.

"군주와 조정을 욕보인 죄는 필부 역시 매일반이겠사옵니다. 그러나 천하의 모범이 돼야 할 훈척중신勳戚重臣이라면 그 죄를 더욱 엄하게 물어야 할 것이옵니다. 하오니 이런 경우에는 팔의를 운운할 수 없다고 생각하옵니다! 손바닥으로 하늘을 가릴 수 없듯 청렴이라는 두 글자로 그가 불러온 엄청난 재화를 덮어주기에는 폐하와 나라를 욕보인 죄가 너무 크옵니다. 가차 없이 목을 쳐야 마땅하옵니다!"

기윤은 그 와중에도 담배 생각이 간절해졌는지 곰방대를 꺼냈다. 건륭의 앞이라는 사실도 깜빡 잊은 듯했다. 머릿속이 복잡할 때면 담배를 피우면서 생각에 잠기곤 하다 보니 무의식적으로 그리 된 것이었다. 그는 곧 화들짝 놀라면서 곰방대를 다시 장화 속으로 밀어 넣었다. 그러나 이미 건륭에게 들킨 뒤였다. 건륭이 말했다.

"오늘은 허락해 줄 테니 꺼내서 피게. 통풍이 잘되는 곳이니 다른 사람에게 피해 안 주고 태울 수 있겠지?"

기윤이 건륭의 말에 허리를 숙인 채 사은을 표했다. 이어 사양하는 말도 한마디 없이 곰방대를 다시 꺼내 불을 붙여 입에 물었다. 동시에 구름을 뿜듯 연기를 토해내면서 다시 입을 열었다.

"군법만 적용한다면 눌친은 두 번 논할 여지도 없이 참립형斬立刑에 처해져야 마땅할 것이옵니다. 그러나 그는 다른 죄도 지었사옵니다. 하나는 군주를 기만하려 한 '대불경죄'大不敬罪이옵니다. 다른 하나는 충고를 받아들이지 않고 독단과 아집으로 일관했다가 패배한 죄를 부하에게 떠넘기려 한 '부도죄'不道罪이옵니다. 이는 십악十惡에 포함된 죄목이옵니다. 이런 자를 살려둬야 할 이유가 어디 있겠사옵니까? 믿음이 깨진 인간관계는 깨진 거울이나 다름이 없사옵니다. 설령 용서를 해준들 폐하께서는 그를 다시 믿지 못하실 것이고 신들도 그를 전같이 대할 수가 없을 것이옵니다. 또 눌친을 용서할 경우 장광사는 어찌 처벌하겠사옵니까? 그도 야전 공훈은 혁혁한 자이니 팔의에 거론될 자격이 있지 않사옵니까?"

눌친은 건륭에게 조금 특별한 사람이라고 할 수 있었다. 군신의 관계일 뿐 아니라 가까운 친척인 데다 죽마고우라고도 할 수 있었다. 건륭은 황손 시절부터 눌친을 입궐시켜 자신의 글공부를 돕도록 했다. 이어 황자로 장성한 다음에는 자신의 문하에서 있는 힘껏 재주를 펼쳐 보필하도록 했다. 그렇듯 함께 했던 세월과 추억이 장구하다고 할 수 있었다. 이제 그런 그의 목을 치게 됐으니 자꾸만 주저할 수밖에 없었다. 마음이 약해진 그는 신하들의 의견을 따르기로 진작 마음을 굳힌 터였다. 그랬기에 기윤의 한마디는 결정타로 작용했다. 그의 말대로라면 눌친은 위선자에 은혜를 원수로 갚은 소인배가 틀림없다. 그러니 누가 감히 그런 자를 가까이 할 수 있겠는가? 건륭은 기윤의 말에 마음을 굳히고 일말의 미련을 차갑게 떨쳐 내면서 험악한 표정을 지었다.

"효람의 말이 지당하네. 중산랑中山狼(의리 없고 양심 없는 자의 대명사)! 쓸모도 없고 언제 다시 우리를 해코지할지 모르는 존재지. 눌친의 목을 쳐서 이번에 금천에서 죽은 장사壯士들에게 위로의 뜻으로 삼겠네!"

이렇게 해서 눌친의 운명은 죽을 수밖에 없도록 정해졌다. 대세는 완전히 기울었다고 해도 좋았다. 이제 남은 문제는 건륭의 체통을 어떻게 보호하느냐 하는 것이었다. 부항이 속으로 재삼 따져본 끝에 신중하게 입을 열었다.

"이미 사죄死罪로 결론이 났사오니 이제는 조정과 폐하의 피해를 최소화하는 쪽으로 치죄 방식을 정해야 할 것이옵니다. 그의 졸렬한 행각을 온 천하에 공개할 경우 조정과 폐하의 권위에 큰 타격을 입힐 것이옵니다. 눌친이 자결을 하지 않고 저리 궁색하게 살아 돌아온 것은 폐하께서 파장을 고려해 후은後恩을 내리실지도 모른다는 요행심리를 품었기 때문이 아닌가 하옵니다. 애초에 그는 금천으로 출발할 때 군령장까지 세운 사람이옵니다. 만약 패하고 돌아올 시에는 죽음을 내려주십사 하는 내용으로 말이옵니다. 복잡하게 생각하지 말고 오로지 군령장 내용에 따라 눌친에게 자결을 권유하는 것이 어떨까 하옵니다. 이상은 신의 어리석은 생각이오니 폐하의 성재를 부탁드리옵니다!"

"휴! 천고의 영웅 알필륭에게서 저런 자손이 나왔다는 게 믿어지지 않네. 저승에서 얼마나 수치스럽고 원망스럽겠나. 눌친에게는 그의 조부가 사용하던 보도寶刀를 내려 자결케 하게. 또 장광사는 풍대 대영으로 끌고 가 정법에 처하도록 하게!"

이처럼 눌친의 사죄死罪가 정해지면서 드디어 조혜와 해란찰은 억울한 탈영병 딱지를 뗄 수 있게 됐다. 얼마 후 유통훈이 그에 대해 아뢰었다.

"조혜와 해란찰은 피치 못할 사연으로 병영을 탈출해 탈영병의 누명을 썼사옵니다. 그러나 몸을 사리지 않고 적들과 용맹하게 싸운 공로와 군비가 적들의 수중에 넘어가지 못하도록 챙겨 나온 그 충심은 긍정적으로 평가해야 한다고 생각하옵니다. 두 사람은 하늘을 우러러 한 점 부끄러움이 없는 사람이옵니다. 신들은 곧 병부와 형부에 명령을 내려 전국에 내린 체포령을 거두도록 조처하겠사옵니다. 다만 두 사람이 각각 감옥과 덕주에서 저지른 살인사건은 이미 천하에 알려진 상태이니 마땅히 죄를 물어야 할 것 같사옵니다."

"두 사람은 짐의 현명한 판결을 믿어 의심치 않았기에 만리 길을 달려올 수 있었네. 그 둘은 곧 짐의 관우關羽라고 해야겠네!"

건륭이 눌친의 죄를 확정하고 나자 한결 홀가분해진 모양이었다. 그가 자조 섞인 웃음을 지으면서 말을 이었다.

"전에 여럿이 함께 접견할 때 봤었던 것 같은데 얼굴이 기억나지 않는군. 고항에게 해란찰을 예송禮送해 귀경시키라고 이르게. 짐이 단독으로 접견할 것이네. 그리고 두 사람이 힘들 때 좋은 인연을 맺은 것을 축하하는 뜻에서 짐이 해란찰과 정아, 조혜와 하운아에게 가례를 올려줄까 하네."

아계는 연극에서나 볼 수 있을 법한 일이 현실에서 재연된다는 사실이 마냥 신기했다. 그의 얼굴에는 감격에 겨운 홍조가 번졌다. 그러나 부항은 뜻을 헤아릴 수 없는 미소만 지을 뿐 말이 없었다. 유통훈과 악종기 역시 무덤덤한 반응을 보였다. 하지만 기윤은 건륭의 제안이 아직 때가 아니라는 생각이 들었는지 한숨을 내쉬면서 입을 열었다.

"천자가 개선장군에게 가례를 올려주는 건 후세들에게 널리 알려질 미담이 되기에 충분하옵니다! 대단히 유감스러운 것은 우리 군은 패배를 했사옵고……, 두 장군은 탈영병이라는 불명예를 떨칠 수 없다는 사실이옵니다!"

좌중의 사람들이 기윤의 말에 공감한다는 듯 하나같이 고개를 끄덕였다. 이에 중요한 사실을 잠깐 간과했던 건륭이 천천히 입을 열었다.

"음, 일리가 있네. 그러면 이 일은 짐이 나서지 않을 테니 경들이 알아서 처리하도록 하게!"

"사실 소작료가 너무 높아 소작농과 지주들 간의 갈등이 갈수록 심해지고 있사옵니다."

부항이 갑자기 주제를 바꿔 아뢰었다.

"정아와 하운아 두 여자도 지주들의 횡포로 인한 피해자들인 것으로 밝혀졌사옵니다. 우연의 일치이기는 하옵니다만 두 장군은 모두 비슷한 사건으로 수난을 겪는 피해자들을 불쌍히 여기는 마음에 개입한 것이옵니다. 건륭 원년에 폐하께서는 '소작농은 지주의 땅을 빌려 경작을 할 뿐 지주와 주종관계는 아니다'라고 분명히 지의를 내리셨사옵니다. 하오나 요즘은 지주가 소작농을 노예 부리듯 부려먹는 일이 다반사이옵니다. 고만청처럼 백주白晝에 부녀자를 겁탈하는 행위도 비일비재하다고 들었사옵니다. 신은 이 문제를 결코 그냥 넘어가서는 안 된다고 생각하옵니다. 천하에 명조明詔를 내리시어 '지주와 소작농은 주종관계가 아님'을 재천명하셔야 마땅할 줄로 아옵니다. 이는 민변民變을 근절시키는 근본적인 대책이라고 사료되옵니다."

아계도 같은 생각인 듯 부항의 말에 적극적으로 보충 설명을 했다.

"자고로 약육강식의 법칙은 동물의 세계에만 해당되는 건 아니옵니다. 그러나 지주와 소작농의 분쟁을 바라보는 시각도 바뀌어야 할 필요가 있다고 생각하옵니다. 지주는 무조건 포악무도한 자, 소작농은 반드시 착취당하는 쪽이라는 인식은 옳지 않다고 생각되옵니다. 지주 중에도 향민들을 착취하는 악질들이 있는가 하면 선행을 베푸는 사람들도 있사옵니다. 그리고 우리가 흔히 약자라 일컬어 왔던 소작농들 중에도 이유 없이 소작료를 거부하거나 지주를 협박하는 등 적반하장의 행패를 부리는 자들도 있사옵니다. 동풍東風이 서풍西風을 누르든, 서풍이 동풍을 덮치든 조정은 반드시 중립적인 입장에서 양측을 판단해야 할 것이옵니다."

아계가 잠시 숨을 돌리면서 다음 말을 생각했다. 그러다 갑자기 자신을 바라보는 부항의 눈빛이 석연치 않다는 사실을 감지하고는 더 이상 입을 열지 않았다. 그리고는 어디가 잘못된 걸까, 하고 잠시 생각하다 자신이 본의 아니게 지패놀이의 동풍, 서풍을 입에 올렸다는 사실을 깨달았다. 그는 난감해 어쩔 줄을 몰랐다. 그러나 건륭은 전혀 개의치 않았다.

"아계가 핵심을 찔렀네! 지패놀이까지 인용하면서 설득력 있는 발언을 했네. 그대로 정리해 어지를 작성하게."

건륭이 잠깐 말을 멈췄다가 다시 유통훈을 향해 물었다.

"강남에는 부정부패에 연루돼 파직이 불가피한 부현府縣 관리들이 얼마나 되나?"

"총 일백서른네 명이옵니다."

유통훈이 대답했다.

"그중 유임 가능한 자는 몇이나 되겠나?"

"열둘이옵니다."

강남성 전체 부현 관리들 중에 소행이 바르고 청렴한 관리가 십분의 일에도 못 미치다니! 하기야 총독이라는 자부터 조혜가 내놓은 군비인 황금 500 냥을 착복해버렸으니 그 밑의 도道와 사司의 부패는 더 말해서 무엇 하겠는가. 부항이 건륭의 충격을 짐작했는지 침착하게 다시 입을 열었다.

"폐하, 강남은 천하 으뜸의 부유한 성省이옵니다. 염무鹽務, 조운漕運, 해관海關, 하무河務 어디나 할 것 없이 은자가 물같이 흐르고 있사오니 자연히 탐관오리가 많아진 것이 아닌가 하옵니다. 지역적인 특성을 감안하셔야 할 것 같사옵니다. 다른 성은 이 정도로 관리들의 부패가 심각하지는 않을 것이옵니다."

건륭이 바로 냉소를 터뜨렸다.

"짐이 어찌 그걸 모르겠나? 다른 성은 강남보다 가진 게 없어 탐관오리들이 불만이겠지! 연청, 자네는 유용에게 서찰을 보내게. 그 사람이 무호蕪湖, 덕주德州에서 일처리를 잘해 평판이 좋더군. 짐도 대체로 만족스러우니 형부 시랑의 벼슬을 내린다고 전해주게. 사은을 표하고자 귀경할 필요는 없고 즉시 강남으로 내려가 황금 오백 냥을 누가 어디에 어떻게 유용했는지 조사에 착수하라고 이르게. 총독부터 말단 관리에 이르기까지 혐의가 포착되는 자들에 대해서는 가차 없이 수사망을 조여야 한다고 단단히 일러두게. 부항, 자네는 고항에게 지령을 내리도록 하게. 덕주 사건에 발 빠르게 대응했을 뿐 아니라 현명한 판단력이 돋보인다고 전하게. 위지근현와 피충신에 대해서는 이미 압송하라는 어지를 내렸으니 이제부터 본인의 염정사 업무에 전념하라고 이르게. 강서, 하남, 산서, 섬서에 관염官鹽 도둑이 설친다고 들었네. 강남에는 개인이 소금을 매매하는 폐단이 기승을 부리고 염고鹽庫에 검은 손을 뻗치는 자들도 많다고 하네. 고항에게 염정鹽政의 병폐를 뿌리 뽑아야 하니 어깨가 무겁다는 것을 명심하라고 전하게!"

아계는 건륭의 말을 통해 염정을 둘러싼 비리가 심각하다는 사실을 전해 듣고는 깜짝 놀랐다. 그리고는 자신의 생각을 피력하려고 했다. 그러나 한발 늦었다. 유통훈이 먼저 자세를 고쳐 앉으면서 입을 열었다.

"신을 강남으로 보내주시옵소서, 폐하. 조혜의 군비 사건을 직접 파헤치고 싶사옵니다. 또 절강성 일대에 출몰한다는 일지화 세력을 일망타진하겠사옵니다. 그렇지 않으면 폐하께서 남순 길에 오르셨을 때 신변을 장담할 수 없을 것이옵니다. 견자犬子 유용은 아직 여러모로 부족하오니 신은 마음을 놓을 수가 없사옵니다!"

"연청, 자네는 그리 훌륭한 아들을 두고도 만족하지 못한다는 말인가?"

건륭이 웃으면서 말했다. 그러나 곧 미소를 거둬들이더니 바로 한숨을 지었다.

"우명당은 몇 번이고 간언을 올려 짐의 남순을 말리고 있네. 만승지군萬乘之君이 쉬이 어좌를 떠나서는 아니 된다는 게 그의 지론이네. 또 나라 안팎이 어지러울 때 외유를 나가는 것은 보기에도 좋지 않다고 했네. 뿐만 아니야. 지방관들이 어가를 영접한답시고 거금을 쓰게 될 것이니 백성들의 혈세만 축낸다고 했어. 틀린 말은 아니네. 워낙 창자가 직통인 사람의 입에서 충분히 나올 수 있는 말이고. 그래서 짐은 그의 충정을 헤아려 생각을 바꿔보려고도 했었네. 하지만 국가의 재정중지財政重地인 강남에 계속해서 이런저런 문제점이 나타나고 있는데, 짐이 구중궁궐에 가만히 들어앉아 불성실한 자들의 보고만 받고 있을 수는 없지 않은가? 강남의 걸출한 인문人文과 빼어난 문물도 구경하고 싶고……."

건륭이 한참 말하다 말고 잠시 입을 다물었다. 그가 입에 올린 강남의 '인문'이라는 것은 사실 한족 문인과 묵객들을 가리키는 말이었다. 강남은 원래 전명前明의 고도故都로, 인재들이 뭇별처럼 포진해 있는 곳이었다. 민심의 향방을 읽기에는 그저 그만인 곳이라고 할 수 있었다. 강희 황제가 여섯 차례나 남순에 나서 명明 효릉孝陵을 참배한 다음 현지의 유로遺老들을 접견한 것도 다 그 때문이라고 할 수 있었다. 말할 것도 없이 민심을 회유하기 위한 고육지책의 일환이었다. 건륭 역시 비슷한 의도를 가지고 있었다. 남순을 통해 영향력 있는 한족 인사들을 끌어들여 여론의 향방을 주도하는 데 긍정적인 역할을 맡게 하려는 생각이었던 것이다. 그렇다고 자신의 생각을 신하들에게 고스란히 털어놓을 수는 없었다. 눈앞에 있는 다섯 신하 중 셋은 한족이었기에 그럴 수밖에 없었다. 건륭이 얼마 후 다소 야릇한 미소를 지었다.

"짐의 남순으로 인해 지방관과 백성들에게 피해를 입히는 일은 더 이상 없을 거네. 백성들의 질고疾苦를 살피고 '어미지향'魚米之鄕 강남의 경관을 구경하고 오는데 '거금'을 쓸 일이 뭐 있겠는가! 연청, 자네가 먼저 강남으로 내려가고자 청한 것은 윤허하겠네. 경은 큰 틀만 짜주고 수사는 유용에게 맡기도록 하게. 내려간 김에 남경에서 몇 개월 동안 휴양하는 것도 나쁠 건 없겠지."

건륭이 말을 마치더니 바로 자리에서 일어났다. 신하들 역시 따라 일어나 예를 갖추었다. 그때 건륭은 갑자기 명치 끝을 찌르는 듯한 통증을 느꼈다. 눌친이 이제 곧 죽을 것이고 더 이상은 그를 볼 수 없다는 생각 때문인 듯했다. 그러나 그는 애써 침착하게 어좌를 내려섰다. 그래도 얼굴에 떠오르는 일말의 상실감과 처연함은 감출 수 없었다. 부항이 조심스레 다가와 여쭈었다.

"달리 어지가 계시옵니까?"

"짐은 갑자기 떠오르는 게 있네."

건륭은 속으로 한숨을 삼켰다. 이어 애써 웃음을 지으면서 속마음을 감춘 채 말했다.

"강남의 그 많은 부현 관리들을 파면한다면 후임자 선발이 시급할 것이네. 경들에게 잘 상의해 보라고 했는데, 어찌 됐나?"

부항은 건륭이 눌친에 대한 처벌을 후회하고 있을 거라는 생각을 하고 있던 차였다. 그러나 그의 추측은 보기 좋게 빗나갔다. 그래서 당황하면서도 적이 안도할 수 있었다. 그가 황급히 아뢰었다.

"군기처 차원에서 의논을 해 본 적은 아직 없사옵니다. 신과 아계, 기윤 셋이서 머리를 맞대고 고민해 봤사옵니다. 내무부에 있는 백여 명의 사무관들이 선발을 대기하고 있사옵니다. 모두 가난한 경관京官들이라 여기서 기약할 수 없는 장래를 기다리느니 차라리 외임으로 나가고 싶어 하옵니다. 그들을 강남으로 보내면 내무부에서 월례로 나가는 전량錢糧도 아낄 수 있어 재정부담도 훨씬 줄어들 것 같사옵니다. 이는 폐하께 주청을 올리고 결정해야 하는 만큼 신들은 아직 아무에게도 말을 하지 않고 있었사옵니다."

건륭이 그러자 가볍게 코웃음을 쳤다.

"태감들도 벌써 다 알고 있는 것이 비밀인가? 벌써부터 쓸 만한 자리를 차지하겠다고 태후마마께 청탁을 넣는 자들까지 있다고 하네. 여기저기 기웃거리면서 청탁을 하는 자들이 많을 터이니 자네들 생각이 바람직할 것 같으면 서둘러 자리를 배정해주도록 하게. 두고 보게, 크게 경을 치는 태감들이 있을 터이니! 본분을 망각한 자들은 결코 좌시할 수 없지!"

건륭의 말이 끝나기 무섭게 유통훈이 뭔가 할 말이 있는 듯 입술을 움찔거렸다. 건륭이 그 모습을 보고는 바로 말했다.

"할 말이 있으면 주저하지 말고 해보게."

유통훈은 입을 열기에 앞서 굵은 주름이 잡힌 이마를 좁혔다. 이어 깊은 생각에 잠긴 표정을 지었다.

"신은 그것이 그리 타당한 조치가 못 된다고 사료되옵니다. 일선 관리는 백성들을 가장 가까이에서 접하는 사람들이옵니다. 백성들은 그들의 질고를 누구보다 잘 헤아리는 부모관父母官을 필요로 하옵니다. 신의 어리석은 생각으로는 백성들과 살을 맞대고 부대끼면서 살아온 경험이 있는 사람들을 부현의 지방관 자리에 앉히는 것이 마땅하다고 생각하옵니다. 정무에는 문외한이면서 자나 깨나 돈밖에 모르는 내무부 사무관들을 강남으로 보낸다면 백성들에게는 배부른 이리떼를 겨우 쫓아내니 굶주린 호랑이들이 쳐들어오는 격이 될 것이옵니다."

건륭이 유통훈의 말이 끝나기도 전에 껄껄 웃기 시작했다. 이어 그를 보며 흡족한 표정으로 고개를 끄덕였다.

"짐은 누군가에게서 이런 말이 나오기를 기다렸네. 부항, 자네들이 기껏 고안해냈다는 방법이 이렇게 직격탄을 맞아버렸군. 얼굴 붉힐 것까지는 없네! 연청은 역시 짐의 의중을 제대로 헤아리는 고굉지신이네. 경의 지혜와 선견지명을 뉘라서 따를 수 있겠나!"

그러자 부항이 황급히 아뢰었다.

"내무부 사무관들은 종실 황친들과 왕래가 빈번하옵니다. 관품은 보잘것없사오나 어느 누구도 호락호락한 존재가 아니옵니다. 그들의 입김에 놀아나 백성들의 어려움을 헤아리지 못한 신들의 졸렬함을 문책하시고 죄를 내려주시옵소서."

"일이 바쁘다 보면 잠시 헷갈리는 수도 있지. 이런 경우는 처음이니 짐은 죄를 묻지 않겠네. 교훈으로 삼기를 바라네."

건륭은 말을 마치고는 바로 자리를 떴다. 그러면서 습관적으로 시계를 봤다. 신시申時 정각이었다. 왕팔치가 눈치 빠른 그답게 건륭의 뒤를 따르면서 승여를 드는 태감들을 향해 소리쳤다.

"폐하께서는 태후마마께 문후 여쭈러 가실 것이니 담녕거로 떠날 차비를 하거라!"

그러자 그때까지 무표정하게 있던 건륭이 갑자기 손사래를 쳤다.

"짐은 산책을 좀 하다 갈 터이니 승여를 세워두고 기다리거라."

"폐하, 날씨가 변덕을 부리는 것이 곧 비가 쏟아질 것 같사옵니다."

왕팔치가 아첨하듯 아뢰었다. 이어 몇 마디를 덧붙였다.

"태후마마 전의 진미미가 두 번 다녀갔사옵니다. 폐하께서 늦으시오면 태후마마께서 기다리실 거라고 했사옵니다. 오늘은 군국대사軍國大事를 논의하셨나보옵니다. 뵙기에 대단히 피곤해 보이옵니다."

건륭이 왕팔치의 말에 갑자기 호통을 쳤다.

"피곤해서 이렇게 산책하는 게 아닌가! 그런데 군국대사니 어쩌니 하는 말은 너희들의 입에 올릴 수 있는 것이 아니니 두 번 다시 짐의 귀에 들리지 않도록 조심하라. 짐이 너희들을 벼르고 있으니 몸가짐, 마음가짐을 똑바로 하도록 하거라!"

건륭은 으름장을 놓고 나서 숲속 산책길을 따라 담녕거 방향으로 걸음을 옮겼다. 왕팔치는 가슴이 철렁할 정도로 혼이 났는지 감히 건륭의 뒤를 바싹 따를 생각을 하지 못했다. 그로서는 그렇다고 너무 멀리 떨어질 수도 없었다. 급기야 적당한 거리를 유지하느라 진땀을 빼야 했다. 건륭이 잠깐이라도 시야에서 보이지 않으면 다리를 후들거리면서 허겁

지겹 쫓아가기도 했다.

주변의 높고 울창한 숲 때문에 하늘이 제대로 보이지 않았다. 그러나 잔뜩 가라앉은 공기가 무거운 것이 비가 올 거라는 왕팔치의 말이 틀리지는 않은 것 같았다. 아니나 다를까, 서쪽에서 우렛소리도 간간이 들려오기 시작했다. 건륭은 머릿속이 복잡하고 심사가 무거웠다. 그러나 하나하나 끄집어내 봐도 딱히 이거다 싶게 걸리는 것은 없었다. 그런데 왜 마음이 이리 무거운 것일까. 건륭은 두서없이 생각을 굴리면서 천천히 숲속으로 들어갔다.

숲은 안쪽으로 들어갈수록 점점 어두워졌다. 이름 모를 새들이 자기들만의 언어로 교감하며 지저귀고 이 가지에서 저 가지로 옮겨 타면서 다정하게 날아다니기도 했다. 풀벌레들 역시 뒤질세라 나뭇잎 위에서 톡톡 뛰어다녔다. 그 속으로 길게 뻗은 오솔길은 멀리서 보면 가느다란 줄을 그어놓은 것 같았다. 푸르다 못해 검은 색을 띤 나뭇잎들은 오솔길 양쪽에 무성하게 우거져 있었다.

건륭은 한참을 걸었다. 얼마나 걸었는지 다리가 아플 즈음 길옆에 누워 있는 와호석臥虎石 하나가 그의 시야에 들어왔다. 순간 그는 불에 덴 것처럼 몸을 흠칫 떨었다. 그제야 그는 자신이 아직 눌친에 대한 생각을 마음속에서 완전히 떨쳐내지 못했다는 것을 알 수 있었다. 이제 보니 마음이 이유 없이 불안하고 심사가 무거운 것도 모두 그 때문이었다.

검은색과 노란색이 사이사이에 섞여 있는 와호석은 그리 크지 않았다. 웬만한 사람 키 높이 정도였다. 반쯤 굽힌 네 다리와 등, 꼬리와 두 눈의 위치가 영락없이 호랑이를 닮아 있었다.

때는 강희 초년이었다. 당시 강희는 서원西苑 사냥터에 행차한 적이 있었다. 그때 옹산甕山 산신령인 호랑이가 어가를 호위하기 위해 내려왔다고 했다. 그러나 산신령을 알아보지 못한 강희는 위험한 맹수로 착각해

활을 쏴버리고 말았다. 호랑이는 화살에 맞자마자 와호석으로 굳어져 버렸다고 했다. 건륭은 어릴 적에 늘 이 와호석을 타고 내리면서 놀았다. 눌친과 숨바꼭질을 할 때도 곧잘 이 뒤에 숨고는 했다. 그럴 때마다 눌친과 당시 총관태감 장만강張萬强은 건륭이 호랑이 등에 올라탈 수 있도록 등을 댔다. 또 건륭이 행여 떨어질세라 두 손을 맞잡은 채 전전긍긍하기도 했다. 당시 장난기가 다분한 건륭은 그들이 불안하고 초조해하는 모습이 무척이나 재미있었다. 그래서 일부러 떨어지는 척 비명을 지르기도 했다. 그럴 때면 눌친은 화들짝 놀라면서 두 팔을 크게 벌리고 건륭에게 다가오고는 했다…….

그러던 눌친이 지금은 풍대에 수감돼 언제 목이 떨어져 나갈지 모를 처지에 놓여 있었다. 눌친은 죽기 전에 마지막으로 황제를 한 번만 배알하게 해달라면서 간절하게 애원했다. 그러나 건륭은 그 청을 매몰차게 거절했다. 그리고는 칼을 보내 자결을 명했다!

건륭은 거기까지 생각이 미치자 두 눈을 질끈 감았다. 갑자기 절망의 바닥으로 끝없이 추락하는 느낌이었다. 식은땀이 나면서 안색도 창백해졌다.

건륭이 와호석을 바라보면서 지나간 추억 때문에 괴로워하고 있을 때였다. 갑자기 돌 뒤에서 여자의 흐느낌 소리가 가늘게 들려왔다. 입을 틀어막고 우는 듯 겨우 새어나오는 울음소리는 어두운 숲속에 서 있는 건륭을 오싹하게 만들었다. 건륭은 마음을 다잡고 무성한 잡초를 손으로 가르면서 조심스레 다가갔다. 그러다 또 한 번 놀라고 말았다. 와호석 허리에 기댄 채 손수건으로 입을 막고 흐느껴 우는 사람은 다름 아닌 내낭이었던 것이다. 걸음을 멈춘 건륭은 내낭을 놀라게 할세라 먼저 가볍게 기침을 했다.

"내낭아, 무슨 일로 그리 슬피 우는 게냐? 그것도 이리 으슥한 곳에서

곡을 하니 짐이 놀라지 않느냐!"

"폐…… 폐하!"

놀라기는 내낭도 마찬가지였다. 그대로 엎어지듯 엎드려 머리를 조아렸다. 이어 기어들어가는 소리로 대답했다.

"별, 별일…… 아니옵니다. 노비가 제 설움을 못 이겨 그만…….

"네가 지금 짐을 속이려 드는 게냐? 짐은 모든 걸 다 알고 있느니라!"

건륭은 속으로는 웃으면서 일부러 목소리를 무섭게 했다. 그러자 눈물 방울을 턱에 건 내낭의 작은 얼굴이 창백해졌다. 두려움에 찬 눈빛으로 건륭을 바라보았다. 그러나 감히 말은 못하고 입술만 달싹거렸다. 건륭은 처음에는 그다지 대수롭지 않게 생각했으나 그 모습을 보다보니 뭔가 사연이 있을 것 같다는 생각이 들었다. 결국 정색을 하면서 물었다.

"대체 무슨 일이냐고 묻지 않았느냐? 어찌 대답을 않는 게냐. 황후가 네 머리를 올려주겠노라고 짐과 약조를 했거늘 뭐가 문제냐?"

건륭의 추궁에 내낭이 고개를 푹 숙였다.

"태후마마께서 방금 소인을 부르셨사옵니다."

"태후마마께서? 너를 부르셨단 말이냐?"

"태후마마께서는 노비에게 위청태의 집에 몇 살에 들어갔고, 나올 때는 몇 살쯤 됐느냐고 하문하셨사옵니다."

내낭이 얼른 눈물을 닦으면서 덧붙였다.

"노비는 당연히 사실대로 말씀드렸사옵니다. 나중에 태후마마께서는 다시 위청태의 외손인 여등과黎登科가 무슨 병으로 몇 살에 죽었느냐고 엄히 하문하셨습니다. 똑바로 대답하지 않으면 노비를 완의국浣衣局(빨래방)으로 보낸다고 하셨사옵니다. 전에 금하라는 궁인이 폐하를 유혹해 경을 치렀다고 하시면서……, 노비가 모든 걸 이실직고하면 때리지도 내쫓지도 죽이지도 않을 것이라 하셨사옵니다. 폐하! 여등과는 그의 사촌누이와 죽마고우의 정을 나눈 사이였사옵니다. 죽을 때는 열다섯 살밖에 되지 않았사옵니다. 이는 위청태의 집안사람들 모두가 다 아는 사실이옵니다. 노비는 그때 당시 아홉 살밖에 안 된 계집종으로 채소 씻는 일을 맡았었사옵니다. 그런데 무슨 일이 있었겠사옵니까? 폐하, 폐하께서는…… 노비가 폐께 깨끗한 몸을 바쳤다는 걸 누구보다 잘 아시지 않사옵니까!"

내낭은 애타게 하소연하고 있었다. 또다시 눈물이 하염없이 흘러내렸다.

숲속은 마치 한밤중처럼 어두워졌다. "꽈르릉!" 하는 우렛소리가 건륭과 내낭의 머리 위에서 터졌다. 그러더니 순식간에 굵은 빗방울이 후드득후드득 떨어지기 시작했다. 그러나 워낙 숲이 우거지고 넓은 나뭇잎들이 하늘을 덮고 있는 탓에 건륭은 비를 맞지는 않았다. 왕팔치가 우렛소리에 겁을 먹고 허겁지겁 달려왔다가 기둥처럼 굳은 채 서 있는 건륭을 보고는 다시 먼발치로 물러갔다.

건륭의 낯빛은 순간 잔뜩 흐린 하늘이나 어두운 숲보다 더 어둡게 변했다. 힘껏 앙다문 볼 근육이 유난히 두드러지고 있었다. 일국의 지존至尊이 궁녀를 300명 거느리든 3000명 거느리든 하늘이 내린 권한이거늘 누가 감히 이 어린 계집을 괴롭힌단 말인가! 건륭은 그런 생각을 하면서 한 사람씩 머릿속에 떠올려봤다. 황후? 아니다. 황후는 그럴 사람이 아니야. 잠자리의 기쁨에는 관심이 없고 오로지 어진 황후로만 남고 싶어 하는 부찰씨가 아니던가. 내낭에게 머리를 올려주겠다고 직접 약조까지 한 마당에 황후가 그럴 리 없다. 그렇다면 태후일까? 건륭은 설마 태후라고는 생각하고 싶지 않았다. 비록 내낭을 불러다 하문했다고는 하나 그건 어디까지나 자식을 아끼는 어머니의 애정에서 비롯된 것일 뿐 추호도 다른 뜻은 없었을 것이다. 분명 이 두 사람이 아닌 누군가가 황제의 '홍분지기'紅粉知己 내낭을 해치려고 음모를 꾸미고 있는 것이 틀림없었다. 건륭은 거기까지 생각하고는 조용히 내낭을 위로했다.

"내낭아, 울음을 그쳐라. 네가 깨끗한 계집이라는 사실은 짐이 아느니라. 짐이 너를 보호해 줄 테니 걱정 말거라!"

건륭이 말을 마치고는 큰 소리로 외쳤다.

"왕팔치, 거기 있느냐!"

"찾아 계셨사옵니까, 폐하!"

건륭의 부름을 받은 왕팔치가 잽싸게 달려와 고꾸라지듯 무릎을 꿇었다.

"하명하시옵소서. 소인이 즉각 분부에 따르겠사옵니다."

"누가 태후마마 면전에서 내낭을 모함했는지 색출해 내거라!"

"그리 하겠사옵니다, 폐하!"

"내무부에 어지를……. 아니, 황후의 의지懿旨를 전하거라. 내낭은 오늘부터 궁녀가 아닌 영빈令嬪으로 승격된다. 이름은…… 위가魏佳씨라 부르게 될 것이다. 한군기漢軍旗 소속이었으나 이제는 만주정황기滿洲正黃旗로 적적籍을 옮긴다!"

"예? 예, 알겠사옵니다. 하오나 그리 되면 위청태의 집안도 따라서 적을 옮기게 되는 것이옵니까?"

건륭이 잠시 생각하더니 입을 열었다.

"덕분에 신분상승을 하게 해주지. 정신이 제대로 박힌 자들이라면 다시는 말썽을 일으키지 않겠지."

건륭이 다시 분부를 내렸다.

"내낭을 황후마마 처소로 데리고 가서 짐의 어지를 전하라."

내낭은 너무나 파격적인 대우와 조치에 한참 동안 멍하니 서 있었다. 미처 사은의 예를 갖추지도 못했다. 그러다 정신을 차리고는 곧바로 왕팔치를 따라나섰다.

건륭도 숲을 나섰다. 그제야 비가 제법 내리고 있다는 것을 알 수 있었다. 그는 팔을 벌려 태감들이 입혀주는 대로 우비를 입었다. 이어 다리를 들어 유화油靴를 신었다. 그런 다음 제법 굵은 빗속을 성큼성큼 걸어 담녕거로 향했다. 그가 붉은 돌계단 위에서 우비를 벗으려 할 때였다. 태감들이 우르르 달려 나와 아뢰었다.

"태후마마께서 안으로 드시어 갱의更衣하라 하시옵니다. 밖에서 찬 기운을 맞으시면 감기 드실까 염려하시옵니다!"

건륭은 고개를 젓고 아무런 대꾸도 없이 밖에서 옷을 벗고 신발을 털었다. 그리고는 궁전 안으로 들어갔다.

담녕거는 강희 말년부터 황제가 여름철에 신하들을 불러 정무를 논하던 곳이었다. 궁전 안의 구조와 배치는 옛날 모습 그대로였다. 건륭이 들어서자 태감, 궁녀들이 가볍게 "만세!"를 외치면서 무릎을 꿇었다.

"다들 일어나게."

건륭이 태감과 궁녀들을 보는 둥 마는 둥 하면서 손사래를 치며 분부를 내렸다.

"태후마마께서 이곳에 기거하시는 동안에는 수미좌를 정전에 들여놓지 말고 다른 데로 옮겨놓도록 하라."

건륭은 말을 마치고 동난각으로 들어섰다. 태후를 시봉하던 귀비 나랍씨와 유호록씨가 자리에서 일어나 몸을 낮춰 문후를 올렸다. 그리고 처음 보는 쉰 살 넘어 보이는 귀부인 역시 공손히 예를 갖췄다. 다리가 긴 둥근 탁자 위에는 지패가 널려 있었다. 아마 방금 전까지 지패놀이를 한 듯했다. 건륭이 바로 태후를 향해 인사를 올렸다.

"강녕하시옵니까, 어마마마!"

태후는 웃는 듯 마는 듯했다. 기분이 그리 좋아 보이지 않았다. 그러나 탁자 위의 지패를 쓸어 모으면서 천천히 입을 열었다.

"그만 일어나세요, 황제! 비가 많이 내려 오늘은 문후 올리러 오지 않아도 좋다고 태감에게 일렀더니 황제께서 이미 이리로 출발하셨다고 합니다. 혹시 비를 맞지는 않았습니까? 이곳은 숲이 하도 무성하고 어두워서 나는 혼자서는 감히 산책할 엄두를 못 내겠더군요. 황제는 만금지체萬金之體입니다. 기아무개가 그러지 않았습니까. '천자는 모서리에 앉지 않고, 변두리로 가지 말아야 한다'고 말입니다. 신하들의 진심 어린 주청에 귀를 기울이시는 게 좋겠습니다. 선제께서 미력해지신 것도 여기에서 뭔가에 놀라 경기를 일으키시면서 그랬지 않습니까? 아무리 황제께서 하늘이 살펴주시고 복이 큰 사람이라고는 하나 그래도 조심해서 나쁠 건 없을 겁니다."

"소자는 오늘 의정議政 시간이 길어 머리를 식힐 겸 잠깐 산책길에 올랐던 것입니다. 수행하는 태감들이 많았사오니 염려 거두십시오."

건륭은 궁중 안팎으로 신경 쓰이는 일이 많아 머리가 무척이나 복잡했었다. 그러나 어머니 앞에 오자 어느덧 마음이 편안해졌다. 그가 태후의 말에 일일이 고개를 끄덕여 조심하겠노라 대답하고 나서 덧붙였다.

"지난번 어마마마께서 분부하신 청범사 불상에 대한 도금 작업을 곧 착수할 것입니다. 국고에서 은자를 지출할 수는 없사오니 소자가 내무부에 어지를 내려 황장皇莊에서 공납하는 은자에서 일부 출자하라고 하명했습니다. 어마마마의 마음에 드시도록 잘 해놓겠습니다. 공사가 끝나는 팔월에는 어마마마를 직접 모시고 가서 부처님 전에 향불을 사르겠습니다!"

건륭이 말을 마치고는 어린 아이처럼 웃어 보였다. 태후 역시 환하게 웃어보이며 입을 열었다.

"내무부도 금을 배설하고 은을 토해내는 특별한 재주가 있는 것은 아니지요. 방금 전에 조사신趙司晨이라는 자가 다녀갔는데, 어찌나 우는 소리를 하는지 거지가 따로 없습디다. 직예, 북경 근교, 승덕承德의 흑산黑山, 객좌喀左 지역에 재해가 심해 다 굶어죽게 생겼다고 하더군요. 객좌는 우리 친정의 땅입니다. 안타까운 마음에 올해는 은자를 공납하지 않아도 좋다고 분부를 내렸습니다. 그러니 황장이라고 뭘 더 바라겠습니까!"

건륭은 태후의 말을 듣자 화가 나는 것을 어찌지 못했다. 강남으로 외임 발령을 받고 싶어 하는 내무부 사무관들이 이런 식으로 태후에게 청탁을 넣어 황제에게 압력을 주려 한 것이 틀림없다고 생각한 탓이었다. 그러나 그는 애써 화를 가라앉혔다.

"현명한 처사이십니다! 하오나 내무부 그자들의 말을 다 들을 필요는 없으십니다. 그자들은 모두 기인旗人 출신이라 태어나면서부터 황량을 배급받고 이제는 육품관의 녹봉까지 받고 있습니다. 아직 먹여 살릴 식구도 없는 것들이 그리 궁색할 리 있겠습니까? 강남성 각 부현의 빈자리는 백성들의 질고를 피부로 느껴본 서민 출신의 선비를 파견하기로 했습니다. 대신들의 의견을 수렴한 것입니다."

태후가 고개를 끄덕이며 말을 받았다.

"이 늙은이야 앉은뱅이처럼 집안에 들어앉은 몸이니 뭘 알겠습니까? 대신들의 뜻이 그러하다면 여부가 있겠습니까, 따라야죠. 그러나 기인들 중에도 처지가 궁색한 사람이 꽤 있다고 합니다. 한 달에 두 냥밖에 안 되는 월례로 어느 코에 바르겠습니까? 아무튼 다 잘 돼야 할 텐데……."

"소자도 대안을 마련해보고자 줄곧 노력하고 있습니다."

건륭은 인정 많은 태후가 혹시 무리한 요구라도 하지 않을까 은근히 걱정을 하고 있던 차였다. 그러나 다행히 그런 얘기는 없었다. 적이 마음이 놓였다. 그가 다시 말을 이었다.

"일을 맡겨도 똑 부러지게 하지 못하고, 비옥한 땅을 내줘도 경작을 하지 않으니 참으로 골치 아픈 자들입니다. 삶은 호박처럼 물러 터져 놀고먹는 데만 이골이 난 자들이죠. 도무지 정이 안 갑니다."

그 말에 태후가 한숨을 내쉬었다.

"내가 애신각라愛新覺羅 가문에 시집을 온 지도 벌써 사십 년이 다 되어갑니다. 선제께서도 기인들 얘기만 나오면 그리 진저리를 치셨죠. 불경스러운 말이지만 이 어미가 보기에 황제께서는 선제와 성조에 비해 훨씬 더 현명하십니다. 천하가 태평스럽고 부족함이 없을 때 어서 기인들을 사람으로 만들어야 합니다. 기인들은 조정의 근본입니다."

건륭은 태후의 말에 마음 깊이 공감했다. 만주 팔기인들은 누워서 받아먹고 손가락 하나 까딱하지 않고 향유하는 데 익숙해진 상태였다. 그렇다고 이제 와서 조상들의 규칙을 뜯어고칠 수도 없는 일이었다. 그렇게 되면 팔기의 분열을 불러올 뿐 아니라 황위도 보장받지 못할 수 있었다. 그렇다면 무슨 수로 이들의 혈관 속에 흐르는 용맹한 선조들의 피를 끓도록 하게 만든다는 말인가?

건륭이 잠시 생각하더니 입을 열었다.

"소자가 어찌 감히 선제, 성조와 그 현명함을 비견할 수 있겠습니까? 성조께서는 '삼번三藩의 난' 때 도해圖海, 주배공周培公에게 삼만 기인을 딸려 보내 불과 열이틀 만에 찰합이의 반란을 잠재웠습니다. 또 반 년도 채 안 돼 섬서와 감숙 두 개 성을 성공적으로 탈환했습니다. 성조 때의 기인들은 용감했습니다. 소자의 생각에는 전사戰事가 있는 한 기인들이 떨쳐 일어날 수 있는 기회는 얼마든지 있을 것입니다. 아무리 좋은 보도寶刀라 하더라도 장시간 사용하지 않으면 녹이 슬고 맙니다. 기인들도 장구한 태평세월에 무기력해진 것 같습니다. 이번에 소자는 금천에서 훌륭한 장군 둘을 건졌습니다. 묘하게도 그들은 둘 다 기인입니다."

건륭이 말을 마치고는 조혜와 해란찰에 대해 한바탕 자랑을 늘어놓았다. 이어 다시 덧붙였다.

"아계 역시 전쟁터를 종횡무진 누빈 장군 출신으로, 이제는 나라의 동량으로 굳건히 자리 잡았습니다! 서부 전사는 하루 이틀 사이에 끝날 게 아닙니다. 그러니 이런 식으로 기인들을 키우다 보면 머지않은 장래에 과거의 영광을 재현할 수 있을 것입니다."

태후가 건륭의 말에 연신 고개를 끄덕이면서 흡족해 했다. 그때 건륭이 한쪽에 서 있는 귀부인에게 시선을 보냈다. 태후가 건륭의 궁금해 하는 눈치를 알아차리고는 얼른 소개를 했다.

"위청태의 아낙이네. 우리 유호록씨 가문의 문하이기도 하지. 문후올리러 들어왔다가 지패놀이를 하는데 한 사람이 모자라니 잠깐 끼었던 것이네."

"오, 위청태라? 위청태는 여전한가?"

건륭이 고개를 끄덕이면서 물었다. 황제의 시선을 받은 여자는 황감한 모양이었다. 황급히 무릎을 꿇더니 머리를 조아렸다.

"예, 폐하! 소인의 남정네 위청태는 나이 팔십을 바라보는 고령임에도 아침마다 포고를 연습할 정도로 정정하옵니다."

그런데 여자의 말은 처음으로 황제의 하문을 받는 사람의 대답치고는 당돌하고 무례하기 그지없었다. 게다가 긴장해서 그런지 몰라도 말이 속사포처럼 빨랐다. 황제를 어려워하는 눈치라고는 눈곱만큼도 찾아볼 수 없었다. 원래 천자天子가 기거起居에 대해 하문할 때는 먼저 사은을 표하는 것이 관례였다. 또한 위청태를 대신해 건륭에게 문후를 올리는 것이 마땅한 예의였던 것이다. 그러나 여자는 당황해서 그랬는지 그 모든 것을 생략하고 말았다. 궁인들이 고개를 숙인 채 몰래 웃은 것은 그 때문이었다.

그러나 건륭은 전혀 개의치 않았다. 이어 태후를 일별하면서 위씨를 향해 다시 말했다.

"내낭은 입궐한 뒤 황후의 인정을 받았어. 짐의 총애도 한 몸에 받고 있다네. 곧 영빈으로 승격될 거네. 내낭은 위씨 성을 따라 위가씨로 성을 바꾸네. 자네들도 원님 덕에 나팔 불게 됐네. 나중에 따로 어지가 내려지겠지만 먼저 위청태에게 이 희보喜報를 전하도록 하게."

내낭이 한낱 보잘것없는 궁녀에서 귀인貴人, 상재常在, 답응答應의 단계를 단숨에 뛰어넘어 하루아침에 빈嬪으로 승격했다는 건륭의 말은 태후를 비롯한 좌중의 모두에게 큰 충격을 주었다. 그중에서도 위씨가 받은 충격이 가장 컸다. 그녀는 그동안 내내 혹시라도 내낭이 성총을 얻을까봐 전전긍긍했었다. 내낭으로부터 보복이라도 당할 것을 우려했던 것이다. 때문에 태후의 면전에서 내낭의 품행을 흠집내느라 바쁠 수밖에 없었다.

귀비 유호록씨 역시 마찬가지였다. 내낭이 황제의 사랑을 받아 황자라도 생산하는 날에는 자신이 총애를 잃는 것에서 나아가 자신의 아들의 장래에도 검은 그림자가 드리우지 않을까 우려해 황후나 태후의 면전에서 틈만 나면 내낭을 헐뜯었다. 따라서 내낭이 빈으로 승격했다는 소식은 그녀에게도 그야말로 마른하늘에 날벼락이었다. 태후, 유호록씨와 위씨는 당연히 약속이나 한 듯 모두 망연자실한 표정을 지었다.

그러나 나랍씨는 달랐다. 전에 건륭과 당아의 밀회장면을 목격하고 당아를 괴롭히려 들었다가 된통 혼난 적이 있는지라 감히 싫은 내색을 하지 못했다. 그녀는 위씨가 얼빠진 사람처럼 계속 꿇어 엎드려 있자 슬쩍 거들어 주었다.

"너무 좋아서 정신줄을 놔버렸는가? 어서 폐하께 사은을 표하지 않고 뭘 하는가!"

"망극하옵니다. 폐하!"

위씨가 내키지 않는 듯한 어조로 사은을 표했다. 건륭이 어느새 가늘어진 빗줄기를 바라보면서 평온한 어조로 그녀에게 답했다.

"이제부터 자네 위씨 가문도 외척의 반열에 들었네. 다른 비빈들과 마찬가지로 매달 한 번씩 입궐해 문후를 올리도록 하게. 자네 가문에 대한 안 좋은 소문은 짐도 들었네. 내낭도 과거지사는 더 캐지 않을 것이야. 그러니 자네는 이제부터라도 내낭을 잘 섬기도록 하게. 두 가지를 명심하게. 우선 내낭의 영욕이 바로 위씨 가문의 영욕이라는 것을 명심하라고. 또 관직에 있든 없든 자제들 단속을 엄히 해야 할 것이야. '국구'의 신분을 등에 업고 하룻강아지 범 무서운 줄 모르고 설쳤다가는 불나방 신세를 자초하게 될 것이라는 사실을 분명히 일러두네. '국구'들의 본보기인 부항을 따라 배우라고 하게. 무슨 말인지 알겠나?"

건륭이 던진 훈계의 말이 가슴을 찔렀는지 위씨의 이마에서는 땀이 비 오듯 흘러내렸다. 그러나 대답을 하지 않을 수는 없었다. 급기야 그녀가 이미 퍼렇게 멍이 든 이마가 아픈 줄도 모르고 연신 쿵쿵 찧으면서 대답했다.

"알다마다요, 폐하! 이 천한 것은 이렇게 영광스런 날이 올 줄 꿈에도 몰랐사옵니다. 폐하의 훈육을 명심해 내낭…… 아이고, 요 썩을 주둥아리! 영빈마마를 높이 받들어 모시겠사옵니다!"

"그래야지!"

그제야 건륭도 흡족한 표정을 지었다.

"태후마마와 짐을 알현했으니 이제 그만 황후전으로 가서 문후를 여쭈게. 그리고 자네의 새 주인 영빈의 처소에도 찾아가 예를 갖추도록 하게."

건륭이 분부를 마치고는 나랍씨와 유호록씨를 향해 고개를 돌렸다.

"두 귀비도 황후의 처소로 가서 황후를 즐겁게 해드리고, 또 영빈을 찾아 경하의 말을 해주는 것이 도리일 걸세!"

위씨와 나랍씨, 유호록씨 등 세 여자는 각각 다른 생각을 했으나 일제히 머리를 조아리는 것은 같았다. 이어 마지못한 듯 입을 열었다.

"망극하옵니다, 폐하……."

16장
궁중의 여인들

나랍씨와 유호록씨, 위씨 등이 물러가자 동난각에는 태후와 황제 둘만 남았다. 궁녀들은 자연스럽게 방안의 탁자 위를 정리하려고 했다. 그러자 건륭이 분부를 내렸다.

"그대로 놔두고 모두 서배전으로 물러가 있거라!"

건륭은 말을 마치고는 다기茶器들을 진열해 놓은 조그마한 탁자 위에서 은병銀瓶을 내려 직접 냉차를 따라 태후에게 두 손으로 받쳐 올렸다. 이어 지패들을 차곡차곡 정리했다.

"지패 모서리가 다 닳아 보풀이 이는데도 이것들이 새 걸로 바꿔 올리지 않고!"

태후가 말을 받았다.

"심심풀이 삼아 할 만한 것 중에 지패놀이만 한 것도 없어요. 어젯밤에도 삼경三更이 넘도록 상주문을 어람하셨다면서요? 침수 드시는 시간이 너무 늦습니다. 피곤하실 텐데 매일 이렇게 문후 올리러 오시는 것도 이 어미는 안쓰럽기만 합니다."

건륭이 다시 웃음을 가득 머금은 얼굴로 대답했다.

"일반 여염집에서도 아들들은 매일 어머니께 문후를 여쭙습니다. 그 것은 예의이자 본분입니다. 소자는 매일 어마마마를 뵙는 것이 즐겁기만 합니다. 올 가을부터 문무백사文武百事가 가닥이 풀리기 시작하면 꼭 어마마마를 모시고 강남으로 내려가 보겠습니다. 어마마마하고 단 둘이서 사흘만이라도 조용한 암자에 머물며 쉬고 싶습니다. 그 어떤 구속도 받지 않고 천가天家에서는 보기 드문 천륜지락天倫之樂을 만끽하게 해드리고 싶습니다."

건륭은 태후의 기분을 맞추는 데는 완전히 선수였다. 아니나 다를까, 태후는 즐거운 표정을 감추지 못했다. 대영침大迎枕이라는 큰 베개에 비스듬히 기댄 채 한 손에 찻잔을 잡고는 희색이 만면한 얼굴로 말했다.

"성조께서는 여섯 번이나 남순 길에 오르셨지요. 그러나 그때 이 어미는 한낱 선제의 측복진側福晉에 불과했기 때문에 따라갈 분복分福(타고난 복)이 없었지요. 성조를 모시고 다녀오신 선제께서 그러시는데, 서호西湖, 단교斷橋, 뇌봉탑雷峰塔, 영은사靈隱寺, 수서호瘦西湖, 홍교虹橋, 소진회小秦淮…… 또 무슨 진회하의 월색月色, 전당강錢塘江의 밀물 등등 멋진 경관이 부지기수라더군요. 말로 표현할 수 없을 정도로 수려하고 황홀해 화폭에서 보는 것보다 열 배는 더 멋있다고 하셨지요. 홍교 위에서 일몰을 맞이하고 이십사교二十四橋에서 월색을 구경하면서 그곳 경치에 반한 나머지 낙불사촉樂不思蜀(머물고 있는 곳이 너무 좋아 집에 가는 걸 잊어버림)하셨다지 뭡니까. 평소 그렇게 근엄하기만 하시던 분이 껄껄 소리까지 내면서 즐겁게 웃으시는 모습은 처음 봤습니다. 시까지 읊조리시면서 말입니다."

건륭은 어머니가 흥에 겨워하는 모습을 보자 자신도 적당히 비위를 맞춰야겠다고 생각했다.

"아바마마께서 그때 읊조리셨다는 시를 소자도 기억하고 있습니다."

건륭이 말을 마치고는 잠시 기억을 더듬었다. 이어 조용히 시를 읊기 시작했다.

이십사교 다리 밑에 일엽편주 두둥실,
홍상紅裳자락 아련하니 물에 닿을 듯.
봉숭아 얼굴 화사해 못 시선 잡는가,
낮은 울타리에 구침鉤針 꽂힌 봉황이 곱구나.

건륭이 한 수를 끝내기 무섭게 또 한 수를 연거푸 읊었다.

쪽진 머리 갸웃하면서 시 한 수 읊으니,
청완淸婉의 글소리에 시녀들이 우르르.
홍엽어구紅葉御溝(어구는 궁전에서 흘러나오는 개천)는 이미 과거지사일 뿐,
다시 쓰는 시화詩話에 오늘이 있네.

건륭이 시를 다 읊고 나서 덧붙였다.

"성조께서 무척 아끼셨던 매문정梅文鼎이라는 신하가 쓴 시입니다. 천문, 지리, 문학, 산수를 두루 정통했다 해서 성조께서 높이 치하하셨던 사람입니다."

건륭이 설명을 하다 말고 잠시 말을 멈췄다. 표정도 변했다. 문득 '홍엽어구'라는 시어를 떠올리면서 내낭을 생각한 것이다. 태후가 그의 변화를 눈치채고 의아해 했다. 건륭은 그런 태후를 보면서 한참 후 다시

입을 열었다.

"작은 우성룡于成龍이 홍교에 만든 서원書院이 참으로 굉장하다고 합니다. 그때 가서 거기도 둘러보고……."

건륭이 다시 말을 멈췄다. 낯빛도 침울해졌다. 태후가 다시 고개를 갸웃하더니 조심스레 건륭의 눈치를 보면서 물었다.

"황제께서는 오늘 장시간 의정을 하셨다더니 갑자기 피곤이 몰려오나 봅니다. 다 못한 얘기는 나중에 하도록 하고 돌아가 쉬세요."

"소자는 피곤한 것이 아니라 심사心事가 있어서 그러하옵니다."

건륭이 무거운 목소리로 대답했다. 사실 그로서는 태후가 내내 즐거워하는 모습을 보는 것이 무척이나 괴로웠다. 답답하고 마음이 무겁다고나 할까……. 그럴 수밖에 없는 것이 크게 두 가지 문제가 남아 있던 것이다.

무엇보다 태후에게 아무런 언질도 없이 갑자기 내낭을 빈으로 봉한 일에 대한 해명이 필요했다. 게다가 눌친에게 죽음을 내렸다는 것도 태후는 아직 모르고 있었다. 물론 눌친을 주살하는 것은 태후가 왈가왈부할 수 없는 엄연한 국사國事였다. 그러나 눌친의 아버지와 태후는 엄연한 친 사촌남매지간이었다. 그러니 혈통을 중요시하는 태후에게 눌친에 대한 주살 결정은 충격 그 자체일 터였다. 그렇다고 태후에게 얘기하지 않을 수도 없는 일이었다. 그랬다가는 태후가 조용히 넘어가지 않을 것이 분명했다. 노한 음성이 자칫 궐 밖으로 나가는 날에는 '효제천자' 孝悌天子라는 명성이 하루아침에 물 건너가게 될 터였다. 아무튼 두 가지 일은 다 태후에게 얘기해야 마땅했다. 건륭은 잠시 마음속으로 두 가지 일의 경중을 가늠했다. 일단 힘든 얘기부터 꺼내는 것이 낫다고 생각했다. 드디어 그는 길게 탄식하면서 입을 열었다.

"눌친에 대해 판결이 내려졌습니다. 소자는 그에게 알필륭의 보도寶

刀를 내려 자결을 하명했습니다."

"뭐라고 하……?"

태후가 전혀 예상 못한 건륭의 말에 반쯤 누워 있다가 흠칫 몸을 떨면서 일어났다. 순간 찻잔의 물이 사방으로 튀었다. 그녀는 얼마 후 겨우 곧게 앉은 채 부들부들 떨리는 손으로 탁자 위에 찻잔을 올려놓았다. 이어 입술을 실룩거렸다. 낯빛이 창백하게 질려 있었다. 태후는 한참이나 멍하니 건륭을 바라보더니 힘겹게 물었다.

"이미 어지를 내렸습니까?"

"예, 어마마마."

"부항 등의 견해입니까?"

"아닙니다. 그들은 소자가 부리는 아랫것들입니다. 결단은 소자가 내렸습니다."

"전혀 돌이킬 여지가 없습니까?"

"후명後命을 기다리지 말라고 못을 박았습니다."

"그래도……, 천자가 아니십니까! 다시 뒤집을 수 있지 않습니까?"

태후의 얼굴에서 핏기가 싹 사라졌다. 곧이어 태후가 손으로 가슴을 지그시 누르면서 떨리는 목소리로 말을 이었다.

"눌친은 황제 외삼촌의 적맥嫡脈입니다. 일등공작 가문의 대를 이어갈 유일한 아들입니다. 빈틈없이 일을 잘한다면서 황제께서도 높이 평가하지 않으셨습니까? 황제와의 정분도 남다르지 않습니까? 그가 여태 쌓은 공로를 고려해 생각을 고쳐 주셨으면 합니다. 아녀자가 관여할 바는 아니나 그런 결정을 듣고 나니 입을 다물고 있을 수만은 없습니다. 대청이 개국한 이래 아직까지 재상을 주살한 예는 없었습니다! 융과다隆科多는 모역을 꿈꾼 자입니다. 성정이 불같으신 선제께서도 그런 자조차 영구 감금형으로 벌하셨을 뿐 주살하지는 않으셨습니다. 이는 태조 때부터 내려온 불문율입니다. 어미의 말이 길어지는 것은 눌친도 눌친이려니와 황제의 사필史筆이 염려돼 노파심에서 이러는 겁니다. 사람 머리는 아홉 번을 잘라먹는다는 부추와는 다릅니다. 한 번 떨어지면 아교로도 붙일 수 없습니다."

건륭은 태후의 간절함을 누구보다 잘 알고 있었다. 태후는 해마다 추결秋決(일 년에 한 번 가을에 사형수들을 처결하는 일) 때를 전후해 늘 하는 일이 있었다. 그것은 바로 재계齋戒하고 향을 사르면서 망자들의 명복을 빌어주는 일이었다. 또 평소에도 건륭에게 가능하면 목숨만은 살려주라고 당부했다. 솔직히 건륭 역시 눌친을 단죄하겠다는 결심을 하고 난 후부터 계속 마음이 편치 않았다. 태후가 간절하게 부탁하는 이 순간에도 마음이 흔들렸다. 그러나 눌친을 주살하지 않으면 금천 전사는 포기해야 했다. 눌친에 대한 불신과 분노가 팽배해 있는 상황에서 병사들의 사기를 북돋아주지 못한다면 청나라 대군은 조정을 우습게 여기는 사라분에게 패배를 거듭할 수밖에 없다는 얘기였다. 건륭의 표정은 납덩이처럼 무거운 그런 속마음을 대변하듯 한없이 음울하고 처연해 보였다. 얼마 후 그가 울먹이는 목소리로 대답했다.

"어마마마의 심정은 소자도 잘 알고 있습니다. 그러나 소자는 한 나라의 국운을 짊어진 천자이기에 눌친을 용서할 수가 없습니다. 기군죄는 차치하더라도 육만 원혼의 분노가 충천하온데 어찌 이를 도외시할 수 있겠습니까? 용맹한 우리 병사들은 눌친이라는 무능하고 독선적인 지휘관에 의해 그야말로 부추 잘리듯 죽어갔습니다! 어마마마는 보잘것없는 미물의 생명까지 더없이 소중히 여기시는 대자대비하신 분입니다. 육만 명의 목숨이 눌친 한 사람의 생명보다 못하다는 말씀이십니까? 송宋 태조太祖 조광윤趙匡胤의 강산이 뒤죽박죽이 된 이유가 무엇입니까? 바로 그 어떤 경우에도 대신들을 주살하지 않겠노라 철석같이 약조했기 때문이 아닙니까? 신하들은 목이 잘릴 두려움이 사라지니 마음 놓고 백성들을 착취하고 그들에게 흡혈귀처럼 기생했습니다. 어마마마, 설마 소자가 조광윤과 같은 오명을 뒤집어쓰고 역사에 기록되기를 원하는 건 아니시겠지요?"

"……"

"송나라를 엎어버린 건 몽고족이 아닙니다. 썩을 대로 썩어 문드러진 당시의 문무백관들이었습니다."

건륭의 논리정연한 설명에 태후의 표정도 점점 바뀌어가기 시작했다. 처연하기는 해도 계속해서 고집을 부릴 수는 없겠다고 생각하는 듯했다. 건륭이 그런 태후의 안색을 살피면서 말을 이었다.

"몽고 대군이 송나라 마지막 황제를 망망대해로 내쫓았을 때 황제는 아직 나이가 어렸습니다. 몽고 대군의 배가 점점 포위망을 좁혀오는데도 재상 육수부陸秀夫는 배 위에서 어린 황제를 품에 안은 채《중용》中庸을 강독했다고 합니다. 나중에 육수부는 자신의 처자와 아이들이 탄 배가 가라앉는 걸 보고는 어린 황제를 안고 바다로 뛰어들었다고 하지 않습니까! 어마마마, 그 전투를 지휘한 몽고 장군이 누군지 알고 계십니까?"

태후가 건륭의 질문에 고개를 절레절레 흔들었다. 두 눈에는 어느새 눈물이 가득했다.

"장홍범張弘範이라는 자입니다."

건륭 역시 철모르는 어린 황제의 비참한 종말을 떠올리자 가슴이 뭉클해지는 모양이었다.

"장홍범 그자는 원래 송나라의 장군이었습니다. 그러나 원나라에 투항했습니다. 그리고는 자신의 옛 주인을 치러 왔습니다. 송을 멸망시킨 뒤 그자는 양심의 가책도 없이 어린 황제가 죽은 바다 근처 바위에 '장홍범이 이곳에서 송나라를 멸망시키다'라는 글을 새겼다고 합니다. 이 얼마나 배은망덕하고 비열한 자입니까? 그자를 이가 갈리도록 증오한 어떤 사람이 옆자리에 그의 것과 똑같은 필체로 '송나라의 장홍범이 이곳에서 송나라를 멸했다'는 글을 남겼다고 합니다. 이는 누군가 두찬杜撰(꾸며내는 것)한 얘기가 아니라 실제 있었던 사실입니다. 소자는 우리 대청에 장홍범과 같은 적자賊子가 나타나지 못하도록 국궁진췌鞠躬盡瘁(몸과 마음을 다 바쳐 진력함)하고 있습니다!"

태후는 건륭의 간절한 하소연이 채 끝나기도 전에 손수건으로 눈 주위를 찍어냈다. 이어 건륭을 향해 고개를 끄덕여 보이면서 한숨을 토해냈다.

"어미도 그리 막무가내는 아닙니다. 스스로 제 눈을 후벼 팠으니 옆에선들 어쩌겠습니까."

그러자 건륭이 다시 한 번 태후를 위로했다.

"어마마마께서 그리 생각하시니 소자는 종묘사직과 삼군三軍의 장사 및 억만 백성들을 대신해 대자대비하신 태후마마께 심심한 경의를 표합니다. 눌친도 구천九泉에서 크게 감명받을 것입니다. 눌친은 아들이 없으니 그의 일등공작 작위를 이등으로 강등시켜 그의 둘째형 책릉策楞에게 내리는 것이 어떻겠습니까?"

태후가 건륭의 말에 길게 탄식을 토했다. 이어 눈을 감은 채 말했다.

"아미타불 관세음보살! 늙고 불민한 어미를 더 추하게 만들지 말고 황제께서 통촉하시어 결정하세요. 아녀자가 뭘 안다고 왈가왈부하겠습니까. 바깥세상은 성조, 선제 때와는 크게 달라져 있으니 이 어미가 아니라 효장부처님(효장태후)께서 환생하신다고 해도 간섭하실 엄두를 못 내실 겁니다. 솔직히 나는 바깥뿐만 아니라 궁중살림에서도 그만 손을 털고 싶습니다. 다만 황후가 칠재팔병七災八病(온갖 질병)을 이기지 못하고 시름시름 앓고 있으니 손을 완전히 놓아버릴 수가 없군요. 자금성과 이곳 창춘원, 그리고 열하의 피서산장 등 몇몇 금원禁苑들은 성조 때보다 덩치가 훨씬 더 커졌습니다. 태감, 궁녀들도 몇 배는 더 늘었고요. 바깥의 소음이 안으로 들어오지 못하게 단단히 막아야 할 것입니다. 또 내언內言이 밖으로 새지 않도록 철벽을 둘러야 할 것입니다."

"지당하신 말씀입니다!"

건륭이 태후의 말에 맞장구를 쳤다. 그는 속으로는 '어머니가 내언외언內言外言을 운운하는 것은 내낭에 대한 이런저런 뜬소문 때문에 당신의 마음이 어지럽다는 것을 말해주는 것이겠지'라고 생각했다. 곧이어 그가 덧붙였다.

"소자도 당치 않은 소문을 들었습니다. 내낭에 대해서 말입니다. 깨끗하고 결백한 여자가 몰염치하고 부도덕한 족속으로 오해받는 것도 '바깥의 소음' 때문이 아니겠습니까. 궐내 살림을 맡고 있는 태감들 중에 고대용 같은 사람이 몇 명만 더 있어도 걱정이 없을 텐데 말입니다. 그나마 복의가 그럭저럭 봐줄 만합니다. 그가 시중들고 있는 궁빈들은 아직 신분이 낮은 사람들이니 그를 이쪽으로 불러와 궁무를 맡아보게 하는 것도 괜찮을 것 같습니다. 고대용은 육궁六宮의 총관태감으로 승진시켜 큰 틀을 책임지게 하고요. 그리고 궐내 궁무 중 크고 중요한 사안은 예전처럼 태후마마께 보고 올리고 그 뜻에 따르겠으나, 사소한 일은 소자가 황후와 상의하여 결정하도록 하겠습니다. 하오니 어마마마께서는 자질구레한 궐내 궁무에 신경 쓰지 마시고 영양榮養에만 몰두하시면 되겠습니다. 필요하거나 원하시는 바가 있으면 은자는 걱정하지 마시고 소자에게 말씀해 주십시오. 소자가 어마마마께 효도할 수 있도록 말입니다. 소자는 어마마마가 즐겁고 건강하게 천수를 누리실 수 있도록 효도하는 것이 최고의 낙입니다."

태후는 건륭의 효심 지극한 말에 얼굴을 활짝 폈다. 사실 그녀는 이제 별다른 욕심도 미움도 없었다. 그저 하루하루가 무사태평하게 흘러가기만 바랄 뿐이었다. 특별히 정무에 관심이 있는 것도 아니었다. 누구와 척을 지거나 어느 한 사람을 미워해 분풀이를 하려는 마음 따위는 추호도 없었다. 내낭에 대한 일도 그랬다. 특별히 내낭을 미워해서라기보다 여러 사람이 귓전에 대고 내낭에 대한 험담을 늘어놓으니 그냥 불러 몇 마디 주의를 준 것뿐이었다. 그런데 건륭은 보란 듯이 내낭에게 파격적인 대우를 해줬다. 그러니 조금 불쾌한 생각이 들지 않을 수 없었다. 그러나 건륭의 진심 어린 하소연을 듣고는 그런 못마땅한 마음도 봄눈 녹듯 깡그리 사라져버렸다. 태후가 고개를 끄덕였다.

"내낭 그 아이는 참으로 불쌍하고 가여운 아이라면서요? 십몇 년 동안이나 남의 집에서 갖은 학대를 당하면서 살았는데 입궐해서까지 고되게 살면 안 되죠! 황제의 처사에 감명을 받았습니다. 내일 이 어미에게 데려다 인사시키세요. 후한 상을 내릴 테니까요!"

건륭은 태후의 말을 들으면서 한 가지 생각을 떠올렸다. 이어 태후의 밝은 표정을 슬쩍 살피면서 본격적으로 말을 늘어놓았다.

"궐내 궁무와 관련해 소자에게 지금 막 떠오른 생각이 있습니다. 그동안 성심을 다해 시중들어온 궁녀들 중에서 혼기가 꽉 찬 애들에게는 어마마마의 주선으로 좋은 인연을 맺어주는 것이 어떨까 합니다. 장래가 촉망되는 문무관리들 중에서 짝을 고르는 겁니다. 어마마마의 자은慈恩을 입어 연리連理(부부의 관계)를 맺어주면 얼마나 좋겠습니까. 이밖에 후궁은 귀녕歸寧(친정으로 감)할 수 없다는 규정이 있사오나 소자는 그 규정을 적당히 융통성 있게 지켜야 한다고 생각합니다. 따져보면 그네들도 부모에게 효도하고 형제자매를 아껴주며 살고 싶을 것 아닙니까. 소자는 매일이다시피 어마마마께 문후를 올리면서도 아직 만분의 일의 효도도 다하지 못했사온데 그네들은 오죽하겠습니까. 연연월월年

^{年月月} 심궁^{深宮}에만 갇혀 있으니 비록 여염집에서는 꿈도 못 꿀 부귀를 누리고 있다고는 하나 천륜의 즐거움에 목말라 있을 게 아닙니까? 어마마마께서 의지^{懿旨}를 내리시면 소자가 명을 받들어 그네들을 당일치기로 친정에 다녀오게 조처하겠습니다. 이 역시 천인^{天人}이 공감할 자비로운 선행이 아니겠습니까?"

"그럼요, 그럼요! 황제께서는 참으로 사려가 깊으신 분입니다!"

태후가 크게 공감한 듯 박수까지 치면서 좋아했다. 그리고는 가볍게 한숨을 지었다.

"이 일은 성조께서도 은혜를 베푸신 적이 있었죠. 애석하게도 그 뒤로는 후궁들이 이런 복을 누리지 못했습니다. 이 어미도 궁인으로 입궐해 심궁에서 살아왔으니 그네들의 말 못할 속사정을 누구보다 잘 압니다. 효장부처님 때부터 지금까지 환갑을 넘긴 후궁은 단 둘밖에 없었습니다. 물론 여러 가지 원인이 있겠으나 천륜과 멀어진 것에 대한 상심도 크지 않았겠습니까? 황후에게도 의지를 내려 친정인 부항의 집을 자주 드나들 수 있도록 윤허하겠습니다. 아녀자로 태어나 친정이 그립지 않은 사람이 어디 있겠습니까?"

태후의 기분을 전환시키는 데 성공한 건륭은 가벼운 마음으로 자리에서 일어섰다.

"그러면 소자는 이제 그만 일어나겠습니다. 황후가 담^痰이 끓는다고 하더니 약간 좋아졌다고 합니다. 어의들은 믿을 만한 놈이 없으니 어찌된 영문인지 가봐야겠습니다. 그리고 불란서(프랑스)에서 서양삼^{西洋}^蔘을 보내왔다고 합니다. 어마마마께 몇 근 올리도록 하겠습니다. 고려산삼에 비하면 약성^{藥性}이 다르다고 하오니 태감들에게 먼저 먹여 보고 부작용이 없으면 어마마마께서 복용하세요. 황후에게는 감히 권하기가 저어됩니다."

건륭은 말을 마치자마자 바로 물러 나왔다. 등 뒤에서 불경을 읊는 태후의 소리가 들려오고 있었다.

나무허뤄다나, 두어루어예예, 두어루어두어루어, 쥐이주쥐이주, 머루어머루어, 후루어훙허, 허수다나, 훙퍼머나, 쑤어퍼어허……

건륭은 태후가 읊는 불경의 내용이 어떤 것인지 몰랐다. 아예 무슨 말인지조차 몰랐다. 그러나 눌친의 영혼을 제도하기 위해 불경을 읽고 있다는 사실 만큼은 미뤄 짐작할 수 있었다. 건륭은 못내 암담한 마음을 떨치지 못하고 처마 밑 돌계단 앞에 잠시 멍하니 서 있었다. 그는 생각 없이 가느다란 우렴雨簾(비를 막는 장막)을 한참 바라보고 나서 고개를 숙인 채 말없이 승여에 올랐다.

황후는 담녕거에서 서쪽으로 조금 떨어진 도녕재道寧齋에 기거하고 있었다. 그녀의 처소는 새로 건축한 서양식 궁전은 아니었다. 그저 붉은 벽, 노란 기와와 비첨飛檐(날아갈 듯 사방으로 뻗은 처마) 등이 멋지게 조화를 이룬 옛날식 궁전이었다. 하늘을 찌를 듯 높이 자란 나무들이 궁전 주변을 철벽처럼 치밀하게 에워싸고 있었다. 그래서일까, 담녕거처럼 웅장하고 거대한 멋은 없었으나 대단히 견고해 보였다. 거북등을 닮은 봉긋한 둔덕에 지어서 더욱 그런 것 같기도 했다. 건륭은 당초 황후에게 러시아 동궁冬宮을 본 딴 '크렘린궁'에 처소를 정할 것을 권한 바 있었다. 그러나 황후는 동궁이 한백옥漢白玉으로 도배돼 너무 차가운 느낌을 줄 뿐 아니라 주위의 서양식 건물들도 맘에 들지 않는다면서 도녕재 궁전을 고집했다.

도녕재는 원래 재궁齋宮이었다. 재궁이 된 것은 옹정이 갑자기 세상을 떠나기 전의 일과 관계가 있었다. 당시 그는 귀신에 쓰인 것 같은 증세를 자주 보였다. 그러자 화친왕和親王 홍주弘晝는 가사방賈士芳의 원혼이 저주를 퍼부어 그런 것이라고 생각했다. 그래서 강서성 용호산龍虎山의 진인眞人 누사원婁師垣을 불러 이곳에서 법술로 마귀를 진압했다. 그 뒤로 궁중에서 유사한 사고는 종적을 감췄다. 이후 홍주는 황제에게 주청을 올려 거북등처럼 생긴 이곳에 도녕궁道寧宮을 지었다. 이어 얼마 후 다시 도녕재로 개명을 했다.

궁을 지키고 있던 태감은 멀리서 승여를 발견하자 곧바로 안으로 달려 들어가 알렸다. 황후를 시중드는 태감 진미미는 건륭이 승여에서 내리기도 전에 우비를 챙겨들고 종종걸음으로 달려 나왔다. 그는 건륭이 비를 맞을세라 서둘러 우비를 입혀주면서 아뢰었다.

"태국에서 공물로 보낸 이 유의油衣는 오리털을 얇게 누빈 것으로 큰 비에도 젖을 염려가 없다고 하옵니다. 아무리 무더운 여름철이라고 하나 젖은 의복에 바람을 맞으면 뼛속에 한기가 스며들 것이옵니다."

건륭은 미소를 지은 채 진미미의 주절거리는 수다를 다 들어줬다. 이어 물었다.

"자네의 황후마마는 지금 뭘 하고 계신가? 점심은 드셨는가?"

"황후마마의 식욕이 오늘만 같으셨으면 좋겠사옵니다. 점심은 평평하게 담은 쌀밥 한 그릇에 양순대, 두부찜 요리를 맛있게 드셨사옵니다."

진미미가 건륭의 옆에서 비에 젖은 꽃과 나뭇가지들을 젖혀 길을 열어주면서 다시 말을 이었다.

"황후마마께서는 오늘 기분이 대단히 좋아 보이십니다. 나랍씨 귀비마마와 유호록씨 귀비마마께서 새로 영빈으로 봉해진 내낭 귀인을 경하하고자 들어 계시옵니다. 마침 문후 올리러 들어왔던 부상의 부인도 비 때문에 갇혀 계시옵니다. 황후마마께서는 이분들과 담소를 즐기면서 음식을 드셨사옵니다."

건륭이 당아도 함께 있다는 말에 잠시 놀라는 눈치를 보였다. 그러나 걸음은 멈추지 않았다.

"진씨가 음식을 준비했는가?"

"오늘은 아니옵니다. 황후마마께서는 요리사 정이鄭二가 만든 음식이 비위에 맞는다고 하시면서 진 귀인에게 손에 물을 묻히지 말라고 하셨사옵니다. 진 귀인은 폐하의 수라를 섬기는 분이온데 자칫 황후마마의 입맛에 맞추려 들다 보면 폐하의 수라상에 올리는 음식 맛이 달라질 수 있다면서 극구 말리셨사옵니다."

건륭은 진미미의 말을 듣고는 자기도 모르게 걸음을 멈췄다. 자신을 향한 부찰씨의 깊은 마음에 코끝이 찡해졌던 것이다. 확실히 부찰씨는 언제 봐도 근검하고 소박하면서도 자애롭고 언제나 상대를 배려하는 여자였다. 건륭이 그 많은 후궁으로도 만족 못해 밖에서 이 꽃, 저 풀을 건드리고 다녀도 언제 한 번 싫은 소리를 하는 적이 없었다. 더구나 성총을 독차지하려고 머리를 굴리는 법도 없었다. 오직 덕을 베푸는 일에만 전념했다.

건륭은 부찰씨가 그처럼 사소한 일에서까지 황제를 먼저 위한다고 생각하자 가슴이 뭉클해져 더 이상 입을 열지 못했다. 그러나 진미미는 건륭이 갑자기 입을 다물자 자신이 말실수를 했다고 생각했다. 가슴이 철렁해진 그는 황급히 자신의 손으로 입을 틀어막았다. 그러자 건륭이 웃어 보이고는 다시 걸음을 떼면서 분부했다.

"정이에게 육품 정자를 하사한다는 어지를 내무부에 전하거라. 짐과 황후는 적체敵體(신분이 대등함)라고 할 수 있다. 자네는 황후를 섬기는 사람이니 복의와 대등한 오품 정자를 하사하겠다. 이는 태감으로서는 극품極品이지. 하는 걸 봐서 남령자藍翎子 화령花翎을 상으로 내릴지도 모르니 황후를 모시는 데 성심을 다하거라."

건륭은 말을 하면서 계속 걸어갔다. 그러자 곧 멀리 도녕재 적수첨滴水
檐 밑에 몇몇 여인이 나란히 서 있는 모습이 보였다. 나랍씨와 유호록씨,
진씨, 내낭과 당아일 터였다. 건륭이 바로 분부를 내렸다.

"가서 황후마마께 아뢰거라. 밖에 비바람이 거세니 궁전 밖으로 걸음
하시지 말라고."

"예, 폐하!"

진미미는 갑자기 꿈에도 생각지 못하던 승진을 했다. 가슴이 터질 듯
한 흥분에 휩싸였다. 그러나 애써 진정하면서 빗길에 무릎을 꿇은 채
침착하게 사은을 표했다. 예를 행하고 일어선 다음 허둥지둥 돌아서던
그는 그만 돌 위의 이끼를 밟고 미끄러지고 말았다. 그는 빗물을 사방
에 튀기면서 철퍼덕 엉덩방아를 찧었다. 그러나 아픈 줄도 모르고 다시
벌떡 일어나 잽싸게 궁전으로 달려 들어갔다. 복도에서 어가를 기다리
던 여인들은 그 모습을 보고는 손수건으로 입을 가린 채 깔깔 웃었다.
이어 건륭이 다가오자 일제히 무릎을 꿇고는 꾀꼬리 같은 목소리로 문
후를 올렸다.

"강녕하시옵니까, 폐하!"

"그럼, 그럼! 어서 일어나 안으로 들게!"

건륭이 손사래를 치면서 궁전으로 들어갔다. 난각에서 나와 기다리
고 있던 황후 역시 건륭에게 예를 올리고 나서 여인들에게 손짓을 했다.

"외전外殿에서 그러고 서 있지 말고 어서들 들어와 폐하를 즐겁게 해
드리게."

황후는 말을 마치자마자 건륭을 향해서도 입을 열었다.

"영대에서의 의정 시간이 길어 대단히 피곤하실 줄로 아옵니다. 저녁
에 영영의 처소를 찾으실 거라고 들었사옵니다. 마침 진씨가 들어있사오
니 여기서 수라를 드시고 가시옵소서. 그쪽 주방은 집기가 잘 구비되지

않은 걸로 알고 있사옵니다."

황후는 과연 진미미의 말대로 기색이 평소보다 훨씬 좋아 보였다. 건륭의 얼굴에 만족스러운 표정이 가득했다.

"오늘 아침 황후가 담이 끓는다는 소리를 듣고 염려했네. 다행히 안색은 좋아 보이는군."

건륭이 애정이 그득 담긴 눈길로 황후를 지그시 바라보다 책상 위를 쳐다봤다. 그림이 그려져 있는 도화지가 펼쳐져 있었다. 건륭이 그걸 보고는 다시 물었다.

"어디에서 누가 들여보낸 그림인가?"

건륭은 질문을 끝내면서 당아를 힐끗 쳐다봤다. 당아가 얼굴을 붉힌 채 황급히 고개를 숙였다. 그 틈을 이용해 황후가 말했다.

"이는 고화古畵가 아니오라 공부에서 내무부에 올린 원명원圓明園 설계 도면이옵니다. 여러 비빈들이 원명원의 새 모습을 미리 보고 싶어 하기에 가져오라고 했사옵니다."

건륭이 황후의 말에 미소를 머금으며 고개를 끄덕여 보였다. 이어 온 돌마루 옆에 있는 의자에 앉았다.

"황후는 좌선을 즐기니 온돌로 올라가 앉아. 나머지는 편한 대로 자리하도록 하고. 오늘은 신분에 구애받지 말고 자유로운 분위기였으면 하네."

건륭이 말을 마친 다음 다시 당아에게 시선을 보냈다. 이어 주변 시선도 잊은 채 한참을 지그시 바라보더니 입을 열었다.

"흰 머리카락이 보이는 것 같네. 유심히 뜯어보지 않으면 잘 안 보이기는 하네만."

건륭은 말을 해놓고 나서야 비로소 자신이 실언을 했다는 것을 깨달았다. 갑작스럽게 찾아온 어색한 분위기도 느꼈다. 결국 자신의 실수를 덮어 감추기라도 하듯 황급히 말을 이었다.

"복령안福靈安이 지난번 태후마마께 문후 올리러 들었더군. 시위라서 그런지 제법 늠름하고 풍채가 의연하더군. 벌써 열여덟이라고? 태후마마께서 대단히 귀애貴愛하셨네. 나랍씨의 넷째공주도 미려하고 단아하게 잘 자랐던데 짐은 두 사람을 맺어 주는 게 좋을 듯 싶어. 물론 이 일은 태후마마의 의지懿旨를 반영한 것이지만 황후의 뜻도 중요하지!"

당아는 여자의 본능으로 자신을 바라보는 건륭의 타는 듯한 눈빛과 함께 보일 듯 말 듯한 연민의 표정을 확인할 수 있었다. 건륭은 아직 자신을 잊지 않고 있었던 것이다. 그녀는 그렇게 생각하자 바로 가슴이 뛰고 얼굴이 달아오르는 것을 어쩌지 못했다. 이어 귀밑머리를 살짝 귀 뒤로 넘기면서 공손히 예를 갖췄다.

"태후마마께서 견자犬子를 귀애하신다니 소첩은 황감해 몸 둘 바를 모르겠사옵니다. 황후마마, 부디 은혜를 내리시어 혼인을 윤허해 주시옵소서."

당아가 부찰씨를 향해 무릎을 꿇었다.

"일어나게! 태후마마의 자명慈命이신데 내가 어찌 윤허하지 않을 수 있겠나? 나랍 아우, 자네는 어찌 생각하는가?"

황후가 자상한 표정으로 물었다. 나랍씨는 건륭과 당아의 풍류정사를 누구보다 잘 알고 있었다. 당연히 자신의 딸과의 혼사를 마다할 리 없었다. 더구나 그녀는 부항의 두 아들 복령안과 복륭안이 명절에 태후를 알현할 때 얇게 드리운 발 뒤편에서 둘을 얼핏 본 적이 있었다. 둘 다 부항을 닮아 훤칠하고 준수한 소년들이었다. 솔직히 그녀의 입장에서는 태후의 명령에 따라 홍성가도를 달리고 있는 부항의 집과 사돈을 맺는다면 득이 되면 됐지 나쁜 일은 아닐 터였다. 그러나 그 순간에도 나랍씨는 이럴 때일수록 당아처럼 가볍게 촐싹대서는 안 된다는 생각을 했다. 그리고는 가슴 가득한 환희를 애써 억누르면서 입가에 차분한 미소를 지었다. 이어 황후를 향해 몸을 살짝 낮춰 보였다.

"여러모로 부족한 딸이 흠잡을 데 없는 낭군과 백년가약을 맺는다는데 어찌 마다하겠사옵니까? 폐하와 황후마마께서 살펴주신 덕분이옵니다."

나랍씨가 말을 마치고는 문득 다른 생각이 떠오른 듯 묘한 표정을 지었다. 그녀가 다시 화사한 웃음을 지으면서 덧붙였다.

"유호록 귀비의 공주도 아직 가약을 맺지 않고 있지 않사옵니까? 부씨 가문의 둘째 도련님도 열 예닐곱 살 됐다고 들었사온데, 이참에 함께 짝을 맺어주는 것이 어떻겠사옵니까? 그렇지 않아도 가까운 사이에 황은을 입어 더욱 친해지면 황가에서도 훌륭한 사위를 둘씩이나 얻어 좋고, 조정에서도 폐하를 보필할 일꾼이 생겨 든든하지 않겠사옵니까?"

건륭이 기다렸다는 듯 맞장구를 쳤다.

"옛말에 울타리 하나를 세우려 해도 말뚝 세 개가 필요하고, 대장부도 큰일을 하기 위해서는 세 사람의 도움이 필요하다고 했네! 동한東漢 때처럼 외척이 득세해 환관을 죽이고 환관이 득세해 외척에 보복하면서 어린 황제를 공처럼 들이차고 내차는 형국만 빚지 않는다면 반기지 않을 이유가 없지!"

그러나 좌중의 여인들 중에는 건륭이 말하는 내용이 들어 있는《후한서》後漢書를 읽은 사람이 한 명도 없었다. 때문에 다들 어찌 대답해야 할지 몰라 서로를 번갈아 바라보기만 했다. 황후 역시 멍한 표정으로 있다가 건륭이 설계도면에 눈길을 주자 바로 온돌에서 내려서면서 내낭에게 명령을 내렸다.

"부항의 안사람이 가져온 원명원 사십 경景에 대한 표제標題를 폐하께 올려 정명定名을 받도록 하게."

"예, 마마."

내낭이 수줍게 대답한 다음 높다란 장롱 앞으로 다가갔다. 이어 발뒤꿈치를 들고 장롱 위에서 노란 비단으로 겉봉을 한 종이를 꺼냈다. 그리고는 두 손으로 건륭에게 받쳐 올렸다. 건륭이 손을 내밀어 받으면서 축하의 말을 건넸다.

"빈으로 봉해진 걸 축하하네. 이제 황후가 내무부에 의지를 내려서 하사하는 금책金冊을 받으면 돼. 그런 다음 머리를 올려 배당拜堂하면 명실상부한 '영빈'이 되는 거야."

내낭이 건륭의 말에 얼굴을 붉히면서 몸을 낮춰 예를 갖췄다. 이어 공손히 뒤로 물러나 황후의 옆에 시립했다. 그 옆의 몇몇 후궁과 당아는 겉으로는 웃고 있었지만 마음속은 전혀 그렇지 않았다. 그야말로 질투가 끓어올라 폭발할 지경이었다. 건륭은 그런 그녀들의 마음을 아는지 모르는지 노란 겉봉을 펼쳐들었다. 그 속에는 원명원 40경에 대해 임시로 명명한 이름들이 깨알처럼 빼곡하게 적혀 있었다.

정대광명正大光明, 근정친현勤政親賢, 구주청안九洲淸晏, 누월개운鏤月開雲, 천연도화天然圖畵, 벽동서원碧桐書院, 자운보호慈雲普護, 상하천광上下天光, 행화춘관杏花春館, 탄탄탕탕坦坦蕩蕩, 여고함금茹古含今, 장춘선관長春仙館, 만방안화萬方安和, 무릉춘색武陵春色, 산고수장山高水長, 월지운거月地雲居, 회방서원匯芳書院, 홍자영우鴻慈永佑, 일천임우日天琳宇, 담박녕정澹泊寧靜, 영수난향映水蘭香, 수목명슬水木明瑟, 염계락처濂溪樂處, 다가여운多稼如雲, 어약연비魚躍鳶飛, 북원산촌北遠山村, 아봉수색亞峰秀色, 사의서옥四宜書屋, 방호승경方壺勝景, 조신욕덕澡身浴德, 평호추월平湖秋月, 봉도요대蓬島瑤臺, 별유동천別有洞天, 함허랑감涵虛朗鑒, 곽연대공廓然大公, 좌석임류坐石臨流, 곡원풍하曲院風荷, 협경명금夾鏡鳴琴, 동천심처洞天深處, 천지일가춘天地一家春.

종이에는 그밖에도 '헌'軒과 '당'堂, '정'亭 등의 화려하고 멋진 수식어가 붙은 이름들이 수두룩했다. 건륭이 말했다.

"이건 틀림없이 장조나 기윤의 수필手筆이야. 둘 중 누구인지는 모르겠지만 결코 다른 사람은 아니네."

"폐하의 안목이 얼마나 예리하신지 다들 보시게!"

황후가 건륭의 말이 끝나자마자 여인들을 향해 말했다. 이어 건륭에게 아뢰었다.

"정확히 맞추셨사옵니다. 이는 기윤이 주필主筆하고 장조가 윤색한 것이옵니다. 신첩은 폐하께서 안목이 특출하시니 한눈에 누구의 수필인지 알아낼 것이라고 했사옵니다. 나랍 아우, 이제는 내 말을 믿겠는가?"

건륭이 순간 나랍씨를 힐끗 쳐다보고는 히죽 웃었다.

"시대별로 색깔이 다르듯 사람에게도 각자 개성이 있는 법이네. 천인천면千人千面이라는 말은 바로 그들이 써낸 시사곡부詩詞曲賦도 천태만상임을 시사하지. 믿지 못하겠으면 《영락대전》에서 임의로 시구詩句를 뽑아보게. 짐이 어느 시대 누구의 시라는 걸 맞춰보겠네."

유호록씨가 기다렸다는 듯 배시시 웃으면서 입을 열었다.

"친정에 있을 때 가부家父께서도 늘 그런 얘기를 하셨사옵니다. 대단한 석유碩儒들은 시사詩詞 한 구절만 들어도 그 시인이 살아온 시대를 맞춘다고 말씀하셨던 기억이 나옵니다. 그 당시 노비는 자매들과 함께 시를 읊고 다니기는 했사오나 뭐가 어떻게 다른지 잘 느끼지 못했사옵니다. 그 속에 이리 큰 학문이 있을 줄 미처 몰랐사옵니다."

나랍씨도 뒤질세라 서둘러 끼어들었다.

"소인의 할아버지께서 그러시는데 성조께서는 지금 폐하의 춘추春秋(나이) 때 아직 시사詩詞 단대斷代(시인의 시대를 맞춤)에 능숙하지 못했다 하옵니다. 하오니 선대를 능가하신 폐하께서는 소위 청출어람靑出於藍 남어청藍於靑이 아니겠사옵니까?"

그 말에 진씨가 비아냥거리듯 한마디 했다.

"나랍 귀비께서도 실수하실 때가 있네요. 청출어청靑出於靑 남어람藍於藍이 맞지요!"

진씨의 말에 유호록씨가 입을 감싸 쥔 채 키득키득 웃었다.

"어쩌면 모르면서도 저리 당당할까? 청출어람 청어청靑於靑이네. 진씨 자네도 틀렸어!"

유호록씨의 말이 끝나기 무섭게 나머지 몇몇 비빈들 역시 논쟁에 끼어들었다. 그리고는 서로 돋보이고자 상대를 끌어내리느라 마구 목청을 돋웠다. 내낭은 당연히 무슨 얘기인지 한마디도 알아들을 수가 없었다. 그래서 그저 멍하니 두 눈만 깜빡이면서 서 있었다. 반면 평소 단아한 자태를 흐트리지 않던 황후는 상체를 떨면서 웃어댔다. 당아 역시 도도한 척하던 이들이 경쟁하듯 성총을 다투는 모습을 보자 웃지 않을 수 없었다. 그러나 기분은 무척이나 착잡했다. 급기야 건륭이 유치하게 말씨름을 하는 여인들을 보면서 껄껄 웃음을 터트렸다.

"순자荀子가 생존해서 이 광경을 봤다면 억장이 막혀 할 말을 잊었을 걸세(《순자》〈권학편〉勸學篇에서는 '청출어람이청어람靑出於藍而靑於藍이라고 가르치고 있음)!"

황후가 애써 웃음을 참으며 말했다.

"폐하께서 장시간 산더미 같은 상주문을 어람하시느라 심사가 무거우실 줄 알고 이 사람들이 이런 식으로나마 웃겨드리려고 그러는 것 같사옵니다."

건륭이 황후의 말에 홀가분하게 웃었다. 황후가 다시 덧붙였다.

"기윤이 거동이 불편한 장조를 수레에 태워 원圍 내를 직접 둘러보면서 이름을 지었다고 하옵니다. 내무부에서 누가 윤허했냐고 묻기에 신첩이 허락했노라고 했사옵니다. 그럼에도 누군가 이를 문제 삼아 두 사람을 탄핵할 수도 있사옵니다. 폐하께서는 통촉해주시옵소서. 물론 이 이름들은 아직 폐하의 최종 정명定名을 기다리고 있사옵니다. 뿐만 아니라 폐하께서 친필을 내리셔야 석공石工들이 글씨를 새길 수 있사옵니다. 솔직히 도면만 봐도 기대가 되고 가슴이 두근거리옵니다. 하오나 워낙 방대한 공정이다 보니 예산 부담도 클 것 같아 염려스럽기도 하옵니다. 문후 올리러 온 우명당 부인에게 물어보니 일 년에 거의 은자 십조 냥이 필요하다고 들었사옵니다. 그 돈이면 참으로 많은 빈민들을 구제할 수 있을 텐데……, 잠깐 그런 생각이 들었사옵니다!"

"이보시게, 황후! 그런 염려는 붙들어 매시게! 짐도 다 생각이 있어. 아무리 예산이 어마어마하다 해도 아방궁을 짓는 것도 아니고 장성長城을 축조하는 것도 아니야. 그러니 죽은 남정네 기다리다 망부석이 되는 여인은 없을 것이야. 광동, 절강, 복건, 운남 네 개 성의 해관海關 수입만 해도 일 년에 이십조 냥이 넘으니 건물 몇 채 짓는다고 집안 살림이 거덜 날 거라는 걱정은 하지 않아도 돼! 짐이 만만찮은 반대의견을 무시하고 원명원의 재건축을 과감하게 추진한 이유에 대해서는 여러분도 익히 들어 잘 알고 있을 거라 믿네. 우리 대청은 만국萬國이 그 위의威儀를 우러러 경앙하는 천조天朝 대국大國임을 간과해서는 아니 되네. 은자를 낭비하는 건 용서할 수 없으나 필요한 곳에는 아끼지 말고 써야 해. 우명당은 오랫동안 호부에서 전량錢糧을 관리해왔으니 창자가 꼬장꼬장해질 수밖에 없는 사람이야. 또 그래야 마땅하고! 그러나 황후는 만국지조萬國之朝의 국모야. 그러니 그에 걸맞은 배포와 풍모를 갖춰야 하지 않겠는가?"

황후는 건륭의 말에 감명을 받았다.

"지당하신 말씀이옵니다. 폐하의 고첨원망高瞻遠望(높이 서서 멀리 바라봄)에 여부가 있겠사옵니까? 소인은 달리 할 말이 없사옵니다. 다만 소인의 뜻은 여염집들이 가산家産을 쌓고 있듯 천가에서도 힘에 부치지 않을 정도의 여유를 가지고 추진하셨으면 하는 바람이었사옵니다. 폐하의 원대한 뜻에 반하는 마음은 추호도 없사옵니다."

건륭이 알겠다는 듯 고개를 끄덕였다. 이어 비빈들을 향해 말했다.

"자네들은 늘 이렇게 나라와 백성에게 심혈을 쏟고 정작 자신의 향락은 뒷전인 황후를 본받아야 하네. 짐은 언제 한번이라도 황후가 화려하게 칠보단장하고 패환珮環을 찰랑거리면서 다니는 모습을 본 적이 없네. 물론 꾸미는 걸 좋아하는 것은 아녀자들의 천성이니 적당히만 하면 괜찮겠네."

건륭이 말을 마치고는 잠시 좌중을 둘러봤다. 이어 갑자기 가슴을 움켜잡은 채 헛구역질을 하는 내낭을 보면서 물었다.

"내낭, 얼굴이 창백한데 어디 불편하기라도 한 건가?"

"소첩의 무례를 용서해주시옵소서, 폐하. 요즘 들어 전에 없던 헛구역질이 자꾸 나곤 하옵니다. 조금 있으면 저절로 나아질 것이옵니다."

내낭이 황급히 고개를 조아리면서 대답했다. 건륭이 무심한 표정을 지었다.

"몸이 불편하면 무리하게 참지 말고 황후에게 아뢰고 태의를 불러 보이도록 하게."

좌중의 여인들은 뭔가를 눈치챈 듯 하나같이 소리 없이 웃고 있었다. 황후도 짐작이 가는 데가 있는 듯 들뜬 목소리로 물었다.

"헛구역질만 나는 게냐? 살구나 다른 신 음식은 당기지 않느냐?"

내낭이 눈이 동그래져서는 어찌 그리 족집게냐는 듯 황후를 바라봤다. 이어 아뢰었다.

"어찌 아셨사옵니까, 마마! 신 음식은 무엇이든 먹고 싶사옵니다. 소첩은 벌써 뜰의 청포도를 다 따 먹었사옵니다. 포도를 먹고 나면 거짓말처럼 구역질이 가라앉사옵니다. 굳이 황후마마를 놀라게 해드릴 것이 없다고 생각해 여태 아뢰지 않았사옵니다."

나랍씨도 내낭에게 한마디 했다.

"포도는 너무 많이 먹으면 열을 불러와 몸에 해가 될 수 있네. 그리 신 음식이 먹고 싶으면 이제부터 우리 정원으로 애들을 보내서 매실을 한 바구니 따가도록 하게."

유호록씨도 나섰다.

"나한테 매실즙이 있어. 그걸 가져다 먹든가."

진씨 역시 뒤질세라 말했다.

"나에게는 진강鎭江 식초가 있는데, 필요하면 애들을 보내게."

"식초라면 역시 산서 식초가 제격이지요."

당아도 호호호 웃으면서 거들었다. 건륭은 여인들이 경쟁이라도 하듯 저마다 신 음식을 권하는 것을 보고 어정쩡한 표정으로 듣고 있었다. 그러다 고개를 갸웃거리면서 물었다.

"어찌 모두들 갑자기 신음식 타령인가? 갈증이 나서 차를 마시려고 했는데 입안에 침이 가득 고이고 말았네."

건륭의 말이 끝나자 황후가 자신의 추측을 확신하는 듯 미소를 머금었다.

"폐하, 경하드리옵니다. 내낭……, 위가씨가 회임을 한 것 같사옵니다."

"회임이라니? 그게 과연 정말인가?"

좌중의 여인들은 그제야 마음 놓고 흐느적거리면서 웃었다. 순간 건륭이 문득 당아가 복강안을 임신했을 때 자신에게 몰래 '신 것이 당긴다'고 했던 말을 떠올리면서 부찰씨를 바라봤다. 그러자 부찰씨가 가볍게 고개를 끄덕이고는 웃는 얼굴로 말했다.

"의지를 내렸사오니 늦어도 내일은 예부에서 위가씨를 영빈으로 봉한다는 금책을 내릴 것이옵니다. 오늘부터 신첩은 이곳 난각 밖에 위가씨의 처소를 정해 가까이에서 보살펴 주도록 할 것이옵니다. 그러니 심려 거두시옵소서, 폐하! 이런 경사로운 날에 심심하게 앉아 있느니 다 함께 폐하의 저녁 수라를 시중들면서 즐겁게 보내는 것이 좋겠사옵니다. 여러분은 재미있는 얘깃거리가 있으면 준비해두게. 그리고 이참에 희소식도 하나 전하겠네. 성덕이 하늘과 같으신 태후마마와 폐하께서 비빈 이상의 후궁들에게 귀녕할 수 있는 기회를 윤허하셨네. 친정에서도 크게 반길 것이니 미리 기쁜 소식을 전하도록 하게. 따로 은지恩旨가 계시기는 하겠으나 예부에서는 강희 연간의 예법에 따라 의장儀仗을 준비한다고 했네."

좌중의 여인들은 전혀 예상치 못한 황후의 말에 황제의 면전이라는 것도 깜빡 잊은 듯했다. 저도 모르게 행복에 겨운 비명까지 지르면서 환호작약했다. 그리고는 발갛게 달아오른 얼굴을 한 채 무릎을 꿇고는 수없이 사은을 표했다. 건륭은 쑥스러운 듯 어서 일어나라는 손짓을 했다. 여인들은 일어난 후에도 얼마나 좋은지 눈물까지 찍어내면서 서로를 번갈아 봤다. 애써 체통을 유지하느라 마음을 다잡고 있기는 했으나 하나같이 비실비실 웃음이 새어 나오는 것을 참을 수 없는 듯했다. 그 사이 건륭의 수라상이 들어왔다. 진씨가 입을 열었다.

"소첩이 황후마마의 분부에 따라 재미있는 얘기로 폐하의 식욕을 돋워드리도록 하겠사옵니다. 소첩의 외할머니 농장에 배가 남산만 한 장정이 있었다고 하옵니다. 하루는 장인의 생신에 초대받아 가더니 물만두를 여덟 그릇이나 해치우고는 배가 터질 듯해서는 길을 나섰다 하옵니다."

좌중의 사람들은 진씨의 얘기가 아직 본격적으로 시작되지도 않았는데 벌써 웃음을 터트리기 시작했다. 황후가 거들었다.

"또 돌쇠 사위 배 터진 이야기로군."

"네, 약간 모자란 치라고 하옵니다."

진씨가 고개를 끄덕이고는 다시 말을 이었다.

"……간신히 배를 끌어안고 길을 나섰는데 그만 바람이 불어 모자가 날아갔다고 하옵니다. 하나밖에 없는 아끼는 모자인지라 그냥 버리고 갈 수가 없어 낑낑대면서 겨우 허리를 굽히니 입안에서 통만두가 기다렸다는 듯 튀어나왔다고 하옵니다. 이어 가래 같은 발로 만두를 쓱 비비면서 유심히 보던 장정은 못내 애석해하며 중얼거렸다 하옵니다. '에이, 내가 좋아하는 양고기 소였잖아. 그런 줄 알았으면 두 그릇 더 먹는 건데!'라고 말이옵니다."

장내에서는 다시 폭소가 터졌다. 건륭도 손에 든 찻잔을 급히 식탁 위에 내려놓으면서 껄껄 웃었다. 황후 역시 손으로 가슴을 누른 채 기침까지 하면서 웃었다. 그러자 궁녀들이 황급히 황후의 등을 토닥토닥 두드렸다. 나랍씨는 아예 내낭의 어깨를 잡고 굽힌 허리를 펼 줄을 몰랐다. 그러나 진씨는 그에 아랑곳하지 않고 정색을 하면서 다시 말을 이었다.

"……장정은 모자를 주울 수도 없고 그렇다고 버리자니 아까워서 한참 고민했다고 하옵니다. 결국 지렛대로 이를 쑤셔도 제멋이라고 모자를 발로 걷어차면서 집으로 향했다 하옵니다. 그러다 마침 마을 어귀에서 아비를 만났다고 하옵니다. 아비는 그 꼴을 보자 다짜고짜 달려가 뺨을 후려치면서 욕설을 퍼부었사옵니다. '이런 등신, 머저리, 바보, 천치 같으니라고! 또 그리 많이 처먹었어? 아예 똥구멍으로도 쑤셔 넣지 그랬냐! 동네 창피해서 못 살겠네!'라고 말이죠. 그러자 장정은 때마침 나무그늘 밑에서 쉬고 있던 만삭의 형수를 발견하고는 억울하다는 듯 울먹이면서 이렇게 말했다 하옵니다. '아버지는 왜 저만 갖고 그러세요?

형수님은 하루가 다르게 배가 불러도 뭐라고 안 하시면서! 나는 세상없어도 여자 뚱뚱한 건 못 봐주겠던데!'라고 말입니다."

궁전 안에서는 또다시 웃음이 폭발했다. 건륭은 손가락으로 진씨를 가리키면서 한참이나 웃었다. 이어 소리를 죽이느라 킥킥대면서 웃는 여인들이 진정되기를 기다렸다가 입을 열었다.

"역시 진씨답네! 별것 아닌 것 같아도 진씨의 입에서만 나오면 이리 우스운 것이 이상하네. 잘했네, 참으로 잘했네. 이렇게 웃어보는 것이 얼마 만인지 모르겠네, 황후도 그렇고……."

건륭이 말을 마치고는 크게 흡족한 표정으로 손에 들고 있던 부채를 진씨에게 건넸다. 백옥白玉 장식물이 달린 정교한 단향나무 부채였다.

"짐이 이런 부채를 상으로 내리는 경우는 대단히 드무네. 이 부채는 어제 짐이 문득 떠오른 감흥을 몇 글자 적은 것이네. 받게!"

"망극하옵니다!"

진씨가 예를 갖춰 사은을 표했다.

"소첩의 외할머니 집에서는 일꾼을 들일 때 밀가루 두 근 분량의 떡을 앉은 자리에서 먹어치우지 못하는 자는 거들떠보지도 않는다고 하옵니다. 진이陳二라고 불리는 이 장정은 외할아버지가 지켜보는 앞에서 무려 네 근씩이나 먹어놓고는 '얼추 배불렀으면 됐지, 첫날부터 동가東家(주인집)의 뒤주를 바닥낼 일이 있나?'라면서 입을 쓱 닦았다고 하옵니다. 그런 걸 보면 그리 생각이 없는 자는 아닌 것 같사옵니다."

건륭이 바로 화답을 했다.

"설마 먹는 것만 밝히고 일은 엉망인 그런 자는 아니겠지? 전에 누군가에게서 들었는데, 밥을 한 끼에 두 근씩 축내는 자가 물통 하나 못 들어 올려 우물에 빠졌다지 뭔가."

그 말에 진씨가 기다렸다는 바로 화답했다.

"진이라는 이 장정도 농사일은 한 가지도 제대로 하는 것이 없었다고 하옵니다. 남들은 땀을 철철 흘리면서 일하는데 이자는 천근 수레를 저만치 들어 올리는 힘자랑이나 할 줄 알았지 정작 모내기나 김매기를 시키면 제대로 하지 못했다고 하옵니다. 다른 일꾼들이 툴툴대면서 불만을 토로하자 외할아버지는 '굼벵이도 구르는 재주가 있다네!'라고 하시며 쫓아내자는 일꾼들의 의견을 일축했다고 하옵니다. 그러던 어느 날 외할아버지 댁에 큰 난리가 났다고 하옵니다. 글쎄 흉년도 아닌데 소작농 수백 명이 외할아버지를 찾아와 소작료를 내지 못하겠노라고 소동을 부렸다고 하옵니다. 그리고는 다짜고짜 기물을 때려 부수고 불을 지르면서 난동을 부렸다고 하옵니다. 다른 일꾼들은 겁에 질려 뿔뿔이 도망가고 소작농들은 기세 사납게 식량창고를 향해 달려들었다고 하옵니다. 외할머니는 관음보살 앞에 기절해 쓰러지고 외할아버지는 광기를 부리면서 달려드는 무리들의 서슬에 놀라 침대 밑에 숨었다 하옵니다. 그때 진이가 어디선가 대들보만 한 몽둥이를 들고 뛰쳐나오더니 식량자루를 나르는 소작농들을 덮쳤다고 하옵니다. 그리고는 순식간에 몇십 명을 쓰러뜨려 눕힌 다음 사방에서 덤벼드는 자들을 닥치는 대로 집어 올려 울타리 너머로 내던지고 뒷간에 처넣었다고 하옵니다. 겁에 질린 소작농들은 메고 가던 쌀자루를 그 자리에 내려놓은 채 꼬리를 내리고 도망쳤다고 하옵니다. 그 일이 있은 후 진이의 충성심을 높이 사신 외할아버지께서는 그에게 땅 삼십 무畝를 떼어주고 살림집과 농기구까지 상으로 내렸다고 하옵니다!"

진씨의 말이 끝날 무렵이 되자 사람들의 입가에서는 웃음기가 싹 사라졌다. 저마다 말없이 깊은 사색에 잠겼다. 건륭 역시 방금 전과는 달리 표정이 굳어졌다. 한참 후 그가 한숨을 지으면서 입을 열었다.

"큰일 날 뻔했군! 그런 장군감이 없었더라면 자네 외할아버지네는 어떤 경을 치렀을지 몰랐겠군! 진씨, 자네는 복건福建 사람이라고 했나? 그쪽은 토지겸병이 특히 심해 소작농을 수천 명까지 거느린 대지주들도 허다하다고 하더군. 그러니 방금 얘기했던 것과 같은 불상사가 터지면 그 파장이 심각하다네. 지주와 소작농들 사이의 갈등을 제때에 해결하지 못하면 큰 사달이 생길 수도 있기에 특히 조심해야 한다네. 또 복건은 대만과 인접해 있기에 사달을 일으킨 자들이 바다로 도망쳐버리면 그날부터 해적으로 전락하는 거지. 자네 외할아버지께 편지를 보내도록 하게. 짐의 어지라고 할 것까지는 없고, 자네가 관심을 보이는 선에서 소작농들과의 관계를 원만히 처리하라고 하게. 조정에서 지주들에게 소작료 감면을 권유하는 것은 단순히 생각하면 소작농들의 손을 들어주는 것 같으나 따지고 보면 지주들에게 더 유리하다네. 이 점을 설득력 있게 설명해주도록 하게!"

좌중의 여인들은 건륭의 말에 내심 탄복해마지 않았다. 건륭이 그렇게까지 깊이 있게 생각을 할 줄은 몰랐던 것이었다. 그때 황후가 당아에게 물었다.

"우리 부씨의 농장들도 소작료를 사 할 낮출 예정이라고 하더니, 어찌 됐나? 부항은 바쁜 사람이니 안사람인 자네가 신경을 더 많이 써야 할 것이네."

당아가 마치 기다렸다는 듯 즉시 대답했다.

"작년에 이어 올해에도 소작료를 감면해줬사옵니다. 부씨 가문은 폐하와 황후마마의 하늘과 같은 은혜를 듬뿍 입고 있사오니 수전노처럼 굴어서야 되겠사옵니까? 소첩은 폐하의 훈육을 충실히 실천하고 있사오니 심려 거두시옵소서, 마마."

진씨도 뒤질세라 화답했다.

"소첩은 당장 외할아버지께 장문의 편지를 써 보내겠사옵니다. 소첩의 친정도 그리 구두쇠 집안은 아니옵니다!"

유호록씨와 나랍씨 역시 경쟁이라도 하듯 서둘러 친정 관리에 백배의 심혈을 기울이겠노라는 약조를 했다. 건륭이 그런 여인들을 둘러보면서 고개를 끄덕이고는 얼굴에 흡족한 미소를 띠었다.

17장
돈독한 우정

당아가 제화문齊化門 내에 위치한 집으로 돌아왔을 때는 날이 완전히 어두워진 뒤였다. 낮이 긴 여름이었으나 가마에서 내려 시계를 보니 이미 술시 정각이었던 것이다. 그녀가 돌아오자 안뜰에서 시중드는 황세청黃世淸, 정부귀程富貴, 뇌賴씨 등 몇몇 집사의 여편네들이 곧바로 우르르 달려 나와 마중을 했다. 당아는 통로 양측에 길게 시립한 가인들의 문후에 일일이 응답한 다음 조용히 물었다.

"어째서 풍馮씨 댁이 안 보이는가?"

풍씨 댁은 물을 길어 나르는 몸종이었다. 안뜰을 총괄하는 소칠의 마누라는 당아의 질문에 황급히 아뢰었다.

"풍씨 댁의 둘째아들이……, 화원 경비를 서던 그 머슴애 말이옵니다. 이번에 운 좋게 광동성 고요高要현의 현령縣令으로 발령이 났다고 하옵니다. 저녁나절에 화청에 들어 어르신께 문후를 올리니 어르신께서 이

제 헤어지면 자주 못 볼 텐데 모처럼 가족끼리 단란한 시간을 보내라면
서 하루 휴가를 주셨습니다."

"그랬었구나."

당아가 중얼거리듯 말했다. 이어 안으로 걸어 들어가면서 한마디를
덧붙였다.

"그 가문은 운이 트이려나 보네. 어르신은 벌써 귀가하셨나?"

소칠의 마누라가 당아의 질문에 공손히 아뢰었다.

"예, 오늘은 일찍 귀가하셨습니다. 어르신께서는 귀가하시자 아무도
접견을 하지 않겠다고 하시고 서재에서 한 시간 넘게 주무셨사옵니다.
곁에서 시중을 든 소인의 남정네가 그러는데 장상이 잠깐 다녀갔고, 그
밖에 기윤 대인과 악종기 군문도 다녀갔다 하옵니다. 그분들을 배웅하
고 나니 눌친 대인의 부인이 들었사옵니다. 지금 주인마님께서 안 계시
오니 내일 다시 들라고 했더니 울음을 보이면서 돌아섰사옵니다. 어르
신께서는 저녁 식사를 하시면서는 외관들을 접견하셨습니다. 지금은 서
쪽 서재에서 형부 당관 몇몇을 접견중이십니다. 늑민 나리와 돈씨 집안
의 두 형제분도 저쪽에서 바둑을 두면서 차례를 기다리고 있사옵니다!"

당아는 원래 집안에 들어서자마자 방금 전 입궐해 보고 들은 모든 것
을 남편에게 쏟아 놓으려 했다. 그러나 분위기를 봐서는 흥분한 마음을
누르고 부항이 여유가 생길 때까지 기다려야 할 것 같았다. 그녀는 그
런 생각을 하면서 이문二門 쪽으로 걸음을 옮겼다. 입구에는 추영秋英을
비롯한 여러 계집종들이 등롱을 들고 나와 있었다. 그녀는 걸음을 멈춘
다음 더 이상 참지 못하고 말했다.

"희소식이 있네. 소칠 댁은 자네 남정네에게 준비를 서두르라고 이르
게. 우리 황후마마께서 곧 귀녕歸寧을 하신다네! 이는 부씨 가문 최대
의 기쁜 일이니 모두들 정신을 바짝 차리고 영접 준비에 차질이 없도

록 해야겠네!"

"귀녕이라고 하셨사옵니까? 쇤네는 워낙 무식해서 말귀를 못 알아들었사옵니다. 마님께서 가르침을 주시옵소서."

소칠 댁이 무슨 말인지 잘 모르겠다는 듯 어리둥절한 표정을 지었다.

"황후마마께서 친정나들이를 하신다는 말일세. 이제 알겠는가? 이 일은 아직 어르신께 말씀 올리지 않았으니 자네들이 먼저 떠들고 다녀서는 안 되네. 일단 서화원을 다시 개조해 황가의 규범에 맞는 정전正殿을 만들어야겠네. 필요한 은자는 농장 쪽에서 조달하도록 재촉하게. 남에게 빌려준 돈도 이참에 어서 회수하도록 하게. 그때 가서 쩔쩔매지 말고."

당아의 설명이 끝나자 그제야 영문을 몰랐던 가인들의 얼굴에 희색이 감돌았다. 곧이어 뇌씨 댁이 합장을 하면서 말했다.

"아미타불 관세음보살! 이보다 더 큰 경사가 또 어디 있겠습니까? 쇤네는 외할아버지로부터 성조 연간에 후궁마마들께서 굉장한 친정 나들이를 하셨다는 말씀을 들었습니다. 주 귀비周貴妃께서 귀녕하셨을 때 그 가문에서는 은자를 무려 삼십만 냥이나 들여 성대한 잔치를 베풀었다고 합니다. 규모가 웬만한 사회社會(민간의 행사)의 열 배도 넘을 만큼 굉장했다고 합니다. 쇤네는 가까이에서 구경하신 외할머니의 말씀을 듣는 것만으로도 숨이 넘어가는 줄 알았습니다. 그런데 이제 곧 황후마마의 존용尊容을 직접 뵙게 된다니 실로 감개가 무량합니다!"

"어르신께서는 밤늦게야 알게 될 것이니 미리 떠들지 말게."

당아가 연신 맞장구를 치면서 기뻐서 어쩔 줄을 모르는 가인들에게 단단히 주의를 줬다. 이어 덧붙였다.

"소칠 댁은 자네 남정네에게 가서 전하게. 서재에서 시중들고 있다가 어르신께서 접견이 끝나시는 대로 상방上房으로 모셔오라고 말이네. 내가 상방에서 기다리고 있는다고 이르게. 내일은 내가 자네들 모두에게 분부할 말이 있으니 묘시卯時쯤 동쪽 의사청에 모이도록 하게. 강아는 벌써 잠이 들었나?"

소칠 댁이 연신 허리를 굽실거리면서 대답했다.

"강아 도련님(복강안)께서는 비 때문에 포고를 연마하지 못하셨다면서 저녁식사 후 쇤네 아들놈을 불러 가셨사옵니다. 아마 후원後院에서……."

당아가 소칠 댁의 말이 끝나기도 전에 다시 분부를 내렸다.

"이 시간까지 밖에 있다는 말인가! 둘 다 내 방으로 들라고 하게!"

당아는 말을 마친 다음 하녀 추영의 안내를 받으면서 곧 이문으로 들어섰다. 그러면서 습관적으로 고개를 들어 하늘을 쳐다봤다. 하늘은 어느새 구름 한 점 없이 맑게 개어 있었다. 씻은 듯 말쑥한 조각달도 빠끔히 얼굴을 내밀었다. 그러나 뜰이 대낮 같이 밝아 월색을 느낄 수는 없었다.

당아는 정방正房으로 들어가 등나무의자에 편안하게 앉았다. 그러자 어린 하녀가 발 담글 더운물을 가져다 올렸다. 곧 추영이 프랑스제 향수를 탄 물에 담갔던 수건을 당아에게 받쳐 올렸다.

"마님께서는 입궐하시어 연회석에 초대받으셨나봅니다. 얼굴에 아직 춘색이 그대로이십니다. 여기 얼음물에 담갔던 매실즙이 있습니다. 많이 드시면 비위를 자극할 수 있으니 조금만 드십시오. 앵가鸚哥야, 복도 아래에 훈향熏香을 한줌 태워 모기를 쫓거라!"

당아는 추영이 받쳐 올린 매실즙을 두어 모금 마셨다. 이어 등나무의자에 반쯤 기대고는 대야 앞에 무릎을 꿇은 두 하녀에게 발을 맡겼다. 그리고는 온돌마루 곳곳에 얼음이 담긴 대야를 가져다 놓는 추영을 향해 미소를 지어보였다.

"추영아, 너 열아홉 살 돼지띠지? 나하고 생일이 같고."

"이 미천한 것이 어찌 감히……."

추영이 말끝을 흐리면서 온돌에서 내려섰다. 동시에 두 하녀를 밀어냈다. 그리고는 직접 당아의 발을 문지르기 시작했다.

"내가 하는 걸 잘 봐. 여기 이 혈穴을 지그시 눌러야 피곤이 풀리고 시원해지거든. 손가락에 너무 힘을 줄 필요는 없어, 알겠어?"

추영은 확실히 달랐다. 당아는 그녀가 발을 만져주자 방금 전 두 하녀가 할 때보다 훨씬 시원하고 편했다. 당아가 기분이 좋은지 온화한 표정으로 말했다.

"열아홉이나 먹은 애를 계속 끼고 있으면 사람들이 웃는단 말이야. 우리 집 애들 가운데 눈 맞은 애는 없냐? 말해 보거라, 내가 주선해 줄 테니."

추영이 당아의 직설적인 말에 얼굴을 붉히면서 고개를 숙였다. 그러나 안마를 하던 손을 멈추지는 않았다. 이어 수줍게 대답했다.

"그런 생각은 한 번도 해본 적이 없습니다. 이년은 평생 이대로 마님만 시봉할 수 있었으면 좋겠습니다. 이년은 어느 남자와도 혼인을 하고 싶지 않습니다!"

당아가 즉각 한숨을 지으면서 말했다.

"나를 시봉하던 계집종들도 벌써 몇 번이나 바뀌었구나. 가문이 번창할수록 사소한 것에 신경을 써야 하느니라. 나도 너희들을 평생 끼고 살고 싶지만 간밤에 어느 집 굴뚝이 무너지지 않았는지 걱정하는 호사가들이 많아 괜한 구설수에 오를까봐 그러는 거야. 명당明璃이는 기윤 대인과 성혼했으니 그 역시 그 아이의 복이 아니겠느냐. 너는 그렇게 높은 가지는 바라보지 말거라. 우리 집에서 능력을 인정받아 외관外官으로 나간 사내들 중에 마음에 드는 녀석이 없나 살펴 보거라. 어르신께서도 밖에서 신경을 써준다고 하셨으니 기다려 보거라.”

당아가 한참 말을 하고 있을 때였다. 밖에서 다급하게 빗물을 밟는 발소리가 들려왔다. 당아는 의자에서 몸을 일으켜 창문 밖을 내다봤다. 뜻밖에 소칠의 아들 길보가 복강안을 등에 업고 계단을 오르는 모습이 보였다. 그녀는 심장이 철렁 내려앉도록 놀랐다. 순식간에 낯빛까지 하얗게 질렸다. 허둥지둥 신발을 꿰고 내려서면서 그 사이 방 안으로 들어선 아이들에게 황급히 물었다.

“어찌된 일이냐? 어디 넘어져 다쳤어? 걷지 못해 업은 거야? 어서 내려놓아 보거라.”

길보가 당아의 말이 끝나기 무섭게 천천히 쭈그려 앉았다. 동시에 복강안이 길보의 등에서 폴짝 뛰어내렸다. 지레 놀라 울상이 된 당아가 살펴보니 복강안은 다친 것이 아니었다. 복강안이 사색이 된 어머니를 향해 어릿광대처럼 우스꽝스러운 행동을 해 보이더니 해맑게 웃었다.

“길보가 자꾸 소자를 업어주겠다고 성화를 부려서 업혔어요. 소자도 어머니를 깜짝 놀라게 해드리고 싶어 일을 꾸몄고요!”

당아는 복강안의 말을 듣고서야 비로소 크게 안도의 한숨을 내쉬었다. 이어 밉지 않게 아들을 흘겨봤다. 그녀의 눈에 들어온 두 아이의 모습은 아주 가관이었다. 마치 흙탕물에 나뒹군 원숭이들처럼 머리채에까지 진흙이 엉켜 붙어 있었다. 자세히 들여다보니 이마도 어디 부딪쳤는지 멍이 들어 있었다. 당아는 속이 상해 슬그머니 화가 솟구쳤다. 급기야 나지막이 훈계를 하고야 말았다.

“또 어디 가서 칼 놀이를 했지? 무예 연습을 합네 하고 밤중까지 진흙탕에서 이렇게 뒹굴고 와야겠어? 이마에 멍까지 들어가면서! 그리고 길보는 너보다 몇 살이나 어린 애야. 너보다 힘도 없는 어린 애에게 업히면 안 되지. 남들이 보면 우리 가문이 아랫것을 마구 부려먹는다고 손가락질할 게 아니냐!"

"도련님을 탓하지 말아주십시오, 마님. 후원後院의 진흙길이 하도 미끄러워 도련님께서 다치실까봐 쇤네가 업어드리겠노라고 했습니다!"

그런데 그렇게 말하는 길보의 꼴은 더욱 말이 아니었다. 몸은 물론이고 얼굴까지 온통 진흙투성이가 돼 있었다. 거지꼴이 따로 없었다. 그렇지만 하는 말만큼은 어른보다 씩씩하고 용감했다.

"절대 셋째도련님을 나무라지 마십시오. 셋째도련님께서는 글공부와 포고 연습을 추호도 게을리 하지 않습니다. 다른 두 도련님과는 비교할 바가 못 됩니다! 쇤네의 할아버지께서는 태존太尊 어르신, 쇤네의 아비는 어르신을 섬겨 왔사옵니다. 쇤네는 앞으로 도련님의 우마牛馬가 되고 수족手足이 되어 영원히 충성을 다해 모시겠습니다. 그러니 한 번 업어드리는 것이 뭐가 대수이겠습니까?"

당아는 길보의 대견스럽고 갸륵한 마음에 큰 감동을 받지 않을 수 없었다. 흡족한 마음으로 그의 머리를 쓰다듬어주었다.

"이제는 주인 섬길 줄도 알고 다 컸군! 암, 그래야지! 추영아, 큰집사에게 전해라. 길보의 월례를 두 냥으로 올려준다고 말이야. 그리고 둘 다 서쪽 별채로 데리고 가서 목욕을 시키거라. 다친 데는 없는지 살펴보고 약도 발라주도록 해라!"

당아가 황후의 귀녕을 앞두고 집안의 대소사를 챙기느라 바쁠 때 부항은 서화청에서 형부 당관들을 접견하느라 바쁘게 보내고 있었다. 그러면서도 기다리는 늑민과 돈씨 형제가 적적할세라 수시로 과일과 다과를 내가도록 명하는 것을 잊지 않았다. 또 그 와중에도 당아가 돌아왔는지 황후에게 별다른 일은 없었는지 신경이 쓰여 사람을 보내 이것저것 물어보기도 했다.

그의 집에 모인 사람들은 면면이 다양했다. 다만 직급은 그리 높지 않았다. 우선 형부의 집포사緝捕司 당관堂官 진색문陳索文, 추심사秋審司 당관 진색검陳索劍, 그리고 '천하제일 명포名捕'로 불리는 황천패 등을 꼽을 수 있었다. 셋 중 황천패는 도둑잡기에 있어서는 단연 용맹하고 탁월한 기질을 인정받은 사람이었다. 그로 인해 3품 정자를 하사받고 이제는 집도관찰사緝盜觀察使 자리에 올라 있었다. 그 외에도 좌중에는 처음으로 부항의 접견을 받는 황천패의 큰제자 가부춘, 일지화의 일원이었다가 투항한 연입운도 있었다.

부항은 막강한 권력을 자랑하는 군기대신이었다. 그럼에도 그들 앞에서 시종 겸손하고 편안한 모습으로 일관했다. 말도 조곤조곤 상대방의 입장을 헤아려주면서 했다. 그러나 온몸에서 발산되는 감출 수 없는 천황귀주天潢貴胄의 기질은 마주 앉은 다섯 사람으로 하여금 큰 숨 한 번 제대로 못 쉬게 만들었다. 그래서 다섯은 쟁반 위의 식용 얼음이 다 녹을 때까지 아무도 입안에 집어넣을 엄두를 내지 못했다. 부항이 드디어 입을 열었다.

"여러분이 말한 내용 중 어떤 것은 이미 알고 있었네."

사실 부항은 일지화의 동향에 대해서는 이미 보고를 받았기 때문에 일부 사항은 세세히 알고 있었다. 그가 말을 마친 다음 아직 긴장을 풀지 못하고 있는 이들 앞으로 얼음쟁반을 밀어줬다. 그리고는 얼음덩이를 하나씩 입안에 넣도록 권하고는 천천히 부채질을 하면서 말을 이었다.

"이렇게 들으니 대체적인 가닥은 잡히는 것 같은데……, 아직 앞뒤 고리가 연결되지 않는 부분이 있네."

좌중의 사람들은 부항의 말이 끝나자마자 대뜸 서로를 번갈아 봤다. 부항이 지적했듯 그들로서는 쉽게 드러내놓고 말할 수 없는 고충이 있었던 것이다. 이 무렵 일지화는 절강浙江, 강녕江寧(남경南京의 옛 이름) 쪽에서 치병시약治病施藥의 미명하에 다시 '팔괘교'八卦敎라는 것을 전파하고 있었다. 그의 영향력은 갈수록 커지고 있었다. 특히 양강兩江(강소江蘇성과 강서江西성) 지역에서는 관리의 가족들까지 그를 신봉하고 지지하는 경향이 짙어지고 있었다. 심지어 일부 관리들은 그들을 집으로 불러들여 귀신을 쫓고 재앙을 없애기 위한 제사까지 지낸다고 했다. 이처럼 어중간한 관리들이 기복祈福이라는 명목하에 일지화에게 빠져들어 가는 것은 큰 문제였다. 그러나 더 심각한 것은 전도와 고항 등 고관들까지 사건에 연루돼 있다는 사실이었다. 얼마 전 날아온 첩보에 의하면 고항의 경우는 매매가 금지된 구리를 양주揚州의 어느 놋그릇 제조상에게 헐값에 처분했다는 혐의를 받고 있었다. 그런데 그 수량이 자그마치 배 몇 척에 상당했다. 심지어 그런 짓을 한두 번 저지른 것이 아니라고 했다. 더욱 놀랄 일은 대내 태감들 중에도 일지화의 '팔괘교'에 빠진 자가 있다는 사실이었다. 그중에는 대담하게 황후의 사주팔자가 적힌 옥첩玉牒까지 훔쳐낸 이도 없지 않았다! 형부에서는 엄청난 파장을 몰고 올 이런 사건들에 대해 쌀에서 겨를 골라내듯 세세히 밝혀낼 엄두를 내지 못했다. 그래서 부항에게도 대충 얼버무린 채 보고를 올렸다.

"미주알고주알 캐묻고 싶지는 않네."

부항이 자리에서 일어났다. 그리고는 더 이상 아무 말도 하지 않고 부채질을 하면서 통유리로 된 창가로 다가섰다. 이어 어둠이 깔린 정원에 시선을 박은 채 깊은 사색에 빠져들었다.

방 안의 불빛은 대단히 밝았다. 그러나 구름이 초승달을 가린 탓에 유리 너머로 보이는 것은 희미한 풍경들뿐이었다. 누각과 정자 사이로 바람에 흔들리는 나무와 먼 곳에서 명멸하는 등불 빛만 희미하게 보였다. 어디선가 개구리 우는 소리가 간간이 들려와 가끔 화청의 적막함을 깨뜨렸다. 부항은 등 뒤로 꽂히는 사람들의 시선을 느끼면서 고개도 돌리지 않은 채 느릿느릿 입을 열었다.

"천패, 자네는 이번에 강남으로 내려가게 되면 지방관들과는 왕래하지 말게. 총체적인 지휘는 유통훈이 맡을 것이야. 그리고 자네는 유용이 하자는 대로만 하면 되겠네. 음……, 물론 유용의 직급이 자네보다 아래지만 그래도 그는 흠차의 신분이네. 이것이 자네가 명심해야 할 첫 번째 사항이네. 둘째, 이번에 자네는 역영易瑛을 색출하기 위해 내려가는 것이니 이 사건과 관련해 철저한 수사를 진행하도록 하게. 절대 소탐대실의 낭패를 봐서는 아니 되네. 조금 오래 걸리더라도 그물을 꼼꼼히 쳐서 반드시 역영을 생포해야 하네. 여태껏 몇 번이고 다 잡은 고기를 놓친 것은 기밀이 보장되지 않은 탓이지. 중앙에서 직접 착수해야지 지방관들은 믿을 게 못 되네. 셋째, 팔괘교八卦敎, 홍양교紅陽敎, 혼원교混元敎, 그리고 대만臺灣의 황교黃敎는 모두 백련교白蓮敎의 분파들이네. 역영은 명목상 교주이기는 하나 모든 것을 직접 통제할 수는 없네. 역영을 붙잡은 뒤에도 그들의 무리에 잠입한 우리 밀탐密探들은 목표를 드러내지 말고 계속 배를 깔고 엎드려 있어야 할 것이네."

부항이 말을 마치고는 몸을 돌렸다. 이어 매서운 눈빛으로 좌중을 둘러보았다. 마치 목표물을 노리는 고양이의 불을 뿜는 눈 같았다. 섬뜩할 정도였다. 주름이 물결치는 이마에서 보듯 목소리에는 피곤기가 다분했지만 또렷했다.

"유통훈 부자는 나라의 고굉양신股肱良臣으로 일지화 사건뿐만 아니라 여러 가지 중요한 일을 맡고 있네. 그러니 천패 자네는 혼신의 정력을 다해 요망한 일지화 무리를 생포해야 해. 그뿐 아니라 유통훈과 유용 부자의 안전을 지켜줘야 할 것이네. 이는 보통의 사건들과는 다르네. 목표물이 드러나 있지 않으니 어려움이 배가 될 수밖에 없어. 언제 어디서 적들이 뒤통수를 칠지 모르는 일이야. 힘든 걸로 치면 추호도 금천 전역에 뒤지지 않을 걸세. 이번 건만 제대로 완수하면 내가 백작伯爵 자리 하나는 만들어줄 것을 약속하지! 그리고 자네 두 사람도 논공행상이 있을 터이니 진력하기를 바라네. 무슨 말인지 알겠나?"

"하관들은 부상의 명을 추호도 어긋남이 없도록 이행하겠습니다!"

황천패를 비롯해 연입운과 가부춘 등은 부항의 쏘는 듯한 눈빛을 감히 똑바로 바라보지는 못했으나 우렁찬 목소리로 대답하는 것만큼은 잊지 않았다. 논공행상이라는 말에 힘이 마구 솟구치는 것 같았다. 사실 일지화의 두목 하나를 족치는데 조정에서 그렇게 큰 상을 약속하는 것은 그만큼 상황이 절실하다는 얘기였다. 그러나 황천패는 감히 기쁜 내색을 드러내지 않았다. 역영과 몇 번 정면으로 부딪쳤을 뿐 아니라 그때마다 굴욕만 당하고 물러났던 그로서는 역영 세력의 영악함을 너무나도 잘 알기 때문이었다. 한마디로 섣불리 김칫국부터 마실 일이 아니었던 것이다.

"부상의 말씀을 들으니 천은天恩의 호탕함에 감격이 벅차오릅니다. 그러나 그리 만만치는 않을 거라는 생각이 듭니다. 다만 한낱 강호의 초모지사草茅之士에 불과한 하관에게 큰 격려와 용기를 주신 부상의 지우지은知遇之恩에 보답하기 위해서라도 저 천패는 이 한 목숨을 내놓을 것입니다. 제가 역영의 수급을 들고 부상을 뵈러 오든지, 아니면 연청 대인이 저의 머리를 떼어 부상을 뵈러 오든지 둘 중 하나일 것입니다. 다만 한 가지 말씀드리고 싶은 것은 지방관들의 협조가 없이는 현지에 주둔한 녹영병을 동원할 수 없다는 것입니다. 역영의 감언이설에 넘어가 목숨을 거는 어리석은 백성들이 의외로 많아 어떤 곳은 마을 전체가 그 신도들일 정도입니다."

"조금 전에 얘기했듯 모든 건 현지에서 연청과 유용의 지휘와 명령에 따르도록 하게."

부항이 믿음에 찬 시선으로 황천패를 바라봤다. 이어 장황하게 덧붙였다.

"유용에게는 현지 녹영병을 마음대로 움직일 수 있는 권한이 있네. 그러나 가능하면 판을 크게 벌이지 말게. 백성들을 놀라게 하지 말고 조용히 일사불란하게 움직이게. 역영을 성 안으로 몰아 그물을 치는 것이 상책이라 생각하네. 폐하께서는 역영의 머리를 떼어오지 말고 생포할 것을 원하시네. 나 역시 유용이 자네 머리를 들고 오는 건 절대로 원치 않네. 자네가 이번 일을 훌륭히 완수하고 보무도 당당하게 돌아오기를 기대하네!"

부항이 잠시 말을 멈추고는 감개에 젖은 눈빛으로 좌중의 사람들을 둘러봤다. 이어 길게 탄식을 내뱉으면서 덧붙였다.

"조정과 이십 년 동안 대적하면서 모역을 일삼아왔는데도 아직까지 무사히 살아 있다는 그 계집의 모습이 참으로 궁금하네. 오죽하면 폐하께서 꼬리가 아홉 개 달린 요사스런 여우는 아닌지 한번 보고 싶다고 하시겠나! 아무튼 이번 기회에 월척을 낚아오도록 하게. 오늘은 늦었으니 더 이상 오래 붙잡아두지 않겠네."

부항이 좌중을 향해 찻잔을 들었다. 사람들은 일제히 작별인사를 고했다. 부항은 그들을 적수첨滴水檐까지 배웅했다. 참으로 파격적인 예우가 아닐 수 없었다. 심지어 그는 연신 읍을 하면서 저만치 멀어져 가는 사람들을 향해 손짓까지 해 보인 다음 돌아섰다. 이어 화청으로 돌아가지 않고 조금 떨어진 동쪽 서재로 향했다. 그때 어느새 따라 나와 먼발치에 서 있는 소칠의 모습이 보였다. 그는 곧 종종걸음으로 부항의 뒤를 쫓아와서는 찬 물수건을 건넸다. 이어 땀이 흐르는 얼굴을 문지르는 부항에게 당아로부터 들은 말을 소상히 전했다. 부항은 처음에는 달리 관심을 보이지 않고 대답을 하는 둥 마는 둥 하면서 걸어가더니 황후 부찰씨가 귀녕한다는 말에는 잠시 주춤했다.

"알았네. 서재에 내가 꼭 만나봐야 하는 벗들이 있어 잠깐 얘기를 나누고 들어간다고 마님께 이르게. 피곤하면 먼저 자라고 하게. 아! 그리고 눌친이 이미 복법伏法(사형에 처해짐)됐으니 내일 조의금 명목으로 은자 천육백 냥을 그 댁으로 보내주도록 하게."

부항은 소칠에게 분부를 하는 사이에도 열심히 발걸음을 옮겨 어느새 서재에 도착했다. 그는 소칠에게 그만 물러가라는 뜻으로 손사래를 치고는 계단을 올랐다. 안에서는 바둑을 두다 한 수를 물리려고 하는 돈성과 이를 결사적으로 막는 돈민의 다툼소리가 시끄럽게 들려왔다.

"누구는 머리가 빠개지도록 의정에 전념하고 있는데, 누구는 시원한 얼음이나 먹으면서 남의 서재에서 이리 떠들어도 되는 건가?"

부항이 문을 밀고 들어갔다.

"부상!"

늑민이 옆에서 바둑판을 들여다보면서 실력이 한 수 아래인 돈성을 훈수하다 말고 희색이 만면한 부항을 향해 일어나 인사를 올렸다.

"이 두 형제분을 좀 보십시오. 태조의 혈육이고 지체 높으신 금지옥엽들이 바둑판만 벌였다 하면 세 살짜리 철부지들이 땅 따먹기 하듯 저리 티격태격 한답니다!"

돈민과 돈성은 늑민의 핀잔을 듣고서야 비로소 히히 하고 웃으면서 일어났다. 부항은 천천히 두 사람을 살펴봤다. 웬일로 꼴이 엉망이었다. 비단 두루마기만 입었다 뿐이지 허리띠는 매지도 않은 데다 발은 맨발이고, 얼굴은 땀범벅이었다. 돈성이 그 모습에 딱 어울리게 악의 없이 바둑판을 마구 휘저으면서 이죽거렸다.

"네 살 먹은 아이도 배는 나눠먹는 게 아니라면서 통째로 아우에게 양보한다는데 형은 서른의 나이를 어디로 먹었어요?"

"별걸 가지고 다 입씨름이네!"

부항이 돈성의 말에 허허 하고 웃었다. 그러다 갑자기 코를 킁킁거렸다.

"그런데 웬 냄새가 이리 고약한가? 발 냄새 아닌가? 아휴! 늑민, 자네는 정말 인내심이 뛰어나군! 여태까지 이 고약한 냄새를 어떻게 참았나? 밖에 누구 없느냐? 발을 걷고 향을 피워 이 악취를 없애도록 해라. 물수건과 얼음도 더 내오도록 하고!"

부항이 인상을 찌푸리면서 돈민 형제와 늑민에게 자리에 앉으라는 손짓을 했다. 그러자 돈성이 자리에 털썩 내려앉으면서 얼음 한 덩이를 던져 넣듯 입안에 물었다.

"부상, 이리 늦은 시각에 오라 가라 하는 걸 보니 틀림없이 무슨 중요한 일이 있나 보군요. 하지만 온 지 한식경(밥 한 끼 먹을 시간. 대략 30분)이나 됐는데도 꿔다 논 보릿자루 취급하는 걸 보면 또 그리 급한 일은 아닌 것 같고……. 아무리 허물없고 친한 사이라고는 하나 부상은 이제 재상 반열에 올라 우리와 주종主從 사이가 되지 않았습니까. 그러니 용무가 있으면 주저하지 말고 지시를 내리세요. 추호도 태만함 없이 받들어 모실 테니까요."

돈성은 원래 장난기가 심하고 농담도 좋아했다. 평소 부항과는 허물없는 사이로 지내고 있는 터였다. 그러나 이제는 신분 차이가 엄연히 존재했다. 그래서인지 몰라도 다소 조심하는 듯했다. 아무려나 셋은 진지한 표정을 지은 채 부항이 입을 열기만 기다렸다.

부항은 겉으로 내색하는 경우는 대단히 드물었으나 중요한 일에 대해 논할 때면 은근히 긴장을 하는 버릇이 있었다. 조금 전까지 황천패 등과 진지하게 얘기를 나눴을 때가 바로 그런 경우에 해당했다. 그러나 이제 격의 없고 편안한 세 사람을 마주했으니 가슴속의 혼탁한 기운이 말끔히 씻겨 내려가는 듯 심신이 개운하고 가벼웠다. 급기야 내친김이라는 식으로 관복을 벗어 버리고는 맨발바람에 수박을 한입 크게 베어 물었다. 이어 단물이 쏟아질세라 고개를 위로 치켜들었다.

"나는 두 사람처럼 격의 없고 편한 사람을 좋아하지. 우리가 어디 있는 격식, 없는 격식 다 차려야 하는 서먹한 사이인가? 물론 중요한 일을 논하는 자리이기는 하지. 그러나 꼭 분위기를 바위처럼 딱딱하게 만들 필요는 없네. 늑민, 자네도 땀을 철철 쏟으면서 그러고 있지 말고 거추 장스러운 겉옷일랑 벗어버리게. 자, 수박도 한 쪽 먹고!"

늑민이 얼른 마고자를 벗고는 입을 열었다.

"저도 명색이 장원 출신이지만 군대 밥을 몇 년 먹고 나니 내성적이고 수줍음 많던 성격이 확 변해버린 것 같습니다. 선비 티도 많이 벗었고요!"

늑민이 말을 마치자마자 수박을 들더니 버들피리를 불 듯 후다닥 먹어치웠다. 부항은 입을 쓱 닦은 손을 두루마기 자락에 문지르는 늑민을 보고는 씩 웃었다.

"돈민, 돈성은 외부 사람이 아니니 말해도 괜찮을 성싶네. 폐하께서는 자네를 곧 호광 순무로 발령 내겠다고 어지를 내리셨네. 일단 서리직으로 있다가 조만간 순무직을 주시겠다는 뜻을 비치셨으니 미리 알고 있는 게 좋을 것 같아서 불렀네."

"드디어 출세했군!"

돈씨 형제가 부항의 말을 듣고는 마치 본인의 일처럼 기뻐하면서 벌떡 일어났다. 이어 늑민을 향해 읍을 해 보이면서 경하의 뜻을 전했다.

"늑민, 자네는 운도 억세게 좋구먼! 한턱 근사하게 내야 해, 알았지?"

"그거야 당연하지."

부항이 늑민을 대신해 당사자보다 더 좋아하는 두 사람을 눌러 앉했다.

"내일 운송헌에서 폐하의 성훈이 끝나시는 대로 나하고 아계가 먼저 한턱을 낼 거네. 그런 연후에 늑민 자네가 답례 차원에서 조촐하게 자리를 마련하도록 하게."

늑민으로서는 전혀 예기치 못했던 인사였다. 그의 가슴은 갑작스런 소식에 놀라움과 기쁨으로 터질 것처럼 벅차올랐다. 그러나 금천에서 다년간 군무를 보면서 쌓아온 침착성을 발휘해 겨우 흥분을 가라앉혔다. 그가 짐짓 태연한 척하면서 입을 열었다.

"정말 너무 뜻밖이라 어리둥절하기만 합니다. 대대로 국은을 입어온 만주족의 일원이오나 제 선부先父께서는 국채國債 사건에 연루되어 불명예를 안은 채 돌아가셨습니다. 그래서 저는 뼛속 깊이 새겨진 죄인의 멍에를 벗을 수 없었습니다. 그러다 성주聖主의 깊고 크신 홍은鴻恩에 힘입어 장원으로 합격하면서 자괴감을 조금 덜 수 있었습니다. 그러나 이번에 주장主將의 무능함으로 금천 전사를 망치고 말았습니다. 촌척의 공로도 없이 살아 돌아왔습니다. 그러다 보니 면목이 없어 마음이 형언할 수 없이 서글펐습니다. 그런데 폐하께서는 이 못난 사람에게 다시 하늘과 같은 성은을 내리셨습니다. 저는 죽을 각오로 이 한 몸 불태워 폐하께 충성으로 보답할 것입니다!"

진짜 감명을 받아서인지 아니면 스스로의 멋진 말에 도취한 것인지 늑민의 두 눈에 눈물이 그렁그렁 고였다. 이쯤 되자 평생 진지함과는 거리가 먼 돈성도 자못 심각한 표정을 짓고는 조용히 앉아 있었다. 부항이 고개를 가볍게 끄덕이면서 입을 열었다.

"마음속에서 우러러 나오는 말은 언제나 심금을 울리는 법이지. 김휘는 이미 사천 순무 직에서 쫓겨났네. 김홍도 아직 신변이 깨끗이 정리되지 않아 호광으로 보낼 수 없었네. 폐하께서는 악종기에게 사천 총독을 겸하게 하고 윤계선에게 잠시 섬감 총독을 맡기실 모양이네. 노작과 이시요가 자네와 함께 후보자 명단에 올랐었네. 그러나 노작은 무엇보다 하독河瀆 책임이 막중하고, 이시요는 운남 동광銅鑛에 매인 몸이라 다른 일을 맡길 수가 없었네. 호광은 주변 아홉 개 성을 통괄하는 심장부인 데다 사천의 문호로 군무에 직접적인 영향을 미치는 곳이네. 그래서 나는 장유공과 악선을 뒤로 하고 자네를 천거했네. 아계도 나의 의견에 동의했고.”

“부상의 지우지은知遇之恩을 결코 잊지 않겠습니다.”

“나에게 지우지은을 운운할 건 없네. 나는 자네에게 사적인 호의를 베풀고자 요직에 천거한 게 아니네. 이는 어디까지나 공정한 국사의 범주에 속하니 나에게 고마워할 것은 없네.”

부항이 바로 늑민의 말을 잘라버리고는 다시 말을 이었다.

“자네가 황은에 감지덕지하는 건 당연한 일이네. 그러나 나에게는 자네에게 큰 벼슬을 내릴 수 있는 권한이 없네. 하지만 일단 나의 천거를 받은 사람이니 노파심에서라도 몇 마디 당부의 말을 하지 않을 수 없네.”

“구구절절 피가 되고 살이 될 말씀을 경청하겠습니다.”

부항이 잠시 말을 멈추고는 돈민 형제에게 과일을 먹으라면서 손짓을 했다. 이어 웃음기를 거두었다.

“자네 늑씨 가문은 호광과 깊은 인연이 있지. 자네 부친 늑근양勒勤襄 대인은 거의 이십 년 동안 호광 순무로 있으면서 단단한 입지를 굳힌 분이네. 애석하게도 불의의 사달에 연루돼 불명예스럽게 되었지만 말일세. 그만큼 호광에는 자네 늑씨 가문과 못 다한 인연이 이어지는 걸 반가워하는 사람이 많을 거야. 동시에 불구대천의 척을 져서 자네의 자승부업子承父業을 원치 않는 무리도 없지 않아 있을 것이고. 혹시라도 자네를 옭아맬지 모르는 그 은원恩怨의 거미줄을 어찌 헤쳐 나갈지 자네 생각을 들어보고 싶네."

늑민이 즉각 대답했다.

"미처 그런 생각은 해보지 못했습니다. 그러나 웃는 얼굴에 침이야 뱉겠습니까? 오해가 있다면 적극적으로 대처해 풀어나가야겠죠."

부항이 별 대수롭지 않게 말하는 늑민의 대답을 듣고는 빙그레 미소를 지었다.

"심각하게 생각할 필요는 없네. 다만 명심할 것은 은혜든 원한이든 공무에 지장을 초래해서는 안 된다는 것이네. 사적으로 얽힌 문제는 자네가 적당한 선에서 알아서 처리하게. 거듭 말하지만 만약 개인의 은원으로 인해 공무에 지장을 초래할 경우에는 각오하게. 비록 내가 천거한 사람일지라도 나는 거침없이 탄핵안을 올릴 것이네. 그걸 반드시 명심하게."

돈민 형제는 옹정 연간에 몰락한 종실 가문의 자제였다. 부항이 이렇다 할 벼슬도 없이 산질대신散秩大臣(품계만 있고 직책이 없는 대신)으로 있을 때부터 그와는 아주 가까웠다. 당연히 그들의 두터운 우정은 부항이 일인지하 만인지상의 위치에 오른 지금까지 전혀 변한 것이 없었다. 사적인 자리에서는 여전히 술잔을 기울이면서 허물없이 웃고 떠들 정도였다. 그래서인지 두 형제는 모든 사람들이 "명민하고 풍류남아답다"고 입을 모으는 부항과 가깝고도 먼, 또는 멀고도 가깝다는 거리감을 전혀 모른 채 살아왔다. 그런데 늑민과의 대화를 지켜본 오늘 이 자리에서 비로소 그동안 전혀 몰랐던 사실을 깨달았다. 그것은 바로 진정으로 상대를 위하는 부항의 깊은 마음과 공과 사의 경계를 분명히 구분 짓는 명석한 지혜였다. 두 형제는 부항이 대국의 으뜸가는 대신임을 인정하지 않을 수 없었다.

"오로지 종묘사직에만 충성을 바치겠습니다. 그리고 벗을 아끼시는 부상의 깊은 뜻을 가슴에 깊이 새기겠습니다. 그러나 달리 감천동지感天動地할 서약은 미리 하지 않겠습니다. 지켜봐 주십시오. 하늘이 두 쪽 나고 땅이 뒤집어지는 한이 있더라도 소인은 부상의 지우지은을 영원히 잊지 않을 것입니다!"

늘민이 사뭇 진지한 표정으로 의미심장하게 말했다. 부항 역시 웃으면서 화답했다.

"장부일언 중천금이라고 했네. 나는 믿어마지 않네! 군무에 관한 일은 오늘밤에는 논할 시간이 없을 것 같네. 돌아가서 내일 폐하께 상주할 내용이나 잘 정리해 두게. 돈민, 돈성! 유모 품에 안겨 젖을 빨던 생각이라도 하는가? 어서 시원한 과일이나 먹지. 조금 있으면 얼음이 다 녹아버릴 텐데!"

그러나 돈민은 돈성이 포도 한 알을 입안에 넣고 씹어 삼키는 동안에도 여전히 멍하니 앉아 있기만 했다. 그러다 부항이 손끝으로 툭 치자 그제야 정신을 번쩍 차렸다.

"지난번 기윤과 자리를 같이 했을 때도 그렇고 이번에도 부상에 대해 똑같은 느낌을 받았습니다. 생각해보니 명주明珠, 색액도索額圖, 고사기高士奇 등 전대前代의 대신들은 《홍루몽》의 왕희봉王熙鳳이라는 인물과 닮은꼴이고, 형신 어르신과 부상은 오늘날의 가탐춘賈探春이 아닌가 싶습니다!"

부항이 돈민의 말에 하하하! 하고 크게 웃음을 터뜨렸다.

"또 《홍루몽》으로 새버렸군! 그 유명한 가탐춘에게 비교하니 당치도 않으나 아무튼 기분은 나쁘지 않네. 우리 조정에 안팎의 살림을 그처럼 물샐틈없이 잘하는 유능한 사람이 있다면 내가 미련 없이 자리를 내줄 텐데 말이야!"

돈성도 포도 몇 알을 더 집어먹고는 대화에 끼어들었다.

"《홍루몽》을 읽다보면 제 자신이 남자라는 사실이 원망스러울 때가 한두 번이 아니에요. 어찌 하나같이 호주가, 호색한들인지. 전생에 술과 색에 굶어죽은 귀신이 붙었는지 왜들 그 모양인지 모르겠어요. 같은 남자지만 이 규閨, 저 방房을 기웃거리면서 킁킁거리는 자들을 보면 구역질이 나서, 원."

좌중의 사람들은 제법 열을 올리는 돈성의 말에 모두 빙그레 웃음을 지었다. 늑민 역시 《홍루몽》을 좋아하는 사람이었다. 그러나 돈민 형제처럼 현실과 가상의 세계를 구분 짓지 못할 정도는 아니었다.

"조설근은 현실 속에서 얼마든지 찾아볼 수 있는 그런 인물들을 통해 부패할 대로 부패해진 사회의 한 단면을 폭로하려 한 것이죠. 그러나 그것이 전부는 아니잖아요? 조설근은 소설 속 보옥寶玉의 입을 빌어 우리 같은 사람을 '국록을 축내는 악귀'라고 비난했으나 우리는 그 책에 오체투지의 찬탄을 보이고 있습니다. 이는 우리가 애써 감추고, 부인하려고 하는 내면의 진실을 그가 여실히 파헤쳤기 때문입니다. 즉 우리는 그 책을 읽으면서 외면하려야 할 수 없는 자기 성찰의 시간을 가질 수 있었던 겁니다. 책 속에 등장하는 '풍월보감'風月寶鑑은 정면으로 비춰보면 색色이나 반대로 비추면 공空이 됩니다. 그래서 《홍루몽》은 판별력이 부족한 사람들에게 권해서는 안 되는 책이라고 생각됩니다. 대관원大觀園의 진풍경을 제대로 판독하지 못한다면 자칫 저질로 비쳐질 수도 있으니 말입니다."

부항도 자조하듯 웃었다.

"김홍의 편지를 읽고 알았네만, 남경에 《홍루몽》에 완전히 미친 여자가 있었다네. 가녀리다 못해 병색이 완연한 열두 금채金釵(금비녀. 《홍루몽》에 나오는 12명의 여성을 가리킴)를 모방해 허구한 날 끼니를 거르더니

하루가 다르게 수척해지다가 급기야 죽어버렸다고 하지 않은가. 그래서
인지 김홍은《홍루몽》의 유해성을 적극 강조하더군.《홍루몽》을 금서로
지정하도록 폐하께 주청을 올려 주십사 하고 나에게 부탁했네!"

돈성이 갑자기 화가 난다는 듯 목소리를 높였다.

"항문 같은 주둥아리로 방귀 같은 소리를 하고 자빠졌네요! 얌전한
고양이가 부뚜막에 먼저 올라간다고 하더니 틀린 말이 아니군요. 그 자
식은 뒤에서 호박씨는 잘만 까면서 남의 말을 할 게 뭐 있다고! 위선자
같으니라고! 그 여사는 방금 늑민 형이 얘기했듯 가상과 현실을 구분할
줄 몰라 불행을 자초한 것이에요. 달리 생각하면 그런 열성 독자들을
확보한 것이 곧《홍루몽》의 큰 매력이 아니겠어요? 김홍, 이 자식! 우리
집에서 나간 씨종 주제에 감히 허튼 소리로 내 심기를 불편하게 만들다
니. 북경에 돌아오면 어디 보자!"

늑민이 돈성의 말이 끝나자 기다렸다는 듯 말을 받았다.

"팔을 걷어붙이고 열을 올리는 모습이 꼭 조설근의 호법신護法神 같
군. 하지만 어느 집 여식인지《홍루몽》에 반한 나머지 죽어버렸다니 안
타깝기는 하네."

돈성이 늑민의 말에 정색을 하면서 반박했다.

"그건 정이라는 것이 뭔지 몰라서 하는 소리야! 그리고 본인이 좋아
하는 것에 미쳐 죽는다는 것이 뭐가 그리 안타까워? 세상에는 연극에
미친 자가 있는가 하면 마구 처먹고 배가 터져 죽는 자도 있는 법이야.
아, 전에 폐하의 어가御駕가 열하熱河에서 돌아올 때 용안龍顏을 우러러
보기 위해 동직문에 몰려든 인파들 중에서 세 명이나 질식해 죽었다는
소리를 못 들었는가? 조설근이 그 여식의 죽음에서 자유로울 수 없다면
폐하께서도 그 세 사람의 목숨을 변상해야 한다는 말이야?"

늑민은 돈성이 흥분하다 못해 화까지 내려 하자 연신 두 손을 내저

었다.

"아휴, 무슨 그런 말을! 농담이라도 그런 소리는 하지 마! 나도 조설근의 친구 아닌가! 그렇게 들렸다면 사과하지!"

부항은 좌중의 설전이 별로 재미가 없는 듯 가벼운 하품을 했다. 사실 그가 돈씨 형제를 부른 목적은 따로 있었다. 고항이 염세鹽稅를 착복했을지도 모른다는 의혹이 생겨 돈민 형제를 통해 산해관山海關의 세정稅政 내막을 들춰보려는 생각이 있었던 것이다. 그러나 본론을 꺼내기도 전에 좌중에서는 《홍루몽》을 두고 아옹다옹하고 있으니 그로서는 솔직히 지겹지 않을 수 없었다. 그러다 보니 스르르 잠이 오기 시작했다.

"오늘은 오랜만에 얼굴이나 보자고 불렀네. 나중에 다시 모여 술이나 한잔 하지. 돈민, 돈성! 자네들에게 염정에 대해 몇 가지 가르침을 받고자 하니 조만간 다시 보세."

부항의 말이 끝남과 동시에 자명종이 늦은 시각을 알렸다. 늑민과 돈씨 형제 세 사람은 피곤한 기색이 역력한 부항에게 어서 쉬라면서 작별 인사를 고했다. 부항은 가인 두 명을 시켜 등롱을 들고 멀리까지 배웅하도록 분부하고는 월동문으로 걸음을 옮겼다.

18장
방경의 기구한 운명

그로부터 사흘 후는 절기상 입추였다. 그래서일까, 가을을 여는 비가 밤새도록 내렸다. 그리고 서풍까지 불더니 새벽공기가 제법 서늘해졌다.

돈민 형제와 늑민은 이날 유소림과 함께 장가만에 있는 조설근의 집을 방문하기로 약속했었다. 그래서 같은 집에 살기는 해도 출입구를 따로 사용하는 둘은 일찌감치 각자 노새 한 마리씩을 끌고 대문을 나섰다. 둘은 시계를 보면서 대문을 나서다가 정면으로 부딪칠 뻔했다. 두 사람은 그 상황이 재미있어 아침부터 하하! 하고 크게 웃었다. 늑민이 살고 있는 장원사제壯元賜第(황제가 장원들에게 하사한 집)는 호부대가戶部大街 서쪽에 있었다. 두 사람은 그곳으로 향하는 동안 상쾌한 아침공기를 한껏 들이마시면서 내내 이야기꽃을 피웠다.

둘이 늑민의 집 가까이에 있는 골목으로 들어섰을 때 전도가 도착해 말에서 내리는 모습이 보였다. 그의 뒤에는 수레나 가마를 탄 관리들한 무리가 대기하고 있었다. 노란 허리띠를 두른 황실 자손 두 사람이 노새를 타고 세월아 네월아 하면서 나타나자 관리들이 우르르 달려왔다. 그들 가운데는 돈민의 집에 적을 둔 가노 출신의 관리들도 있었다. 그들 중 일부는 하마석下馬石이 되고자 재빠른 동작으로 땅에 엎드렸다. 또 일부는 둘을 부축하느라 부산을 떨었다. 돈성은 사람들이 예를 갖춰 문후를 올린다, 노새를 마구간으로 끌고 간다 하면서 법석을 떠는 사이 전도를 향해 말했다.

"능민이 오사모鳥紗帽(권력의 상징인 까만 실로 만든 모자)를 큰 걸로 바꿔 썼다는 건 언제 들었나? 소식도 빠르군. 새벽부터 아부를 하러 달려온 걸 보니!"

"까마귀 무리에 있다고 다 까마귀인 건 아니지. 초로肖路가 한양漢陽 도대로 발령을 받고 북경으로 폐하를 알현하러 왔지 뭐야? 능민이 곧 그의 직속상사로 부임하게 됐으니 찾아가서 얼굴도장이라도 찍어야 하는데……."

전도 역시 돈민 형제와는 서로 흉허물 없이 지내는 사이인지라 반갑게 맞으면서 예를 갖췄다. 이어 술을 마시는 시늉을 하면서 덧붙였다.

"초로는 능민에게 직접 초대장을 보낼 수 있는 사이가 아니잖아. 그래서 이부의 황 시랑을 내세웠어. 그런데 황씨가 또 자신이 없다면서 이 사람을 붙잡고 사정을 하는 게 아닌가? 비록 한 다리 건너 청탁을 받기는 했으나 초로와는 환난지교라고 할 수 있는 사이라 이렇게 나서게 된 거지. 어젯밤에 왔더니 능민이 요 며칠은 약속이 밀려 장담할 수 없다고 하더라고. 그래서 새벽같이 달려와 죽치고 있다는 거 아냐! 두 말 하면 잔소리, 세 말 하면 헛소리지만 분명히 이 사람이 먼저 왔어. 황족이라고 새치기하시면 안 돼!"

그러자 돈성이 웃으면서 주먹으로 전도의 가슴팍을 툭 쳤다.

"됐네, 무슨 사설이 거지발싸개처럼 그리 구질구질한가? 오늘은 내가 한턱낼게. 이봐 정丁씨, 황 시랑인지 황 서랑鼠狼(족제비)인지 하는 사람이 혹시 황영걸黃英傑이 아닌가?"

돈성이 고개를 돌리더니 저 만치에 서 있는 어느 6품 관리에게 물었다. 그 관리는 돈씨 가문의 가노인 듯 황급히 한쪽 무릎을 꿇으면서 아뢰었다.

"그렇습니다. 황 시랑이 바로 황영걸입니다."

돈성이 바로 지시했다.

"가서 이르게. 우리 두 형제가 성 밖으로 나가 한 바퀴 돌고자 하니 수레를 빌려야겠다고 말일세. 직접 수레를 끌고 오라고 하게."

정씨가 알겠노라고 연신 대답했다. 그때 돈민이 옆으로 다가왔다. 이어 정씨에게 말했다.

"또 엉뚱한 소리로 사람을 혼란스럽게 만들고 그러네. 그러지 말고 능민 공이 오늘은 시간을 낼 수 없다고 하니 다음에 다시 날을 잡으라고 하게. 무슨 말인지 알겠나?"

"예, 알다마다요!"

정씨가 황급히 대답했다. 전도는 두 사람이 그렇게 막무가내로 나오자 어쩔 도리가 없었다. 고개를 저으며 안 되겠다는 표정으로 말했다.

"아무래도 오늘 황 시랑의 술을 얻어먹기는 글렀네. 오늘만 날인가? 나중에 먹도록 하지!"

그리고 전도 역시 돈씨 형제에게 작별인사를 고하고는 떠나려 했다. 그때 능민이 나오면서 손짓을 했다.

"가기는 어디를 간다고 그래? 같은 술을 마셔도 그런 자리는 싫어서 뭉그적대다 보니 인사가 늦어진 거야. 왔으면 차라도 한잔 마시고 가야지 그냥 가면 어떡해?"

"차는 무슨! 어서 떠날 채비나 해. 겨우 황 서랑을 등 떠밀어 보냈는데 또 다른 오소리 무리들이 찾아올까봐 겁나지도 않아?"

돈성이 길게 드리운 포도송이에서 포도를 한 알 떼어 입안에 집어넣고는 우물거렸다. 늘민은 그제야 전날의 약속이 생각난 듯 뜰에 선 채 집사에게 분부했다.

"말을 준비하게. 마님에게는 내가 손님을 만나러 나가니 날이 어두워서야 귀가할 거라고 이르게. 기윤 중당의 도련님이 오늘 저녁 약혼식을 치른다고 하네. 마님에게 잊지 말고 다녀오시라고 하게. 하례를 조금 넉넉히 준비하고 못 마시는 술이라도 기 부인을 벗해서 몇 잔 마시면서 내 몫까지 인사를 잘 하라고 이르게!"

집사가 알겠노라고 굽실대면서 물러갔다. 돈성이 물었다.

"소림 공이 우리하고 동행할 수 있을지 모르겠네."

늘민이 고개를 저었다.

"내일 모레가 팔십인데……. 그날 보니 겨우 몇 걸음 떼어놓고는 어지럽다고 주저앉더군. 힘들 거야. '칠십 노인에게는 자고 가라고 붙들지 않고, 팔십 노인에게는 식사하고 가라고 눌러 앉히지 않는다'는 말도 있잖아. 괜히 마음 설레게 만들지 말고 우리끼리 그냥 가지. 설근이 죽고 나서는 문인 선배들도 하나둘 바람에 구름 흩어지듯 가버렸구먼. 인간이 생로병사의 길을 피할 수 없다고는 하나 더 이상 그 옛날의 재미난 시간은 기대할 수 없게 됐네. 이제 곧 돌아가실 분이니 앞으로는 말도 조심해야겠어. 하기야 그러면 우리 우정에 금이 가게 될지도 모르지……."

돈민이 말을 마치고는 길게 한숨을 내쉬었다. 그리고는 처연한 기분에 사로잡힌 듯 멍하니 먼 곳을 바라보았다. 그 모습을 본 돈성이 한마디 했다.

"사는 게 다 그런 거 아니겠어요? 농사꾼이 논밭의 피를 뽑아내듯 나이 들면 뽑히고 잊혀지는 거죠. 그러다가 하늘이 오라고 손짓하면 따라가야 하는 것이 우리네 인생인 거죠. 농부가 미처 발견하지 못해 수확철까지 버티다가 작물과 같이 베어지면 천명을 다한 것이고요. 설근 형도 아득바득 살아남아 칠십, 팔십의 고비도 넘기고 갔더라면 우리 마음이 이렇게 아프지는 않을 거예요.”

돈성은 콧마루가 찡한지 더 이상 말을 잇지 못했다. 대신 힘껏 채찍을 휘두르면서 저만치 앞서 나갔다. 마음이 무거운 세 사람은 돈성의 뒤를 천천히 따랐다.

돈성을 제외한 세 사람은 어깨를 나란히 하고 걸었다. 다들 침울한지 한동안 말이 없었다. 북경성北京城을 벗어나 통주通州를 지나자 행인들이 뜸하고 한산했다. 맑게 갠 하늘 아래 시원하게 펼쳐진 옥수수밭이 보는 이의 마음까지 후련하게 해주었다. 길가에 늘어선 홰나무, 백양나무, 버드나무 가지가 바람에 한들한들 흔들리는 것이 그네를 타는 것 같았다. 가는 여름이 아쉬운 듯 매미의 힘없는 울음소리도 들려왔다. 또 역로 북쪽으로 멀리 시선이 닿는 곳에는 연산燕山의 여맥餘脈이 팔등신의 미끈한 몸매를 자랑하면서 봉우리를 회갈색 안개 속에 감추고 있었다.

절기가 입추에 접어들었다고는 하지만 한낮에는 여전히 뜨거웠다. 그러나 복잡하고 후덥지근한 북경성을 벗어난 일행은 가을이 오는 소리가 느껴지는 야외에서 상쾌한 기분을 만끽했다. 돈성이 가슴을 쑥 내밀고 길게 심호흡을 하면서 침묵을 깨뜨렸다.

“아아, 좋다! 발 냄새, 땀 냄새, 구린내만 맡다가 교외로 나오니 살 것 같네!”

“동감이야!”

늑민도 울적했던 마음을 날려 보내고 밝은 미소를 지으면서 긴 숨을 들이마셨다. 이어 가슴속에 켜켜이 쌓인 먼지를 털어내듯 한참 후에야

숨을 토해냈다.

"나는 늙어서 뒤차를 막는 똥차 신세가 되면 산 좋고 물 맑은 곳으로 처자식을 데리고 가서 남경여직男耕女織의 삶을 살 거야!"

돈성이 늑민의 말에 달리는 노새 등에서 흔들흔들 엉덩방아를 찧으면서 빙그레 웃었다.

"말이야 쉽지! 김매고 돌아와 아랫목에 배 깔고 책장이라도 한 장 넘길라치면 세금 독촉을 하러 온 서리胥吏가 대문을 부서져라 두들길 텐데 그 마음이 편할 것 같아? 그래서 송충이는 솔잎을 먹어야 사는 법이야. 지난번 덕주에서 마덕옥을 우연히 만났는데 인육人肉을 먹어봤다면서 자랑을 늘어놓더군. 그래서 내가 무슨 소리냐고 했어. 그랬더니 발바닥 각질을 긁어 소로 넣은 기윤의 만두를 먹었다나? 구역질이 나서 겨우 참고 있는데, 그자는 '재상 고기를 먹어 본 사람이 몇이나 되겠느냐'면서 득의양양해 하더라고. 대만 지부 서우덕徐友德은 또 보복補服이라고 입었는데, 어깨에 용의 발바닥 무늬가 수놓아져 있었어. 그건 대체 무슨 계급이냐고 물었더니 폐하께서 알현을 마치고 물러가는 자신의 오른쪽 어깨를 두드려주시면서 대만의 안위는 자네에게 맡긴다고 말씀하셨다나? 폐하의 손자국이 묻어 있어서 용의 발톱을 수놓았다고 자랑을 늘어놓는데 내가 어이가 없어 말문이 막히더라고. 사람 마음처럼 조석으로 변하고 간사스러운 게 또 어디 있겠나!"

늑민을 비롯한 세 사람은 돈성의 말에 깊이 공감한다는 듯 고개를 끄덕였다. 그리고는 다시 묵묵히 저마다의 생각에 잠긴 채 길을 재촉했다. 그렇게 한 시간쯤 더 달리자 돈성이 채찍을 들어 앞쪽을 가리켰다.

"저기 앞에 조그마한 다리 보이지? 다리 맞은편 언덕 아래가 바로 장가만張家灣이야."

늑민을 비롯한 네 사람은 고삐를 당기며 멈췄다. 그들은 지열이 아지랑이처럼 피어올라 마을 언저리를 덮고 있는 그곳을 바라보자 가슴이 아프고 쓰라렸다. 늑민은 이곳이 처음이었다. 그러나 돈민 형제는 지방으로 출타했다가 북경으로 돌아가는 길이면 으레 이곳을 제집처럼 들르곤 했었다. 그렇게 조설근과의 추억이 묻어 있는 길목에 도착하자 가슴이 미어지는 것처럼 아팠다. 성 안으로 나들이를 다녀오는 방경(조설근의 아내)에게서 두 아이를 받아 안고 목마를 태워 마을로 향하던 길이었고, 술안주로 돼지머리를 들고 가다 떨어뜨리는 바람에 말에서 내려 낄낄대면서 다시 주워 담던 그 길이었다. 흰눈이 애애皚皚(서리나 눈 따위가 내려 새하얀 모습)한 어느 겨울, 깊은 발자국을 두 줄 남기며 조설근과 더불어 시를 읊고 영설가詠雪歌를 부르면서 눈 덮인 시냇물이 졸졸 흐르는 소리에 귀를 기울이기도 했던 곳이었다. 둘에게는 그때의 추억이 아직도 어제 일 같았다. 겨울이 떠난 자리에 춘삼월 호시절은 어김없이 찾아왔다. 불같은 여름의 정열이 식으면서 매미소리 멀어지는 가을이 왔다. 그러나 고락을 같이 했던 옛사람은 다시 못 올 무지개다리를 건너가고 없었다.

전도가 돈성의 눈에 샘솟듯 눈물이 고이자 울먹이는 목소리로 늑민에게 말했다.

"여기서 저 돌다리를 건너 언덕 아래로 조금 내려가면 홰나무에 둘러싸인 낡은 집이 바로 조설근의 집이야. 여름에는 홰나무 그늘 밑에서 밤을 새면서 술에 취해 횡설수설하곤 했는데……."

"일단 가보자고!"

늑민 역시 감개에 젖어 마음이 착잡했다. 하지만 세 사람처럼 처연하고 상심에 겨운 모습은 아니었다. 때문에 비교적 가벼운 마음으로 앞장서서 돌다리를 건넜다. 그런데 이상하게 조설근의 집이 눈에 띄지 않았다. 심지어 조설근의 집으로 이어지는 길에는 잡초가 무성하고 사람이 다닌 흔적조차 없었다. 얼마 후 일행은 나팔꽃 덩굴이 키보다 높게 타고 올라간 나지막한 담장에 가까이 다가가 안쪽을 들여다봤다. 그러나 잡초만 무성한 뜰에는 풀벌레들의 합창만 이어질 뿐 인기척 하나 들리지 않았다. 마치 사람들이 피난을 떠나고 버려진 빈집 같았다. 돈성이 애써 불안한 마음을 떨쳐내면서 쪽문처럼 작은 대문께로 다가가더니 조심스럽게 문을 두드렸다.

"형수님……, 방경 형수! 돈씨네 셋째예요. 형수님을 뵈러 왔어요."

"……"

방 안에서는 아무런 기척도 없었다. 돈성은 살며시 대문을 밀었다. 쓰러질 것처럼 허름한 대문은 삐걱 신음소리를 내면서 한쪽으로 맥없이 툭 쓰러졌다. 심상찮은 분위기를 느낀 네 사람은 급히 안으로 들어갔다. 과연 불길한 예감은 빗나가지 않았다. 군데군데 꺼진 지붕은 이엉이 다 삭아 먼지가 풀풀 일었고, 처마와 출입문에는 거미줄이 얼기설기 엉켜 있었다. 허리를 넘는 쑥대밭을 헤치고 서쪽 담장 앞으로 가보니 모퉁이에 쌓아둔 땔감에는 파란 이끼마저 돋아 있었다.

문에는 자물쇠도 걸려 있지 않았다. 전도가 슬쩍 손으로 밀자 안에서 놀란 오소리 한 마리가 후닥닥 튀어나왔다. 네 사람은 곰팡이 냄새가 진동하는 방 안으로 들어갔다. 뚫린 창호지 사이로 스며든 한 줄기 햇빛으로 방 안의 모습이 고스란히 드러났다. 곳곳에는 먼지가 켜켜이 쌓여 군데군데 동물들의 발자국이 찍혀 있었다. 동물들의 배설물이 곰팡이를 뒤집어쓴 채 악취를 풍겼다. 온돌 위 거뭇거뭇한 서까래 위에는 둘둘 말아놓은 누더기 같은 담요가 보였다. 그 뒤 벽에는 조설근이 호구지책으로 만들어 팔다 남은 연도 걸려 있었다. 그러나 까치둥지에서 떨어진 배설물을 뒤집어쓴 바람에 흉물스럽기만 했다. 북쪽 벽에는 돈성이 직접 그려 붙인 그림이 그대로 있었다. 그림 속의 남녀 동자童子는 마치 이 집안에서 일어난 일을 모두 알고 있다는 듯 푸근한 웃음을 짓고 있었다.

"빈집에 이러고 있으니 못 견디겠어. 마을로 가서 어찌 된 영문인지 물어보자고."

전도가 말했다. 그때 서글프고 처량한 마음을 안고 물러 나오던 돈성이 갑자기 눈을 번쩍 떴다. 남쪽 벽 아래에서 몇 줄의 글씨를 발견했던 것이다. 황급히 다가가 그걸 들여다보던 돈성이 소리쳤다.

"여기……, 의천宜泉 선생이 다녀갔구먼. 벽시壁詩를 남긴 걸 보니!"

돈민과 늑민도 돈성의 말이 끝나기 무섭게 벽 쪽으로 달려갔다. 과연 눈여겨보지 않으면 잘 보이지도 않는 글 몇 줄이 희미하게 적혀 있었다.

> 근보(조설근) 형을 애도하면서:
> 연못가에 아침이슬은 그대로 영롱한데,
> 내가 그리는 그대는 옆에 없어 눈물이 앞을 가리네.
> 오라고, 오라고 손짓해도 다시 못 올 그대의 차가운 영혼,
> 지금은 어디쯤 가서 어떻게 살고 있나.
> 줄 끊어진 거문고 부여안고 꺼이꺼이 울고 있으니,
> 눈물 가득한 얼굴에 석양이 비추네.
> 땅을 치면서 그대 간 곳 묻고 또 물으니,
> 깊고 깊은 저 산 너머로 메아리만 차갑게 나를 울리네!
>
> —갑신甲申 정월에 춘류거사春柳居土로부터

힘 있고 날카로운 필체는 장의천의 것이 틀림없었다. 네 사람은 일제히 깊은 한숨을 토해냈다. 다들 하고 싶은 말은 많았으나 입이 열리지 않았다. 일행은 폐가가 된 뜰에서 오갈 데를 모르고 묵묵히 서 있었다. 한참 후 늑민이 천천히 입을 열었다.

"내 생각에는 먼저 마을로 들어가 뭐라도 좀 먹으면서 방경 형수가 간 곳을 수소문하는 게 좋겠어."

늑민은 솔직히 '방경이 개가改嫁한 것 같다'고 말하고 싶었다. 그러나 차마 그 말을 입 밖에 낼 수가 없어 곧바로 말을 돌렸다.

"친척을 찾아 남경으로 돌아가지 않았나 싶네."

돈민이 실망을 감추지 못하면서 고개를 끄덕였다. 그러나 돈성은 미련을 버리지 못하고 조설근이 부엌으로 사용하던 동쪽 방에도 들어가 보는 등 한참을 더 살펴보더니 풀이 죽은 표정으로 일행에게 말했다.

"가자고."

장가만은 원래 시골 마을이었다. 그러나 경사京師(북경)에서 열하熱河로 이어지는 역로가 마을을 관통하고 운하運河와 혜제하惠濟河가 이곳에서 만나면서 달라졌다. 특히 승덕承德과 봉천奉天으로 향하는 육로가 개통되면서는 차츰 도시의 모습을 갖춰가기 시작했다. 하지만 북으로 가는 화물이 워낙 적고 무역이 활발하지 못해 여느 시가지처럼 인파가 북적이지는 않았다.

네 사람은 침울한 마음으로 마을의 북쪽으로 향했다. 부두 옆에는 주변 경관과 어울리지 않게 크고 화려한 역관이 떡하니 자리 잡고 있었다. 장이 서는 날이 아닌 데다 햇볕이 따가운 정오인지라 길에는 인적이 드물었다. 생약가게, 찻잎가게, 도자기가게에는 주인의 그림자조차 보이지 않았다. 수레나 가마를 대여해주는 강방杠房과 관재棺材 가게 역시 문이 굳게 닫혀 있었다. 그저 그늘진 나무 밑의 과일장수들만 힘없이 부채를 펄럭이면서 자장가 같은 목소리로 손님을 부르고 있을 뿐이었다.

"이리 와서 그늘 밑에서 쉬어 가세요. 개봉開封에서 막 도착한 시원한 수박이 있습니다. 달지 않고 시원하지 않으면 돈을 받지 않습니다."

"한입 물면 설탕처럼 달콤한 즙이 나오는 통주 참외요. 잇몸이 부실

한 노인들이 드시면 장수한다는 통주 참외요.”

늘민 등 네 사람은 눈에 띄는 사람들은 다 붙잡고 조설근을 아는지 묻고 다녔다. 그러나 그를 아는 사람은 없었다. 급기야 그들은 뜨내기 장사꾼들을 지나쳐 이곳의 터줏대감이라는 몇몇 노인들까지 찾아가 다시 물었다. 그들의 말에 따르면 예전에는 이곳에 조씨 성을 가진 사람들이 몇 가구 살고 있었다고 했다. 그러나 작년에 모두 이사를 갔다고 했다. 그래도 가끔 조씨 가문의 조상 묘를 찾아오는 사람은 있다고 했다. 그 이상 터줏대감이 아는 것은 없었다. 일행은 갈증과 더위에 배고픔까지 겹치자 잠깐 쉬면서 허기라도 달랜 다음 다시 알아보기로 했다. 돈민이 역관을 가리켰다.

“손님이 없어 파리만 날리는 음식점은 어쩐지 께름칙해서 들어가고 싶은 생각이 없어. 그냥 역관으로 가서 한 끼 때우자고!”

그러나 전도가 바로 반대했다.

“한 끼 때우는데 어디 갈 데가 없어서 하필이면 역관으로 가는가? 나중에 또 무슨 구설수에 휘말리려고……”

돈성이 그러자 사내가 무슨 겁이 그리 많으냐는 듯 입을 비죽거렸다.

“쳇! 구더기가 무서워 장을 못 담그겠어? 위에서 흠을 잡고 늘어지려면 머리를 북쪽으로 대고 자는 것까지 탄핵감이지(황제는 즉위 시 남쪽 방향을 향해 선다)! 중이 고기 맛을 들이면 절간에 빈대가 살아남지 못한다고, 요즘 세상에 나랏돈으로 생색내는 자들이 역관을 들락거리면서 얼마나 탕진을 하고 다니는데! 우리는 공짜로 준다고 해도 싫고, 먹은 만큼 밥값을 내면 되잖아. 걱정도 팔자야!”

돈성은 퉁명스럽게 면박을 주고 나서 노새를 역관 쪽으로 끌고 갔다. 방경을 찾지 못해 초조한 마음에 짜증이 나는 모양이었다. 늘민, 돈민과 전도는 말없이 돈성의 뒤를 따랐다.

역관은 100보도 되나마나한 가까운 거리에 있었다. 일행은 가마솥처럼 푹푹 찌는 바깥에 있다가 서늘한 실내로 들어서니 살 것 같았다. 그곳에서 밥을 먹던 역졸들은 그들이 모두 평상복 차림인지라 아무도 알아보지 못했다. 돈성이 소매 속에 넣고 다니던 노란 띠를 꺼내 허리에 두르고는 에헴! 하고 헛기침을 했다. 역졸들의 시선이 모였다. 그가 이번에는 발까지 쿵쿵! 구르면서 소리쳤다.

"너희들의 역승驛丞을 불러오너라!"

역졸들은 느닷없이 출현한 노란 띠에 눈이 휘둥그레지는가 싶더니 곧바로 젓가락을 내던지고는 날듯이 달려 들어가 보고를 올렸다. 이내 안에서 발소리가 들리더니 역승인 듯한 자가 모습을 드러냈다. 이어 돈민 형제를 발견하고는 허겁지겁 달려 나오면서 외쳤다.

"아휴! 주인어르신도 몰라 뵙고 아랫것들이 참으로 큰 불경을 저질렀습니다. 소인 진재晉財가 두 분 주인어르신께 문후 올리고 죄를 청합니다!"

역승은 말을 마치자마자 바로 무릎을 꿇고 머리를 조아렸다.

"아, 그러고 보니 자네는 우리 집에서 화원지기로 있던 그 진재 녀석이잖아! 출세했는데? 조상들이 음덕 좀 쌓았나 보네. 여기는 어떻게 왔어?"

돈민이 상대를 알아보고는 웃음을 터뜨렸다. 그러자 진재가 공손히 아뢰었다.

"객잔의 일꾼 출신인 초로도 한양 도대가 됐다지 않습니까? 하늘 아래 관직에 오르는 일 만큼 쉬운 게 어디 있겠습니까?"

돈성이 귀찮다는 듯 손사래를 치면서 말허리를 잘랐다.

"이것들은 무슨 말을 하기가 무서워. 하도 주절대니……. 여기 호부의 전 대인과 신임 호광 순무 능 대인이 계시니 어서 밥상이나 올리게. 먼저 녹두탕 한 그릇씩 내오고. 저것들이 먹는 녹두탕 말이야!"

진재가 대답을 하고는 늑민을 향해 머리를 조아렸다. 그리고는 일어나서, 역졸들에게 지시했다.

"얘들아, 귀하신 대인들께서 타고 오신 가축들을 마구간으로 잘 모시거라. 상방上房은 너무 더우니 상방 동쪽의 바람이 잘 통하는 통로에 자리를 마련하거라. 그리고 주방에 일러 몇 가지 먹을 만한 요리를 만들어 올리라고 해라. 아이고, 이를 어째요! 네 분 대인의 의복이 땀으로 흠뻑 젖었군요! 역관에 탈의실이 있습니다. 몸에 맞는 옷으로 골라서 갈아입으십시오. 얼른 빨아서 널면 날이 뜨거워 금방 마를 것입니다!"

네 사람은 곧 갱의정更衣亭으로 가서는 편한 옷으로 갈아입었다. 이어 다시 역승을 따라 상방 동쪽으로 갔다. 역관 규모는 상당히 컸다. 주홍색 칠을 한 커다란 기둥이 열 개 넘게 줄줄이 이어지는가 하면 넓이가 한 장丈이 넘는 통유리 창에는 얇은 천이 드리워져 있기까지 했다. 또 바닥에는 마루 전용 벽돌을 깔아 먼지 한 톨 없이 반들거렸다. 역승이 묵직한 금박 손잡이가 달린 붉은 대문을 열었다. 그러자 양쪽으로 싱그런 바람이 들어왔다. 얼음 생각도 나지 않을 정도로 시원했다.

"그 동안 머무른 역관이 부지기수이지만……."

늑민이 미리 준비된 자리에 앉아 주변을 살펴보면서 말을 이었다.

"이렇게 규모가 크고 호화로운 역관은 처음 보네. 향화香火가 많이 타오르는 으리으리한 절 같기도 하고 어찌 보면 궁전으로 착각할 정도네!"

진재가 때를 놓칠세라 바로 아부를 떨었다

"안목이 참으로 뛰어나십니다, 중승 대인! 대부분 역관은 부部에서 관할하으나 이 역관은 내무부 직속입니다. 선제께서 매번 승덕으로 행차하셨다가 귀경하실 때면 잠깐씩 쉬어 가셨던 곳입니다. 일반 관리들은 여기 머무를 수 없습니다. 상방은 더더욱 금지禁地입니다. 서쪽 별채에 흑룡강 장군 제도濟度 군문이 묵고 계시는데 지금 가녀歌女들을 불러 창을 듣고 계십니다. 상방에 들고 싶어 하시는 걸 소인이 한사코 말렸습니다."

역승이 아부를 떠는 사이 요리가 하나둘씩 식탁에 올랐다.

"지금 그 말은 우리보고 들으라고 하는 소리지? 걱정 말아. 술도 안 마시고 요리도 안 먹을 거니까. 여기서 국수나 한 그릇 대충 먹고 갈 거야. 그러니 앞서서 옆구리 찌르지 마!"

그러나 역승은 돈성의 말을 못 들은 척했다. 오히려 자기 손으로 직접 술 주전자를 가져와서는 옆에 서서 시중을 들었다. 새벽 일찍 출발하느라 뱃가죽이 등에 달라붙었던 늑민 등 네 사람은 서쪽 별채에서 들려오는 사죽현가絲竹弦歌(가는 대나무로 만든 현악기를 연주하며 부르는 노래)를 감상하면서 연신 술잔을 비웠다. 돈성이 막 역승에게 방경의 행방에 대해 물어보려고 할 때였다. 돈민이 손으로 제지하고 나섰다.

"잠깐 가만히 있어 봐. 노랫소리도 간드러지고 시가詩歌가 제법 운치 있는데?"

사람들은 젓가락질을 멈추고 조용히 귀를 기울였다. 과연 서쪽 별채에서는 현악기 소리가 그치고 심산유곡의 샘물 소리를 방불케 하는 거문고 연주와 시를 읊는 여인의 음창吟唱이 들려왔다.

동풍 타고 날아온 버들개지 연못에 감겨드는데,
쓸쓸한 경물景物은 지난날의 그것이 아니네.
궁중의 만개한 꽃들도 때가 되니 지고,
우전羽殿에는 옛사람의 모습 찾아볼 수 없구나.
남에서 날아오는 기러기 모두 그 님 같은데,
그리운 내 사연 아는 너는 제발 밤에는 날지 말거라.

그 옛날의 풍류지사 구름같이 바람에 날려 가고,

뒤돌아보니 양원梁園에는 시린 추억만 남아 있구나.

"좋다! 이런 외진 마을에 목소리가 이리 기막힌 가녀가 있었다는 말이지?"

늘민이 술잔에 반쯤 남은 술을 입에 털어 넣으면서 박수를 쳤다.

"야야, 그것도 노래냐?"

갑자기 서쪽 별채에서 술 취한 사내의 거칠고 굵은 목소리가 들려왔다.

"봉천 장군이 《홍루몽》 가곡이 그렇게 기가 막힌다면서 은근히 유장儒將임을 과시하던데, 너희들은 그런 건 몰라? 하나만 불러봐, 은자 다섯 냥을 상으로 내릴 테니! 우牛 막료, 노랫말을 잘 적어두게. 봉천으로 돌아가서 한번 붙어봐야지. 누가 진짜 《홍루몽》의 대가인지!"

사내의 말이 끝나기도 전에 돈성이 풋! 하고 웃음을 터트렸다. 전도와 늘민, 돈민 역시 터져 나오는 웃음을 애써 참았다. 별채에서는 다시 가녀의 노랫소리가 들려왔다.

맹춘孟春(음력 정월)이 어제 같은데 벌써 염천炎天이라,

감우甘雨와 화풍和風은 풍년을 기원하네.

은색 깃발 찬란한 임일壬日을 맞으니,

화수은화火樹銀花의 불야천不夜天이 상원上元(음력 대보름)을 경축하네.

명원名園의 싱그러운 초목에 오색 등롱을 밝힌 여인네들의 화사함이

저 달빛을 무색케 하는구나.

한 그루 매화꽃과 벗하면서 살아온 임씨네 가문,

번화한 속진俗塵의 인연과 등 돌린 지 오래라네.

"작사를 한 사람이 범속하지 않은 인물임을 알 수 있구먼. 그러나 아직 퇴고推敲 과정을 더 거쳐야 할 것 같아. 한림원의 작품은 아닌 것 같군."

늑민이 노래를 다 듣고 나더니 분석에 나섰다. 그에 돈성이 냉소를 터트렸다.

"한림원의 문필은 뭐 딱히 다를 줄 아는가? 착각하지 마시라고. 북경에서 열 가지 우스운 것을 꼽으라면 첫 번째가 바로 한림원의 문장이라는 말도 못 들어봤나?"

전도가 돈성의 말이 끝나기 무섭게 손가락을 입에 대고 쉿! 하는 자세를 취했다. 순간 모두들 입을 다물었다. 다시 가녀의 꾀꼬리 같은 목소리가 들려왔다.

홍안紅顔이 박명薄命해 한을 품고 저 세상으로 간 임대옥 林黛玉은 원래는 범계汎界에 내려온 선초仙草였다네. 영하靈河 기슭에서 신영사자神瑛使者의 보살핌으로 감로甘露를 먹고 경환궁警幻宮의 여선女仙이 됐거늘 신영의 은혜를 미처 못 갚고 갔으니 어찌 전세의 소중한 인연을 오매불망 그리지 않으리오……

"거문고 소리에 딱 어울리는 목소리야. 아아, 비련의 여인, 임대옥의 모습이 머릿속에 떠오르면서 기분이 참 묘해지는군!"

돈민이 노래를 다 듣더니 엄지를 내둘렀다. 그러나 정작 막료에게 한 글자도 빼놓지 말고 적으라던 흑룡강 장군은 어느새 드렁드렁 코를 골며 잠이 든 것 같았다. 돈민 형제, 늑민과 전도는 모두 《홍루몽》의 충실한 애독자이자 조설근과도 막역한 사이였다. 그들은 《홍루몽》의 가사가 들려오자 가슴 찡한 감동을 느끼면서 주인공 임대옥의 파란만장한 애기 속으로 빠져들어갔다.

드디어 거문고 소리와 노랫소리가 멈췄다. 늑민을 비롯한 네 사람은 그제야 다시 밥을 먹기 시작했다. 흑룡강 장군이 꿈나라에서 헤매고 있으니 별채에서도 판이 식은 모양이었다. 상을 물리는 소리와 가녀들이 우 막료에게 사은을 표하는 목소리가 들려왔다.

역승은 술과 밥을 배불리 먹은 네 사람에게 잠시 쉬어갈 방을 준비해 주려고 일어섰다. 마침 그때 한 여인이 팔에 대바구니를 걸고 북측 쪽 문에서 이쪽으로 걸어왔다. 역관의 빨래를 담당하는 여인이었다. 역승이 여인을 불러 세웠다.

"이봐 방씨, 널어놓은 의복들은 다 말랐나? 이 대인들의 의복은 이쪽으로 가져오게. 지난달 공임에서 은자 여덟 냥이 비었지? 조금 있다 같이 셈해 줄 테니 그리 알게."

"알겠습니다. 챙겨주셔서 감사합니다. 의복은 다 말랐습니다. 대인들께서 갈 길이 급하지 않으시면 소인이 깔끔하게 다림질해 드리도록 하겠습니다."

여인이 고개도 들지 않고 기어 들어가는 목소리로 대답했다.

"좋지! 그러면 다려놓고 가서 밥을 먹든가 하게. 서쪽 별채에도 장군께서 벗어놓으신 의복이 한 아름이나 있으니 서둘러야 할 걸세. 그때 가서 미처 말리지 못해 쩔쩔 매지 말고."

여인이 역승의 말을 듣고는 기운 없이 신발을 끌면서 저벅저벅 걸어갔다. 돈민은 그런 그녀의 뒷모습을 유심히 뜯어보면서 고개를 갸웃거렸다. 뭔가 짚이는 데가 있는 듯 그가 역승을 불러 물어보려고 할 때였다. 옆에 있던 돈성이 갑자기 퉁기듯 일어나면서 여인을 소리쳐 불렀다.

"방경 형수님!"

늑민과 전도는 여인이 방경이리라고는 꿈에도 생각지 못했었다. 그들은 흠칫 놀라며 여인을 바라보았다. 여인 역시 몸을 흠칫 떨면서 천천히 몸을 돌려 늑민 등 네 사람을 힐끗 쓸어봤다. 그리고는 다시 맥없이 고개를 숙였다. 이어 묵묵히 몸을 낮춰 예를 올렸다.

"황송합니다. 소인이 잘못 들었습니다. 누가 소인을 부르는 것 같아서 그만……."

늑민과 돈성은 두 눈을 똑바로 뜬 채 여인을 유심히 뜯어봤다. 누렇게 뜬 얼굴, 깊은 주름, 거의 백발이 된 쪽진 머리 등으로 볼 때 여인은 조설근의 미망인 방경이 틀림없었다.

"형수님!"

돈성이 부채를 내던지고는 떨리는 걸음으로 계단을 달려 내려갔다. 이어 뜰로 내려가서는 행색이 초라한 여인을 마주했다. 두 눈에 눈물이 가득 고여 앞이 보이지 않았다. 그는 이를 악물고 참아보려고 했지만 끝내 굵은 눈물이 주르르 굴러 떨어졌다. 돈성이 코를 벌름거리면서 입을 열었다.

"돈민, 돈성, 늑민! 우리 얼굴이 하나도 기억 안 나십니까? 장옥아張玉兒의 쌍둥이 아들이 똑같이 생겨서 친엄마도 잘 분간하지 못하는데 제가 귀신처럼 구분한다고 형수님께서 저를 '도둑고양이 눈'이라고 하시지 않았습니까?"

그런데 돈성의 입에서 '장옥아'라는 이름이 나오는 순간, 늑민은 큰 충격에 빠졌다. 가슴이 철렁 내려앉으며 순간적으로 눈앞이 아득해졌다. 하마터면 발을 헛디뎌 계단 아래로 굴러 떨어질 뻔했다. 늑민은 그러나 겨우 진정을 하고는 돈성을 따라 뜰로 내려섰다. 그리고는 홀린 듯 '방씨'를 뚫어지게 바라보면서 떨리는 목소리로 말했다.

"틀림없어! 방경 형수님이 틀림없어. 형수님이 여기는…… 어쩐 일이십니까?"

방경은 마치 몽유병에 걸린 사람처럼 떨떠름한 표정을 지었다. 이어 생기라고는 찾아볼 수 없는 흐릿한 눈빛으로 이 사람 저 사람을 번갈아 바라봤다. 그러다 갑자기 온몸에 힘이 쭉 빠지는 듯 두 팔이 축 처졌다. 옷을 가득 담은 바구니가 땅바닥에 툭! 하고 떨어졌다. 방경은 네 사람을 얼싸안을 듯이 반갑게 다가서려다 말고 몸을 움츠렸다. 동시에 손으로 얼굴을 가리고는 목 놓아 울기 시작했다. 얼음물에 빠진 사람처럼 온몸을 바들바들 떨기도 했다. 손가락 사이로 눈물이 그칠 줄 모르고 새어나왔다.

역관에 있던 사람들은 무슨 영문인지 몰라 모두들 창문으로 고개를 내밀고 밖을 기웃거렸다. 역졸들 역시 머리를 맞대고 수군거렸다. 여관에서 빨래를 도와주며 그날그날 겨우 연명하는 여인이 어인 연유로 노란 허리띠를 두른 두 황실 자제와 신임 호광 순무 앞에서 울고 있는지 궁금하기 그지없는 표정들이었다.

돈민 형제는 콧마루가 찡해지면서 눈물이 흘러나와 말도 제대로 잇지 못했다. 그런 그들을 대신해 늑민이 나섰다.

"형수님, 우리 모두 형수님을 찾아 여기까지 왔습니다. 옛집에 찾아갔었으나 사람이 없어 어찌 찾아야 하나 막막했는데, 이렇게 만나게 되다니 이 또한 하늘의 뜻인 것 같습니다. 자, 자! 기뻐서 춤을 춰도 모자랄 판에 이제는 다들 울음을 그칩시다. 역승, 어디 갔나? 우리 형수님이 아직 식전이라고 하니 먹을 만한 걸 좀 내어오게!"

"예? 예! 그리 하겠습니다!"

역승은 어안이 벙벙한 표정을 짓더니 경황없이 대답하고는 주춤주춤 물러갔다. 이어 낮잠이 든 식모를 흔들어 깨웠다. 그는 빨래하던 '방씨'가 알고 보니 보통 인물이 아니었다면서 정성껏 음식을 준비하라고 일렀다. 동시에 역졸에게는 얼굴을 닦을 수건을 갖다 주라는 명령도 내렸다.

역승은 얼마 후 궁금증을 참지 못하고 다시 되돌아왔다. 안에서는 눈물을 그친 방경의 눈물 어린 하소연이 한창이었다. 들어가 비비고 앉을 명분이 없는 역승은 밖에서 시중을 드는 척하면서 엿듣는 수밖에 없었다. 방경이 창가에 앉아 이따끔씩 흐느끼면서 입을 열었다.

"……그이는 그렇게 말 한마디 없이 야속하게 떠나버렸습니다. 그날은 일 년이 다 저물어가는 섣달 그믐날이었습니다. 하늘에서는 눈발이 굵어지고 새해를 맞는 폭죽 불꽃이 어두운 밤하늘을 곱게 장식하는 늦은 시각이었죠. 집집마다 명절 분위기에 흠뻑 취해 있었습니다. 그런데 저는 상사喪事를 처리해 주십사 부탁을 드릴 사람도 없고, 배 속에는 석 달 된 새끼가 있었어요. 그냥 대들보에 목을 매 따라가고 싶었습니다. 살고 싶은 마음이라고는 없었죠. 할 수없이 혼자서 널빤지를 가져다 대충 시체를 뉘었죠. 이어 장명등長明燈을 밝히고 향을 사른 다음 뻣뻣한 송장이 된 그이 옆에 누우니 저도 산송장이나 다름없더군요……."

방경이 말을 잇다 말고 다시 눈물을 쏟았다. 그러나 더 이상 울음소리는 내지 않았다. 늑민 등 네 사람은 방경의 이야기를 들으며 연신 눈물을 훔쳤다. 방경은 몇 번이나 말을 잇기 위해 입을 열려다가 번번이 눈물에 목이 메어 흐느끼기만 했다. 눈물 젖은 하소연은 그렇게 이어지다 끊어지고 겨우 다시 이어졌다.

"……배는 점점 불러오고 죽지 못해 살아가는데 빚쟁이는 어김없이 찾아와 행패를 부리더군요. 그이 본가本家의 몇몇 파렴치한 인간들은 골골대면서 겨우 목숨을 부지한 사람이 어찌 방사房事를 했겠느냐고 배 속의 아이를 의심하기까지 했어요. 어떤 놈의 씨를 받았느냐면서 발로 걷어차고 행패를 부리는데…… 도무지 살고 싶지가 않았어요. 죽어버리려고 눈밭을 헤매고 다니기도 했죠. 며칠 동안 곡기를 끊은 데다 무릎까지 푹푹 빠지는 눈밭을 걷다보니 맥을 놓고 쓰러지고 말았어요. 아, 이 눈밭이 나를 내년 봄까지 묻어주겠구나. 못난 어미 탓에 빛도 못 보고 죽어갈 불쌍한 우리 아기……. 그렇게 생각했죠. 그런데 아무리 천하디 천한 목숨이라고는 하나 쉬이 끊어지지 않더군요. 때마침 우리 집에 왔다가 제가 없자 불길한 예감에 동네방네 찾아다니던 옥아 형님이 눈밭에 쓰러진 저를 발견하고는 집으로 끌고 가 따뜻한 아랫목에 뉘었더라고요. 흐느끼면서 미음을 떠 넣어주는 옥아 형님의 모습을 보는 순간 지지리도 질긴 목숨이 어찌 그리 한스럽던지…….”

돈민 형제와 전도는 방경과 더불어 흐느끼고 함께 가슴을 쥐어뜯으면서 피눈물 어린 하소연에 귀를 기울였다. 그러나 늑민의 머릿속에는 내내 ‘장옥아’라는 이름만 맴돌았다. 방경이 콧물을 닦는 틈을 타서 늑민이 물었다.

“형수님, 방금 말씀하신 ‘옥아 형님’이라는 사람이 혹시 정육점 집의 그 장옥아입니까?”

방경이 늑민의 말에 의아스러운 표정을 지었다.

“그럼요! 아직 옥아 형님의 소식을 모르셨어요? 늑민 대인은 출세하기 전에 그 집에서 삼 년이나 사셨잖아요?”

설마 했던 것이 사실로 밝혀졌다. 순간 늑민의 얼굴은 핏기 하나 없이 창백하게 질렸다. 과거시험에서 떨어지고 실의에 빠져 정처 없이 떠돌던 그때도 지금처럼 무더운 날씨였다. 굶주림과 병 때문에 쓰러진 그를 옥아의 아버지가 구해주지 않았다면 그는 지금 이 자리에 있을 수도 없었다. 이후 늑민은 옥아의 집에서 신세를 지며 잊지 못할 추억을 만들었다. 희로애락이 뒤범벅된 지나간 추억들이 순식간에 기억의 수면 위로 떠올랐다.

‘하늘도 야속하지! 연분이 다해 헤어졌으면 그만이지 이렇게 다시 만나게 해주는 건 무엇 때문인가…….’

늑민은 그렇게 생각하면서 슬며시 방문을 열고 밖으로 나갔다. 그리고는 역승에게 물었다.

"방경 형수님이 말한 장옥아의 집을 알고 있나? 나를 그리로 데려다 주게!"

19장
늑민과 장옥아의 슬픈 해후

늑민은 역승을 따라 상방 서쪽 계단을 내려왔다. 이어 다시 쪽문을 통해 역관의 후원으로 나왔다. 갑자기 한줄기 회오리바람이 불어와 그의 얼굴을 때렸다. 늑민은 순간 휘청거리면서 제자리에 멈춰 섰다. 그렇지 않아도 주저하던 터였다. 옛 사람을 찾아보는 것은 좋으나 마땅한 명분이 서지 않았기 때문이었다. 누이동생? 벗? 둘 다 아니었다. 개부건아開府建牙의 봉강대리封疆大吏가 삯빨래로 연명하는 가난한 촌부村婦를 만나 자신의 신분을 과시하려는 걸까? 그것도 아니었다. 그렇다면 유부남이 옛정이 그리워 유부녀를 찾는 걸까? 그 역시 아니었다. 늑민은 성현의 글을 수없이 많이 읽었어도 그동안 '명분이 바로 서지 않으면 입이 열 개라도 할 말이 없다'는 말에 공감을 하지 못했었다. 그런데 지금 바로 그 말이 자신의 발목을 붙잡고 있었다. 늑민의 그런 속마음을 알 리 없는 역승이 주춤거리는 그를 향해 말했다.

"여기 시원한 그늘 아래에서 기다리시겠습니까, 중승 대인? 소인이 가서 불러오겠습니다."

"아니, 우리는 관가의 법도를 따질 그런 사이가 아닌 아주 특별한 사이라네. 아, 맞아. 은인의 자녀분이지."

늑민은 드디어 '명분'을 찾았다. 그러자 다시 발길을 옮길 용기가 생겨났다.

"저기 냇가에서 빨래를 하고 있는 저 여인이 장옥아인가?"

역승은 바로 그렇다고 대답했다. 늑민은 순간 손사래를 치면서 역승에게 돌아가라고 분부했다. 이어 냇가로 통하는 좁은 오솔길을 걸어 내려갔다. 빨래를 끝내고 자리를 정돈하는 여인은 틀림없는 옥아였다. 10년이라는 세월이 지났으나 한눈에 알아볼 수 있었다. 늑민은 반가운 듯 이름을 부르면서 그녀에게 다가갔다.

옥아는 누군가 자신을 부르는 소리에 오래도록 굽히고 있던 허리를 힘겹게 펴면서 일어섰다. 곧 두 쌍의 눈길이 허공에서 부딪혔다. 단번에 늑민을 알아본 옥아의 얼굴에는 희비가 교차하는 묘한 표정이 떠올랐다. 그러나 옥아는 늑민만큼 흥분하지 않았다. 이내 평상심을 회복하고는 두 손을 무릎에 대고 예를 갖춰 인사하고는 미소까지 지었다.

"참으로 오랜만이네요, 늑민 대인! 수염이 많이 자랐을 뿐 옛날 모습 그대로인 것 같아요. 길에서 만났으면 그쪽은 저를 몰라봐도 저는 한눈에 알아봤을 거예요!"

옥아는 여전히 서글서글하고 씩씩한 모습이었다. 잔뜩 긴장하고 있던 늑민도 어느새 마음이 풀어지고 편안해졌다. 그가 유심히 옥아를 뜯어보았다.

"자네도 별로 변하지 않았네. 방경 형수님보다 세 살 위인 걸로 알고 있는데, 오히려 대여섯 살 어려 보이는군. 흰머리도 하나 안 보이고!"

옥아가 흘러내린 귀밑머리를 뒤로 쓸어 넘기면서 대답했다.

"저는 워낙 단순한 데다 글공부도 많이 못했잖아요. 또 복잡한 생각은 딱 질색이에요. 그래서 그렇지 않을까요? 그래도 나이가 있는데 흰머리가 하나도 없을 리야 있겠어요. 멀리서 보니까 그런 거죠."

옥아가 말을 마치고는 10년 전처럼 혀를 홀랑 내밀면서 얼굴을 붉혔다. 마치 상대에게 가까이 오라는 뜻 같기도 했다. 그녀도 그게 약간 부끄러운 듯 곧 두 손을 비비면서 고개를 숙였다.

늑민은 가슴속으로 깊은 한숨을 삼켰다. 이제 그와 옥아는 전처럼 격의 없이 환하게 웃으면서 마주볼 수 있는 사이가 아니었다. 예전처럼 길을 가다 야생화를 꺾어 수줍게 귀밑머리에 꽂아 줄 수 있는 사이도 아니었다. 그래도 10년 만에 다시 만난 옥아는 너무나 씩씩하고 명랑했다. 늑민은 그런 점이 오히려 당황스러웠다. 그만큼 옥아는 먹고 살아가기에 바빴다. 늑민에 대한 애틋한 감정 따위는 사치일 뿐이었다. 그것을 피부로 느끼자 늑민은 기분이 묘했다. 다행히 바로 그 덕분에 옥아에 대한 이름 모를 죄책감과 아픔, 그리고 가슴 절절한 그리움을 어렵지 않게 떨쳐 낼 수 있었다.

"자네는 여전하군. 속마음을 감추지 못하고 거짓이 없는 것이 말이네. 북경에는 전에 우리가 함께 만났던 사람들도 많은데 이 지경에 이르렀으면 그들을 찾든가 나를 찾아오든가 하지 그랬나?"

"그래도 이 떨어진 사발 들고 이 집 저 집 기웃거리는 신세는 면했잖아요. 삼시세끼 멀건 죽이라도 먹을 수 있다는 것에 만족해요. 제가 이 꼴을 해 가지고 찾아갔으면 창피하다고 내쫓았을 걸요?"

옥아가 대수롭지 않게 농담을 입에 올렸다. 동시에 먼저 깔깔 웃었다. 늑민 역시 두 손 두 발 다 들었다는 듯 손가락으로 옥아를 가리키면서 웃었다.

"그런데 여기는 어쩐 일이에요? 관가에 전염병이 돌아 도망쳐 왔어요? 아니면 시어詩語가 고갈돼 시 사냥을 나왔어요?"

늑민은 이때다 싶어 자신의 근황을 간단하게 들려줬다. 그리고는 덧붙였다.

"돈민 형제가 여러 차례 자네 이름을 말했으나 워낙 동명이인이 많은 지라 번번이 무심하게 들어 넘겼어. 그런데 결국 이렇게 만나게 되는군. 자네가 방경 형수님과 같이 있을 줄은 몰랐어. 자, 아직 식전이지? 안에 다 식사를 준비해놓았으니 어서 가보자고."

늑민과 옥아 두 사람은 모처럼 어깨를 나란히 하고 걸었다. 늑민은 그러면서 옥아의 근황에 대해 소상하게 물었다. 옥아의 남편은 쌍둥이를 포함한 세 아들을 두고 몇 년 전에 이미 저 세상 사람이 됐다고 했다. 다행히 집에는 손바닥만 한 땅뙈기도 있고, 방경의 식구들과 함께 살고 있어 가난하지만 적적하지는 않다고 했다.

두 사람이 함께 걷는 길은 너무 짧았다. 둘은 역관으로 들어가는 쪽문을 눈앞에 두고 약속이라도 한 듯 걸음을 멈췄다. 마음이 무겁기는 두 사람 다 마찬가지였다.

"옥아! 하고 싶은 말이 있는데, 해도 되는지 모르겠어."

저 멀리 숲을 바라보던 늑민이 한참 후 천천히 입을 열었다.

"무슨 말이 그래요? 말을 하고 싶으면 하고, 하기 싫으면 안 하면 되지! 우리가 언제 상대의 허락을 받아가며 말했어요?"

"……"

"……"

"옥아!"

"예."

"과거지사는 제쳐 두고 우리가 이렇게 다시 만난 것도 인연이 아니겠나? 뭐 다른 뜻이 있어서는 아니고 그저 힘들게 사는 걸 보니 안쓰러워 좀 도와줬으면 해서 말이야. 그래야 내 마음이 편할 것 같아."

"예? 저를 돕고 싶다고요? 뭘……, 어떻게요?"

늑민이 빙그레 웃으면서 입을 열었다.

"그렇게 도둑 쳐다보듯 보지 마. 자네 조상들도 전명前明 때 재상을 지내셨다는 걸 알고 있어. 피는 물보다 진하다고, 자네도 사족士族의 도도한 성품을 지녔다는 것도 알아."

늑민이 말을 마치고는 장화 속에서 1000냥짜리 은표를 꺼냈다.

"하지만 자네도 이번만은 내 체면을 좀 세워줬으면 해. 아무 소리 말고 받아 둬. 아이를 위해서도 급전이 필요할 수 있고, 설근형의 미망인과 아이도 보살펴줘야 할 게 아닌가. 땅을 좀 사서 일꾼들을 시켜 농사를 짓는 것이 애들을 떼어놓고 삯빨래를 하는 것보다야 낫지 않겠어? 나는 호광 순무로 발령이 났어. 총대 메고 금천 전사戰事에 투입될 수도 있어. 운이 나쁘면 다시 못 올 길이 될 수도……."

옥아가 바로 늑민의 말을 잘랐다.

"말이 씨가 된다고 했어요. 무슨 그런 흉한 소리를 하세요! 돈이야 주시면 받죠. 천 냥이 대수겠어요? 만 냥이라도 받을 수 있어요. 하지만 제다리가 성하고 두 팔이 멀쩡한 이상 아직 그 돈을 받고 싶지는 않아요!"

옥아가 계속해서 돈을 받지 않으려는 이유를 대려고 할 때였다. 갑자기 누군가 박수를 치면서 그들에게 다가왔다.

"아하, 진풍경이로군! 우리는 안에서 눈이 빠지게 기다리고 있는데 누구는 사랑싸움이나 하고!"

늑민과 옥아는 화들짝 놀라며 고개를 돌렸다. 측간에 갔다가 돌아오는 돈성이었다. 늑민이 말했다.

"간 떨어질 뻔했네! 그게 아니라……."

"됐네, 내가 다 들어서 알지!"

돈성이 여전히 히죽히죽 웃으면서 말을 이었다.

"어려운 상황에 처한 누군가를 위해 아무 조건 없이 흔쾌히 은자를 건네준다는 것이 얼마나 보기 좋은 일인가! 줄 때 군소리 말고 받아 넣으시게. 우리 형제와 전도도 다 생각이 있어! 우리 둘이 가지고 있는 걸 털어보니 은자 삼백 냥밖에 안되기에 역관에서 오백 냥을 꾸었어!"

옥아는 돈성의 말에 더 이상 고집을 부릴 수 없다고 생각했다. 결국 더 이상 마다하지 않고 늑민의 은표를 받았다. 돈성이 말했다.

"서쪽 별채에 들어 있는 제도 장군도 거칠고 교양이 없기는 해도 통은 크더군. 조설근의 부인이 어려움에 처해 있다는 말을 듣더니 즉석에서 삼천 냥짜리 은표를 방경 형수님에게 쾌척하는 게 아니겠어? 지금도 둘은 밀고 당기는 승강이를 벌이고 있을 거야."

늑민은 돈성, 옥아와 함께 역관으로 들어갔다. 과연 동쪽 모퉁이 방에서 제도의 지독하게 굵고 갈라진 목소리가 들려왔다.

"부인, 왜 이러시오? 사람 마음을 너무도 몰라주시니 이것도 야속하구면. 나는 비록 무장이지만 《삼국연의》, 《수호전》, 《홍루몽》을 다 읽었어요. 모르는 글씨가 있으면 막료에게 읽어달라고 하거나 방금처럼 창唱을 통해서 다 읽었다는 말이에요. 지난번 폐하께서는 내가 기서奇書들을 다' 읽었다고 하니 대단히 흡족해하시면서 '유장'儒將이라고 치하하셨다는 거 아니오!"

늑민과 돈성은 제도의 말에 마주 보며 조용히 웃었다. 그리고는 옥아를 데리고 들어갔다. 탁자 위에는 과연 은표 몇 장과 종이에 싼 은자가 몇 무더기나 놓여 있었다. 곧 앉은키도 웬만한 사람의 키보다 큰 흑룡강 장군이 천천히 부채질을 하면서 득의양양한 표정으로 말했다.

"흥, 봉천 장군 다라多羅가 먹물을 먹었으면 얼마나 먹었겠어요? 툭하면 나를 '사이비 풍류'라고 비웃는데 오줌 물에 자기 꼴이나 비춰보라지!"

"모두가 장군처럼 독서에 열을 올린다면 성세의 문치文治는 순풍에 돛단 듯 흥기하지 못할 이유가 없겠네! 제도 장군! 나를 모르겠나? 지난번 운송헌에서 내가 폐하께 금천 전사에 대해 상주하고자 하는데 나를 밀치고 먼저 나서지 않았는가. 멀리 흑룡강에서 온 사람이 먼저 상주해야 한다면서 승강이를 벌였던……."

늘민이 박수를 치면서 웃는 얼굴로 말했다. 그제야 제도가 손가락으로 늘민을 가리키면서 연신 고개를 끄덕였다. 그리고는 호탕하게 웃었다.

"기억나고말고! 폐하께서 우리 둘의 만주 성姓을 하문하셔서 둘 다 같은 기旗 소속이고, 똑같이 과이가瓜爾佳씨라는 사실을 알게 되지 않았는가. 아까 늘 중승이라던 사람이 알고 보니 늘민 아우였구나! 자식, 잘 있었어?"

늘민도 제도의 악의 없는 반말에 웃으면서 화답했다.

"그래, 보다시피. 자식아!"

늘민과 제도의 장난기 다분한 모습에 좌중의 사람들은 모두 폭소를 터트렸다. 그러나 방경과 옥아 두 여인은 그런 자리가 다소 불편한 듯 말이 없었다. 그 사실을 눈치챈 전도가 바로 끼어들었다.

"우연치고는 참 잘들 만났어요. 우리는 설근 형의 지기들이고, 옥아 그대는 늘 중승과 뜻 깊은 해후를 했으니 말이에요. 제도 장군은 설근 형을 경배하는 열혈 독자예요. 그러니 우리 모두 자신의 능력 안에서 십시일반으로 도와 드리려고 하는 거예요. 방경 형수님도 그렇고 두 분께서 흔쾌히 받아 주셨으면 해요!"

방경이 드디어 고개를 끄덕였다. 그러자 돈성이 환하게 웃었다.

"진작 그렇게 나오셔야죠! 제도, 자네는 아직 모르지? 자네를 '사이비 풍류'니 어쩌니 하면서 꼴값 떤다고 하던 그 다라 말이야. 그자는 지난번 북경에 왔다가 여러 패륵, 황자들과 윤계선, 우리 형제, 계선의 벗들까지 가득 모인 자리에서 주령酒令을 잘못 이어서 개망신 당할 뻔했지 뭐야. 다행히 윤계선의 도움으로 난감한 처지는 면했지. 오죽 진땀을 뺐으면 끝나고 나서 고맙다면서 윤계선에게 은자 천 냥을 내놓았겠어?"

"하하, 참기름을 마신들 이보다 더 고소할까! 과연 그런 일이 있었다는 말이지?"

제도가 박수를 치고 다리를 들썩거리면서 크게 웃었다. 이어 찻잔을 들어 꿀꺽꿀꺽 마시고는 손등으로 입을 쓰윽 닦더니 물었다.

"대체 무슨 주령이었기에 천하의 다라 장군을 난처하게 만들었다고 하던가?"

돈성은 제도가 성격이 솔직하고 호탕한 것 같아 편하게 말했다.

"다라에게 가서 이르지는 말라고. 그날은 '홍紅'자가 들어간 시구 잇기 놀이를 했지. 그때 누군가가 《홍루몽紅》에 나오는 '홍진紅塵 세계 헤매기를 몇몇 해던가'라는 말을 했어. 그 뒤를 이어 '석양은 몇 번이나 붉게 물들었던가', '단풍은 이월의 꽃보다 붉구나' 하는 등등의 대구들이 나와서 무난히 차례를 넘겼지. 그러다 다라 장군 차례가 됐어. 그러자 그는 당황해서 어찌할 줄 몰라 하더니 '버드나무 꽃가루가 날아드니 하늘땅이 온통 붉은 옷을 입었네'라고 허튼소리를 하지 않았겠나? 버드나무 꽃가루는 솜털처럼 흰색인 것을 세 살 먹은 아이도 다 아는 일인데 말이야!"

제도는 돈성의 말에 박수를 치는 것도 모자라 발까지 구르면서 박장대소했다. 웃음소리가 얼마나 큰지 옆에 앉은 사람의 고막이 터질 지경이었다.

"하하하! 저런! 그 사람은 원래 흰 것도 빨갛다고 하고 지나가는 방귀도 자기 방귀라고 우기는 자야!"

제도의 말에 좌중의 사람들이 다시 한 번 웃음을 터뜨렸다. 돈성이 다시 말을 이었다.

"다라 장군이 무안해서 얼굴이 빨개지니까 윤계선이 나섰어. 이건 고사기가 쓴 시의 한 구절이라고 못을 박아 사람들의 입을 막아버렸지. 그건 그렇고, 제도 장군! 나는 오늘 장군을 처음 만났지만 큰 감명을 받았어. 어려운 처지에 있는 사람을 흔쾌히 도와주는 것이야말로 진짜 영웅의 본색이 아니겠나? 누가 뭐라고 해도 제도 장군은 멋진 사람이야!"

제도는 칭찬에 약한 사람답게 입이 함지박만큼 찢어졌다. 아주 어쩔 줄을 몰라 하며 좋아했다. 그러나 늑민은 이렇게 마냥 시간이 흘러가는 것이 안타까웠다. 더구나 옥아와 방경은 아직 식전이라 배가 고플 터였다. 결국 늑민은 몇 번이고 창밖의 해를 확인하고는 시계를 꺼내 들여다보는 동작을 취했다. 그러나 제도는 눈치를 못 채는 것 같았다. 결국 늑민은 직접 나설 수밖에 없었다.

"배부른 사람은 배고픈 사람의 사정을 모른다는 말이 이래서 나온 것 같아. 우리는 술과 음식을 배불리 먹었으니 웃고 떠들면서 시간가는 줄 모르나 옥아와 방경 형수님은 아직 식전인데 얼마나 배가 고프겠어! 제도 형, 우리는 조금 있다 설근 형이 묻힌 곳을 찾아보고 다시 성으로 돌아갈 거야. 형도 오늘 올라갈 거면 같이 가도 되겠네. 내일 내가 집에 초대할 테니 그때 좋은 얘기를 더 나누는 게 어떻겠어?"

제도가 늑민의 말에 으스대듯 금시계를 꺼내 높이 들고 바라봤다. 그러다 얼굴이 하얗게 변하더니 고함을 질렀다.

"벌써 이렇게 됐어? 미시末時가 넘었네! 저녁에 아계 중당을 찾아뵙겠다고 했는데 늦어서 큰일났어. 나 먼저 가봐야겠어."

제도가 서둘러 좌중을 향해 읍을 했다. 특별히 방경에게는 계수稽首의 예를 갖추고 나서 덧붙였다.

"북경의 우안문右安門 북가北街에 제 집이 있어요. 제가 없더라도 집사들이 항상 집을 지키고 있을 거예요. 부인께서 급한 도움이 필요하시면 그들을 찾아가세요!"

제도가 정중히 말을 마치고는 익살스레 웃었다. 이어 좌중을 향해 한쪽 눈을 찡긋했다.

"북경에서 또 보자고!"

제도의 말이 끝나고 나서야 비로소 좌중의 사람들은 수십 명의 친병과 막료들이 대오를 정렬한 채 뜰에서 그를 기다리고 있었다는 것을 알게 되었다. 친병들은 그가 밖으로 나서자 패검 부딪치는 쳇소리를 요란하게 내면서 군례를 올렸다. 제도는 그런 친병들에게는 시선을 주는 둥 마는 둥하면서 손사래를 쳤다.

"자, 불볕 속을 행군해야 하니 서두르지!"

늑민 등은 제도를 배웅하기 위해 밖으로 나왔다. 이어 뽀얀 먼지를 일으키면서 쾌마가편의 기세로 달려가는 그의 모습이 시야에서 사라질 때까지 배웅하고는 다시 역관으로 돌아왔다. 방경과 옥아는 그제야 늦은 점심을 먹기 시작했다. 얼마 후 밖으로 나온 돈민이 말했다.

"밥을 먹고 좀 쉰 다음에 설근에게 가보지. 그리고 바로 북경으로 돌아가면 되겠네. 제도가 뜻밖에 저리 통 크게 나온 덕분에 은자가 꽤 모인 것 같네. 돈만 던져주면 그만인 건 아니니 어디에 어떻게 사용하는 것이 바람직할지 우리가 계획을 짜줘야 하지 않을까?"

이렇게 해서 늑민 등 네 사람은 방으로 들어가지 않고 바람이 잘 통하는 복도에서 머리를 맞댔다. 그날 모인 돈을 계산해보니 놀랍게도 십시일반으로 모은 은자가 총 4800냥이나 됐다. 돈민 형제와 늑민은 재무에 문외한이라면서 모두 전도에게 계획을 짜보라고 권했다. 전도는 재무에 능통한 사람답게 전혀 사양하지 않고 곧바로 자신의 생각을 털어놓았다.

"우선 삼백 냥으로는 집을 수리하는 것이 좋겠어. 이어 오백 냥은 은호銀號(일종의 은행을 의미함)에 저축을 해놓도록 하지. 또 오백 냥으로는 가축, 농기구와 종자를 구입하고 창고를 짓는 것이 좋을 것 같아. 나머지 삼천오백 냥으로는 근처의 토질 좋은 땅을 구십 무畝 정도 살 수 있어. 그러면 굶을 걱정은 하지 않아도 될 거야."

전도는 단 한 푼도 헛되이 낭비되지 않도록 조목조목 계획을 세워줬다. 그의 말대로만 된다면 두 여인과 아이들이 함께 살아가는 데 전혀 지장이 없을 듯했다. 전도가 마지막에 몇 마디를 덧붙였다.

"두 형수님은 정직하고 분명하신 분들이라 재산을 두고 옥신각신하는 일은 없겠으나 후세들을 위해서라도 재산 명세를 분명히 해두는 게 좋겠어. 원래 '이'利자에는 '칼' 도刀자가 옆에 세워져 있지 않은가."

"나무아미타불! 적어도 삼십 년 동안은 굶을 일이 없겠네! 그런데 지금 두 사람이 이와 이빨 사이처럼 깊은 우애를 나누고 있는데, 근량斤兩을 칼같이 가르게 만드는 것이 좀 그러네. 그런 말을 하기는 어려울 것 같은데……."

늑민이 《홍루몽》의 한 구절로 안도의 심정을 표하면서 합장을 했다. 돈민 역시 공감한다는 표정을 지었다. 그러나 돈성은 달랐다.

"그게 뭐가 대수야? 다들 차마 말을 못하겠으면 내가 할게."

늑민을 비롯한 네 사람의 쑥덕공론이 그렇게 아직 끝나지 않았을 때였다. 방경과 옥아가 밥을 다 먹고 밖으로 나왔다. 옥아가 먼저 입을 열었다.

"머리만 맞대면 뭘 해요. 목소리가 어찌나 큰지 안에서도 토씨 하나까지 다 들리더군요. 은자만 주시면 다른 건 염려하지 않으셔도 돼요.

우리는 네 것 내 것 따지면서 옥신각신하는 사이가 아니에요. 팔자에도 없는 재물이잖아요? 말씀하신대로 땅이나 좀 사서 뽕나무를 심고 방직기계를 몇 대 들여놓은 뒤 비단을 짜서 팔면 돼요. 그리고 해마다 이 근처에는 고장이 나서 오도 가도 못하는 조운 선박들이 백 척이 넘으니 배를 수리하는 대장간을 운영하는 것도 괜찮지 않을까요? 한낱 허황된 생각일까요? 황실에서 원명원 재건축에 이미 첫 삽을 떴다고 하니 앞으로 벽돌과 석재가 얼마나 많이 필요할지 몰라요. 벽돌을 구워 팔아도 돈이 되고 채석장을 만들어도 먹고 사는 건 충분하지 않겠어요? 앞으로 벌어들인 돈을 우리가 어떻게 배분할지는 우리에게 맡겨주세요. 귀하고 다망하신 대인들에게 더 이상 폐를 끼쳐드릴 수는 없으니까요."

옥아의 생각은 참으로 현명했다. 좌중의 사람들은 그녀의 말을 듣고는 다들 얼굴이 환해졌다. 돈성이 기쁨에 젖은 목소리로 전도에게 말했다.

"자네의 고명한 삼책三策을 써먹으려고 했더니 반책半策도 못 써먹게 생겼군!"

전도가 즉각 말을 받았다.

"나는 걷는데 형수님들은 달리고 계시네요. 나는 그저 자급자족이나 할 계획을 세웠으나 형수님들은 돈을 불릴 쪽으로 생각하시는군요! 고양이 머리인줄 알고 잡았더니 호랑이 꼬리인 격이네요. 대단한 분들인 것 같습니다. 방금 말씀하신 세 가지 가운데 어느 것을 택해도 잘 될 겁니다. 두 손 들었습니다!"

돈민도 한마디 했다.

"돼지 잡을 때 꼬리부터 떼어내는 사람이 있듯 사람의 생각은 다 제각각이지. 몽고족은 부富의 척도를 목장과 가축에 두지만 한족들은 땅과 저택을 얼마나 소유하고 있느냐를 가지고 비교하지. 서남 지역에 노족노족族이라는 무리가 있어. 그런데 그들은 누구 집 대문에 소머리가 얼마나 많이 걸려 있느냐로 부자를 뽑는다고 들었어. 강남과 절강 일대에서는 부자의 기준이 가게 규모와 방직기 수량이라고 하고. 지난번 부상이 그러는데 영국 사람들은 화륜火輪과 철선鐵船의 소유 여부가 빈부의 척도라고 하더군. 러시아 사람들은 전부 쇠로 철길을 놓는다고 하더군! 누구 집 대문 앞으로 철길이 뻗어 있는가를 따진다는 거야. 세상에는 우리가 전혀 상상도 하지 못하는 천기백괴千奇百怪가 있는 것 같아."

능민도 한마디 하지 않을 수 없었다.

"그렇기는 하나 역시 '만법귀일'萬法歸一(모든 진리는 하나로 통합)이라는 말이 정답이야. 그래도 공맹지도孔孟之道가 일월이 사해를 두루 비추듯 어디에 대입해도 틀림없는 진리라는 얘기지. 농사꾼은 농사를 짓고 장사치는 장사를 하는 등 사람은 근본을 잊어서는 안 된다고 봐."

"그렇다면 자네의 근본은 '공맹지도'를 좇아 거인, 진사, 장원이라는 명성을 거두는 것인가? 그리고 재상 자리에 올라 일인지하, 만인지상의 위력을 행사하다가 더 오를 데가 없어지면 거꾸로 곤두박질치고? 참 재미있군."

돈성이 능민의 말에 갑자기 야유 섞인 어투로 대꾸했다. 능민은 예기치 못한 돈성의 날카로운 반격에 잠시 할 말을 잊었다. 그러나 상대는 금지옥엽의 황실 자손이었다. 친구이기는 했으나 함부로 대할 수는 없었다. 게다가 이런 얘기는 얼굴을 붉히고 언성을 높이면서까지 반론을 펼 것도 아니었다. 급기야 그가 억지로 웃으면서 말했다.

"됐어. 좋은 게 좋은 거지. 형수님, 이제 그만 설근 형이 묻힌 곳으로 가 보죠. 시간이 별로 없네요."

방경과 옥아를 따라 역관을 나선 능민 등 네 사람은 주변 가게에서 향촉, 지박紙箔, 주사朱沙, 기도문을 쓴 황색 종이와 술 한 병을 구입했다.

이어 오던 길을 되돌아갔다.

조설근의 옛집이 있는 곳에서 동쪽으로 조금 떨어진 곳에는 백양나무가 몇 그루 서 있는 언덕이 있었다. 일행은 방경을 따라 그 언덕 위에 올랐다. 이어 허리를 넘는 잡초를 헤치고 안쪽으로 들어갔다. 그러자 그속에서 평평한 주변과 달리 조금 봉긋하게 솟은 무덤이 보였다. 무덤 위에는 풀이 있었다. 그러나 그것은 사방에 흉물스럽게 자란 잡초들과는 달리 누군가가 정갈하게 심어놓은 마늘 모양의 지모초知母草였다. 네 사람은 전에 조설근의 집 앞뜰에서도 지모초만 심은 약재 밭을 본 적이 있었다. 그래서 방경이 심어놓았다는 것을 짐작할 수 있었다. 물론 그 이유에 대해서는 누구도 묻지 않았다.

석양이 내려앉은 나무 사이로는 새들이 재잘대며 노래를 부르고 있었다. 허리를 넘는 풀숲에서는 벌레들의 합창이 한창이었다. 하얀 띠처럼 동쪽으로 굽이굽이 흐르는 주변의 시냇물은 석양에 반사돼 마치 물고기의 비늘처럼 반짝거리고 있었다. 순간 하늘을 찌를 듯 우뚝 솟은 아름드리 백양나무의 잎이 바람에 스치는 소리가 들렸다. 그 소리는 매미의 긴 울음소리와 한데 어우러져 묘한 화음을 만들어내고 있었다. 사람들은 그 속에서 마치 자연과 하나가 되는 느낌이었다. 모두들 아무 말도 하고 싶지 않았고 굳이 할 말도 없었다.

"설근 형, 우리가 형을 보러 왔어."

돈성이 먼저 쭈그리고 앉아 무덤 위의 지모초를 조심스레 쓰다듬었다. 이어 향촉에 불을 붙이고 준비해간 노란 종이돈을 태웠다. 방경은 무릎을 꿇은 채 종이돈을 한 장씩 불 속에 집어넣었다.

"가난한 집에 초상이 나면 개도 안 들여다보는 한심한 세태라고 하지만 당신은 억만금보다 더 소중한 재산을 남기고 가셨어요. 당신이 미처 교정을 못 보고 남겨놓은 원고를 하지何之 선생 아드님이 금릉金陵으로 가지고 가서 책을 만들고 있대요. 올 가을에 견본이 나온다고 하니 이 얼마나 고마운 일이에요? 그뿐입니까? 돈민, 돈성 형제분과 늑 중승, 전도 대인 그리고 덕이 깊고 선량한 제도 장군까지 아무 조건 없이 우리 모자를 도와주시네요. 당신도 땅속에서 다 지켜보고 있으리라 믿어요."

방경이 한참을 얘기하다 감정에 북받친 듯 어깨를 들썩였다. 그리고는 말을 잇지 못했다. 그러자 방경의 옆에 무릎 꿇은 옥아가 합장을 했다.

"설근 선생, 선생이 떠나신 그 날 저는 관음보살님 앞에서 이 목숨 붙어 있는 그날까지 방경과 조카를 잘 보살펴드리리라 발원을 했습니다. 내 새끼들을 굶기는 한이 있더라도 절대 선생의 미망인과 아이를 배곯게 하는 일은 없을 것이니 염려 마시고 고이 잠드시옵소서."

옥아의 뒤를 이어 다른 사람들도 조설근의 무덤에 술을 부었다. 동시에 정중히 예를 갖춘 다음 산 사람을 대하듯 도란도란 이 얘기 저 얘기 한마디씩 했다. 그때 전도는 뒷짐을 진 채 주변을 둘러보기에 여념이 없었다. 예전에 풍수지리의 달인이었던 고기탁高其倬과 같이 일하면서 풍수에 대해 어깨너머로 보고 귀동냥해 들은 바 있었기 때문에 조설근의 묘 터를 살펴본 것이었다. 그가 두 눈을 굴리면서 흙을 손으로 만져보고 입에 조금 넣어 혀끝으로 씹어보더니 입을 열었다.

"지세를 살펴보니 연산燕山 지맥地脈에서 내려온 용조龍爪 땅이라 묘 터로는 더할 나위 없이 좋아요. 흠이라면 흙 속에 모래가 섞여 있는 것이에요. 그러니 무덤 앞에 돌비석을 하나 세워두면 좋을 것 같네요. 지금은 나무로 대충 묘비라고 세웠는데 이건 안 되오."

옥아가 바로 말을 받았다.

"설근 선생이 돌아가시고 나서 방경은 한동안 인사불성이었죠. 설상가상으로 《홍루몽》에 불순한 내용이 들어 있어 조정에서 감사가 있을 거라는 흉흉한 소문까지 나돌았어요. 그랬으니 인근에 살고 있던 조씨 친척들은 전부 이사를 가버렸어요. 그래서 여자의 몸으로 어찌할 수가 없어서 나무판자를 하나 가져다 꽂아뒀던 거예요."

전도가 알겠다는 듯 고개를 끄덕이더니 더 이상 아무 말도 하지 않았다.

"설근 형과 이승에서의 인연은 끝났으나 그래도 멋진 스승을 뒀다는 것에 위로를 삼습니다. 며칠 뒤면 우리 두 형제는 다시 산해관山海關으로 돌아가게 될 겁니다. 그때 이쪽으로 돌아가면서 한번 들르겠습니다. 전도와 늑민 두 사람도 이제 곧 남쪽으로 내려가게 됩니다. 그러나 우리 모두가 북경에 집이 있으니 무슨 일이 있으면 집으로 소식을 알리도록 하세요. 가족들이 잘 대해줄 겁니다. 그럼 오늘은 이만 헤어져야겠습니다."

돈민이 저물어가는 해를 바라보고는 긴 한숨을 내쉬면서 방경과 옥아 두 여인에게 말했다. 돈성과 전도 역시 두 손을 들어 읍을 하고는 잇따라 말에 올라탔다. 늑민은 가장 마지막으로 말에 오르면서 방경과 나란히 서서 두 손을 맞잡고 깍듯이 인사하는 옥아를 지그시 바라봤다. 그리고는 감개에 젖은 표정으로 한숨을 내쉬면서 고삐를 당겼다.

"가자고!"

장가만에서 북경의 내성內城까지 오는 데는 무려 세 시간이나 걸렸다. 그랬으니 늑민을 비롯한 네 사람이 동직문東直門에 다다르자 주변은 벌써 어둑어둑해져 있었다. 서쪽으로 거의 다 넘어간 해가 하늘을 보랏빛으로 물들이고 있었다. 네 사람은 천천히 고삐를 당겨 멈춰 섰다. 솔직히 말해 그들은 같은 길을 가는 사이는 아니었다. 오직《홍루몽》이라는 작품과 조설근이라는 문인을 좋아한다는 이유만으로 인연을 쌓게 된 사람들이었다. 그러니 이날 이후부터는 각자의 위치로 돌아가 깊이를 알 수 없는 관계官界의 물결에 휩쓸려 어떤 부침을 겪게 될지 몰랐다. 언제 다시 만날지 알 수 없었기에 석별의 정이 더욱 애틋했다. 그러나 네 사람은 다들 뭐라고 해야 할지 몰라 착잡한 마음에 한참동안 서로를 바라보며 서 있기만 했다. 얼마 후 돈성이 먼저 잿빛 하늘을 이고 있는 우중충한 전루箭樓를 가리키며 침묵을 깼다.

"서직문의 저녁 까마귀는 유명하지. 여기서 동직문을 보면 서직문에 비해 추호도 손색이 없는데 말이야. 저기, 저기를 좀 봐! 까마귀 무리가 새까맣게 떼 지어 오르내리는 게 마치 무덤 앞 잿더미가 바람에 날려 떠다니는 것 같지 않아?《홍루몽》에 '낙홍落紅(낙화)이 분분하다'라고 했는데, 이건 '낙흑落黑이 분분하다'라고 해야 하나? 그럼 우리도 까마귀 무리를 따라 인육연人肉宴이나 찾아갈까?"

돈민이 그의 말을 받았다.

"혀가 너무 자유로우면 큰 코 다치는 수가 있어. 나는 피곤해서 그만 들어가야겠네. 다들 기윤 공 댁으로 갈 건가? 그렇다면 희주喜酒를 마시러 못 가게 돼서 미안하다고 대신 전해줘."

늑민도 입을 열었다.

"나는 아계 중당과 미리 약속이 되어 있어서 어쩔 수가 없네. 여러분은 가서 재미있게 놀다 와."

전도는 잠시 망설였다. 피곤하기도 했으나 안 가자니 마음이 편치 않았던 것이다.

'근래에 폐하께서는 단독으로 나를 접견하는 경우가 손에 꼽을 정도로 줄어들었어. 혹시 그게 성총이 식었다는 방증은 아닐까? 아니면 다른 이유라도 있는 걸까?'

전도는 내심 그렇게 걱정이 됐다. 그래서 몇몇 군기대신들을 찾아가 은근슬쩍 내막을 알아보고 싶기도 했다. 그러나 기윤은 예부를 관장하는 데다 최근 들어서는《사고전서》편수작업에 빠져 정신이 없었다. 더구나 그는 부무部務나 황제의 근황에 대해 물어볼라치면 미꾸라지처럼 요리조리 핵심을 피해가는 사람이 아닌가. 그의 입에서 '쓸 만한' 소리를 건져낸다는 것은 하늘에 오르는 것보다 더 힘든 일이었다. 아계 역시 마찬가지였다.

그는 사실 남에게 말 못할 혼자만의 걱정이 있었다. 사실은 자신이 털어서 먼지 안 날 정도로 당당한 입장이 못 되는 탓이었다. 굳이 따지자면 그건 고항 때문이라고 할 수 있었다. 고항은 조정의 금기를 무시하고 사사로이 구리 1만근을 유용하려고 했다. 그러기 위해서는 호부의 증명이 필요했다. 전도는 그걸 몰래 도와줬다. 그 대가로 고항에게서 횡령액의 3할에 해당하는 이득을 챙겼다. 물론 그는 그게 위험한 일인 것을 알고 있었다. 유통훈 부자가 천자검天子劍에 왕명기패王命旗牌까지 동원해 강남 지역에서 은밀하게 관리들의 뒷조사를 하고 있는 것도 잘 알고 있었다. 유명무실한 일부 흠차들과는 비교할 수도 없는 두 사람에게 덜미를 잡히는 날에는 영락없이 고항의 희생양으로 매장될 판이었다. 전도는 거기까지 생각이 미치자 땀으로 끈적끈적한 등골에 소름이 쫙 돋았다. 그가 그렇게 생각을 하고 있을 때 돈민 형제는 이미 말을 타고 저만치 멀어져 가고 있었다. 전도는 기윤에게 눈도장을 찍어 나쁠 게 없다고 판단하고는 부랴부랴 돈민 형제의 뒤를 따랐다.

늑민이 아계의 집 앞에 도착했을 때 몇몇 군인들이 촛불을 밝히고 등롱을 거느라 바삐 움직이고 있었다. 그때 하마석 옆에서 두 손을 비비면서 초조하게 기다리고 있던 막료 우림尤琳이 그를 발견하고는 박수까지 치면서 반겼다.

"어서 오십시오, 늑 중승! 목이 빠지게 기다리고 있었습니다! 우리 친병들과 늑 중승의 가인들이 총출동해 북경성을 이 잡듯 뒤졌습니다. 그런데도 중승 대인을 못 찾았지 뭡니까! 아계 군문께서 단단히 화가 나셨어요. '늑민이 토행손土行孫(땅 밑에서도 자유자재로 이동이 가능하다는 전설 속의 인물)이라도 된 건가? 술시戌時까지 나타나지 않으면 땅을 갈아엎어서라도 끄집어내라'라고 하셨어요!"

늑민이 우림의 말에 크게 웃었다.

"사적인 만남을 늦었다고 군법으로 다스리려고? 성미도 참 급하시군."

늑민은 채찍을 우림에게 던져주고는 대문 안으로 들어갔다. 우림이 뒤따라가면서 나지막하게 말했다.

"늑 중승, 오시는 길에 구문제독아문에서 나온 수비군이 쫙 깔려있는 걸 못 보셨습니까? 폐하께서 안에 계십니다. 조혜와 해란찰도 불러와 만나실 거라는 어지가 계셔서 벌써 사람을 보냈습니다. 약속시간에 늦지 않아 다행입니다!"

늑민은 우림의 말에 무겁게 내려 앉아 있던 눈꺼풀이 휙 뒤집어지는 것 같았다. 몰려오던 졸음이 순식간에 사라졌다. 그는 정신을 바짝 가다듬은 채 우림을 따라 서화청으로 향했다. 담벼락과 통로 양측에 시위와 친병들이 수풀처럼 빽빽이 서 있었다. 늑민은 그러나 건륭의 하문에 답변할 생각만 하느라 주위를 둘러볼 경황이 없었다. 월동문 서쪽의 꽃울타리를 지나자 과연 건륭의 목소리가 들려왔다.

"윤계선을 북경으로 불러오는 것은 바람직하지 않네. 그는 지금 외임군기대신의 신분으로 서안西安에 가 있네. 감숙성과 섬서성의 군무도 정돈하고 금천의 전사에도 계책을 마련해 대응할 겸 해서 말이네."

문 앞에는 화신和珅이 서 있었다. 그는 눈치가 비상한 사람답게 늑민이 미처 입을 열기도 전에 안으로 들어가 아뢰었다. 잠시 후 안에서 건륭의 목소리가 들렸다.

"들라 하라!"

"신 늑민이 폐하께 문후 여쭙사옵니다!"

늑민은 들어가자마자 엎드려 머리를 조아렸다. 그리고는 고개를 들고 장내를 살펴봤다. 건륭은 책상을 마주하고 가운데 앉아 있었다. 그 옆에는 얼음을 담은 커다란 대야가 세 개나 놓여 있었다. 아계와 부항은 나무걸상에 숙연히 앉아 건륭의 말에 귀를 기울이고 있었다. 건륭이 손짓으로 늑민에게 앉으라고 명하고는 말을 이었다.

"윤계선은 금천 전사가 끝나는 대로 다시 남경으로 돌아가 양강 총독을 맡아야 하네. 경들도 알다시피 양강 지역은 조정 재원의 삼분의 이를 책임지는 곳이네. 그만큼 양강은 우리의 생명줄이나 다름없는 곳이지. 김홍이 다른 곳에서는 능력 있는 관리라는 평을 받았을지 모르나 양강을 떠맡기에는 역부족이었네. 그가 윤계선을 본받고자 선비들을 널리 사귀고 우아하고 기품 있는 수양을 쌓으려고 갖은 노력을 다한다고 들었네. 그러나 호박에 줄을 긋는다고 수박이 되지는 않네. 그는 그러느라고 이치吏治를 게을리 했어. 그래서 문제가 생긴 것 같네. 기윤에게 가보게, 김홍의 관할 구역인 강남 도서채방국에서 올려 보낸 도서들 중에 불량서적이 얼마나 많은가! 김홍은 잠시 남경에 뒀다가 북경으로 부를 것이네. 그리고 윤계선은 다시 원위치에 복귀시킬 것이니 그리 알게."

부항이 건륭의 말이 끝나자마자 앉은 자리에서 몸을 숙여 보이고는 조심스레 아뢰었다.

"역시 폐하께서는 심모원려하시옵니다. 양강 총독은 확실히 범상한 관리들이 감당할 수 없는 자리로 윤계선이 적임자라고 사료되옵니다. 다만 신은 북경에 유능한 사람이 부족한 것 같아 걱정이옵니다. 워낙 업무가 많고 복잡한 데 비해 군기대신의 수가 너무 적습니다. 신이 가을 이후 금천으로 출병하고 나면 아계 혼자서는 감당하기 어렵지 않을까 하는 염려 때문에 그리 주청을 올렸던 것이옵니다."

"대사는 짐이 결정짓고 아계는 나머지를 알아서 신중하게 처리하면 될 걸세. 경이 금천에 간 뒤에도 분초를 다투는 일만 아니라면 경과 아계, 윤계선이 서로 긴급 서찰로 의사를 주고받을 수도 있지 않겠나."

건륭이 말을 하다 말고 빙그레 웃었다. 이어 장황하게 덧붙였다.

"경이 진짜로 하고 싶은 말이 뭔지 짐은 알고 있네. 과실도 너무 농익으면 떨어지듯 윤계선도 강남에 너무 오래 있었다 이거지? '강남왕'江南王이니 어쩌니 하는 허튼 소문을 퍼뜨려 그를 매장시키려고 드는 무리도 있다는 걸 짐도 알고 있네. 그 때문에 윤계선은 여러 차례 주장을 올려 하소연을 했네. 짐이 근거 없는 뜬소문 때문에 심기를 다쳐 그에게 불이익이라도 줄까봐 걱정이 되나 보더군. 그래서 짐이 지난번에 그랬네. 내 몸이 바른데 그림자가 비뚤어진다고 해서 두려워 할 게 뭐가 있느냐고 말일세. 이번에 외임 군기대신의 신분으로 서안西安에 보낸 것도 그의 '걱정병'을 치료해 주기 위한 목적도 있다고 했네. 유관流官은 왕으로 봉할 수 없다는 국가의 제도상 어쩔 수 없는 일이지만 솔직히 그가 여태까지 쌓아온 공적으로만 따진다면 군왕으로 봉하고도 남음이 있네! 윤계선 같은 불세출의 인물이 뜬소문에 주눅이 들어서야 아니 되지!"

건륭이 찻잔에 손을 가져갔다. 그러자 아계가 황급히 주전자를 들어 차를 따르고 나서 아뢰었다.

"지난번에 신은 호부에서 계선 공을 만난 적이 있사옵니다. 신이 농담으로 이런 말을 했사옵니다. '동해東海 바다에 백옥상白玉床이 모자라면 용왕도 금릉왕金陵王에게 빌린다고 했습니다. 공은 혹시 폐하께 백옥상을 바치러 왔습니까?'라고 말이죠. 그러자 계선 공이 안색이 새하얗게 질리면서 농담도 그렇게 하면 안 된다고 손사래를 쳤사옵니다. 그러면서 하는 말이, 물이 고이면 썩는다면서 이번원理藩院에서 일하고 있는 자신의 아들 경계慶桂를 고북구古北口로 보내 혹독한 훈련을 시키고 싶다고 했사옵니다. 폐하께서 필요하실 때 도움을 드릴 수 있는 능력을 키워야 한다면서 이번원에 엉덩이를 붙이고 앉아 무골충이 되는 걸 좌시할 수 없다고 했사옵니다."

건륭이 아계의 말에 고개를 끄덕이면서 미소를 지었다. 이어 비로소 능민을 향해 입을 열었다.

"이보게, 장원! 어디 회문會文이라도 하러 갔었나? 아니면 풍류를 즐기러 갔었나? 조금만 늦었더라면 아계가 순천부에 명해 북경의 팔대 골목을 다 뒤집어엎을 뻔했네."

"신은 가끔 당회堂會(연극) 구경을 가는 경우는 있사오나 감히 기방 근처에는 발을 들여놓은 적이 없사옵니다. 성조 때 회춘루會春樓에 드나들다가 범시첩范時捷 대인에 의해 개망신을 당한 을미과乙未科 장원 갈영환葛英煥처럼 되고 싶지는 않사옵니다. 밤중에 기생 이불속에서 뒹굴다 홀랑 벗은 채로 순천부에 끌려오는 꼴이란 상상만 해도 끔찍하옵니다."

능민의 말은 진심이었다. 늘 긴장하고 한 치의 어긋남도 없이 살아야 한다는 것이 그의 철학이었다. 조금 전 궁전에 들어설 때도 자신이 늦었다는 사실에 긴장과 불안함에 손에 땀을 쥐었다. 그러나 군신 간에 다정하고 격의 없는 대화가 오가는 평화로운 모습을 보게 되자 마음이 점차 진정되었다. 건륭도 무척 기분이 좋은지 시종 미소를 짓고 있었다. 급기야 그가 힘을 얻은 듯 침착하게 말을 이었다.

"신이 호광 순무 서리로 발령이 났다는 소문이 어느새 퍼졌는지 벌써 이런 저런 청탁을 넣으러 몰려드는 무리들로 문턱이 닳아 떨어질 지경이옵니다. 마치 새벽장이 서는 저잣거리를 방불케 하옵니다. 오늘은 한양 도대로 발령 난 초로가 초대장을 보내왔사옵니다. 그러나 아무리 생각해봐도 박주산채薄酒山菜에 부담 없이 술잔을 기울이고 올만한 곳이 아닌 것 같아 성 밖으로 도망갔었사옵니다."

건륭이 말을 받았다.

"꼬리가 빳빳해져서 도망갔던 게로군! 경들의 입에서 초로라는 이름이 하도 많이 거론되기에 대체 어떤 자인지 무척 궁금했네. 그래서 짐이 고공사考功司에 알아보니 능력은 별로이나 성품이 바르고 본연의 업무에 게으름이 없고 팔자에 없는 재물을 탐내지 않는 자라고 하더군. 부항, 경이 천거한 자라고 하던데 사실인가?"

부항이 황급히 아뢰었다.

"이부에서 천거하고 신이 수락해 폐하께서 인견했던 자이옵니다. 어떤 일을 맡겨도 불평불만 없이 착실히 임하는 자세가 듬직해 보였사옵니다. 또 지방 말단 아문의 일꾼 출신이라 여기저기 잘 쫓아다니면서 부지런하기도 하옵니다. 아직까지 감히 부당한 이익을 탐한 흔적도 발견하지 못했사옵니다. 요즘 같은 시절에는 그리 흔치 않은 관리이옵니다."

아계가 부항의 말을 듣더니 한마디를 덧붙였다.

"감히 재물을 탐하지 않는다는 말이 참 인상적이옵니다. 유강劉康이 유통훈에 의해 처형당하는 모습을 보고 기겁을 했나 보옵니다. 지금도 유통훈 얘기만 나오면 머리에 쥐가 난다고 하옵니다. 지난번에 만났을 때 수현首縣에서 유행하는 십자령十字令이라는 걸 들어봤냐고 묻기에 신이 모른다고 했사옵니다. 그랬더니 직접 종이에 적어주면서 요즘 관가의 풍토에 대해 신물이 난다고 도리질을 하였사옵니다. 그렇게 다혈질인 줄은 처음 알았사옵니다."

건륭이 아계의 말에 고개를 갸웃거렸다.

"어떤 십자령이기에 그러나? 기억나는 대로 적어보게."

"예, 폐하."

아계가 일어나더니 책상 앞으로 다가갔다. 이어 붓을 들어 적어 내려갔다.

紅

圓融

路路通

認識古董

不怕小虧空

圍棋馬弔中平

梨園弟子慇懃奉

衣服齊整言語從容

主恩憲德滿口常稱頌

座上客常滿樽中酒不空

두둑한 홍포紅包(돈을 넣는 붉은 봉투. 뇌물을 뜻함)는 통하지 않는 데가 없다. 홍포만 있으면 세상천지 그 어디에도 통행증이 따로 필요 없다. 값진 골동품을 알아보고 귀신에게도 맷돌을 갈게 하는 위력이 있으니 벼슬길에 목맨 이들 홍포 들고 이리 기웃 저리 기웃하는구나. 겉은 번지르르하나 속은 시궁창이다. 입으로만 군주의 은혜, 높은 덕을 칭송하면서 충성을 다지면 뭘 하나. 손님과 벗을 불러 종일 술 취하는 일이 고작인 것을!

건륭은 아계가 쓴 처음 첫 몇 글자를 보고는 웃음을 지었다. 그러나 얼굴이 차츰 굳어져갔다. 부항의 얼굴에서도 웃음기가 사라졌다. 부항이 건륭의 표정을 살피면서 조심스레 아뢰었다.

"이런 내용의 글들이 근래 들어 자주 눈에 띄옵니다. 처음에는 가소롭게 듣고 넘겼사오나 곰곰이 생각해보니 두려운 느낌도 들었사옵니다. 관가의 기강이 해이해지고 풍기가 문란해지니 이런 글도 나오지 않나 싶사옵니다. 백관들이 갈수록 우스갯소리의 상대로 전락하고 오로지 돈밖에 모르는 족속으로 추락하는 데는 재상인 신들의 잘못도 있사옵니다. 신은 관가의 명성이 악화일로를 치닫고 있다는 생각만 떠올리면 자다가도 베개를 밀치고 벌떡 일어나 앉고는 하옵니다."

아계 역시 어두워진 건륭의 낯빛을 살피면서 동조하고 나섰다.

"신도 공감하옵니다. 부정부패는 한당漢唐 때부터 지금까지 무릇 태평성대만 도래하면 꼭 걸리는 병인 것 같사옵니다. 성조와 선제께서는 무려 칠십 여 년에 걸쳐 이치 쇄신에 총력을 기울였사옵니다. 이런 말은 혀가 잘릴 소리이겠사오나 신이 보기에 이십사사二十四史를 통틀어 이치가 가장 좋았던 시절은 역시 선제 때였던 것 같사옵니다."

아계가 말을 하다 말고 건륭을 힐끔 훔쳐봤다. 그러나 건륭은 조용히 귀를 기울이고 있을 뿐 화가 난 기색은 보이지 않았다. 아계가 다시 몸을 숙여 예를 갖추면서 말을 이었다.

"이치가 가장 엉망이었던 왕조는 송宋이었다고 하옵니다. 송 태조는 수하에 문관, 무장들을 잘 둔 덕분에 진교병변陳橋兵變을 거쳐 황포黃袍를 걸치게 됐으니 절대 대신들의 목을 치는 일은 없을 거라면서 철석같이 약조를 했사옵니다. 그래서 결국 신하들이 군주의 머리 위에서 노는 형국을 초래하고 말았사옵니다. 폐하께서는 영명하신 선조들의 위업을 받드시어 수많은 간난신고를 이겨내고 오늘날 태평성대의 국면을 개창하셨사옵니다. 이제 우리의 국력은 정관개원지치貞觀開元之治(당나라 태종과 현종의 치세)를 능가할 정도로 강성해졌사옵니다."

건륭은 아계의 말이 듣기 좋은 듯 어느 정도 밝은 표정을 회복했다. 곧 그가 그만 하라는 손짓을 보냈다.

"사설이 긴 걸 보니 뭔가 할 말이 많은 것 같은데, 이제 그만하고 경의 견해를 구체적으로 말해보게."

아계가 침착하고도 공손하게 다시 입을 열었다.

"오늘날 성세는 폐하가 추구하는 관대한 정치의 승리이옵니다. 하오나 모든 일에는 일리一利가 있으면 일폐一弊가 따르기 마련이옵니다. 난세에 영웅이 나고 혼란 속에서 충신과 간신을 간파할 수 있다고 했사옵니다. 백관 중에는 어룡魚龍이 뒤섞여 있고 대개의 경우 군자가 적고 소인배가 많사오나 오늘날 같은 성세盛世에는 옥석을 가리기 힘든 단점이 있사옵니다. 폐하의 하해와 같으신 인덕을 악용해 명철보신明哲保身(현명하고 분별력이 있어 적절한 행동으로 자신을 잘 보전함)과 멀어지고 화광동진和光同塵(세속에 동화됨)에 떨어지는 자들이 갈수록 늘고 있사옵니다. 이는 근자에 이르러 심각한 문제로 대두됐사옵니다. 신의 어리석은 생각으로는 《사고전서》 편수작업을 빌미로 부패척결을 강하게 시도하는 것이 어떨까 하옵니다. 도서수집에 비협조적인 자, 미온적인 태도로 일관하는 자들을 비롯해 역서逆書를 은닉하고 보고하지 않은 관리들의 죄를 묻는 것으로 이치 쇄신의 불길을 지피는 것이 바람직할 것 같사옵니다. 반부창렴反腐倡廉(부패를 척결하고 청렴을 강조함)의 기치를 높이 걸어 상벌을 분명히 함으로써 해이해지는 조정의 기강을 바로잡고 폐하께서 결코 부인지인婦人之仁의 주군이 아님을 온 천하에 각인시켜야 할 것이옵니다."

건륭이 아계의 말에 흡족한 표정으로 고개를 끄덕였다. 이어 자리에서 일어나 방 안을 거닐면서 천천히 걸음을 옮겼다. 그리고는 준엄한 어조로 말했다.

"좋은 발상이네! 그렇지 않아도 짐은 어찌 하면 관대한 정치의 취지를 무너뜨리지 않으면서 관풍官風을 바로 잡을 수 있을까 고민하고 있던 중이었네. 군사만 잘 이끄는 줄 알았더니 아계, 자네 독서심득讀書心得도 이만저만이 아닌 것 같네. 참으로 대견스럽네."

건륭이 흥이 도도해져서 기분 좋게 말을 이으려고 할 때였다. 화신이 들어오더니 아뢰었다.

"폐하, 조혜와 해란찰이 대령했사옵니다."

건륭이 즉각 분부를 내렸다.

"들라 하라."

얼마 후 뜰에서 쇠를 박은 장화소리가 들려왔다. 그때 계단 아래에서 파특아의 서투른 한어漢語가 들려왔다.

"장군 둘! 검이 들어가면 안 되오. 내려 이리 주오!"

건륭이 파특아의 말을 듣더니 밖을 향해 소리쳤다.

"이봐, 파특아! 괜찮네. 그대로 들여보내게!"

파특아는 그러나 여전히 팔을 내밀어 조혜와 해란찰을 막아선 채 고개도 돌리지 않고 고집을 부렸다.

"누구도 검을 차고 우리 폐하를 만날 수 없소!"

승강이 끝에 조혜와 해란찰은 검을 내려놓았다. 그제야 둘은 비로소 안으로 들어갈 수 있었다.

건륭은 조혜와 해란찰이 삼궤구고의 대례를 올리려고 하자 자리로 돌아가 앉았다. 이어 무릎까지 오는 가죽장화에 두꺼운 군복을 입고 땀에 흠뻑 젖어 있는 두 사람을 안쓰러운 듯 바라보았다.

"입추가 지났다고는 하나 아직 날이 더운데 그리 두껍게 껴입고 어찌 견디나! 어서 모자라도 벗게. 두 장군에게 빙수를 한 사발씩 내다 주거라. 부항, 이 둘은 혈혈단신으로 불의에 맞서 용감하게 싸워 이긴 영웅들이네. 짐이 태후마마와 황후에게 얘기했더니 꼭 한번 만나보고 싶다고 하셨네. 경들이 운명처럼 만난 여인들은 함께 입궐했는가?"

조혜와 해란찰이 건륭의 말에 황급히 다시 무릎을 꿇었다. 이어 조혜가 먼저 아뢰었다.

"미천한 집사람들은 태후마마와 황후마마 전에 들어 일생에 구경도 할 수 없었던 호사스러운 장신구를 하사받았을 뿐만 아니라 콧마루가 찡해지는 위로의 말씀도 들었다고 하옵니다. 폐하께서 기적旗籍에 입적시켜주신다고 약조하셨다는 말씀을 태후마마로부터 들었다면서 이대로 죽어도 여한이 없겠다고 했사옵니다."

조혜는 콧마루가 찡해지는지 채 말을 잇지 못했다. 건륭이 자상한 미소를 지어보였다.

"됐네. 그만 일어나게. 경들이 감개에 젖을 법도 하네. 하지만 앞으로 능연각凌煙閣에 이름 석 자를 남기고 늠름한 자태를 뽐내야 할 사람들이 이만한 일에 말을 못 잇고 그러면 안 되지! 부항과 아계가 금천 진출 전략을 새로 구상했다면서 자네들을 만나보고 싶다고 해서 불렀네. 아무쪼록 짐이 원하는 것이 무엇이고 어찌하는 것이 황은에 보답하는 길인지 잘 생각해 보기 바라네!"

"예, 폐하!"

"지금부턴 경들끼리 의논해 보게. 짐은 옆에서 듣기만 하겠네."

20장
남경으로 잠입한 황천패

　황천패와 연입운 일행은 부항의 접견을 받고 며칠 뒤 아무도 모르게 조용히 북경을 떠났다. 십삼태보 중 북경에 남아 있던 열한 명이 모두 떠나고 난 사흘 후였다. 특수 임무를 받은 둘은 차상茶商으로 변장하고 각자의 길을 떠났다. 연입운은 통주通州에서 수로로 남하하고, 황천패는 노하潞河 역에서 한로旱路를 택했다. 둘은 길을 떠나기에 앞서 미리 약속을 했다. 우란절盂蘭節에 남경의 석두성石頭城 귀검애鬼臉崖 아래에서 만나기로 한 것이다. 황천패는 가는 길 내내 하루도 허투루 보내지 않았다. 부친의 옛 벗들과 강호 인물들을 두루 만나며 직예, 하남 안휘, 강남 일대에서 활동하고 있는 백련교白蓮敎 무리들의 동향을 알아본 것이다. 또 어떤 곳에서는 말 타고 꽃구경하듯 잠깐 머물렀다가 떠났으나 뭔가 심상찮게 여겨지는 곳에서는 열흘 넘게 묵으면서 사태의 추이를 면밀히 살폈다. 그렇게 하여 강남 경내에 들어서자 우란절이 코앞에 다가와 있었다. 더 이상은 여유를 부릴 시간이 없었다. 그는 노새를 빌려 타고 밤낮없이 달려 약속 장소로 향했다. 그렇게 황천패가 귀검애에 도착했을 때는 이미 해가 저물고 있었다.

귀검애는 석두성의 으뜸가는 명소였다. 서북쪽으로 양자강揚子江이 반원형으로 돌아 흐르는 곳이었다. 성곽과 가까운 그곳의 골목은 무성한 대나무 숲에 둘러싸여 한적하고 깊었다. 서쪽으로는 끝없이 펼쳐진 백사장과 굽이쳐 흐르는 양자강이 한눈에 들어왔다. 눈뿌리까지 시원하게 하는 장관이었다. 동쪽도 그에 못지않았다. 수려하기로 천하에 이름이 자자한 막수호莫愁湖가 한눈에 안겨왔다. 이곳은 황천패가 남경에 올 때마다 거르지 않고 유람하는 곳이었다. 그는 눈 감고도 찾아다닐 정도로 이곳 지리에 훤했다. 그런데 이번에는 달랐다. 갑자기 몰라보게 변해 있었던 것이다. 황천패는 그런 광경에 어리둥절해지고 말았다. 천천히 걸으면서 살펴본 주변은 황량하고 처참하기만 했다. 무성하던 대나무 숲은 누군가 마음먹고 훑어간 듯 잎사귀 하나 남지 않았다. 또 골목길은 무너진 담벼락의 벽돌 조각과 기왓장들로 발 디딜 틈도 없었다. 인적은 물론 개 짖는 소리조차 들리지 않는 피폐하기 이를 데 없는 곳으로 변해 있었다. 변함없는 건 오로지 양자강의 끝없는 포효뿐이었다. 그래서일까, 제방을 때리는 성난 양자강의 파도소리가 유난히 오싹하게 느껴졌다. 황천패는 넋이 나간 듯 멍하니 사방을 두리번거리면서 주춤주춤 귀검애 아래로 내려갔다. 그때 갑자기 등 뒤에서 누군가의 인기척이 들려왔다.

"사부님, 드디어 도착하셨네요. 저희들은 여기서 하루 종일 기다리고 있었습니다!"

황천패는 흠칫 놀라며 돌아섰다. 그러나 그의 놀란 얼굴은 상대를 확인한 순간 곧 반가운 기색으로 바뀌었다. 황천패를 부른 사람은 십삼태보의 맏이 가부춘賈富春과 일곱째 황부광黃富光이었다. 둘은 무너진 담벼락 뒤에서 소변을 보고 나오는 것 같았다. 황천패는 앞섶을 대충 여미고 예부터 갖추려 드는 두 사람을 말렸다.

"됐어, 이런 데서 인사는 무슨! 그런데 여기는 어쩌다 이 꼴이 됐나? 홍수가 휩쓸고 간 것 같기도 하고 불이 나서 다 타버린 것 같기도 하군. 무너지고 부서지고 전쟁터가 따로 없군. 대나무는 이파리만 모조리 훑어간 것 같고!"

가부춘이 즉각 대답했다.

"대나무 잎은 풀무치들이 까맣게 덮쳐 다 뜯어먹었다고 합니다. 게다가 오월 중순에는 한차례 태풍이 휘몰아쳐 강물이 범람하는 바람에 성벽과 민가들을 완전히 밀어버렸답니다. 그런 줄도 모르고 여섯째는 전에 묵었던 정丁씨네 객잔을 기대하면서 왔다는 거 아닙니까! 저희들은 지금 저 아래 고자당褲子襠(가랑이) 골목에 있는 노무老茂 객잔에 묵고 있습니다. 사부님께서 언제 오실지 몰라 저희들이 번갈아 올라와 기다리고 있었습니다."

황천패는 가부춘의 말을 듣고 주변을 다시 한 번 자세히 둘러봤다. 과연 주변의 크고 작은 나무들의 상태가 엉망진창이었다. 밑동까지 뽑혀 넘어진 것이 있는가 하면 허리가 꺾여 허연 속살을 드러낸 것들도 있었다. 아무튼 보이는 나무들은 모두다 잎사귀 하나 없는 뼈다귀 신세였다. '귀검석'鬼臉石을 둘러싼 관목들 역시 '수염'이 한 가닥도 남지 않았다. 황천패는 놀란 표정을 감추지 못했다.

"복주福州, 뇌주雷州 등지에서 태풍이 몇 번 휩쓸고 간 건 봤어도 이처럼 마을 전체를 평지로 뭉개버린 건 못 봤어! 성 안에는 가옥들이 밀집해 있었는데…… 사상자도 꽤 많이 나왔겠는데?"

황천패보다 한 살이 많음에도 불구하고 공식적으로는 양아들인 일곱째 황부광이 앞에서 길을 안내했다.

"불가사의한 것은 태풍이 성 안까지는 쳐들어가지 않았다는 겁니다. 이곳 사람들이 그러는데 그날 하늘은 가마솥을 거꾸로 엎어놓은 것처럼 새까만 색이었다고 합니다. 태풍은 서북 양자강 쪽에서 시작됐다고 하더군요. 검은 기둥 같은 빗줄기와 우박이 사정없이 퍼부어 하늘과 땅이 구분되지 않을 정도였다고 합니다. 그렇게 한바탕 후려치고는 유유히 빠져나가는데 놀라서 기절한 사람도 부지기수라고 하더군요. 서문 밖에 있던 그 누각 기억하시죠? 그것도 이번 태풍의 서슬에 초석이 뽑혀 허공에 떠올랐다가 흔적도 없이 사라졌다고 합니다. 청허관淸虛觀에 있던 삼천 근짜리 대종大鐘이 흑풍黑風의 회오리에 휘말려 저쪽 현무호玄武湖 부근의 상청관上淸觀 뜰에 떨어졌다고 하니 태풍의 위력이 어느 정도였는지 아시겠죠? 더 웃기는 것은 때마침 상청관으로 기도하러 왔던 한韓씨 성을 가진 여자가 회오리에 휘말려 구십 리 밖의 동정촌銅井村으로 날아갔다는 겁니다. 그러고도 신기하게 무사했다는군요."

유통훈 부자와 만날 생각에 잠겨 있던 황천패가 황부광의 말에 웃음을 터트렸다.

"말 같은 소리를 해야 들어주든가 말든가 하지. 자네 말대로 누각이 통째로 뽑혀 박살이 날 정도라면 살아남을 사람이 어디 있겠어?"

가부춘이 황천패의 말에 자신이 직접 보기라도 한 것처럼 손짓발짓까지 섞어가면서 설명을 했다.

"믿어지지 않겠지만 사실입니다. 그 여자는 성 동쪽에 사는 이수재李秀才와 혼약을 한 상태였답니다. 그런데 바람을 타고 동정촌으로 가서 사뿐히 내려앉으니 그 마을 사람들이 여자를 신선으로 받들어 고이 집까지 모셔다 드렸다고 합니다. 그러나 이수재는 이를 믿지 않고 여자가 그 동네 누군가와 바람이 나 야반도주를 했다면서 혼약을 깼다고 합니다. 여자의 집에서 억울하고 분통이 터져 죽네 사네 하다가 강녕江寧 현 아문에 고소장을 냈답니다. 내일 강녕현의 현령 원자재袁子才가 친히 이 사건을 판결한다는 고시문도 나붙었는 걸요!"

황천패가 가당치도 않다는 표정을 지었다.

"원자재라면 강남의 으뜸 재자才子로 불리는 사람이 아닌가! 그 사람 역시 풍류 사건에 관심이 많은 게로군. 내가 이수재라도 감히 그런 처자를 안사람으로 맞아들이지는 못하겠어. 그건 요괴라고 볼 수밖에 없잖은가!"

"그런데 이곳 사람들은 태풍이 풀무치 떼를 물리쳤다면서 오히려 좋아하고 있습니다. 백 명 안팎의 사상자를 내고 낡아빠져 흉물스럽던 절간 몇 채를 날려 보내고 나니 숨쉬기조차 어렵게 까맣게 뒤덮여 있던 풀무치 떼가 감쪽같이 사라졌다고 하지 뭡니까? 이는 틀림없이 백성들의 울분이 천상의 옥황상제를 감화시켰기 때문이라고 합니다."

황천패는 귀만 열어놓고 있을 뿐 아무런 대꾸도 하지 않았다. 고자당 골목은 막수호 동북쪽 호거관虎踞關 일대에 있었다. 듣기 거북한 이름뿐만 아니라 낡고 가난한 곳이었다. 남경이 '부의 상징'으로 부상한 뒤 전국 각지의 이재민들이 몰려와 하나둘씩 눌러 앉으면서 생긴 빈민촌이었다. 집이라고 해봤자 곧 쓰러질 듯한 초가집과 천막을 덕지덕지 이어 바람이나 막는 것이 고작인 곳이었다.

세 사람은 마차를 타고 두 시간은 족히 달려가서야 고자당 골목에 도착할 수 있었다. 그리고는 일부러 숙소와 멀리 떨어진 골목 입구에서 내렸다. 마부에게 돈을 주어 돌려보내고는 걸어서 들어가기로 했다.

시간은 이미 술시戌時 중반에 이르고 있었다. 주변은 짙은 어둠에 잠겨 있었다. 두 제자를 앞세운 황천패는 울퉁불퉁한 길을 따라 한참을 걸었다. 마치 미궁에 들어선 것처럼 북으로 꺾어들었다가 동으로 향하고 다시 서로 나와 남으로 들어가자 양의 창자처럼 좁고 긴 골목이 눈 앞에 펼쳐졌다. 그 비좁은 길 양쪽에는 난전이 즐비하게 늘어서 있었다. 남경의 특산물인 우화석雨花石(남경 우화대雨花臺 일대에서 나는 매끄럽고 무늬가 고운 조약돌)에서부터 온갖 골동품, 책자, 서화작품, 옥그릇 그리 고 오만가지 잡동사니에 이르기까지 그야말로 없는 것이 없었다. 장사 진을 이룬 상인들로 인해 골목이 몸살을 앓을 지경이었다. 인적이 드문 큰길과는 달리 이곳은 목소리 높여 흥정하고 여기저기 기웃거리면서 구 경하는 사람들로 인해 그야말로 발 디딜 틈이 없었다.

보름달을 무색하게 할 정도로 세상을 환하게 밝힌 각양각색의 등롱 역시 장난이 아니었다. 양자강에서 진회하秦淮河까지 이어진 구간은 현 란한 조명들로 꽉 채워져 있었다. 집집의 창턱과 문 앞에는 우란절을 경 축하는 우란등盂蘭燈이 걸려 있었다. 그중 어떤 것은 대단히 크고 휘황 찬란했다. 또 어떤 것은 여름 하늘을 날아다니는 반딧불이나 외딴 묘지 의 귀신불처럼 명멸했다. 그 불빛 속에서 칠보단장을 한 채 한껏 멋을 낸 기녀들은 한눈파는 사내들의 소매를 끌어당기면서 유혹하는 간드러 진 웃음소리를 토해내고 있었다. 그 소리는 찻집과 식당의 일꾼들이 손 님들을 호객하는 소리, 꽥꽥거리는 오리소리, 푸드득거리는 닭 날갯짓 등과 묘하게 잘 어우러졌다. 아무려나 시끌벅적한 난리 통이 따로 없었 다. 황천패는 인파에 이리저리 떠밀리다 방향감각을 잃고 말았다. 그는 어처구니없다는 듯 웃었다.

"이봐! 천하제일의 부자동네 남경에 왔는데, 기껏 데려온 곳이 고작 이런 곳인가?"

"여기를 우습게보지 마세요. 저리 가!"

황부광이 자신에게 착 달라붙는 기녀들을 거칠게 쫓아내면서 낮은 목소리로 말했다. 이어 나직이 설명을 하기 시작했다.

"이곳은 바로 옆에 부두를 끼고 있어요. 때문에 삼교구류三敎九流가 잡거한 마을이 될 수밖에 없어요! 게다가 알짜배기 부자들이 다 모여 있죠. 저기 저 극장 좀 보세요. 진회하의 향군루香君樓가 유명하고 북경의 녹경당祿慶堂이 으뜸이라고 하나 금으로 장식하고 옥으로 도배한 저 극장보다 더 호화롭겠어요? 저쪽 관제묘 옆의 건물이 산섬회관山陝會館입니다. 회관 뒤쪽을 보세요. 대낮처럼 환하게 등불을 밝힌 저곳은 자항암慈航庵이라고, 관음보살을 모신 도량道場이죠. 낮에 보면 전부 새 건물입니다. 다 왔어요, 여기가 노무 객잔입니다."

황천패가 황부광이 가리키는 곳들을 바라보면서 주위를 살피다 "다 왔다"는 말에 고개를 들어 객잔을 눈여겨봤다. 주위도 유심히 살펴봤다. 객잔은 단층 기와집들로 이루어져 있었다. 그 집들의 동쪽에는 수레나 마차가 통과할 수 있는 커다란 대문이 있었다. 땅에 수레바퀴 자국과 우마牛馬 발자국이 어지럽게 찍혀 있는 것으로 미뤄볼 때 대문 안에 물건이나 마차를 보관하는 창고나 마구간이 있는 것 같았다. 그 옆에는 또 커다란 사합원四合院이 있었다. 대문은 남북 양쪽에 다 있었다. 뜰은 매우 넓었다. 처마 밑에는 안락의자와 탁자가 가지런히 놓여 있었다. 손님들 중에는 차를 마시는 사람도 있었으나 해바라기 껍질을 퉤퉤 뱉으면서 평서評書(지방 방언으로 하는 야담) 삼매경에 빠진 사람들이 더 많았다. 그 때를 놓칠세라 꽈배기를 비롯해 구운 떡, 빙수를 팔러 다니는 여인네들이 바구니를 팔에 낀 채 사람들 속을 헤집고 다니고 있었다. 그 시끌벅적한 와중에도 목에 잔뜩 힘을 주고 마른 목소리를 길게 뽑아 올리면서 평서評書를 하는 노인이 황천패 일행의 눈에 띄었다.

유연청 나리는 유강의 연회 초대장을 받고 잠깐 망설였지. 가봤자 좋은 일이 없을 것 같아서 말이네. 그런데 유강이 하로형을 독살했다는 확증은 아직 찾아내지 못했단 말이지. 게다가 유강은 덕주 지부라 유연청 나리와 관품이 막상막하란 말이야. 그러니 초대에 불응하는 것도 예의에 어긋나는 짓이라 이 말이야. 에라, 까짓것 가보지 뭐. 호랑이 굴에 들어가지 않고 어찌 호랑이 새끼를 잡을 수 있을쏘냐! 설사 덕주부가 용담호혈龍潭虎穴일지라도 두려울 게 없다, 연청 나리는 씩씩하게 쳐들어갔지……..

노인이 풀어놓고 있는 얘기보따리는 다른 것이 아니었다. 항간에서 유행하는 〈유연청이 야밤에 유강을 저승으로 보내다〉라는 야담이었다. 황천패는 거기까지 듣고 말없이 미소를 지었다. 이어 무작정 안으로 비집고 들어가는 두 제자를 따라 담배연기, 쑥 냄새, 사람 체취가 뒤섞여 구역질이 나는 천막 안으로 들어갔다. 객잔 주인인 듯한 사내가 일행을 발견했는지 얘기꾼의 등 뒤에 둘러쳐져 있는 병풍 뒤에서 나오더니 공수를 했다.

"황 나리, 저희 객잔을 애용해주셔서 감사합니다. 장사가 잘 돼 돈 많이 버시기를 바랍니다. 이리로 오시죠."

주인이 연신 허리를 굽실거리면서 병풍 뒤쪽을 가리켰다.

"아까 분부하신 대로 준비해 놓았습니다. 이쪽으로 들어가시면 칸막이가 있는 독방이 있습니다. 편히 앉아 음식을 드시면서 야담을 들으세요. 저기 보이시죠? 북쪽으로 두 번째 칸입니다."

과연 무대 뒤에는 두꺼운 천으로 병풍을 둘러 바깥의 잡음과 냄새를 차단시킨 또 다른 공간이 있었다. 안에는 연입운과 주부민朱富敏, 채부청蔡富淸, 요부화廖富華 등 제자들이 이미 대기하고 있었다. 황천패가 들어서자 그들은 일제히 일어나 반색하면서 인사를 했다.

"나는 자네가 연자기燕子磯에서 하선下船하는 줄 알았네!"

연입운이 황천패에게 자리를 안내하면서 말했다.

"태풍이 다 쓸어버려 길을 찾기 힘들까봐 두 사람을 보내 영접하게 한 겁니다."

황천패가 주위를 의식한 듯 일부러 큰 소리로 떠들었다.

"장사꾼은 신용 하나로 먹고 사는데, 화살비가 내리고 칼바람이 불어도 약속시간은 지켜야지."

황천패의 말이 막 끝날 무렵이었다. 얘기꾼이 당목을 탕! 하고 내리치더니 얘기를 이어나갔다.

……상대를 이렇게 뚫어지게 쳐다보던 유강은 흑! 하고 놀란 숨을 들이마셨다는 거 아닌가. 왜 그런 줄 아는가? 기척도 없이 혜성처럼 나타난 상대는 연청 나리가 아니었기 때문이지. 나이가 열예닐곱 살쯤 된 젊은이가 머리에는 관모를 쓰고 발에는 천으로 만든 신을 신고 있었어. 머리와 허리에는 띠를 두르고 간편한 복장을 갖춰 입었고. 관옥 같은 얼굴에 두 눈이 보석처럼 빛나는 사람은 다름 아닌 황천패였다네!

병풍 뒤에서 일행과 함께 있던 황천패는 느닷없이 자신의 이름이 나오자 흠칫 놀랐다. 그는 자신의 정체가 들통난 줄 알고 얼어붙은 채 일행과 번갈아 시선을 교환했다. 얼마 후 그들은 "후유!" 하고 안도의 한숨을 몰아쉬었다. 얘기꾼의 얘기 내용이었다는 사실을 깨달은 것이다.

황천패는 병풍 끄트머리를 살짝 들고 밖을 내다봤다. 인산인해를 이룬 사람들 중에 졸고 있는 사람은 한 명도 없었다. 저마다 눈이 휘둥그레져 얘기꾼에게 귀를 기울이고 있었다. 해바라기씨를 뱉는 소리도 수군대는 소리도 어느새 모두 멈춰 있었다. 장내가 물 뿌린 듯 조용해지자 말라깽이 얘기꾼 노인은 흡족한 표정으로 책상을 짚고 선 채 목젖을 오르락내리락하면서 좌중을 둘러봤다. 이어 다음 이야기가 궁금해 잔뜩 신경을 곤두세우고 있는 사람들을 향해 다시 힘 있게 당목을 두드렸다. 얘기는 계속됐다.

유강은 속으로 뜨끔했지. 그러나 이내 진정하고 고개를 뒤로 젖히면서 앙천대소했지.

"하하하……! 어미젖은 다 먹고 왔나? 아직 젖 냄새도 가시지 않은 꼬맹이잖아! 쥐방울만 한 것이 대체 나하고 전생에 무슨 악연을 맺었기에 미친 개처럼 쫓아다니는 거냐?"

그러자 소년 황천패는 의연하게 맞받아쳤지.

"악연 같은 건 없소."

참으로 당차고 멋진 소년이었지. 유강이 가만히 있을 리 있나?

"그럼 나에게 꼭 갚아야 할 원수라도 있는 거냐?"

"없소."

"유연청이 너하고 사돈의 팔촌이라도 되냐?"

"그런 건 아니오."

"그럼 옛날에 뒷간 맞대고 있던 사이냐?"

"아니오."

"그렇다면 일전에 내 심복을 다섯이나 죽이고 태평진에서 칼을 들고 연회장에 뛰어들어 유연청 그자를 빼내간 저의는 무엇이냐? 그것도 부족해 오늘 밤에서 표창鏢槍을 던져 내 술잔을 깨뜨린 이유는 뭐냐?"

황천패가 그러자 흥! 하고 코웃음을 치면서 말했지.

"연청 나리는 나에게 지우지은知遇之恩의 은인이오! 당신 같은 탐관오리가 적반하장으로 나의 은인을 해치려고 드는데, 칠 척 남아인 이 황천패가 한 줌도 안 되는 당신 같은 나부랭이를 가만히 놔둘 줄 알았소?"

유강은 징글맞게 코웃음을 치면서 이를 악물고 뇌까렸지.

"흥, 흥! 벼룩의 간만 한 것이 죽으려고 환장을 했구먼! 네놈의 위명威名은 익히 들었다. 자기가 꽤 대단한 줄 알고 있다만 나를 너무 우습게 봤어. 나 유아무개는 한낱 말단 지부에 불과하나 오늘 우리 집에는 삼산오악三山五嶽(삼산은 세 개의 선산仙山으로, 봉래蓬萊·방장方丈·영주瀛洲를 말하며, 오악은 태산泰山·형산衡山·화산華山·항산恒山·숭산嵩山을 말함)을 뒤흔드는 녹림호걸 벗들이 수두룩하게 오셨거든. 네놈이 아무리 날고 기는 재주가 있다고 해도 이 집에 들어온 이상 제 발로 걸어 나가기는 힘들 걸?"

"길고 짧은 건 대봐야 아오!"

유강은 급기야 악에 받쳐 고래고래 고함을 질렀어.

"여봐라! 아역들은 총출동하라. 앞뒤 대문을 걸어 잠그고 조총鳥銃을 대기하라. 네놈은 오늘 날개가 돋쳐도 내 손아귀를 빠져나가지 못한다!"

유강의 말이 떨어지기 무섭게 졸병 수십 명이 우르르 달려들어 소년 황천패를 물샐틈없이 포위해버린 거야. 수십 자루의 조총이 일제히 황천패를 겨냥했지. 위기일발의 상황이었어!

"우리의 영웅 황천패의 운명은 어떻게 될 것인가!"

얘기꾼 노인은 잔뜩 궁금증을 유발시켜놓고는 히죽 웃었다. 이어 좌중을 향해 다시 말했다.

"여러분은 편히 앉아 차와 다과를 즐기고 부채질을 하지만 이 영감탱이는 입술이 마르고 목구멍에서 단내가 난다오. 다음 얘기를 기다리는 마음도 즐거운 것이니 미련을 잠시 접고 내일 또 만나지. 세상에 공짜는 없는 법이니, 빙수 하나라도 사먹게 십시일반 도움을 주시면 고맙겠소."

노인은 말을 마치자마자 조그마한 돈 바구니를 들고 사람들 앞으로 내려갔다. 아슬아슬한 이야기 전개에 땀을 쥐고 있던 사람들은 오늘 이야기는 끝났다는 말에 모두들 아쉬운 듯 탄식을 토해냈다. 그러나 노인이 바구니를 들고 내려오자 힐끔힐끔 눈치를 보면서 하나둘씩 슬금슬금 도망가기 시작했다. 누가 내쫓기라도 하듯 삽시간에 그 많던 사람들이 자리를 뜨고 천막 안의 지저분하고 휑뎅그렁한 모습이 적나라하게 드러났다. 그러나 황천패 일행 가까이 앉아 있던 한 쌍의 남녀는 그래도 느긋했다. 동전 몇 닢을 떨어뜨리고는 여전히 자리를 지키고 있었다. 저쪽 모퉁이에서는 뚱보와 말라깽이 두 사내가 금방 쥐를 잡아먹고 나온 듯 입술을 빨갛게 칠한 기녀를 하나씩 끼고 앉은 채 시시덕거리고 있었다. 황천패는 한시바삐 유용을 만날 생각에 초조했다. 때문에 사실 처음부터 끝까지 이야기 같은 것은 귀에 들어오지도 않았다. 음식도 입으로 들어가는지 코로 들어가는지 모른 채 집어넣고 있었다. 그때 눈치 빠른 채부청이 황천패 가까이 다가가더니 귀엣말을 했다.

"저 뚱보와 말라깽이는 이곳의 흑방黑幇 두목입니다. 노인에게서 자릿세를 받으려고 저리 죽치고 있다는 거 아닙니까! 저기 서쪽 담과 마주한 길거리에 온갖 잡동사니를 늘어놓은 난전이 보이시죠? 지금 장사를 끝내고 집으로 돌아갈 준비를 하는 점쟁이 차림의 저분이 바로 유용 나리십니다."

이게 웬 아닌 밤중에 홍두깨 같은 소리인가! 황천패는 깜짝 놀라지 않을 수 없었다. 그는 걷어 올린 병풍 사이로 채부청이 가리키는 곳을 바라봤다. 과연 탁자 위에 펴놓았던 태극 팔괘도를 접어놓으면서 '사주팔자'라고 적힌 팻말까지 거둬들이고 있는 사람은 유용이 틀림없었다. 그제야 황천패는 유용도 이 객잔에 투숙하고 있다는 사실을 알 수 있었다. 그가 제자 요부화를 향해 일부러 큰 소리로 물었다.

"저 점쟁이는 뭘 좀 아는 것 같나? 어느 방에 묵고 있지? 이번 물건이 제값에 팔릴지 좀 물어봐야겠어."

"알다마다요. 귀신처럼 잘 맞춘다던데요! 어젯밤에도 총독아문의 몇

몇 막료들이 불러서 가봐야 한다면서 한밤중에 나가던 걸요!"

요부화가 익살스럽게 히죽 웃었다. 이어 덧붙였다.

"급하실 것 없어요. 저 점쟁이는 우리 옆방에 묵고 있어요. 천천히 들어가 씻고 나서 부르면 돼요. 저희들도 궁금한 게 한두 가지가 아니거든요!"

황천패는 그제야 제자들이 먼저 유용과 만나 철저한 사전 계획을 이미 다 짜놓았다는 사실을 깨달았다. 더 이상 묻지 않아도 되겠다고 생각한 그는 다소 안심이 되었다. 그때 객잔 주인이 팔에 젖은 수건을 걸치고 나오더니 뚱보 사내에게 다가가 허리를 굽실거렸다.

"찬물에 담가뒀던 수건입니다. 시원하게 얼굴이나 닦으시죠. 방 안에 목욕물도 데워 놓았습니다. 저, 그리고 약소하지만 이건 얘기꾼 영감한테서 받은 자릿세입니다. 세 보시죠."

뚱보가 은자를 손바닥에 올려놓고 무게를 가늠해 보더니 주머니에 집어넣었다. 이어 물수건을 받아 기름이 번지르르한 입을 쓱 닦더니 킁킁 콧소리를 냈다.

"우리는 조금 더 앉아 있다 건너갈 거야. 목욕물은 알맞게 데웠는가? 지난번처럼 뜨겁게 했다가는 혼날 줄 알아."

주인이 그럴 리 있겠느냐는 표정을 한 채 연신 굽실거리며 돌아섰다. 그러자 말라깽이가 그를 다시 불러 세웠다.

"이봐, 저 점쟁이에게 가서 나 금귀자金龜子의 말을 전해. 우리 홍삼洪三이와 옥란玉蘭, 옥청玉淸 두 미인이 궁금한 게 있으니 좀 보자고 한다고 하게."

그러자 기녀 한 명이 말라깽이의 말에 박수를 치면서 환호성을 질렀다.

"역시 우리 금귀자 오라버니가 최고라니까! 하도 용하다고 소문이 나서 옥청이하고 한 번쯤 부르고 싶었어요. 워낙 비싸 엄두를 못 냈지 뭐예요!"

뚱보와 말라깽이 일행은 병풍을 사이에 두고 황천패 일행에게 공공연히 시비를 걸고 있었다. 황천패가 그 사실을 간파하지 못했을 리 없었다. 그러나 그는 화를 내지 않았다. 그저 침착하게 주인이 건네는 수건을 받아 탁자 위에 놓으면서 말했다.

"실은 우리가 먼저 점쟁이를 청한 거네. 그러나 저쪽에서 더 급한가 본데 양보하지. 자, 우리는 먼저 목욕이나 하러 가자고."

황천패 일행은 자리를 털고 일어나 병풍을 걷은 다음 밖으로 나왔다. 뚱보와 말라깽이들에게서 그리 멀지 않은 가까운 곳에서는 눈에 익은 두 사람이 땅콩 한 접시를 놓고 술을 마시면서 담소를 나누고 있었다. 그들은 다름 아닌 여섯째태보 양부운梁富雲과 다섯째태보 고부영高富英이었다. 그러나 황천패는 일부러 아는 척을 하지 않았다. 그저 길게 기지개를 켜면서 출입문께로 걸어갔다. 그때 등 뒤에서 기녀의 말소리가 들려왔다.

"방금 셋째오라버니가 그런 얘기를 하셨죠? 황천패가 표창을 그리 귀신처럼 던진다는 것이 믿어지지 않는다고 말이에요. 아마 거짓말이 아닐 거예요. 그걸 잘 던지는 사람들은 정말 기가 막혀요. 날아가는 새를 떨어뜨리는 것은 일도 아니에요! 옥란이도 잘하거든요. 한번 시범을 보여주면 황천패가 대충 어떤 수준인지 감이 올 거예요!"

황천패는 막 밖으로 나가려다 그 말을 듣고는 멈칫 했다. 이어 뚱보와 말라깽이 일행의 행동을 지켜봤다.

"또 그걸 해보라는 거야?"

옥란이라고 불린 기생은 스무 살 가량 돼 보였다. 화장인지 분장인지 본래 얼굴을 알아볼 수 없을 지경으로 분칠을 짙게 한 여자였다. 그녀가 곧 빨간 입술을 비죽거리면서 말했다.

"실은 언니가 가르쳐준 거예요. 그래놓고 자기는 쏙 빠지고 나만 부려 먹잖아요. 두 오라버니들께서 언니를 좀 혼내줘야 해요?"

"알았어, 알았어!"

의자에 몸을 반쯤 뉘인 뚱보가 말했다. 그의 불룩한 배가 출렁거렸다. 그가 웃어서 한 줄이 된 두 눈을 징그럽게 찡긋거리면서 덧붙였다.

"어서 해봐, 기생 년이 표창 던지는 건 또 처음 본다!"

뚱보가 미처 입을 다물기도 전이었다. 무언가가 피융! 하고 날아와 뚱보의 이빨 사이에 박혔다. 흠칫 놀란 뚱보가 그 무언가를 황급히 뱉어냈다. 그것은 껍질을 깐 하얀 해바라기씨였다. 그는 어찌된 영문인지 몰라 입을 헤벌린 채 멍하게 있었다. 그때 마주 서 있는 옥란의 조금 벌어진 빨간 입에서 캭! 하고 해바라기씨 껍질을 깨무는 소리가 들렸다. 동시에 해바라기씨 한 알이 다시 뚱보의 입안으로 날아들었다. 옥란에게서 몇 보 떨어진 거리에서 옥청이 해바라기씨를 옥란의 입안에 던져 넣고 있었다. 옥란은 그 해바라기씨를 받아 물고는 껍질을 깐 뒤 알맹이만 뚱보의 입안으로 뿌렸던 것이다.

황천패는 놀란 나머지 그 모습에서 눈을 뗄 줄을 몰랐다. 옥청은 이제 해바라기씨를 한줌씩 옥란의 입에 집어던지고 있었다. 옥란의 입에서 껍질 따로 알맹이 따로 분리된 해바라기씨는 두 사내의 헤벌어진 입안으로 번갈아가며 빠르게 날아들었다. 표창 던지는 데는 강호 전체를 통틀어 자신을 따를 사람이 없을 것이라고 자부해왔던 황천패마저 입김으로 표창 던지는 실력이 저 정도라면 얼마나 좋을까 하는 생각을 잠깐이나마 할 정도였다! 잠시 후 뚱보 홍삼의 미친 듯한 웃음소리가 들려왔다.

"이년들이 그 짓만 잘하는 줄 알았더니 못하는 게 없네! 두 손 두 발다 들었어! '표창'이 좀 약해서 그렇지 황천패보다 못할 것도 없겠는데?"

"황천패가 기생 년들한테서 한 수 배워야겠네, 뭐!"

말라깽이 금귀자도 낄낄거렸다. 홍삼이 다시 두툼한 볼살을 흔들면서 웃음을 터트렸다.

"황천패와 이년들에게 이불을 펴주면 밤새도록 씨만 까다 날 새겠네. 푸하하하! 조금 있다 점쟁이에게 물어보지 그러냐? 나중에 여장군이 된다든지 뭐 한자리 해먹을 수 없는지 말이야, 하하하……."

옥청이라는 기생이 홍삼에게 바로 눈을 흘겼다. 동시에 주먹으로 그의 이마를 때리는 시늉을 했다

"우리는 여장군 같은 건 관심 없어요. 어떻게 하면 종량從良(창기가 몸값을 내고 자유로운 몸이 됨)할 수 있을 것인가에만 관심이 있을 뿐이에요. 그런 다음 반안潘安(위진시대의 미남자)의 외모에 자건子建(조조曹操의 셋째아들인 조식曹植. 두보杜甫 이전에는 시성詩聖으로 불렸으며, 동진東晉 말기의 시인 사영운謝靈運은 '천하의 재주가 모두 한 섬이라면, 조식 혼자 그 중 여덟 말을 차지했다'고 그를 높이 평가했다)의 지략, 등통鄧通(전한前漢 문제文帝의 총애를 받아 동산銅山을 하사 받고 주전鑄錢을 허가받은 인물. 그가 주조한 등씨전鄧氏錢이 세상에 유포되어 '등통'은 돈의 대명사가 되었다)의 부를 가진 배필을 만나 잘 살 것인지에 관심이 있죠!"

홍삼과 금귀자는 옥청의 말이 끝나기 무섭게 코가 떨어져 나갈 정도로 크게 콧방귀를 뀌었다. 순간 황천패는 문득 의구심이 들었다.

'이것들이 혹시 무슨 냄새를 맡고 공개적으로 도발을 하는 것은 아닐까? 이자들의 정체에 대해 의심해볼 필요가 있지 않을까?'

그러나 길게 생각할 여유가 없었다. 우선 제자 주부민을 불러 귀엣말로 지시했다.

"의도적인지 아닌지는 모르겠으나 저런 것들의 입방아에 오르내린다

는 사실이 기분 더럽네. 일곱째를 시켜 혼쭐을 내주고 오게!"

주부민이 바로 대답했다.

"사부님께서 말씀하지 않으셔도 저자들은 오늘 뼈도 못 추리게 될 겁니다. 부영이 무쇠주먹을 움켜쥔 걸 보세요. 우리는 그만 가죠."

주부민은 말을 마치자마자 바로 황천패를 안내하면서 천막을 나섰다. 일행 다섯은 상방上房으로 들어가 일꾼이 들여보낸 대야에 발을 담갔다. 그리고는 앉은 채 두 발바닥을 마주 비벼 씻기 시작했다.

"여기는 너무 불편합니다. 남경에 가면 점주店主에서 일꾼에 이르기까지 전부 우리 애들이니 마음대로 말하고 행동해도 되는데 여기는 그렇지 못하잖아요!"

요부화의 투정에 황천패가 바로 입을 열었다.

"내가 부영에게 저 두 놈을 손 봐 주라고 한 것도 그 때문이네. 큰일을 하는 사람들이 콧구멍만 한 마을의 가게 하나 후려잡지 못해 도처에 이목이 번잡하게 해서야 되겠어? 부춘아, 가서 점쟁이에게 전해라. 금귀자에게 갈 것 없이 바로 이리로 건너오라고 말이야."

황천패가 제자들과 그렇게 대화를 주고받고 있을 때였다. 양부운이 들어섰다. 이어 황천패에게 예를 갖춰 인사를 올리려고 했다.

"사석에서는 나에게 예를 갖출 필요 없어. 연 나리(연입운)에게만 인사를 하면 된다."

양부운은 황천패의 말대로 남쪽으로 내려온 이후 늘 우울한 표정이던 연입운에게 인사를 올렸다. 그러자 연입운이 수건으로 발을 닦고 있다가 다급히 두 손으로 그를 부축해 일으켰다. 이어 황천패가 물었다.

"보아하니 벌써 놈들을 엎어버렸군. 신타神打, 혈타穴打, 질타跌打, 약타藥打 중 어떤 것인가?"

"약타예요. 놈들을 빠르게 골로 보내버릴 수 있죠."

양부운이 재밌어 죽겠다는 듯 히히히 하고 웃었다. 이어 덧붙였다.

"그들이 올 때가 됐어요. 저는 잠깐 피해 있을게요. 셋째형이 한참 데리고 놀고 나면 그때 제가 나설게요."

연입운이 무슨 영문인지 몰라 어리둥절해 하는 모습을 보였다. 그러나 양부운은 그런 연입운을 뒤로 하고 안방으로 들어가 버렸다.

과연 잠시 후 고부영이 등 뒤에 홍삼과 금귀자를 데리고 들어섰다. 그의 표정은 매우 근엄했다. 원래 연입운은 직예성 무림세가의 후예로 흑도黑道와는 거리가 먼 사람이었다. 보정保定에서 위기상황에 처한 뇌검雷劍을 구하다가 일지화 역영을 알게 된 다음 그녀를 향한 연모의 감정 때문에 백련교에 가담했을 뿐이었다. 반면 황천패 휘하의 십삼태보는 강호의 협객에서부터 거지, 불량배에 이르기까지 출신이 매우 다양했다. 그래서 신타神打, 혈타穴打, 질타跌打, 약타藥打 등 연입운이 듣도 보도 못한 이상한 무예나 술수에 능통했다.

연입운은 양부운이 홍삼과 금귀자 두 사람에게 약타라는 술수를 시전했다는 말을 듣고 나서 은근히 호기심이 동했다. 그러나 등불 밑에서 본 두 사람은 아무런 이상 없이 멀쩡해 보였다. 금귀자가 험상궂은 얼굴로 좌중을 두리번거리더니 투덜거렸다.

"대체 여기 뭐가 볼 게 있다고 우리를 꾀어 온 거야?"

"셋째형! 이 둘을 좀 보세요. 본인들은 멀쩡하다고 빡빡 우기지만 면음장綿陰掌을 맞은 것 같지 않아요?"

고부영이 금귀자의 말에는 아랑곳하지도 않은 채 연입운 옆에 서 있는 채부청을 향해 말했다. 이어 손가락으로 금귀자의 얼굴을 꾹꾹 눌렀다.

"인당印堂을 좀 보세요. 삶아놓은 돼지불알처럼 거뭇거뭇하고 불그죽죽하잖아요. 사백혈四白穴도 그렇고, 이 정명혈睛明穴과 인중혈人中穴 어디 하나 이상하지 않은 구석이 없어요. 곧 뒈지게 생겼는데 살려준다는 사람에게 군소리는…….”

금귀자는 곧 죽을 거라는 고부영의 말에 두 눈이 휘둥그레졌다. 이어 버럭 화를 냈다. 그리고는 자신의 이마를 쿡쿡 찌르고 턱을 툭툭 건드리면서 진흙 주무르듯 이리저리 만지는 고부영을 향해 침을 뱉으며 고함을 질렀다.

“기가 막힌 걸 보여준다더니 뭣들 하는 거야? 멀쩡한 사람을 환자 취급하고 지랄이야!”

“보내버려.”

채부청이 꼬아 올린 다리를 흔들면서 단호하게 말했다.

“다 죽게 생겼구먼! 내가 아무리 죽은 사람도 살리는 재주가 있다고는 하지만 손을 못 쓰겠어. 약도 없고……. 술맛 떨어지게 송장을 데려와 뭘 하자는 거야?”

금귀자가 채부청의 말에 냉소를 터뜨렸다.

“흥! 지들끼리 북 치고 장구 치고 잘하네. 무슨 약을 팔려고 그러나? 내가 팔아줄까? 흥! 감히 어느 안전에서 사기를 치려고……. 나는 말이야, 얼음 동굴에 갇히고 펄펄 끓는 기름가마에 들어가도 죽지 않는 사람이야. 홍삼, 가자고! 너희들 오늘 나를 헛걸음 시켰으니 가만 놔두지 않을 거야. 내일 보자구!”

금귀자가 말을 마치자마자 씩씩거리면서 돌아섰다. 그때 금귀자를 따라 돌아서던 홍삼이 갑자기 비명을 지르면서 그 자리에 쭈그리고 앉았다.

“이봐, 금귀자! 나 왜 이러지? 오른쪽 다리에 감각이 없어!”

“쳇, 겁쟁이!”

채부청이 궁시렁거리는 금귀자를 힐끗 쳐다보았다.

"다섯째, 왜 이런 자들을 데려왔어? 이건 틀림없이 여섯째가 한 짓이야. 이자들은 대체 어쩌다 여섯째를 화나게 했기에 면음장까지 맞은 거야? 어서 일꾼을 두어 명 불러 이자들을 끌어내. 더 굳어지기 전에 끌어내지 않으면 우리가 귀찮아진단 말이야."

채부청의 말이 채 끝나기도 전에 대수롭지 않게 문지방을 넘던 금귀자도 "아이고!" 하는 짤막한 비명과 함께 그 자리에 폭 고꾸라졌다. 갑자기 종아리가 차갑게 굳어지면서 주먹으로 내리치고 힘껏 꼬집어도 아무런 감각을 느끼지 못하는 듯했다. 얼마 후 그의 종아리에서 시작된 마비증상은 다리를 타고 급속도로 허리까지 치고 올라갔다. 홍삼과 금귀자는 그제야 뭔가 잘못 돼가고 있다는 두려움에 비명을 지르면서 구원을 요청했다.

"저희들이 눈 뜬 장님이라 여러 선배들을 알아보지 못하고 무례를 범했습니다. 제발 화를 거두시고 한 번만 살려주세요. 절대 은혜를 잊지 않겠습니다. 나는 이 세상에 면음장인가 뭔가 하는 것이 있다는 걸 전혀 믿지 않았어요. 겁 없이 까분 걸 용서해 주십시오!"

"별것도 아니네. 나는 또 면음장을 풀 줄 아는 줄 알았지. 하도 큰소리를 치기에!"

황천패가 코웃음을 치고 나서 채부청에게 말했다.

"셋째, 상대가 돼야 혼내주든가 말든가 하지. 풀어줘!"

채부청이 황천패의 명령에 내키지 않은 듯 시큰둥하게 대답을 했다. 이어 둘을 향해 차갑게 내뱉었다.

"속옷만 빼고 다 벗어. 홀랑 벗어! 우리 사부님 성질 건드렸다가 살아남은 놈들이 없는데 너희들은 어젯밤 꿈자리가 좋았나보다!"

울상이 된 채 싹싹 빌던 홍삼과 금귀자는 채부청의 명령에 부들부들 떨면서 옷을 벗었다. 옷을 벗은 홍삼은 가슴팍에 검은 털이 수북했다.

또 비계가 출렁대는 것이 검은 똥돼지 같았다. 반면 금귀자는 피골이 상접하고 앙상한 것이 굶주린 개가 혓바닥이 닳도록 핥아 먹고 간 뼈다귀 같았다. 두 사람의 상반되는 몸통을 본 태보들은 터져 나오려는 웃음을 억지로 참느라 고역이 따로 없었다.

"똑바로 서지 못해? 움직이지 마!"

"예……."

"나를 봐, 어디를 두리번거리는 거야?"

"예……."

곧이어 채부청이 갑자기 두 발을 탕 구르면서 "이얍!" 하고 고막을 찢을 듯한 기합소리를 냈다. 순간 깜짝 놀라 털썩 땅에 주저앉았던 홍삼과 금귀자가 비실비실 땅을 짚고 일어났다. 그 사이 채부청이 오른손을 길게 뻗어 밀었다 당겼다 원을 그리면서 기를 모으기 시작했다. 곧 혼신의 피가 얼굴에 몰린 듯 그의 안색이 새빨갛게 달아올랐다. 이어 그가 갑자기 덮치듯 두 손을 뻗어 둘의 가슴팍을 힘껏 밀었다. 순간 좌중의 사람들은 헉! 하고 놀란 숨을 들이마셨다. 저만치 나가떨어진 홍삼과 금귀자의 가슴팍 기문혈期門穴에서 다섯 손가락의 흔적이 선명하게 드러났던 것이다! 연입운은 사색이 돼 간신히 숨을 몰아쉬는 두 사람을 보면서 속으로 흠칫 놀랐다. 그가 황천패에게 귀엣말로 물었다.

"방금 저것이 면음장입니까?"

황천패가 낯빛 하나 변하지 않고 연입운을 쳐다봤다. 그리고는 홍삼과 금귀자에게로 눈길을 돌렸다.

"그러네. 산동성 단목세가端木世家의 절학絕學이지. 여섯째가 어깨 너머로 훔쳐냈어. 이 때문에 내가 여러 차례 사례를 하려고 단목세가를 찾아갔었지. 그리고는 절대 이걸로 돈을 벌거나 살인을 하지 않겠다고 했어. 또 제삼자에게 전수하는 일이 없게 하겠노라고 사나이로서 맹세를 했지. 그러고 나서야 겨우 여섯째의 목숨을 지킬 수 있었다네. 자네 두 사람이 무슨 말을 잘못해 우리 여섯째를 화나게 만들었나본데, 두 번 다시 이런 일이 있어서는 안 되겠네. 걱정하지 말게, 이번에는 징계만 하고 목숨만은 살려줄 테니."

홍삼과 금귀자는 그제야 황천패가 여섯째의 사부라는 사실을 알고는 주저하지 않고 그 앞에 무릎을 꿇었다. 이어 죽어라고 머리를 조아리면서 살려달라고 애원했다.

"대사부님, 이놈들이 큰 불경을 저지르고 말았습니다. 제발 여섯째어르신을 불러 저희들의 목숨을 살려주십시오. 아직도 무릎 아래에는 감각이 없습니다."

채부청이 마치 서당 훈장이 학생을 훈계하는 투로 입을 열었다.

"아까 내일 다시 오겠다고 했나? 면음장은 강호에서 실전失傳된 지 백삼십 년이 넘는 단목세가의 비급秘笈에 나오는 절정의 무공이야. 면음장을 맞은 사람은 온몸의 뼈가 마비돼 죽을 때까지 손가락 하나 까딱할 수 없지. 더 무서운 것이 뭔 줄 알아? 눈과 귀, 감각에는 아무 이상이 없다는 거야. 마치 죽은 시체처럼 보이지만 실제로는 죽지 않은 몸이 어떤 느낌일지 상상이 가?"

홍삼과 금귀자 두 사람은 그제야 사태의 심각성을 깨달은 듯 안색이 창백해졌다. 이어 식은땀을 흘리면서 다시 애원했다.

"대사부님, 여러 어르신들! 제발, 제발 살려 주십시오. 두 번 다시 이 바닥에서 깝죽대지 않겠습니다. 앞으로 사부님을 큰어르신으로 모시고 소가 되고 말이 되어 충성하겠습니다!"

그때 양부운이 발을 걷고 들어왔다. 이어 히죽거리면서 두 사람의 엉덩이를 힘껏 걷어차더니 걸쭉한 욕설을 퍼부었다.

"제기랄, 이 어르신이 도박에서 지고 네놈들에게 화풀이를 좀 했다.

거의 뒈지려고 할 때 살려줘서 돈이나 좀 뜯어내려고 했더니만! 젠장, 다섯째 형은 왜 중뿔나게 나서서 남의 좋은 일을 방해하고 그러오? 옛다, 이 약이나 처먹어."

홍삼과 금귀자는 양부운이 던져준 약을 허겁지겁 입안에 털어 넣었다. 이어 죽어라고 머리를 조아렸다.

"여섯째어르신, 고맙습니다. 도박 빚이라면 걱정하지 마십시오. 고자당 도박판은 우리 형제의 관할 범위입니다. 어르신께서 하룻밤에 이백 냥씩은 벌 수 있도록 소인이 조처해 드리겠습니다."

21장
점쟁이의 비밀

　양부운은 홍삼과 금귀자에게 기괴한 자세를 취하도록 했다. 그리고는 눈을 지그시 감고 그럴 듯하게 기를 운용하기 시작했다. 과연 한참 후 채부청에 의해 가슴에 벌겋게 찍혔던 손바닥 자국이 천천히 사라지기 시작했다. 사실 양부운이 엉덩이를 걷어찼을 때 두 사람의 마비된 다리는 거의 다 풀린 상태였다. 다만 지나친 두려움 때문에 그 사실을 몰랐을 뿐이었다. 양부운이 두 사람에게 준 '약' 역시 객잔 담 모퉁이에서 파온 흙일뿐이었다. 아무튼 두 사람은 양부운의 기공치료를 받아 마비 증세가 가신듯 없어지고 전처럼 몸을 자유롭게 놀릴 수 있게 되자 좋아서 헤헤거리면서 쿵쿵 머리를 조아렸다.

　"여섯째어르신께서 내치지만 않으신다면 저희 둘은 착실하고 충성스러운 제자로 여섯째어르신의 문하에 들고 싶습니다! 그 어떤 험한 경우가 닥치더라도 눈 하나 깜빡하지 않고 자리를 지키겠습니다!"

금귀자에 이어 홍삼 역시 동조했다.

"우리의 무공은 여섯째어르신에 비하면 저 연못가의 두꺼비보다 못한 것입니다. 여섯째어르신을 스승으로 모시고 여러 형제분들의 장사에 길잡이가 돼 드리겠습니다. 금릉 전체는 장담할 수 없으나 막수호 동부와 영곡사靈谷寺 서쪽 지역은 자신 있습니다. 구리를 녹이든 소금을 내다 팔든 어떤 놈도 감히 훼방을 놓지 못할 것입니다!"

양부운이 황천패를 바라봤다. 황천패가 고개를 약간 끄덕였다. 그러자 양부운이 천천히 입을 열었다.

"그건 내 마음대로 할 수 없어. 나에게도 사부님이 계시거든. 비록 지금은 강호에서 발을 빼고 금분金盆에 손을 씻었다지만 그래도 한번 사부는 영원한 사부 아니겠나!"

홍삼과 금귀자는 무릎걸음으로 황천패에게 다가갔다. 이어 자신들을 받아들여줄 것을 간청했다.

"여섯째, 대충 혼내주고 끝내면 될 일을 이리 시끄럽게 만들어서 어쩌겠다는 건가? 갈 길도 급한데……."

황천패가 한숨을 짓고는 덧붙였다.

"우리는 당당한 장사꾼이야. 언제 어디서든 본분은 망각하지 말아야 할 거 아닌가. 강호 무리와 얽히는 건 장사꾼의 길을 포기하겠다는 얘기야. 들어가기는 쉬워도 나오기는 힘든 것이 강호라고 하지 않았더냐?"

양부운이 연신 고개를 끄덕이면서 잘못을 인정했다.

"구구절절 지당하신 말씀입니다만 저것들이 사부님을 욕되게 하는 데는 도저히 참을 수 없었습니다. 우리 사부님이 누구라는 걸 이참에 똑바로 보여주고 싶었습니다. 너희들은 우리 사부님이 누구인 줄 알아? 바로 하룻강아지 같은 네놈들이 겁 없이 나불나불 씹어대던 '동북 호랑이'야. 성은 황, 함자는 천패를 쓰시는 황천패 어르신이시다!"

"예?"

홍삼과 금귀자는 약속이나 한 듯 두 눈이 튀어나올 정도로 놀랐다. 그제야 비로소 자신들이 황천패에게 잘못 걸렸다는 사실을 깨달은 듯했다. 둘은 순간 "황천패가 기생년들에게 한 수 배워야겠다"고 낄낄거리면서 했던 농담을 떠올렸다. 등골에 식은땀이 흐르고, 소름이 끼치며 머리끝이 바짝 일어섰다. 둘은 용서를 빌고 죄를 청하느라 이마가 터질 지경이 됐다. 그러자 황천패가 말했다.

"정식으로 우리 황가의 산문山門에 들어올 수는 없네. 나는 제자들을 데리고 전국 각지를 돌면서 장사를 해야 하거든. 여섯째, 이들이 소망하는 건 자네의 무술을 한 수 배우는 것일 터이니 자네가 양아들로 삼아 데리고 있는가 하게. 금릉은 우리가 앞으로 자주 드나들 곳이니 발 편히 뻗고 잠잘 수 있도록 많은 벗을 사귀는 것도 나쁘지는 않겠지."

강호에서는 스승을 모시거나 제자를 들이는 것이 크게 체면이 서는 자랑거리였다. 그러나 홍삼과 금귀자의 경우는 달랐다. 어영부영 하다가 스승도 아니고 팔자에도 없는 양아버지를 모시게 생겼다. 누구에게 말하기도 창피했다. 순간 둘은 무릎을 꿇은 채 멍하니 앉아 가타부타 대답을 하지 않았다. 그러자 연입운이 빙그레 웃었다.

"왜? 그렇게는 못하겠다는 뜻인가?"

금귀자가 공수를 하면서 바로 아양을 떨었다.

"그런 건 절대 아닙니다! 대단한 스승님의 문하에 드는 일은 세 살배기 코흘리개들의 땅따먹기 놀이처럼 간단한 일이 아니지 않겠습니까. 저희들은 아직 양아버지로 모실 여섯째어르신의 존함조차 모릅니다. 또 저희들이 예전부터 모시던 사부님이 계시는지라 그쪽에도 말씀을 올리는 것이 도리일 것 같습니다. 저희들은 일단 거처로 돌아가 첩자帖子와 향촉香燭을 준비하겠습니다. 조만간 길일을 택해 정중하게 배례식拜禮

式부터 올리는 것이 좋을 듯합니다."

황천패는 홍삼과 금귀자가 양부춘의 양아들이 되는 걸 그리 내키지 않아 한다는 사실을 눈치챘다. 그는 재미있다는 듯 껄껄 웃음을 터트렸다.

"자네들이 이마를 찧으면서 스승으로 모시겠다고 간절히 청한 것이지 우리가 오라고 애원을 한 것이 아니지 않은가! 저 사람은 나의 제자 양부운이야. 아직 강호바닥에 소문날 정도로 큰일을 해낸 사람은 아니나 아까 봤다시피 호락호락한 인물은 아니지. 자네들 말에도 일리가 있으니 돌아가 천천히 상의해보게. 됐네, 그만 물러가게!"

홍삼과 금귀자는 더 이상 머물다가는 빼도 박도 못하는 신세가 될까 봐 얼른 일어났다. 이어 공수를 하고는 꼬리를 내린 채 밖으로 나갔다. 그 모습을 보고는 가부춘이 입을 열었다.

"저것들은 아직 완전히 무릎을 꿇지 않았습니다. 조만간 어떤 식으로든 결판을 보려고 나올 게 분명합니다. 오줌을 질질 쌀 정도로 더 혼쭐을 내서 보내야 하는 거 아닙니까?"

"별 볼 일 없는 나부랭이들이네. 그럴 가치도 없어. 남경 강호 바닥의 형세도 예전 같지 않다는 걸 알아야 하네. 요즘 남경 흑도黑道를 움켜잡은 총 두목은 개영호蓋英豪라는 자이네. 이름만 들어도 방귀깨나 뀔 놈 같지 않은가? 우리는 그자들과 이 바닥의 세력을 다투기 위해 싸우러 온 것이 아니네. 그러니 적당히 응수만 하면 돼. 굳이 피를 부를 필요가지는 없네. 절대 긁어 부스럼 만드는 일이 없도록 하게."

황천패의 말이 끝나는 순간 유용이 들어섰다. 사람들이 모두 일어나 반갑게 맞았다. 황천패가 먼저 입을 열었다.

"숭여崇如(유용의 호) 나리, 정말 고생이 이만저만 아닌 것 같소. 팔자에도 없는 점쟁이 노릇을 하느라 이리저리 불려 다니니 옆에서 보기에도 민망하오."

유용은 자줏빛 두루마기를 입고 있었다. 또 허리에는 검은 띠를 두르고 가벼운 단화를 신은 날렵한 차림이었다. 게다가 말끔하게 면도를 해서 그런지 매우 점잖고 무게 있어 보였다. 사람들이 일어나 공수하면서 예를 갖추자 유용 역시 황급히 맞절을 했다. 그리고는 황천패가 권하는 상석을 마다하고 나무걸상 하나를 끌어당겨 앉았다.

"다들 앉으시죠! 누가 뭐라 해도 나는 아직까지는 측자測字(파자破字를 해서 점을 봄) 선생이에요. 여러분들은 장사꾼이고!"

연입운은 유용의 얼굴을 보자마자 북경에서 만났던 유통훈의 얼굴을 떠올렸다. 둘이 부자지간인 줄 모르는 사람이 보더라도 유용은 영락없는 유통훈의 아들이었다. 키만 훌쩍 더 클 뿐 생김새는 말할 것도 없고 미간에서 느껴지는 위엄까지도 유통훈과 꼭 닮았다. 아마 말을 하지 않으면 아무도 강호를 덜덜 떨게 만드는 유용이라는 인물이 고작 스물여섯 살밖에 되지 않은 젊은이에다 해원解元(향시鄕試에서의 장원) 출신에 청화한림靑華翰林의 진사라는 것을 상상하지 못할 터였다. 연입운이 속으로 감탄해마지 않고 있을 때였다. 유용이 질문을 던졌다.

"이분은 연 선생이죠?"

연입운은 유용이 처음부터 자신에게 관심을 보일 줄은 생각조차 하지 못하고 있다가 갑작스런 질문에 당황했다. 그는 황급히 몸을 숙여 예를 갖추었다.

"소인, 연입운이라고 합니다. 잘 부탁드립니다."

"지금 이 순간부터 소인이니 대인이니 하는 그런 호칭은 모두 거둬들여야겠어요."

유용이 두 눈을 반짝이면서 단호한 어투로 말했다.

"그리고 연 선생, 복장을 바꿔야겠어요. 황보수강과 호인중 둘 다 남경에 있다고 해요. 심지어 이 지역의 흑도 두목 개영호와 손잡았다는 첩보도 입수했어요. 그자들은 이미 철패호령鐵牌號令을 내렸다고 해요. '반교적'叛教賊 연입운을 생포하는 자는 당주堂主 자리에 앉히고 동전 이백 냥을 상으로 내리겠다고 선언했다는군요."

연입운은 유용의 말에 얼굴이 귀밑까지 달아오르는 창피함을 느꼈다. 예전에 그는 생업은 말할 것도 없고 가족까지 포기하고 백련교에 뛰어들었던 사람이었다. 그러나 그는 역영처럼 천지개벽이나 '멸청부명'滅淸扶明(청나라를 멸하고 명나라를 부활시킨다) 등과 같은 거창한 꿈을 가진 것은 아니었다. 그렇다고 벼슬에 큰 뜻이 있는 것도 아니었다. 오로지 역영의 마음을 얻어 그녀와 더불어 단란한 가정을 꾸리는 것이 유일한 소원이었다. 그런데 중간에 중뿔나게 호인중이라는 자식이 끼어들었다. 그 바람에 역영과의 관계는 모래알처럼 서걱서걱해졌다. 심지어 역영은 연입운을 점점 냉대하기에 이르렀다. 그는 그것을 참지 못하고 조정에 귀순하는 선택을 하고 말았다. 그도 한때는 강호를 주름 잡았다. 넓은 중원 천지에 적수가 없을 정도로 무예실력이 뛰어나다고 명성을 떨쳤다. 그러나 막상 귀순한 뒤에도 그의 처지는 별로 나아지지 않았다. 본인과 실력이 막상막하인 황천패의 수하에 들어가 숨을 죽이고 지내야 했다. 부항과 유통훈 역시 그를 별 볼 일 없는 존재로 무시했다. 그러니 그의 속이 편할 리 만무했다. 점점 가슴속에 울분만 가득 쌓여 갔다. 설상가상으로 이제는 그가 애모해마지 않던 여자가 자신을 고작 동전 200냥을 내걸고 잡아들이려 하고 있었다. 그는 어쩌다가 자신이 이렇게 하찮은 존재로 전락했는지 알 수가 없었다. 급기야 분노와 원망, 그리고 서러움까지 뒤섞인 눈물이 차올랐다. 그는 두 눈 가득 고인 눈물을 떨어뜨리지 않으려고 이를 악물었다.

"그래요? 좋습니다. 제가 그 연놈들을 잡아 동전 한 닢에 나리께 팔아넘길 테니 기다려주십시오!"

결국 두 줄기 눈물이 연입운의 볼을 타고 흘러내렸다.

"무슨 사내대장부가 눈물이 그리 헤픕니까!"

황천패는 연입운이 무엇 때문에 눈물을 흘리는지 누구보다 잘 알고 있었다. 그러나 유용은 연입운의 과거에 대해 잘 몰랐다. 그는 사내가 웬 눈물이냐며 먼저 가볍게 나무랐다. 그런 다음 위로의 말을 건넸다.

"그자들은 이런 식으로 굴욕을 줘서 연 선생을 유인하려는 거예요. 풀숲을 쳐서 뱀이 기어 나오게 하는 것처럼 연 선생이 흥분해서 모습을 드러내기를 기다리는 것이죠. 그것은 궁극적으로는 내 뒤를 캐자는 저의가 깔려 있는 것입니다. 절대 저들의 덫에 걸려들면 안 되겠죠. 《삼국연의》를 보면 이런 일화가 있지 않습니까. 제갈공명이 사마의司馬懿(사마중달)에게 도전장을 보낸 적이 있었어요. 그런데 사마의는 그에 응하지 않았죠. 그러자 제갈공명은 사마의의 출전을 촉발하기 위해 격장법激將法을 쓰기로 했죠. 일부러 사자使者를 보내 여자 옷을 전달한 겁니다. 그건 '당신이 이래도 안 나오면 아녀자와 다름없는 졸장부다'라는 의미였겠죠. 그런데 옷을 받아든 사마의는 어떻게 했나요. 사자가 보는 앞에서 그 옷을 입었다고 하지 않나요? 어떤 일에 부딪쳤을 때 큰 목적을 위해서는 적당히 물러서고 굽히고 인내할 줄 알아야만 진정한 사내대장부라는 사실을 말해주는 대목이 아니겠어요!"

양부운이 고전을 인용해 위로하는 유용의 말을 듣더니 씩 하고 웃었다. 그리고는 직설적으로 말했다.

"나는 연 나리의 일편단심을 도무지 이해할 수 없네요. 역영 그 계집은 나도 몇 번 본 적이 있어요. 생김새는 그만하면 쓸 만하더군요. 그러나 아무리 고와도 나이가 있잖아요. 이제 막 서른을 넘긴 영걸英傑이 내일 모레면 환갑인 노파를 좋아해서 뭘 어쩌겠다는 거예요? 늙어 보이지 않으려고 아등바등 역용술易容術을 쓰는 걸 누가 모를까봐? 그게 오래 가면 얼마나 오래 가겠어요? 혹시 무덤을 파본 적 있어요? 나는 어렸을 때 어중이떠중이들을 따라 안 해본 일이 없어요. 무덤을 파보면 간혹 잠자는 선녀처럼 자색이 뛰어난 여자 시체도 있어요. 정말 막 만지고 깨물어주고 싶을 정도로 아름답지만 밖으로 옮겨 바람을 맞히면 완전히 다른 모습이 되고 말아요. 피부색이 변하고 모양도 일그러져 눈 뜨고는 못 볼 정도가 되죠. 아마 역영은 파신破身(처녀성을 잃음)하는 순간 쥐가 파먹은 호박처럼 쪼글쪼글한 할망구가 돼버릴 걸요? 그 꼴을 어쩔 거예요!"

　양부운의 말에 좌중의 사람들은 모두 웃었다. 연입운 역시 점차 마음이 진정되는지 안색이 훨씬 밝아졌다. 그러자 이번에는 워낙 입담이 걸쭉하고 농담에 관한 한 둘째가라면 서러워할 주부민이 끼어들었다.

　"사내가 계집을 좋아하고 계집이 사내에 미치면 약도 없는 법이에요. 저의 먼 친척이 자기보다 자그마치 열세 살이나 연상인 꼬부랑 할미를 정실로 들이겠노라고 고집을 피운 적이 있어요. 그때 옆에서 좋게 말리다 못해 누군가가 그러지 말고 아예 양어머니로 삼는 게 어떻겠느냐고 한마디 했죠. 그랬더니 그 사람이 벌컥 화를 내면서 하는 말이 '여자가 열세 살 연상이면 소머리만 한 금덩이를 낳는다는데 굴러들어온 복을 왜 차느냐'며 악을 쓰더래요. 그래서 내가 살살 약을 올렸어요. '그 여자 몸에서 나는 노린내가 얼마나 지독한지 십리 밖에서도 다 냄새를 맡고 구역질을 할 정도랍니다. 그렇게 냄새나는 여자와 밤일이나 제대로 할 수 있겠어요? 금덩이는 둘째 치고 냄새 때문에 제 명에 못 살 것 같은데……' 이랬더니 글쎄 자기는 그 냄새만 맡으면 발정난 개새끼 저리 가라 할 정도로 흥분된다나요? 나 원 참, 한심해서! 주근깨가 다닥다닥한 얼굴이 뭐가 예쁘냐고 물으니 자기 눈에는 그 주근깨들이 전부 꽃으로 보인다고 하니 말 다했지 뭐예요."

주부민의 말에 사람들은 또다시 일제히 폭소를 터뜨렸다. 마냥 엄숙한 표정이던 유용도 빙그레 웃었다. 연입운은 자신이 역영의 그림자로부터 벗어날 수 있도록 모두들 열심히 도와주고 있다는 사실을 아는지라 표정이 한결 밝아졌다.

"여러분의 깊은 뜻을 내가 어찌 모르겠습니까! 나는 역영을 잊지 못해 이러는 게 아니에요. 다만 내가 그녀에게는 한낱 노리개에 불과했다는 사실이 분해서 눈물이 났던 거예요. 유 나리, 아까 복장 얘기를 하셨는데, 사실 내가 아무리 교묘하게 변장을 해도 워낙 강호에 많이 알려진 얼굴이라 그자들이 못 알아볼 리가 없어요. 아예 당당하게 정면 돌파하는 게 나을 것 같네요. 나는 조정에 귀순한 이래 촌척의 공로도 세우지 못해 마음이 대단히 불편합니다. 그러니 내가 조정에 투항한 사실을 저자들이 아직 잘 모르고 있을 때 혼자 금릉 흑도로 들어가 두목 개영호를 만나보고 싶네요. 그자의 신임을 얻어 금릉 흑도의 명맥을 장악할 수만 있다면 일지화를 색출하는 것은 일도 아니라고 생각해요. 만약 이 방법이 여의치 않다면 이 사람은 흔쾌히 조정을 위해 역영이라는 월척을 낚기 위한 미끼가 되겠습니다!"

유용이 형형한 눈빛을 한 채 연입운을 쳐다봤다. 감동한 듯했다.

"그 뜻과 용기가 가상하네요! 그게 바로 가부家父께서 생각해내신 방책이에요. 황부종黃富宗과 황부요黃富耀, 황부조黃富祖는 이미 개영호에게 접근하는 데 성공했어요. 황부위黃富威, 황부양黃富揚은 원래 이곳 금릉 토박이여서 얼굴이 많이 알려진 데다 황천패 공의 양자라는 사실까지 알려져 다른 곳으로 갔죠. 황부위는 과주瓜州에서 소기의 목적을 달성해 그곳 흑도의 두목이 됐다고 해요. 얼마나 다행인지 모르겠어요. 황부양도 양주揚州에서 활약을 펼치고 있다고 하고요. 강호 바닥의 말을 빌자면 일지화 일당의 '단물만 쪽쪽 빨아먹고' 다닌다고 하네요. 역영의 '시녀'로 알려진 당하唐荷라는 계집까지 만났다고 하는군요!"

좌중의 사람들은 유용의 말을 듣고 모두들 기쁨을 금치 못했다. 황천패 역시 놀랍고 기뻤다. 자신이 여섯 명의 제자들을 거느리고 금릉으로 내려온 사이 일곱 명의 양자들이 이미 강남 흑도 두목인 개영호에게 성공적으로 접근해 유리한 입지를 선점했다고 하니 흐뭇하기 짝이 없었다. 그러나 역시 가장 먼저 흥분을 감추지 못한 것은 연입운이었다.

"당하 그년이……, 양주에 있으면 역영도 분명히 같이 있을 겁니다. 한매, 뇌검, 교송, 당하 네 사람은 항상 일지화 옆에 붙어 있거든요!"

유용은 여전히 차분한 모습이었다.

"요즘은 연 선생이 그 무리에 있을 때와는 상황이 크게 달라졌어요. 일지화는 이제 본인이 직접 움직이는 일이 없다고 하네요. 그의 부하들이 강호 흑도들과 휩쓸려 다니면서 비밀집회를 열고 시약치병施藥治病이라는 미명하에 사이비 종교를 퍼뜨리고 다닌다는군요. 뇌검과 호인중은 종적을 감춘 지 오래됐답니다. 한매, 교송, 당하도 종적이 표홀飄忽해 언제 어디서 불쑥 나타날지 감을 잡을 수 없다고 해요. 염방鹽幇, 조방漕幇을 비롯한 삼교구류들 중 청방靑幇을 제외한 나머지 무리들은 모두 그자들과 음으로 양으로 선을 대고 있다고 하고요. 또 홍방紅幇은 강남, 직예 뿐만 아니라 양자강 동서의 각 성들에 몇 십만 명의 무리들을 거느리고 있다고 하네요. 그러니 조정에 대적하는 이 방幇, 저 파派들 중 실력이 최고라는 얘기를 듣겠죠. 나 역시 역영과 왕래가 가장 잦고 가깝게 얽혀 있는 무리가 바로 홍방이라고 들었어요. 개영호도 홍방을 등에 업고 '금릉 지장왕'金陵地藏王이라는 평판을 얻었다고 해요. 그러니 개영호 그자만 매수한다면 강남이 아무리 크다고 해도 역영이 발 디딜 곳은 아무 데도 없을 거예요."

황천패와 연입운은 유용의 말을 다 듣고 나자 비로소 유통훈 부자의 전략을 알 것 같았다. 그건 역영이 강호 바닥에 깊숙이 은둔한 채 흑도의 여러 무리들을 등에 업고 호시탐탐 시기를 노리고 있는 상황에서 이쪽에서 승산을 거머쥐려면 강호의 이 방, 저 파들과 거미줄처럼 얼기설기 연줄을 달고 있는 황천패의 십삼태보들을 이용한다는 전략이었다. 한마디로 '눈에는 눈, 이에는 이'의 격으로 똑같은 방법으로 역영의 뒤통수를 노린다는 것이었다. 놀랍게도 유용은 금릉에 잠입한 지 불과 몇 개월밖에 안 되는데도 이미 그토록 치밀한 계획을 세우고 실행에 옮기고 있었다. 연입운과 십삼태보는 유용을 다시 한 번 우러러 볼 수밖에 없었다. 자신보다 관직이 낮다고 은근히 얕잡아보는 마음이 없지 않았던 황천패 역시 그런 생각을 버리고 공경심이 우러났다. 아니나 다를까, 그가 의자에 앉은 채로 유용을 향해 허리를 깊숙이 숙였다.

"유 나리! 우리는 하나같이 초망지사草莽之士들이라 정무에도 문외한이고 이렇다 할 도략韜略도 없는 멍청이들이오. 그러니 나리의 지휘와 배치에 무조건 따르겠습니다. 이 사람 생각에는 역영은 폐하의 이번 남순南巡 길에 틀림없이 뭔가 움직임을 보일 것 같습니다. 그러니 그전에 반드시 개영호의 둥지에 불을 질러 역영이 튀어나오게 해야겠습니다. 그리 되면 폐하께서 남순하실 때 안전을 확보함은 물론 폐하의 수년간의 숙원을 풀어드릴 수도 있으니 일석이조가 아니겠습니까?"

유용은 황천패의 말이 끝나자 고개를 끄덕였다. 이어 짙은 눈썹을 모으며 엄숙하게 말했다.

"윤계선은 이미 남경에 도착했어요. 원래는 김홍이 총독 자리를 내놓고 북경으로 가서 폐하를 알현한 연후에 윤계선이 도착하는 것으로 알고 있었어요. 그러나 오늘 전달된 어지에 따르면 김홍은 북경에 갈 것 없이 남경에서 어가를 맞으라고 하셨어요. 폐하의 남순 길 경호는 가부家

父(유통훈)와 윤계선 대인께서 총책임을 맡기로 하셨고요. 그것은 그쯤 알고 있으면 되겠고, 우리는 강호의 동향을 면밀히 주시해야 해요. 개영 호와 역영의 움직임에 따라 발 빠르게 대응하면 되겠어요. 모두 맡은 임 무에 책임을 지고 최선을 다해야 할 거예요. 혹시 실수라도 하거나 대사 에 차질을 빚는 날에는 우리는 아무도 살아남지 못할 거예요. 결코 용 서 받을 수 있는 죄가 아니라는 얘기죠. 그리고 나는 지금 '점쟁이' 신 분이에요. 이 신분은 편리할 때도 있으나 간혹 불편할 때도 있을 거예 요. 그러니 황 형님과 연 형님이 많이 협조해줘야겠어요."

"그럼요!"

황천패와 연입운 두 사람은 약속이나 한 듯 동시에 몸을 숙이며 대 답했다.

"다른 데 가지 마시고 여기 있으세요. 낮에는 이목이 많아 힘들겠지 만 밤에는 우리가 그날 일을 보고 올리도록 하겠습니다."

유용이 빙그레 웃으며 황천패의 말을 받았다.

"밤에도 가끔 방에 없을지 모르겠어요. 팔자에도 없는 점쟁이 노릇으 로 꽤나 이름이 났으니 말이에요. 보자고 하는 사람이 있으면 가지 않 을 수 없지 않겠어요?"

유용이 말을 마치고 껄껄 웃었다. 그때였다. 밖에서 누군가 부르는 소 리가 들려왔다.

"점쟁이 선생, 안에 계시오?"

유용이 밖에서 들려오는 소리를 듣더니 일부러 목소리를 크게 높였 다.

"어서 드시오! 가 선생, 방금 그 '휴'休자는 말이요, 그건 이렇게 해석 할 수 있겠소……."

유용이 열심히 점을 봐주는 척하면서 가부춘을 향해 돌아앉았다. 잠시 후 한 사람이 천천히 방문을 열고 들어왔다. 그는 회색 두루마기에 검정색 비단 마고자를 받쳐 입고 있었다. 이마에 꼭 끼는 육각형 과피모瓜皮帽를 쓴 마흔 살쯤 된 진신縉紳(관리)이었다. 황천패는 그의 얼굴이 희고 팔자수염이 깔끔한 데다 어딘가 범접하기 어려운 품격까지 느껴지는 터라 감히 만만하게 대하지 못하고 손을 내밀어 자리를 안내했다.

"잠시만 기다리시오. 우리 가 선생의 사주가 나오는 대로 그대의 점을 봐주실 거요."

남자는 아무 말 없이 자리에 앉았다. 유용이 제법 그럴듯한 자세를 한 채 점괘를 푸는 척했다.

"글자 풀이를 해보면 이 '휴'休자는 길흉이 반반씩이오."

가부춘은 유용의 능청스러운 말을 듣고 허벅지를 힘껏 꼬집었다. 그는 그렇게 해서 겨우 웃음을 참았다.

"이 글자를 파자해 보면 한 사람이 나무에 기대어 있는 상像을 하고 있지 않소? 이로 미뤄볼 때 선생은 어려서 부친을 잃고 홀어머니 밑에서 장성한 사람이오. 어떻소?"

가부춘은 유용이 임기응변으로 자신을 붙잡고 놓아주지 않자 처음에는 우습게만 여겼다. 그러다 유용의 풀이를 듣고는 어느새 다리를 꼬집던 손을 느슨하게 내려놓고 말았다. 자신이 홀어머니 밑에서 자란 사실은 여태껏 아무에게도 알려주지 않은 비밀이었던 것이다. 가부춘이 적이 놀란 표정을 지은 채 반쯤 몸을 일으켰다.

"그걸 어찌 아시오? 계속하시오, 계속!"

유용이 고개를 끄덕였다. 그리고는 한숨을 지었다.

"초목草木은 음양오행설에서 음陰에 속하오. 고로 목木은 같은 음인 모母로 볼 수 있소. 영당令堂(타인의 모친을 존대하는 호칭)은 현숙하고 성품이 온화하신 분이죠? 다만 아비 없는 자식이라 가여운 마음에 어렸을 적부터 가 선생을 너무 자유롭게 키웠던 것 같소. 이런 말까지 하기는 뭣하나 소년시절의 가 선생은 배운 것 없이 뭐든지 멋대로 하고 다녀서 보는 사람마다 고개를 내젓고 개들조차 피해 다니는 불량배였다고 나와요. 그러나 목木을 파자하면 '십팔'十八이오. 그 옆에 사람 '인'人자가 붙어 있으니 '열여덟 살에 비로소 인간이 된다'는 뜻으로 풀이할 수 있소. 그러니 선생은 열여덟 살 이후에 새사람으로 거듭난 것 같소. 다만 모친께서 이미 작고하셨으니 환골탈태한 자식의 모습을 보여주지 못한 것이 평생 유감이 된 것 같소."

유용이 말을 맺고 나서 깊은 한숨을 토해냈다. 가부춘은 어느새 눈물범벅이 돼 있었다. 눈물을 비 오듯 쏟던 그는 몇 번이고 입을 열어 무슨 말을 하려고 했다. 그러나 말이 잘 나오지 않았다. 한참 후 그가 겨우 흐느낌을 멈추고 말했다.

"여러분은 오늘 처음 알게 된 사실일 테지만 사실 이는 내 마음속에서 지울 수 없는 아픔이었어요. 나는 불쌍한 모친에게 평생 사람 구실하는 모습을 보여주지 못한 불효자였죠……."

"지나치게 자책하지는 마시오. 영당께서는 평생 베푸는 삶을 사셨고 남에게 모진 소리 한 번 안 하신 어덕語德이 크신 분인지라 구천에서도 편히 잘 계시오. 그 모친의 음덕을 입어 선생도 필히 후복後福이 있을 것이라 점쳐지오."

좌중의 사람들은 7척 사내가 어깨까지 들썩이면서 우는 모습에 마음이 아팠다. 어쩐지 눈앞의 광경이 연극 같다는 생각마저 들었다. 어쨌거나 유용이 다시 천천히 말을 이었다.

"목木은 동방청룡東方靑龍의 상을 보이고 있소. 그 혜택으로 선생은 무난한 삶을 살게 될 거요. 하루살이는 자체의 힘찬 날갯짓만으로는 높고 멀리 날 수 없으나 천리마의 꼬리에 붙으면 적어도 천리는 날 수 있지 않겠소? 더 이상의 큰 시련은 없을 것 같소."

솔직히 좌중의 사람들은 유용이 당초 계획대로 '점쟁이' 행세를 한다는 얘기를 들었을 때 별로 대단하게 생각하지 않았다. 그가 그저 귀동냥해온 몇 마디 용어로 사람들의 이목을 속이는 줄만 알았다. 그러나 그게 아니었다. 그의 말에 가부춘이 울고 웃는 것을 지켜본 좌중의 사람들은 저절로 숙연해지기까지 했다. 그 사이 마음을 진정시킨 가부춘은 책상 앞으로 다가가 종이에 비뚤비뚤 '휴'休자를 그려 유용에게 공손히 받쳐 올렸다.

"그동안 우연찮게 점을 볼 기회는 많았소. 그러나 그대처럼 고명하신 분은 처음이오. 죄송하지만 봐주시는 김에 이 사람의 후반생後半生이 어떨는지도 좀……."

"이 '휴'休자는 민간에서 흘려 쓰는 속체俗體로 쓰면 '낙'樂의 간체자簡體字와 비슷하오. 이는 선생의 후반생이 큰 영광과 부귀는 기대할 수 없으나 별다른 파란도 없이 일신의 안락은 보장된다는 뜻으로 볼 수 있겠소. 그런데 방금 들어온 선생은 이처럼 파자破字 점을 원하시오, 아니면 팔괘의 역점易占을 원하시오?"

유용이 가부춘에게 한참 설명을 하다 말고 갑자기 한쪽에 앉아 있던 사내에게 물었다. 열심히 귀를 기울이던 사내는 관리인 듯했다. 갑작스런 물음에 사내는 읍을 하면서 입을 열었다.

"나는 강녕江寧 현아문에서 일하는 사람이오. 우리 현령께서 그대를 초대하셨소. 듣다 보니 나도 모르게 선생의 풀이에 빨려들었소. 나도 이런 기회에 선생께 몇 가지 여쭤보고 싶은 것이 있소."

"다른 누군가를 대신해 묻고 싶은 것이 아니오?"

유용이 대뜸 되묻자 관리가 흠칫 놀라는 표정을 지었다.

"아니 그걸 어떻게? 거 참, 신기하네!"

유용이 바로 입을 열었다.

"선생이 입을 여니 마치 칼처럼 날카로운 금석金石 소리가 나서 말이오. 입 '구'口자 밑에 칼 '도'刀자가 오면 따로 '영'另자가 되니 다른 누구를 대신해 묻고 싶은 게 있는 것 같았소."

관리가 고개를 반쯤 숙이고 있는가 싶더니 한참 후 고개를 들었다.

"진짜 불가사의합니다. 나도 우리 주인 나리의 당부가 계셔서 여쮀본 거요. 그러나 대체 누구의 패卦인지는 잘 모르겠소."

유용이 어서 패를 적어보라는 듯 뚫어지게 관리를 응시했다. 그러자 그가 붓을 들어 '엽'葉자를 적어 올렸다.

"병세가 어떤지 물어봐달라고 하셨소."

"'세'世자가 초목草木 사이에 끼어 있다……. 이는 환자가 오랜 병환으로 오늘내일하거나 아니면 이미 고인이 됐다고 볼 수 있겠소."

유용이 네모반듯한 안서체顔書體 글씨를 오래도록 들여다보더니 무거운 음성으로 말했다. 그리고는 다시 말을 이었다.

"이 패의 풀이를 부탁한 사람도 범상한 관리는 아니오. 신분이 고귀한 귀인이시오."

관리는 유용의 말을 들을수록 신기한 모양이었다. 그는 희죽 웃으면서 고개를 절레절레 흔들었다.

"더 있다가는 이 사람의 정체도 들통날 것 같으니 미리 이실직고하겠소! 나는 원매袁枚(원자재의 본명)라는 사람이오. 영존令尊(타인의 부친에 대한 존칭. 여기서는 유용의 부친 유통훈을 가리킴) 어르신과 윤계선 총독의 지시를 받고 모시러 왔소. 혹시 여기 계신 이분들은 황천패 선생과 제자 분들이신가요?"

황천패 일행은 당초 원매의 정체를 알 수 없어 잔뜩 경계하고 있던 차였다. 그러나 그의 말을 듣고는 안도의 한숨을 내쉬었다. 양부운 역시 긴장을 풀고는 고개를 끄덕였다.

"어쩐지 안면이 있는 것 같았어요. 그러고 보니 원 대인께서 범인을 취조하시는 장면을 본 적이 있는 것 같네요!"

유용은 양부운의 말이 끝나기 무섭게 황천패에게 말했다.

"사람들이 물으면 나는 점을 보러 나갔다고 하세요. 오늘밤에는 돌아오지 못할 수도 있어요. 내일은 부자묘夫子廟로 가서 돗자리를 깔 생각이니 무슨 일이 있으면 그리로 찾아오세요."

유용이 말을 마친 다음 밖으로 나가면서 원매에게 말했다.

"원 선생, 덕분에 오늘은 오랜만에 타교駄轎를 타 보게 생겼소. 어서 갑시다."

양강 총독아문은 전명前明의 개국공신 목영沐英의 국공부國公府가 위치한 자리에 있었으므로 원래부터 규모가 크고 웅장했다. 더구나 옹정 연간에는 '모범총독' 이위李衛가 거금을 들여 아문 북쪽에 면적이 30무畝에 달하는 화려하고 웅장한 궁전까지 지었다. 여느 행궁行宮 못지않게 호화롭고 품위 있게 건축한 그 궁전은 이위가 옹정이 남순 길에 오를 때를 대비해 만든 야심작이었다. 그러나 옹정이 세상을 떠날 때까지 단 한 번도 제 역할을 하지 못했다. 그러다 건륭의 남순 소식이 전해지자 총독 김홍은 또다시 200만 냥을 쏟아 부어 궁전을 새롭게 단장했다. 따라서 총독아문은 외관만 보면 북경의 여느 친왕 저택을 능가할 정도로 거대하고 웅장했다.

유용과 원매는 타교에 앉아 한 식경을 달려서야 비로소 총독아문에 도착했다. 둘이 아문의 서쪽 모퉁이에 내려서자 시원한 서풍이 불어와 두루마기 자락을 길게 말아 올렸다. 아득히 높은 하늘에는 햇솜 같은 구름이 아련하게 깔리고 희미한 달은 구름 사이로 천천히 지나갔다. 어중간하게 어둠을 밝혀주는 희뿌연 달무리 아래 총독아문 담장 안의 높낮이가 일정치 않은 건물들은 신비로운 분위기를 자아내고 있었다. 유용은 자신도 모르게 감탄사를 터뜨렸다.

"굉장하군! 이건 아문이 아니라 행궁이야, 행궁! 이위, 윤계선, 김홍 등 한다하는 총독들이 그 명성만큼이나 돈을 엄청 쏟아 부었겠는데?"

"벌써 도찰원都察院의 어사 두광내竇光鼐가 양강 총독아문을 탄핵하는 상주문을 올렸대요. 행궁을 짓는다는 미명하에 백성들의 혈세를 아문 겉치레에 쏟아 부었다면서 말이오. 폐하께오서 유보하고 계시니 망정이지."

원매가 다시 말을 이었다.

"북경에서 남경에 이르는 역로에는 전부 황토를 새로 깔았다오. 얼마나 단단하게 다졌는지 노면을 두드리면 쇳소리가 난다니까! 돈은 둘째 치고라도 얼마나 많은 인력이 혹사당했겠소? 심지어 덕주德州에서 소주蘇州에 이르는 운하는 구간마다 멀쩡한 다리를 다 부수고 전부 새로 놓았소. 은자를 자루째 왕창 쏟아 부었지. 아휴! 우리야 그저 해보는 소리일 뿐이지. 지게 메고 제사를 지내도 제멋이요, 처녀가 애를 낳아도 할 말이 있다고 하지 않소. 봉황의 깊은 뜻을 까마귀가 어찌 알겠소!"

유용은 순간 뭐라 형언할 수 없는 착잡한 기분에 휘말렸다. 탄핵안을 올렸다는 두광내는 이팔의 어린나이에 진사에 합격한 수재로 그와는 과거시험 동기생이었다. 수줍음이 유달리 많고 언행도 여자 같은 데다 언변까지 없는 사람이었다. 그래서 한림원에서 그와 한솥밥을 먹을 때도 두광내를 세상 물정 모르는 어린애로 취급하는 사람들이 많았다. 그런데 누구에게 싫은 소리 한마디 할 줄 모르고 늘 있는 듯 없는 듯 구석자리만 지키고 있던 두광내가 무슨 배짱으로 권세가 하늘을 찌르는 봉강대리들을 탄핵했다는 말인가! 건륭은 자신의 남순과 관련해 누누이

엄명을 내린 바 있었다. 어가를 영접한다는 명분으로 노민상재勞民傷財하는 일이 있어서는 안 된다는 것이었다. 그래놓고는 무엇 때문에 어명을 어긴 관리를 고발하는 상소문을 유보시켰다는 말인가? 유용은 궁금증이 꼬리를 물고 이어졌으나 예측하기 어려운 황제의 마음을 어찌 헤아리랴 싶어 아무 말 없이 원매를 따라갔다. 두 사람은 곧 어두컴컴한 총독아문 뜰 안을 이리저리 꺾어 들어가며 화청으로 향했다.

화청에는 등촉이 가득 밝혀져 있었다. 대낮처럼 눈이 부실 정도였다. 윤계선과 김홍은 한창 열띤 대화를 나누는 중이었다. 유용과 원매는 황급히 다가가 뜰에서 인사를 올렸다. 김홍은 딱딱하게 굳어진 얼굴로 둘을 흘겨볼 뿐 아무 말도 없었다. 그러나 윤계선은 박수까지 치면서 반색을 했다.

"왔구먼, 팔괘 선생! 기다리고 있었네. 어서 앉지. 이쪽 의자에 앉게!"

유용은 윤계선이 가리킨 자리로 가서는 김홍과 어깨를 나란히 하고 앉았다.

"나는 원매 자네의 충실한 독자야. 그 유명한 《시화》詩話나 《소창산방집》小倉山房集을 얼마나 읽었는지 책이 보풀이 일 정도로 너덜너덜해졌지 뭔가. 언제부터 한번 보고 싶었는데 잘 됐네!"

윤계선은 원매를 보자마자 그를 치켜세웠다. 얼굴에는 희색이 만면했다. 네 사람 중에서 원매와 김홍만 약간 친숙한 사이였다. 하지만 대부분은 서로 서먹한 사이였다. 특히 김홍과 윤계선은 둘 다 내로라하는 지역의 부모관인 봉강대리이기는 했으나 조회 때 가끔 얼굴을 마주쳐 수인사나 나누는 정도의 친분밖에 없었다. 그처럼 맡은 임무도 다르고 지위도 천양지차인 네 사람이 업무상 무릎을 마주하게 됐으니 서로 어색하고 불편한 것은 너무나도 당연했다. 그나마 다행인 것은 윤계선이 분위기를 부드럽게 만들려고 거리낌 없이 농을 하고 친근하게 대해줬다는 사실이었다. 유용도 그 덕분에 마음이 한결 편해지면서 여유가 생겼다. 그는 내친김에 속으로 김홍과 윤계선을 비교해 보았다. 역시 윤계선은 아무나 쉽게 흉내낼 수 없는 명실상부한 일인지하, 만인지상의 총독이라는 생각이 들었다. 얼마 후 그가 한 치도 흐트러짐 없는 자세로 예를 갖추면서 물었다.

"하관下官은 거처에서 요망한 무리들을 일망타진할 책략을 짜고 있었습니다. 대인께서 밤중에 하관을 부르신 것을 보면 중요한 일이 있을 줄로 짐작됩니다. 부르신 연유는 잘 모르겠습니다만 하관이 가부家父를 잠깐 만나 뵙고 돌아와서 훈육을 들으면 안 될까요?"

"연청 중당께서는 지금 북쪽 서재에서 해관海關 도대와 순염사巡鹽使를 접견 중이시네."

윤계선이 다리를 꼬고 앉은 채 여유 있게 부채질을 하면서 미소를 지었다. 이어 천천히 덧붙였다.

"자네 일과 관련된 것은 오늘 저녁에는 묻지 않을 테니 염려하지 말게. 오늘은 그저 원매와 정무에 대해 논의할 생각이네. 자네를 부른 사람은 내가 아니라 영존令尊 어르신이네. 조금 있으면 부를 것이니 잠깐만 기다리게. 그런데 김 총독은 멍하니 앉아 뭘 그리 깊이 생각하오? 아직도 사천 순무 김휘에 대해 생각하고 있소?"

"아니, 내가 왜 그자를 생각하겠소? 족보를 찾아보면 알겠지만 우리는 사돈의 팔촌도 아니오. 어떤 어사 놈이 우리 둘이 친척 사이라는 헛소리를 지껄였는지 한 대 쥐어박았으면 좋겠소. 두광내는 아직 철들려면 멀었으니 그런 애와는 옥신각신할 필요도 없소. 개가 짖어도 배는 간다는 식으로 무시해 버리면 그만이오."

김홍은 말은 그렇게 하면서도 여전히 우울해 보이는 낯빛을 어떻게 하지 못했다. 그가 한숨을 내쉬면서 다시 말을 이었다.

"나는 요즘 들어 자꾸 심한 회의감이 드오. 솔직히 나는 말단에서 하루아침에 일보등천一步登天한 경우도 아니고 저 까마득한 밑바닥에서 한 발자국씩 힘겹게 여기까지 올라온 사람이오. 순무도 몇 번씩 연임한 사람이 왜 남경 총독 자리를 지켜내지 못했는지 모르겠소. 딴에는 전전반측하면서 정무에 진력했다고 생각했는데…… 나는 양렴은 외에는 검은 돈을 탐낸 적도 없고 털어도 먼지 한 톨 안 날 정도로 청렴결백하게 살아왔소. 그런데 어찌 인사치레로나마 붙잡는 사람이 하나도 없다는 말이오? 어떤 사람은 백성들로부터 만민산萬民傘(선행을 많이 베푼 관리에게 백성들이 바치는 우산. 아주 큰 대형 우산에 지역 백성들의 이름을 연기명해서 이임을 아쉬워하는 뜻을 표함)을 받고 떠나지 못하고 주저앉는다는데 나는 대체 뭘 그렇게 잘못하고 인심을 잃었기에 그 흔한 만민산 하나도 받지 못한다는 말이오?"

김홍이 급기야 울상이 된 얼굴로 하소연을 하면서 길게 탄식을 토해냈다. 이어 듬성듬성 백발이 보이는 머리카락을 쓸어 넘기면서 떨리는 목소리로 덧붙였다.

"후유! 나도 이제는 늙고 볼품없이 돼버려 아무짝에도 쓸모가 없나 보지……."

윤계선은 김홍의 하소연에 조용히 귀를 기울이다가 자리에서 일어나 방 안을 서성거렸다. 이어 피식 웃음을 터트렸다.

"천의天意는 음지에 있는 풀을 가엾게 여기고, 인간은 만정晚情을 중히 여긴다고 했소. 그리 상심하지 마오. 그대를 못 잊어하는 사람들도 많을 거요. 남경은 다른 곳과 달라 큰일은 정신을 바짝 차리고 임해야 하지만 자질구레한 일은 얼렁뚱땅 넘겨버리는 것이 능사요. 김 총독은 뭐든지 처음부터 끝까지 다 빈틈없이 하려고 하니 두 마리 토끼를 다 놓친 것이오! 나는 걸출한 문재文才인 원자재袁子才가 풍부한 감성만큼이나 치군治郡에도 능하다는 사실이 그저 신통방통할 따름이오. 지난번 부상(부항)과 기윤도 원매 얘기가 나오니 칭찬을 아끼지 않더군. 허구한 날 시흥이 도도해서 달밤에 유령처럼 정원이나 헤매고 다닐 것 같던 원매가 정무에도 능통하다니 놀랍고 부럽다고 했었소."

"변변찮은 사람을 그리 치켜세워주시니 몸 둘 바를 모르겠습니다. 손바닥만 한 강녕현은 동네북입니다. 남경의 어느 아문에서 으흠! 하고 기침소리만 나도 코털 날리면서 부랴부랴 달려가 대령해야 하는 졸병이 뭐가 부럽고 멋있다는 겁니까?"

원매가 윤계선의 말에 농담조로 화답했다. 윤계선뿐만 아니라 우거지상을 하고 있던 김홍 역시 원매의 농담에 웃음을 터트리고 말았다. 윤계선이 다시 얼굴에 희색을 띠면서 원매를 향해 말했다.

"광동성에 있을 때 범시첩이 보내온 문장들 중에서 자네의 〈추수〉秋水 편이 퍽 인상 깊더군. 가슴을 울리는 멋진 구절들이 많았어. 뭐더라? '가슴 열어 성하星河를 품으니 만상萬象이 허무하고, 먼 산을 바라보니 한산寒山은 말이 없더라!' 그 구절을 읽고 한동안 마음이 이상하게 허전했다니까! 《등왕각서》滕王閣序(당唐나라 왕발王勃이 지은 책)의 '낙하고목'落霞孤鶩(지는 노을과 외로운 따오기)이라는 네 글자가 떠오르면서 말일세. 나는 이미 기윤에게 서찰을 보내 자네를 박학홍유과博學鴻儒科 시험에 추천했네. 자네처럼 젊고 장래가 촉망되는 인재들은 많지 않거든!"

원매는 고명한 윤계선이 자신을 추천했다는 말에 놀랍고도 감격스러워 가슴이 터질 것만 같았다. 유용과 김홍도 박수를 치면서 축하인사를 건넸다. 그렇게 분위기가 한껏 달아오르고 있을 때였다. 밖에서 하인이 들어와 아뢰었다.

"연청 중당께서 유 나리를 들라고 하십니다!"

유용은 아버지가 부른다는 말을 듣자마자 용수철처럼 벌떡 일어났다.

이어 윤계선, 김홍과 원매에게 인사를 하고 밖으로 나갔다.

"보나마나 연청 중당에게 눈물 쏙 빠지게 혼이 나겠지. 고자당 골목에서 점쟁이 행세를 하면서 너무 이름을 날렸다고 연청 어르신이 한소리 하던데……."

김홍이 멀어져 가는 유용의 뒷모습을 보면서 뼈 있는 몇 마디를 중얼거렸다. 원매 역시 동감이라는 듯 방금 전 유용을 찾아 갔을 때 보고 느꼈던 점을 소상하게 설명했다. 그리고는 덧붙였다.

"족집게가 따로 없더군요. 기가 막혀요, 기가 막혀! 짜고 하는 놀이도 아니고 말하는 족족 백발백중이지 뭡니까? 글쎄, 우리 외삼촌이 어제 돌아가신 것까지 맞췄다니까요! 사실 본연의 임무를 충실히 완수하기 위해 점쟁이 행세를 시작했는데, 그것 때문에 자칫 정체가 들통나게 생겼으니 연청 어르신이 혼내실 법도 하겠어요."

김홍이 그러자 한숨을 내쉬었다.

"혼내려고 작정하면 혼나지 않을 사람이 어디 있나? 도서를 수집하는 일만 해도 그래. 제때에 위에서 원하는 만큼 올려 보내지 못하면 '대체 그곳 총독은 더운 밥 먹고 하는 일이 뭐냐'고 질책하고, 허둥대면서 겨우 숫자를 맞춰 보내면 '그놈의 눈은 거죽이 모자라 찢어놨어? 온통 불순한 용어들인데 걸러내지 않고 뭘 했어' 하면서 거품을 물지 않나……. 참으로 곤혹스럽기 그지없다네. 민간에서는 우리 같은 사람들을 일컬어 '풀무 안에 들어간 쥐'라고 하지?"

윤계선이 김홍의 말에 풋! 하고 웃음을 터트렸다.

"말 한번 잘 했소. 우리는 너나없이 서배鼠輩요! 백성들의 눈에는 우리가 큰 쥐처럼 보이겠지만 위에서 내려다보면 쥐새끼에 불과한 그런 서배 말이오. 아참, 말이 나온 김에 자네 이걸 좀 보게. 사고관四庫館에서 내용이 불순하다면서 소각하라고 적어 보낸 금서 목록이오."

원매가 윤계선에게서 정중하게 종잇장을 받더니 그걸 바로 김홍에게 건네줬다. 김홍이 즉각 입을 열었다.

"이는 자네 강녕현에서 맡아야 할 일이네. 자네를 보자고 한 것도 이 때문일세!"

원매는 김홍의 말이 끝나기 무섭게 황급히 목록을 들여다봤다. 붉은 줄로 책이름 위에 죽죽 가위표를 친 모습이 보기에도 섬뜩했다.

《소대전칙》昭代典則, 《명선종보훈》明宣宗寶訓, 《명헌황제보훈》明獻皇帝寶訓, 《양 광거사록》兩廣去思錄, 《북루일기》北樓日記, 《허소미소초》許少薇疏草, 《유성분 여》留省焚余, 《서충렬공유집》徐忠烈公遺集……

원매는 문학적 재능이 뛰어난 인재였다. 당연히 금서 목록을 보고는 애석함을 금하지 못했다. 목록에 적혀 있는 50여 종의 서적이 모두 나라 안에서는 말할 것도 없고 해외에서도 더 이상 찾을 수 없는 유일무이의 희귀한 고본孤本들이었던 것이다. 문장과 문체가 수려하고 묵권墨卷 역시 우수해 보존 가치가 뛰어난 서적들이기도 했다. 그중에는 그가 직접 발품을 팔아 수집한 책도 있었다. 또 민간인들이 거국적인 편수작업에 기여한다면서 강보에 싸인 아이 내놓듯 소중하게 받쳐 올린 서적들도 있었다. 책도둑은 도둑이 아니라는 누군가의 말을 핑계로 그냥 자신의 서재에 넣어 두고 싶을 정도로 애착이 갔던 서적들인데, 그것들을 죄다 소각해버리라니 이 무슨 황당한 경우인가! 그는 반쯤 넋이 나간 표정을 한 채 서적들을 들쳐봤다. 과연 여기저기 빨간 동그라미가 쳐져 있었다.

'이적'夷狄이라는 글씨, 한족을 찬양하고 만주족을 폄하한 내용……
등 말도 안 되는 이유를 들어 책을 불살라버리라고 명령하고 있었다. 어떤 책은 내용상 아무런 하자도 없지만 전겸익錢謙益 등 '이신'貳臣(배반한

신하를 의미함)이 문집에 몇 줄의 서문을 남겼다고 해서 금서로 지정된
것도 있었다. 원매는 달리 할 말이 떠오르지 않아 연신 마른침을 꿀꺽
삼키고는 겨우 입을 열었다.

"금서禁書의 이유를 적은 필체가 좋네요. 필봉의 중골中骨이 부드러우
면서 날렵하게 뻗었잖아요."

"망령되이 평하지 말게, 원매! 어필御筆이네."

"예?"

깜짝 놀란 원매의 얼굴이 순식간에 검게 변했다. 그 입으로 한줄기 찬
바람이 회오리처럼 말려 들어갔다.

22장
능리能吏의 진면목

　유용이 아비에게 혼이 날 거라던 김홍의 추측은 보기 좋게 적중했다. 아니나 다를까 유용이 서재에 들어서자마자 가래 같은 유통훈의 손바닥이 그에게 날아갔다. 유용은 눈앞에 별이 번쩍거리면서 얼굴이 얼얼해졌다. 금방이라도 쓰러질듯 비틀거리기도 했다. 유통훈이 그런 유용에게 벼락같은 일갈을 토했다.

　"네 이놈, 무릎 꿇지 못해?"

　"예, 아버지!"

　유용은 털썩 무릎을 꿇었다. 뺨이 불에 덴 것처럼 아파서 만지고 싶었으나 감히 손을 올릴 수가 없었다.

　"소자가 필히 무슨 잘못을 저지른 것 같습니다. 아버지의 책벌責罰을 달게 받겠습니다!"

　유통훈은 막 손님을 배웅한 듯했다. 방 안은 숨쉬기조차 힘들 정도로 담배연기가 자욱했다. 또 탁자 위에는 찻잔들이 어지러이 널려 있었다. 아들의 뺨을 때린 유통훈은 상심에 겨운 듯 찻잔을 들어 꿀꺽꿀꺽 농차를 들이켰다. 분노로 가득한 얼굴에는 감출 수 없는 피곤기가 역력했다. 곧이어 그가 자리로 돌아가 의자에 털썩 주저앉았다. 그리고는 한참 거친 숨을 고르더니 입을 열었다.

"방금 남경 성문령城門領과 소주와 항주 녹영병의 몇몇 장군들을 접견했어. 오후에는 김홍과 윤계선, 저녁에는 남경 지부와 해관, 염도, 조운 책임자들을 만났지. 어쩌면 하나같이 이구동성으로 '고자당 골목의 점쟁이'가 신선은 저리 가라 할 정도로 기가 막히게 용하다고 입을 모으는 거야!"

"아버지……."

유용은 그제야 뺨을 맞은 이유를 알 것 같았다. 그가 다시 머리를 조아리면서 덧붙였다.

"아버지께서 그리 하라고 이르시지 않았습니까? 아무래도 점쟁이 신분이 아버지하고 연락을 취하는데 가장 적격일 것 같다고 말씀하셨습니다. 그리고 무엇을 하든 똑 부러져야 한다면서 진짜 점쟁이 못지않게 잘하라고 하셨고요. 그래야 아무도 우리 신분을 의심하지 않을 것이라고 하셨습니다……."

유용이 말을 채 끝내지 못하고 유통훈을 힐끔 훔쳐봤다. 또 한 대 맞을지도 모른다는 생각을 한 듯했다. 유통훈은 그러나 더 이상 화를 내지 않았다. 그저 헛기침 소리와 함께 자리에서 일어나더니 뒷짐을 진 채 말없이 방 안을 거닐었다. 유용은 체구가 건장했다. 그랬으니 그의 엎드린 키가 유통훈의 허리까지 닿았다. 유용은 순간 같은 성城 안에 있으면서도 몇 개월 만에 처음 보는 아버지가 전보다 더 왜소해진 것을 느꼈다. 아버지의 등이 전처럼 넓어 보이지가 않았다. 그는 가슴이 아팠다.

그래서였을까, 희미한 촛불 아래 드러난 아버지의 주름 깊은 얼굴은 몇 년의 세월을 훌쩍 넘긴 것처럼 갑자기 늙어 보였다.

그러자 뺨을 맞은 서운함이 소리 없이 사라졌다. 오히려 아버지를 향한 측은지심이 강하게 솟구쳤다. 유용은 어떻게 하든 아버지를 위로하고 싶었다. 그러나 몇 번 입을 벌리다가도 어떻게 운을 떼어야 할지 몰랐다. 그저 멍하니 앉아 뚜벅뚜벅 지친 걸음을 옮기는 아버지의 뒷모습만 바라볼 뿐이었다.

"그래, 내가 그런 말을 했었지……."

유통훈이 무겁게 입을 열었다. 목소리가 아득한 산 너머에서 들려오는 메아리처럼 애잔했다.

"이 아비는 '점쟁이 못지않게' 하라고 했지, '똑같이' 하라고 하지는 않았다. 너에게 그 역할에 푹 빠져 허우적대라는 소리는 더더욱 한 적이 없고!"

유통훈이 이어 손가락 두 개를 펴더니 그중 하나를 먼저 꼽았다.

"명성을 너무 크게 날리면 이목이 집중되는 건 당연지사라고 할 수 있지. 유명하면 또 유명세를 치르게 되고. 그렇게 되면 이 소문 저 소문 당치도 않은 구설수에 오르는 건 차치하고, 적들의 표적이라도 되는 날에는 누가 너를 보호해 줄 수 있겠어? 또 학문이라 할 수도 없는 귀신놀음에 심취해 나중에 '점쟁이' 꼬리표가 평생 붙어 다니면 그걸 어떻게 떼어내려고 그러는 거야? 너는 당당히 과거에 합격한 조정의 진사야. 반드시 유신儒臣이 돼 일대영주一代令主를 보좌해야 하는 신분이란 말이다."

유통훈이 잠시 걸음을 멈췄다가 다시 말을 이었다.

"너는 적들을 일망타진하라는 임무를 안고 왔어. 그것도 수십 년 동안 조정과 대적한 악질분자들을 말이야. 폐하께서 지대한 관심을 보이고 계시는 사건이니 만큼 어찌해야 할지 잘 생각해 보거라!"

아버지 유통훈의 말은 구구절절 올바른 지적이었다. 자식의 안전과 장래를 걱정하는 마음이 가득 담긴 말이었다. 아버지가 아니라 다른 사람이었다면 이같이 진심 어린 조언을 해줄 수 있을까? 유용은 갑자기 가슴이 뭉클해지면서 콧마루가 찡해졌다. 그가 곧 울먹였다.

"무슨 말씀인지 잘 알겠습니다. 소자, 진심으로 잘못을 뉘우칩니다. 점괘 보는 데 지나치게 빠져 자칫 대사에 지장을 초래할 뻔한 점을 뼈저리게 뉘우칩니다. 두 번 다시 이런 일로 아버님께 심려를 끼쳐드리지 않겠습니다."

유통훈이 다시 훈육조로 말했다.

"《육서》六書니 《설문》說文이니 하는 이상한 책들을 기를 쓰고 읽더니 이번 기회를 틈타 그 학술의 진위를 밝혀내고 싶었던 게냐? 석가釋家와 도가道家를 제외한 나머지 것들은 모두 사이비야. 그렇다고 어떤 학술이든지 영험한 구석이 손톱만큼도 없다면 누가 그걸 믿겠어? 그러나 만법귀일萬法歸一의 이치에 따를 때 경세치국經世治國에는 그래도 유도儒道야! 하늘에는 수없이 많은 별들이 있어. 각자 어느 구석에 박혀 있든지 나름대로 빛은 발하고 있어. 좁쌀만 한 빛일지라도 말이야. 그렇다고 그것을 어찌 일월지명日月之明에 비견할 수 있겠느냐?"

"천만 번 지당하신 훈육이십니다."

유통훈이 얼마 후 무릎을 꿇고 고개를 숙인 아들의 앞으로 뚜벅뚜벅 걸어왔다. 이어 한숨을 길게 내쉬면서 말했다.

"그만 일어나거라."

유통훈은 순간 심장에 극심한 통증이 몰려왔다. 그는 심장이 오그라드는 아픔에 가슴을 움켜쥐었다. 그는 떨리는 손으로 주머니에서 조그마한 약병을 꺼내 한 잔을 따라 마셨다. 그리고는 잠시 후에야 비로소 숨을 쉴 수 있었다. 그리고는 안락의자에 털썩 몸을 맡겼다. 이어 한 손으로 뜨거운 이마를 쓸어 올리면서 연신 한숨을 내쉬었다. 유용이 황급히 그런 유통훈의 뒤로 다가가 무릎을 꿇고 두 손으로 아버지의 어깨를 조심스레 주물렀다.

"용아!"

유통훈이 반쯤 눈을 감고 아들의 손길에 몸을 맡긴 채 편안한 표정을 지었다. 말투도 어느새 부드럽고 자상하게 바뀌어 있었다.

"걸상을 놓고 앉아서 하거라, 무릎 다칠라!"

"소자는 아직 젊고 건강하기 때문에 괜찮습니다. 염려하지 마십시오."

유용은 아들의 손에 몸을 맡긴 채 두 눈을 감고 있는 아버지의 등을 뚫어져라 쳐다봤다. 아버지의 모습이 너무나도 작고 병약해 보였다. 그는 또다시 목이 메었다. 유통훈은 늘 아들을 무섭게 혼내기만 하던 아버지였다. 자상하고 부드러운 말투로 아들의 무릎을 염려하는 것은 감히 상상할 수도 없던 일이었다. 그런데 지금, 아들의 어깨가 넓어지고 무릎이 단단해지는 동안 아버지인 그는 한없이 약하고 작아져 있었다.

눈물이 유용의 볼을 타고 주체할 수 없이 흘러내렸다. 유용은 모든 것이 자신의 잘못인 것만 같아 너무나도 슬펐다. 그는 울음 섞인 목소리로 말했다.

"소자의 불효를 용서해 주십시오. 건강도 여의치 않으신 아버지를 즐겁게 해드리지는 못할망정……."

유통훈은 바로 고개를 저었다. 이어 늙고 쉰 목소리로 천천히 말했다.

"시어미 역정에 애꿎은 개의 배를 걷어찬 격이지. 너에게 화가 나기도 했지만 내가 좀 심했던 것 같구나. 요즘 이래저래 쌓였던 걸 너한테 풀었어. 장정옥 공은 어지를 받들어 남경으로 요양을 떠나게 됐어. 폐하께서 남순 길에 오르시면 현지에서 어가御駕를 영접하겠지. 떠나기에 앞서 배견拜見을 했더니 본인 자랑을 늘어놓느라 숨 돌릴 틈이 없더구나. 성조 때부터 지금까지 어찌어찌 삼조 원로로서 굳은 입지를 굳혔는지에 대한 자랑이었지. 이제는 너무 많이 들어 거꾸로도 달달 욀 수 있는 그런 말을 하고 또 하고……. 나는 할 일이 산더미 같아서 속이 타는데!"

"이제는 많이 늙으셨잖아요. 조금 더 젊으신 아버지께서 너그럽게 이해하십시오."

유통훈이 아들의 말에 한숨을 지었다.

"이해를 못하는 것은 아니다. 사람이 늙으면 다 저리 추해지는지는 모르겠다만 아무튼 내가 앞으로 십 년을 더 살게 된다면……, 그 꼴이 안 되도록 네가 이 아비를 잘 지켜줘야 한다. 절대 그렇게 구질구질해지지 않도록 항시 깨우쳐줘야 하느니라."

"사람 나름입니다. 아버지께서 그러실 리 있겠습니까! 그런 말씀 마십시오. 소자의 가슴이 칼로 저미는 것 같습니다."

유통훈이 쓸쓸한 미소를 지었다.

"그래, 그래. 한치 앞도 모르는데 벌써 십 년 뒤를 걱정하다니! 용아, 내가 오늘 왜 화가 났는지 아느냐? 오늘 이곳의 염도鹽道와 조운사漕運使를 불렀다. 고항과 전도가 조정의 금기를 깨고 사사로이 구리를 매매했다는 확증이 있었거든. 그래서 구리를 운반해준 자들이 누군지 알아보고자 불렀던 거야. 혹시 흑도와 연관된 건 아닌지 그게 궁금했거든. 그리고 기생어멈 한 명이 규모가 제법 큰 방직공장을 차려 천여 명의 인력을 부린다고 하는데, 혹시 그들이 일지화 일당은 아닌지 의심스러웠던 거야. 그런데 내가 미처 묻기도 전에 이것들이 만나자마자 서로 목덜미를 붙잡고 으르렁대면서 물어뜯는 게 아니겠느냐. 알고 보니 사나흘 전 술집에서 술을 처먹으면서 기생 하나를 놓고 피 터지게 싸웠던 사이라지 뭐냐. 원수끼리 외나무다리에서 만난 격이지! 내가 화를 내면서 말리는데도 눈에 쌍심지를 켜고 물고 뜯느라 난리도 아니었다. 서로 상대방의 구린 구석을 폭로하는데, 들어보니 참 가관이더구나. 염도 관리들은 나랏돈을 자기 것인 양 물 쓰듯 펑펑 쓰고 암자의 비구니들하고 밤낮이 따로 없이 떼거지로 그 짓을 하고 다닌다고 하지를 않나, 조운 쪽 관리들은 처첩妻妾들을 다 데리고 나와 서로 바꿔가면서 통간通姦을 한다지 않나……. 우리 대청大淸은 겉만 번지르르했지 속을 파보면 완전히 썩어 들어가 엉망진창이야. 이치吏治를 정돈하지 않으면 나라 전체가 결국 병들고 말거야."

유통훈의 말에 유용도 한숨을 내쉬었다.

"지당한 말씀입니다. 하지만 아버지께서 아무리 분통을 터뜨리셔도 아버지 한 사람의 노력으로 할 수 있는 일이 있고 그렇지 못한 일이 있습니다. 각자 맡은 바 임무에 충실하면 됩니다. 그 밖의 것은 아무리 꼴불견이어도 오늘처럼 건강을 해칠 정도로 화를 내지는 마십시오. 이는 소자가 예전부터 아버지께 권유해 드리고 싶었던 말입니다. 민간에서는 아버지를 '포룡도'包龍圖(포청천을 의미함)라고 칭송하고 있습니다. 그러나 지금과 같은 상황에서 포룡도가 열 명, 백 명 있으면 뭘 합니까? 병이 고황膏肓에 들어 있으니 한 사람의 힘으로는 모든 것을 바로잡기 힘듭니다. 윤계선 공을 보십시오. 결신자호潔身自好(세속에 물들지 않고 주변 환경으로부터 자신을 깨끗하게 지켜냄)의 고고함이 얼마나 멋집니까!"

유통훈이 아들의 말이 끝나기 무섭게 갑자기 내뱉듯 말했다.

"멋지기는 이놈아! 그 역시 뱃속에 무명화無名火(이유 없는 분노)가 잔뜩 들어 있을 거다. 오늘 남경에 돌아와 처음 업무를 보는데 길길이 화를 내면서 강녕 도대, 강남 관찰사와 금화金華 지부 세 사람의 정자頂子를 떼어버렸단다. 소문난 금화 화퇴火腿(소금에 절여서 불에 그슬린 돼지 다리)를 너무 많이 먹어 머리가 돌아버렸는지……."

유용이 미처 뭐라고 말하기도 전이었다. 갑자기 죽렴을 걷는 소리와 함께 윤계선이 들어섰다. 이어 그가 부자를 향해 공수를 하면서 껄껄 사람 좋은 웃음을 터트렸다.

"먼저 용서를 구해야겠소. 이 사람이 본의 아니게 두 분의 대화를 밖에서 한참 엿들었소. 참으로 좋은 얘기들도 많던데, 어찌 끝 부분에 죄 없는 나를 끌어 들여 분위기를 망치오? 아니오, 그대로 앉아 계시오. 연청 대인은 심질心疾을 앓고 있는 데다 요즘 너무 힘들었던 것 같소."

"원장(윤계선의 호), 그대는 참으로 귀신이오!"

유통훈은 그대로 앉아 있으라는 윤계선의 말에도 불구하고 몸을 일으켰다. 이어 허리를 곧게 폈다. 잠시 쉬고 나자 신색도 훨씬 맑아진 것 같았다. 그가 유용에게 차를 끓여오라고 분부하고 나서 빙그레 웃었다.

"우리 아들이 그대를 본받으라고 하지 뭐요. 그래서 내가 면박을 주던 중이었는데, 어찌 그리 귀신같이 나타났단 말이오?"

"금화 화퇴는 맛대가리가 너무 없더군. 하나도 안 먹고 누웠더니 잠도 안 오고……, 그래서 차나 한잔 얻어 마시려고 왔소."

윤계선도 이제는 지천명知天命인 50세의 나이를 훌쩍 넘겼다. 그러나 워낙 성격이 낙천적이고 활달한 데다 양생지도養生之道에 능해서인지 겉보기에는 아직 마흔도 채 안 돼 보였다. 젊어 보이기만 할 뿐 아니라 패기도 넘치는 것 같았다. 그가 손가락으로 찻잔을 통통 두드렸다.

"세형世兄(대대로 교분이 있는 동년배 혹은 아래 연배 사이의 호칭)은 아직 모르겠지만 강녕 도대, 강남 관찰사와 금화 지부는 모두 내가 몇 년씩 데리고 있으면서 키워 내보낸 관리들이오. 이번에도 저마다 굵직한 화퇴火腿를 하나씩 들고 와서 나의 재부임을 환영한다기에 그런 줄 알았지. 그런데 웬걸? 화퇴를 만져보니 돌같이 딱딱하더군. 미심쩍어 포장을 뜯어보니 안에는 고기가 아니라 '복福'자 모양의 금 알갱이가 가득 들어 있었소. 나보고 금을 삼켜 자살하라는 얘기지 뭐요!"

유통훈이 그제야 영문을 알겠다는 듯 고개를 끄덕였다.

"나는 또 혹시 상한 화퇴를 가져와서 계선 공이 화를 내는가 하고 속으로 생각했소. 그런 줄도 모르고……."

윤계선이 바로 밉지 않게 명민한 표정을 지어보였다.

"이게 바로 나하고 연청 공의 다른 점이오. 일단 정자頂子를 떼서 엄포를 놓은 연후에 며칠 뒤 다시 불러 눈물 쏙 빠지게 훈계를 하는 거요. 그리고는 몇 마디 위로의 말을 해주는 거지. 두 번 다시 이런 식으로 뇌물을 보냈다가는 국물도 없을 줄 알라면서 적당히 병 주고 약 주는 방법이오. 그러면 상대는 체면을 잃지 않고도 자성자중自省自重할 수 있으니 효과가 배가 된다 이 말이오. 나도 명색이 넓은 지역을 다스리는 부모관이오. 이런 수완도 없이 어찌 아랫것들을 제대로 부릴 수 있겠소! 아랫것들이 걸을 때 나는 뛰어야 하고, 그들이 뛸 때 나는 그 위를 날 수 있어야 하오. 그래야 감히 윗사람을 우습게 여기거나 잔꾀를 부리지 못할 거 아니오?"

유용은 그때까지 말로만 듣던 윤계선의 지모를 경험할 기회가 없었다. 그런데 오늘 그의 진면목을 접하고 보니 저절로 감탄이 터져 나왔다. 오체투지五體投地를 하고 싶은 존경심마저 들었다. 사람은 공부를 많이 하면 할수록 지식이 많아지지만 오히려 그것이 흠이 되고 독이 되는 경우도 많다. 다시 말해 이론과 지식밖에 모르는 허깨비가 되기 십상인 것이다. 하지만 윤계선은 그렇지 않았다. 누가 봐도 명실상부한 실학파였다. 국자감國子監의 제주祭酒들이 태학太學에서 생도들을 불러 모아 "수치를 아는 것은 최대의 선이다", "이익과 의리는 함께 얻을 수 없다. 나는 이익을 포기할지언정 의리를 지키겠다"는 등등의 큰 이치를 핏대 세워가며 외칠 때 윤계선은 학문과 실무를 결부시켜 100배 더 나은 효과를 거두고 있었던 것이다. 유용이 잠시 그런 생각을 하고 있는 사이에 유통훈이 서글픈 웃음을 지으면서 말했다.

"그런 잔꾀를 짜내느라 머리는 또 얼마나 아프겠소? 효과는 배가될지 모르지만 말이오. 애석하게도 이 사람은 성질이 괴팍해서 누가 뭐라고 해도 남을 모방하는 재주는 없는 것 같소. 용아, 윤 세숙世叔의 말에 공감하는 것 같은데, 옳고 그름은 너의 판단에 맡긴다. 사람마다 그릇이 다르니 무작정 본받지는 말거라. 아무리 좋은 약도 제 몸에 맞지 않으면 독이나 다를 바 없느니라. 지금처럼 이치吏治가 엉망인 시대에는 이 아비처럼 앞뒤를 재지 않고 칼을 휘두르는 무식하고 용맹한 사람도 필요하다는 걸 명심하거라. 고항과 전도의 등 뒤에 더 큰 흑막이 있을지도 모른다. 우리 부자가 모든 진실을 파헤쳐야 해. 이 아비는 늙었으니 너의 어깨가 무겁다!"

유통훈이 말을 마치고는 참았던 줄 기침을 쏟듯 연신 컹컹거렸다. 유용이 황급히 다가가 아버지의 등을 두드려 주었다.

"소자, 아버지의 훈육을 명심하겠습니다. 지켜봐 주십시오!"

"천신만고가 예상되는 일임에도 두려워하지 않고 과감히 도전장을 내미는 연청 공의 용감한 기질에 감탄해마지 않소."

윤계선은 부자가 함께 비장한 각오를 다지는 모습을 보자 가슴이 뛰는 모양이었다. 마음속에 여러 가지 감회가 북받치는 듯했다. 그러나 애써 감정을 삭이면서 미소를 지어보였다.

"나는 한동안 금릉을 떠났다가 이제 막 돌아왔소. 그러나 군무軍務를 수행하기 위해 또다시 섬감陝甘(섬서성과 감숙성)으로 떠나게 됐으니 일지화를 소탕하는 데 기여하지 못할 것 같소. 다만 내 힘이 닿는 데까지 돕고 싶으니 내가 뭘 도울 수 있을지 기탄없이 말해줬으면 하오."

유통훈이 바로 머리를 끄덕였다. 이어 유용이 침착하게 입을 열었다.

"어가는 팔월 구일에 남경에 당도한답니다. 아마 총독대인께서도 소식을 들어 알고 계실 겁니다. 저희들이 도처에 사람을 보내 염탐한 결과에 따르면 어가를 덮쳐 폐하를 해치고자 하는 역영의 움직임은 아직 없는 것 같습니다. 하오나 각지 홍양교紅陽敎 향당香堂 당주들이 태호太湖에 모여 사흘 동안이나 밀모를 했다고 합니다. 우리 첩자들은 아직 역영의 코앞까지 잠입하지 못했기 때문에 구체적인 모의 내용은 파악할 수 없었습니다. 그저 당주 한 명이 '십오야 둥근달은 십육일에 더 둥글다. 올해에는 홍양의 조상을 크게 모실 것이니, 천하의 홍양인들은 환호하라'고 외치며 다니는 소리를 들었다고 합니다. 폐하의 남순을 빌어 한바탕 크게 소란을 일으키고 온 천하에 백련교의 세력을 과시하려는 움직임이 있을 것 같습니다. 그자들은 원장 공께서 금릉으로 돌아오기 전부터 대인의 재부임 소식을 알고 있었습니다. 그러니 이번에 원장 공께 뭔가 도전장을 내밀지 말라는 법도 없을 것 같습니다."

유용의 말에 윤계선이 소름 끼치는 냉소를 터트렸다.

"흥! 나는 광동에서 군기대신을 겸직하라는 어명을 받자마자 이곳에 주둔한 녹영병 대장들에게 천라지망天羅地網(촘촘히 친 그물)을 치라고 명령을 내렸다네. 대어를 낚을 준비를 하라고 말이야. 우리는 척하면 모든 걸 다 아는 귀신이 아닌가. 역영이 정체를 드러내는 순간 내 호령 한마디면 그자들의 둥지는 삽시간에 잿더미가 되어버릴 걸?"

"나도 두 손 들어 찬성하오. 폐하의 신변 안전과 체통을 위해서는 그렇게 하는 것이 바람직하지. 그러나 폐하께서는 밀유密諭를 내리시어 절대 경거망동해서는 아니 된다면서 쐐기를 박으셨소. 원장, 이걸 좀 읽어보시오."

유통훈도 바로 동의하고는 책상 위에 있는 노란 밀주함을 열쇠로 열었다. 이어 그 속에서 두꺼운 권종卷宗을 꺼내 윤계선에게 건넸다. 윤계선이 보니 며칠 간격으로 유통훈이 건륭에게 올린 밀주문들이었다.

우선 소주, 항주, 영주, 양주 등 일지화 지역 교도들의 동향을 면밀히 보고한 글이 있었다. 또 역영 일당이 폐하의 남순을 계기로 소굴에서 모습을 드러낼 가능성이 크니 이 기회에 일망타진함이 바람직하다고 주청하는 내용의 글도 있었다. 이에 건륭은 "이 상주문과 짐의 주비를 모두 윤계선에게도 보여주라"고 주비朱批를 달았다.

윤계선은 그제야 유통훈이 단지 사적인 교분 때문에 이 모든 것을 자신에게 보여준 것이 아니라는 사실을 깨달았다. 동시에 탄복하는 시선으로 유통훈을 바라보면서 고개를 끄덕였다. 주비 내용은 길고도 자세했다.

경들의 주장대로 한다면 역영은 또 다른 곳으로 도망을 가버릴 걸세! 역영을 추종하는 신도들이 그 숫자가 많다고는 하지만 대부분 무지몽매하고 조정에 악의가 없는 불쌍한 이들이네. 그동안 조정의 은덕을 입어 태평성대의 시대를 살고 있고 가렴주구의 혹독한 착취에서 해방됐다면서 성덕을 찬양함에 인색함이 없었던 백성들이네. 그런 사람들이 무슨 이유로 목숨을 걸고 대역죄인들의 편에 서겠는가? 약을 주고 병을 치료해주는 등 소리소혜小利小惠에 혹한 나머지 당분간 역영을 따라다니겠으나 정작 큰 모역에는 가담하지 않을 것이네. 백성들은 그 정도로 사리분별을 못하는 바보가 아닐세. 경들의 뜻대로 일망타진을 한다면 지어지앙池魚之殃(아무런 상관도 없는데 횡액을 당함)의 형국을 초래할 가능성이 크네. 짐은 벼룩 한 마리를 잡기 위해 초가삼간을 태울 수는 없네. 정녕 그리 할 수는 없네! 어가가 출발하기도 전에 민심이 흉흉해지면 짐을 영접하는 백성들의 마음이 어찌 편하겠는가. 그리고 졸지에 혼군昏君의 불명예를 안게 된 짐인들 남순 행차가 즐거울 리 있겠는가? 역영은 조정과 대적해온 수십 년 동안 수차례나 유유히 천망天網을 빠져 나가면서 조정을 한껏 희롱했지. 짐은 그자와 일

면지연一面之緣이 있네. 다시 한 번 만나 대체 어떤 인물인지 보고 싶네. 경과 윤계선, 그리고 유용은 모두 짐이 믿어마지 않는 '능리'能吏들이네. 짐은 강남 백성들이 짐을 걸주桀紂와 같은 폭군으로 생각하지 않는다는 걸 잘 알고 있네. 애꿎은 백성들에게 해가 가지 않도록 섬세한 배려가 요망되네.

윤계선이 다 읽은 주비를 유용에게 넘겨주면서 길게 한숨을 내쉬었다.

"역시 폐하의 심모원려는 우리들이 헤아릴 수가 없네! 이번 남순의 목적은 온 천하가 성덕에 힘입어 태평성대를 만끽하고 있음을 보여주기 위함이네. 그런데 우리가 도둑을 잡는답시고 민심을 흉흉하게 만든다면 그 아비규환의 현장에서 어찌 성덕을 논할 수 있겠나. 그리 된다면 폐하께서 걸음을 아니 하시는 것보다 못하지 않겠나? 우리는 폐하의 신변 안전만 지나치게 고려했어. 그러다 보니 자칫 대세를 그르칠 뻔했네!"

유용이 윤계선의 말에 심각한 표정을 지었다.

"그러나 황천패 측에서 파견한 밀정의 말에 따르면 역도들이 폐하를 노리지 않는다고 장담할 수가 없다고 했습니다. 폐하께서는 미복微服 순행巡行을 너무 고집하시는 것 같습니다."

유통훈도 장시간의 침묵을 깨고 길게 탄식했다.

"부상과 나, 그리고 눌친 대인이 입이 닳도록 '미복을 거두시라'고 간언했으나 번번이 받아들일 듯하시다가도 여전히 고집을 꺾지 않으시네."

윤계선이 말을 받았다.

"그러니 천심天心은 블측不測이라고 하지 않소! 우리 신하들은 머리가 터져 뇌혈腦血이 사방으로 흘러도 그 깊은 뜻을 알 수 없지. 세형, 사실 이번에도 세부적인 일은 세형이 도맡았으니 나는 그저 먼발치에서 지켜볼 수밖에 없소. 어떤 식으로든 내 도움이 필요하다면 기탄없이 말해주오."

유용은 윤계선의 말이 끝나고도 한참 동안 묵묵히 생각에 잠겨 있는가 싶더니 천천히 입을 열었다.

"구체적인 건 돌아가서 황천패 등과 조금 더 상의해봐야겠으나 지금은 원장 공께 두 가지 청을 드릴까 합니다. 일단 돈이 필요합니다. 역영 무리에 잠입해 있는 수많은 첩보원들의 활동 경비가 제때에 조달되지 않아 많은 어려움을 겪고 있습니다. 형부에서 조달받아 사용하고 있으나 그쪽의 은자가 여기까지 도착하는 데에 시간이 너무 걸려 불편한 상황입니다."

"내가 도와주겠네! 수유手諭를 줄 테니 해관에서 그때그때 필요한 금액을 인출해가도록 하게. 차용증만 적어주면 내가 나중에 형부와 연락해서 처리하겠네."

"그리고 삼천 명의 녹영병綠營兵(한족으로 구성된 군대)이 필요합니다. 지금부터 백성들로 변장시켜 성 안의 각 주루酒樓, 객잔, 묘당 등 사람이 많이 모이는 곳에 풀어야겠습니다. 특히 영곡사靈谷寺, 현무호玄武湖, 계명사鷄鳴寺, 청량산淸凉山, 도엽도桃葉渡, 부자묘夫子廟, 석두성石頭城, 막수호莫愁湖, 양자강 부두 등 볼거리가 풍성한 명승지에서는 한순간도 경계를 늦출 수 없습니다. 비밀리에 행동하고 연락은 암어暗語와 구령口令으로만 하고 발성發聲을 해서는 안 되겠습니다. 또 한번 구령을 내리면 순식간에 오십 명은 모일 수 있도록 해야 합니다."

"좋네! 훌륭한 발상이네. 내일 아침부터 삼천 녹영병을 투입시키도록 약속하지!"

유용이 어둠이 짙은 창밖에 눈길을 보냈다. 이어 다시 중얼거리듯 말했다.

"첫째도 안전, 둘째도 안전입니다. 폐하의 남순 길이 부디 평안하고 즐거우셔야 할 텐데……. 폐하께서 역영을 '다시 한 번' 만날 수 있을지는 연분에 맡겨야겠지만 말입니다."

유용이 말을 대충 얼버무리더니 끝없이 번져가는 사색의 실마리를 당기듯 두 눈을 부릅떴다. 그리고는 목소리에 힘을 주었다.

"중추절이 겹쳐 성 안은 시끌벅적할 것입니다. 각 향리에 고시를 내려 명망 높은 진신縉紳, 족장族長들이 고을의 백성들을 이끌고 성 안으로 구경 오라고 하는 것이 좋겠습니다. 나름 명망이 높은 사람들인지라 각자 향민을 단속하는 데는 일호백응一呼百應의 위력을 과시하지 않겠습니까? 여러 곳에 천막을 치고 고기와 술을 비치해두는 것도 좋겠습니다. 환갑을 넘긴 노인들에게는 신분증명서를 제시하고 고기와 술을 선물로 타가도록 하는 것이 좋겠습니다. 그리 하면 자기 가문의 자제들이 성 안에서 불순한 자들의 농간에 놀아나 말썽부리는 걸 엄히 단속할 수 있을 것입니다. 이렇게 격려하는 방법이 그 어떤 우격다짐보다 나을 것 같습니다."

"참으로 좋은 생각이다!"

유통훈은 아들의 말을 듣고는 바로 안락의자에서 벌떡 몸을 일으켰다. 졸음이 오는 듯 게슴츠레하던 눈에서 빛이 반짝였다.

"즉각 고시를 내려 착수해야겠구나. 혹시 터질지 모르는 불상사를 이런 식으로 화기애애한 분위기를 만듦으로써 미연에 방지한다는 것이 참으로 좋은 생각인 것 같구나!"

그때 멀리서 닭이 홰를 치는 소리가 들려왔다. 윤계선은 시계를 꺼내 봤다. 시침은 정확하게 축시丑時를 가리키고 있었다. 그가 자리에서 일어나며 입을 열었다.

"고명하고 빈틈없는 책략에 박수를 보내네! 녹영병은 즉시 지원해 줄테니 우리 다함께 만무일실萬無一失을 꾀해 보자고. 벌써 시간이 이렇게 흘렀군. 연청 중당도 그만 쉬셔야 하니 나는 가보겠소. 날이 밝으면 원매가 기가 막힌 사건을 처리할 것이라고 들었어. 지난번 태풍에 여자가 남의 집으로 날려갔다는 해괴한 사건 말이오. 워낙 사향팔리四鄕八里에 소문이 자자해 단순한 민사사건으로 치부해버리기 어려울 것 같소. 원매가 직접 당목을 두드리나 보오. 세형은 구경하러 가지 않을 거요?"

"당연히 가봐야죠."

유용이 아버지 유통훈 대신 미소를 지은 채 대답했다.

……

유용은 윤계선을 배웅하고 돌아와서는 잠자리에 누웠다. 그러나 잠잘 때를 놓쳐서 그런지 잠이 오지 않았다. 결국 아버지의 잠자리를 봐드리고 나와서는 아예 세수를 하고 찻잔을 들었다. 서재에서 사건일지를 정리하다보니 옆집에서 닭들이 홰를 치는 소리가 들려왔다. 숲속의 새들 역시 잠에서 깨어났는지 서로 인사를 주고받느라 재잘거리고 있었다. 유용은 아버지에게 아침 문후를 여쭙는 글을 몇 글자 적어 서랍에 넣어두고는 조용히 서재를 나왔다.

원매가 현령으로 있는 강녕 현아문은 현무호 남쪽 계명사 일대에 자리 잡고 있었다. 정전은 대당大堂과 이당二堂으로 나뉘어 있었다. 게다가 후당後堂인 금치당琴治堂 역시 크고 웅장한 건물이었다. 다른 현과는 비교할 수 없을 정도로 넓고 화려한 것이 마치 궁전 같은 아문이었다. 그러나 여러 왕조의 수도였던 금릉과 이웃해 있는지라 그곳의 순무, 번사, 얼사 아문에 비하면 상대적으로 초라해 보였다. 그래도 원래 현무호 수사水師가 연병장으로 사용하던 공터가 정문 앞에 광활하게 자리하고 있었기에 시야가 확 트이는 장점이 있었다.

그러나 그런 점에도 불구하고 주변 분위기는 좋지 않았다. 흉흉하다고 할 정도였다. 우선 5월 6일 남경 수서문水西門에 대화재가 발생했다. 민간에서는 어떤 미소년이 바람을 불러일으킨 화재라는 괴괴한 소문이 나돌았다. 당시 원매는 수천 명의 군민을 동원해 겨우 화재를 진압했다. 그러나 미처 안도의 숨을 돌리기도 전에 이튿날부터 난데없이 풀무치 떼가 몰려와 큰 피해를 입었다. 풀무치 떼는 농작물은 말할 것도 없고 초목까지 전부 갉아먹어 성 전체를 황량하게 만들었다. 백성들은 잇따르는 변고가 도대체 무슨 하늘의 조화인지 몰라 불안한 나날을 보내야 했다.

엎친 데 덮친 격으로, 5월 11일에는 미친 듯한 태풍이 휘몰아쳤다. 나무가 밑동째 뽑히고 집들이 흔적도 없이 사라지는 등 천지개벽을 방불케 하는 일대 혼란이 빚어졌다. 급기야 청허관清虛觀의 동종銅鐘이 태풍에 휩쓸려 어디론가 사라져버리고 성 동쪽의 한씨네 딸이 90리 밖의 동정촌銅井村으로 날아가는 기상천외하고 불가사의한 사건들이 속출했다.

원매는 그 말이 전혀 믿어지지 않았다. 그러나 증인들이 두 눈으로 똑똑하게 봤다고 하니 현령 입장에서 무시해버릴 수도 없었다. 하지만 그동안 다른 복잡한 사건들이 많았기에 2개월이나 지난 오늘에서야 최종 재판을 하게 되었다. 이렇게 되자 인근 마을의 구경꾼들이 밀물처럼 아문 앞의 공터로 밀려들었다.

유용이 당도했을 때 아문 앞은 남녀노소로 인산인해가 따로 없었다. 어린아이들의 울음소리, 여인네들의 키득거리는 소리, 남정네들의 고함소리로 장내는 아수라장이 따로 없었다. 사람들 중에는 무슨 명절날이라도 되는 것처럼 온갖 먹을거리를 팔려고 나온 장사꾼들까지 있었다. 아문 근처로 갈수록 혼잡함은 심해졌다. 유용은 겨우 안으로 비집고 들어가 한참 진땀을 빼고 나서야 구석자리에 돗자리를 깔고 점괘 팻말을 세울 수 있었다. 저만치에서는 사람들이 약속이라도 한 것처럼 떠나갈 듯이 함성을 지르고 있었다.

"청백리 명관 원 현령, 한 치도 틀림없는 원 현령님!"

"개명하신 원 현령님, 공정하신 판결을 기대하나이다!"

함성이 끝나자 바로 우레 같은 박수갈채가 이어졌다. 사람들은 심지어 휘파람을 불고 팔을 내두르면서 환호를 연발했다. 기세가 그야말로 하늘을 찔렀다. 유용은 그 모습을 보자 갑자기 가슴이 섬뜩해졌다. 그들이 갑자기 비적으로 돌변해 반란을 일으킨다면 현아문은 물론이고 총독아문조차 순식간에 가루가 돼버릴 것 같다는 두려움이 든 것이다. '백성의 힘이라는 것은 이래서 무서운 거구나…….' 유용이 그런 생각을 하고 있을 때였다. 가부춘이 인파를 비집고 들어왔다. 이어 땀투성이가 돼 헉헉거리면서 돗자리 앞에 쭈그리고 앉았다.

"하이고, 참! 점쟁이 선생 한번 찾기 힘드네. 부자묘에도 없고 갈 만한 데는 다 뒤져 겨우 찾아냈지 뭐요!"

"점괘를 보려고 그러오?"

"내가 아니고 우리 주인나리가 점괘를 보시겠다면서 모셔오라고 하셨소."

"그러면 어디로 가야 하오?"

"고자당 골목으로 갑시다."

가부춘이 말을 마치고는 히히 웃더니 갑자기 목소리를 한껏 낮추었다

"저기 미행하는 자가 있습니다. 뒤돌아보지 말고 가세요. 저와 양부운이 뒤따라가면서 호위할 테니 걱정하지 마십시오. 별일 없을 거예요. 미행하는 자들은 전혀 맥을 못 추게 생긴 허수아비 둘뿐입니다!"

가부춘이 말을 마치고는 바로 일어섰다. 유용은 그를 따라서 몸을 일으켰다. 그때 "원 현령께서 승당昇堂하신다!"는 함성소리가 들려왔다. 유용은 까치발을 들고 목을 빼들었다. 과연 아문의 대문이 활짝 열리더니 손에 검정색과 붉은색의 수화곤水火棍을 든 아역들이 나와 두 줄로 길게 정렬했다.

잠시 후 열화와 같은 환호성 속에 팔망오조八蟒五爪의 관복官服을 단정하게 차려입은 원매가 유리 정자를 번쩍이면서 모습을 드러냈다. 유용은 사람들 틈을 비집고 나갔다. 눈 깜짝할 사이에 유용의 모습은 빽빽한 인파속에 묻혀버리고 말았다. 기품이 당당한 원매를 보고 열광하던 그 인파는 천천히 안정을 찾기 시작했다.

"여러분!"

만면에 환한 웃음을 지은 원매가 손사래로 아역들을 물리친 다음 목소리를 높였다.

"부로향친父老鄕親(마을 어르신과 마을 사람들) 여러분이 이 사건을 분명하게 해결해주기를 원한다는 것을 잘 알고 있소. 이 사람은 오늘 민의에 따라 두 달 동안 끌어온 이 사건에 판결을 내리려 하오!"

인파가 다시 술렁대기 시작했다. 원매는 잠시 입을 다물었다가 구경꾼들이 조용해진 틈을 타서 다시 말을 이었다.

"오늘 구경꾼이 너무 많으니 잠깐 정숙해주셨으면 좋겠소. 계속 이렇게 떠들면 내가 아무리 목이 터지도록 외쳐도 제대로 들을 수 없을 것이오. 여러분의 뜻에 따라 이 넓은 공터에서 재판이 이뤄지는 만큼 조용히 귀를 기울여주시면 고맙겠소. 만약 이중에 누군가가 사달을 일으킨다면 여러분이 앞으로 끌어내 심판을 하는 것이 어떻소?"

"예, 좋습니다!"

수만 명에 이르는 좌중의 사람들이 즉각 대답했다. 그 소리에 천지가 울리는 것 같았다.

"역시 여러분은 선량하고 착한 백성들이오."

원매가 자상한 미소를 지으면서 좌중을 둘러봤다. 그러나 수만 명이 모인 자리이니만큼 쥐죽은 듯 조용해지기는 그리 쉽지 않았다.

이때 윤계선과 김홍, 그리고 강남 순무 범시첩은 아문의 문방文房에 들어앉은 채 창밖으로 인파의 움직임을 지켜보고 있었다. 다들 사건의 판결에 관심이 많은 모양이었다. 한편 총독아문과 남경 성문령의 친병들은 비상사태에 대비해 총출동해 연병장 곳곳에서 경계를 강화하고 있었다.

윤계선 등은 자신들의 걱정과는 달리 나름대로 질서가 정연한 장내를 바라보고는 약속이나 한 듯 안도의 숨을 내쉬었다. 농담과 욕설이 취미인 범시첩이 빙그레 웃으며 말했다.

"원매가 언제부터 저렇게 멋있어졌나요? 단상에 올려놓으니 제법 그럴듯한데요? 평소에는 비실비실 맥도 못 추더구먼."

"그게 바로 무성승유성無聲勝有聲이라는 말이오. 이런 말이 있는 줄도 몰랐지? 그대처럼 무식하게 죽비를 휘둘러 사방에 피를 튀겨야 제격인 줄 아오?"

김홍의 타박에 범시첩이 머쓱해졌는지 뒤를 돌아보면서 혀를 내밀었다. 그 바람에 모두들 웃음을 흘렸다.

"원고, 피고, 동정촌 측의 증인 모두 대령했나?"

원매가 옆자리에 앉은 막료에게 물었다.

"모두 공문결재처에서 대령하고 있습니다!"

"원고를 청하라."

좌중의 인파는 "끌어내라!"는 말 대신 '청'請하라는 말이 나오자 잠시 술렁거렸다. 그러나 곧 다시 안정을 되찾았다. 아역을 따라 나오는 원고는 나이가 50이 넘은 늙은 수재秀才였다. 평생 처음 만인의 시선을 한 몸에 받아보는 듯 당황한 모습이 역력했다. 걸음조차 제대로 떼어놓지 못해 하마터면 아문의 문턱에 걸려 넘어질 뻔했다. 수재가 두 다리를 떨면서 겨우 무릎을 꿇자 원매가 말했다.

"그대는 글공부를 한 선비이니 무릎을 꿇을 것까지는 없어. 일어서

서 대답하면 돼."

"예."

"이름과 사는 곳을 말해봐."

"소인은 이등과李登科라고 하옵니다. 집은, 집은……."

"당황하지 말고 천천히 말해보게."

"우두산牛頭山 서북 자락의 이가둔李家屯에 있습니다."

수재는 원매의 격려에 용기를 얻었는지 더 이상 더듬거리지 않았다.

"그대가 고소한 사람은 성 동쪽 호거관에 사는 한모의韓慕義야. 예정대로라면 곧 장인어른이 될 분이지. 그대는 오월 이십육일 성혼하기로 날짜까지 받아놓고 갑자기 파혼을 선언했어. 그래서 여자 쪽 집안에서 그대의 집으로 쳐들어와 사람을 구타했다고 했는데, 과연 사실인가?"

이등과가 굽실거리면서 대답했다.

"살펴주십시오, 현령 나리. 소인은 오월 십오일에 파혼을 통보했사옵니다. 그럼에도 저들이 그토록 무례하게 나오니 억울함을 주체할 수 없습니다."

원매가 이등과의 말을 듣고는 물 뿌리듯 조용한 장내를 쓸어봤다.

"선비인 그대가 먼저 예를 갖추는 것이 도리가 아니겠나! 애들 장난도 아니고 혼약을 해놓고 일방적으로 파혼하는 것이 도리에 어긋나는 일이라고 생각하지는 않나?"

이등과가 갑자기 단호한 어조로 반박했다.

"아뢰나이다, 태존 나리! 소인이 백년해로를 약속했던 한씨의 여식은 정숙한 여자가 못 됩니다. 소인의 가문은 대대로 선비집안인지라 지금까지 법을 어긴 남자가 없고 재혼한 여자가 없습니다. 하온데 어찌 깨끗하지도 않은 여자를 배필로 맞을 수 있겠습니까?"

원매가 수재의 하소연을 듣고 나서 잠시 생각하더니 다시 한 번 물었다.

"단지 그 여식이 태풍에 휘감겨 동정촌까지 날아갔다는 사실 때문인가? 다른 이유는 없고?"

"다른 건 없습니다."

"평소에 왕래하면서 그 여식의 행실이 부정하다는 소문을 조금이라도 들은 적이 있나?"

"그런 것은 없습니다. 하오나 말이 되는 소리를 해야 소인도 믿죠. 어떻게 다 큰 어른이 태풍에 휩쓸려 구십 리 밖으로 날아가고도 무사할 수 있다는 말입니까? 게다가 그곳에서 하룻밤을 새고 돌아왔으니 소인은 도무지 여자의 결백을 믿을 수가 없습니다."

이등과는 추호도 마음을 바꿀 생각이 없는 듯했다. 그의 어조는 단호하기만 했다. 그러자 원매가 고개를 끄덕였다.

"무슨 뜻인지 알겠네. 동정촌의 증인들을 들라 해라!"

원매의 명령이 떨어지기 바쁘게 마을의 이장이라는 자와 농사꾼 차림을 한 젊은이가 증인으로 나왔다. 둘이 무릎을 꿇자 원매가 이장을 향해 물었다.

"자네가 동정촌의 이장인가? 저 사람은 증인이고?"

마흔 살쯤 돼 보이는 사내가 머리를 조아렸다.

"그렇습니다, 현령 나리! 소인은 허청회許清懷라 하옵고, 저 아이는 소인의 조카로 허의화許義和라고 합니다."

원매는 이장이 가리키는 젊은이에게 눈길을 돌렸다. 옷차림이나 생김새가 수더분한 것이 정직하고 착실한 농사꾼임에 틀림없는 것 같았다. 젊은이는 긴장한 탓에 얼굴이 빨갛게 달아올라 있었다. 이마에서는 땀이 철철 흐르고 있었다. 원매가 젊은이를 향해 물었다.

"허의화라고 했나?"

"예. 소인은 허……, 허의화라고 합니다."

"하는 일은?"

"농사를 짓고 있습니다."

"식솔은 어찌 되나?"

"할머니 한 분과 부모님, 그리고 소인의 처자식이 있습니다."

원매가 알겠다는 듯 고개를 끄덕였다. 이어 무표정한 얼굴로 땅바닥에 시선을 고정시키고 있는 수재를 힐끗 일별하고는 다시 물었다.

"그 여식이 바람을 타고 날아와 자네 집 뜰에 사뿐히 내렸다고 했나?"

허의화가 갑자기 쿵쿵 소리 나게 머리를 조아렸다. 그리고는 겁에 질린 얼굴로 대답했다.

"그, 그런 건 아닙니다. 저, 저, 저…… 마을 입구 타작마당에 떨어졌습니다."

원매가 빠른 어조로 물었다.

"겁먹지 말고 그때의 상황을 소상히 설명해 보게."

원매의 말이 떨어지자마자 수만 명의 이목이 일제히 허의화에게 쏠렸다. 허의화가 이마의 땀을 훔치면서 크게 숨을 내쉬고 나더니 천천히 대답했다.

"그러니까 그날은 오월 십일 점심나절이었습니다. 소인은 옥수수 밭의 김을 매고 있었습니다. 그날은 어머니께서 기관지가 안 좋은 아버지를 대신해 점심을 내오셨습니다. 그래서 밭머리에 앉아 밥을 먹고 있었습니다. 그런데 갑자기 하늘이 흐려지기 시작하더니 순식간에 가마솥을 뒤엎은 것처럼 사방이 어두워지고 말았습니다. 경황없이 주위를 둘러보니 서북쪽에서 검은 기둥 같은 회오리가 빠른 속도로 휘몰아치면서 다가오고 있었습니다. 멀리서부터 길가의 나무들이 뽑혀 나가고 허진사댁의 깃대가 뽑혀 허공에 날아다니는 것이 보였습니다. 그 기세대로라면 우리 모자도 바람에 실려 어디론가 날아가 버릴 것만 같았습니다. 회오리가 가까워지자 어머니는 다리에 힘이 풀려 그 자리에 엎드린 채 염불만 하고 계셨습니다. 당황한 소인은 어머니를 들쳐 업고 정신없이 도망갔습니다. 그런데 바람이 뒤에서 불어 닥치면서 몸이 가벼워지는 것이 금방이라도 공중에 떠오를 것 같았습니다. 흙모래, 돌멩이, 부러진 나뭇가지가 얼굴을 사납게 때려 이마에서 피가 흘렀지만 거기에 신경 쓸 겨를이 없었습니다. 그저 죽어라 집 쪽으로 달려갔습니다. 드디어 집이 저만치 보였습니다. 그러는 사이 바람은 좀 잦아들었으나 주위는 대낮임에도 불구하고 한밤중 같았습니다. 결국 어머니하고 둘 다 잠깐 정신을 잃고 쓰러졌다가 눈을 떠보니 이게 어쩐 일입니까? 어머니의 옆자리에 웬 여식이 온통 흙먼지투성이가 된 채로 정신을 잃고 누워 있는 것이 아니겠습니까? 다행히 맥박은 아직 뛰고 있었습니다. 콧김 역시 미약하게나마 느껴졌습니다……."

허의화가 한참 말을 하다 말고 잠시 숨을 골랐다. 수만 명의 사람들은 모두 눈이 휘둥그레졌다. 허의화가 다시 말을 이으려고 하자 원매가 먼저 물었다.

"그때가 언제였나?"

"어머니께서 밭머리에 보자기를 풀 때부터 시작해 한 시간쯤 지난 뒤였습니다."

"알았네. 계속하게."

허의화가 다시 말을 이었다.

"다행히 여자는 외상은 없었사옵니다. 어머니께서 황주黃酒를 두어 모금 입에 떠 넣으니 곧 정신을 차렸습니다."

허의화가 머리를 조아리더니 다시 덧붙였다.

"그 뒤로 동네방네 떠들썩하게 구경꾼들이 몰려들었습니다. 그런 다음 가문의 어르신들이 여자를 가마에 태워 진내로 보내줬다고 합니다. 이 모든 건 소인이 직접 보고 겪은 진실입니다!"

원매가 알겠다는 듯 머리를 끄덕이다가 잠시 침묵을 지켰다. 이어 준엄한 어조로 명령을 내렸다.

"피고를 부르라!"

"예!"

조용하던 좌중의 인파가 다시 술렁거렸다. 곧이어 흰 수염을 길게 드리우고 흰 장삼을 입은 50대 중반의 노인이 걸어 나왔다. 그 뒤로는 두 젊은이가 따라 나왔다. 생김새가 비슷한 걸로 미뤄볼 때 한모의 아들들인 것 같았다. 맨 마지막으로는 고개를 한껏 숙여 얼굴이 보이지 않는 열댓 살 가량의 여식이 금방이라도 쓰러질 것처럼 비틀거리면서 걸어 나왔다. 이어 아버지와 오라비의 등 뒤에 무릎을 꿇었다. 그녀는 원매에게 예를 올리자마자 어깨를 들썩이면서 눈물을 흘리기 시작했다. 원매가 세 사람을 잠자코 내려다보더니 한참 후 물었다.

"피고 한모의, 자네는 아들들을 이등과의 집으로 보내 남의 집 대문을 부수고 문지기까지 구타했다는데, 그게 과연 사실인가?"

한모의가 연신 머리를 조아렸다.

"통촉해 주십시오, 현령 나리! 소인은 비록 공명은 없으나 그래도 글을 몇 줄이라도 읽은 사람입니다. 오십 평생 거짓말 한 번 해본 적이 없습니다. 또 억지를 부려 누군가를 괴롭힌 적도 없습니다. 소인의 여식 소정素貞이는 바깥출입도 제대로 못해본 착하고 정숙한 아이입니다. 그런데 천재지변으로 인해 상상도 못할 일을 당하고 나서 놀란 가슴이 진정되기도 전에 갖은 유언비어에 시달리게 되니 얼마나 힘들었겠습니까? 아이는 괴로움을 못 이겨 우물에 뛰어들어 자결하려고 했습니다. 그걸 억지로 뜯어 말려 겨우 살려냈습니다. 절개와 정조를 굳건히 지켜온 이팔의 소녀가 단지 태풍에 휘말려 다른 동네에 떨어졌다는 이유만으로 파혼을 당한다는 것이 있을 법한 소리입니까? 소인의 아들놈들이 홧김에 찾아가 난동을 부린 점은 백번 잘못했다고 생각합니다. 이는 평소 훈육을 제대로 하지 못한 소인의 죄입니다. 소인은 그로 인한 죄를 달게 받겠습니다. 하오나 소인의 여식 소정이……, 이리도 참하고 순진한 아이가 동네방네에서 요괴라고 손가락질을 받으니 어찌 고개를 들고 살 수 있겠습니까? 우리의 포청천인 현령 나리께서 부디 소인의 여식을 살려주십시오. 소인의 여식이 불명예를 벗고 새로운 삶을 살 수 있도록 도와주시옵소서."

아버지가 눈물을 흩뿌리자 두 아들 역시 훌쩍이며 머리를 조아렸다.

"모두 저희 형제들이 못난 탓입니다. 아버지는 잘못이 없습니다. 소인들은 하나뿐인 귀한 여동생이 하루아침에 된서리를 맞고 저리 폐인이 된 모습을 차마 눈뜨고 볼 수 없었습니다."

부자간에 목을 놓아 울음을 터뜨리자 좌중의 여기저기에서 여자들의 훌쩍거리는 소리가 높아졌다. 원매 역시 가슴이 찡해졌다. 그가 안쓰러운 표정으로 한씨 가족을 바라보았다.

"저리도 얌전하고 가냘픈 여식이 운수 사납게 태풍에 휘말렸다가 구사일생으로 살아온 것만 해도 가슴이 철렁한 일이었을 텐데, 당치도 않은 유언비어에 어린 마음을 크게 다치게 됐으니 가족들의 심정이야 오죽할까!"

원매가 이번에는 이등과를 향해 돌아섰다.

"인간적으로 조금 더 너그럽게 생각해보면 이는 결코 고소할 만한 사건도 못 되네. 자네가 지금이라도 소송을 취하한다면 내가 두 가문을 화해시켜주겠네. 자네는 선비이니 공자의 학문이 인(仁)을 근본으로 하고 있다는 걸 잘 알겠지?"

이등과가 바로 절을 하면서 대답했다.

"예, 현령 나리. 소인은 그저 무사히 파혼하기를 바랄뿐 다른 건 아무 것도 원하는 것이 없습니다."

이등과는 여전히 고집을 꺾지 않았다. 순간 원매의 낯빛이 어두워졌다. 이어 따지듯 물었다.

"끝까지 파혼을 고집하는 이유가 도대체 뭔가?"

늙은 수재 이등과가 한소정을 힐끗 훔쳐보더니 입을 열었다.

"아무리 광풍이 휘몰아쳤다지만 사람이 어찌 구십 리 밖으로 날아가 사흘 만에 돌아올 수 있겠습니까? 소인은 이것이 터무니없는 거짓말이 아니면 이 여식이 사람이 아닌 요괴라고 생각합니다. 그동안 소인의 가문이 겪은 정신적인 피해도 이만저만이 아닙니다. 현령 나리께서 그리 몰아세우시면 소인은 어디에 하소연을 하겠습니까?"

원매가 이등과의 말에 호탕한 웃음을 터뜨렸다. 그리고는 한소정을 향해 말했다.

"소정, 고개를 들거라!"

그러나 한소정은 흑흑 흐느끼기만 했다. 얼굴을 감싼 손을 감히 내릴 엄두도 못 내고 있었다. 원매가 다시 다그쳤다.

"고개를 들라니까! 네 잘못은 하나도 없어! 너는 여전히 결백한 여자야!"

"흑흑……."

한소정이 계속 슬프게 흐느끼면서 천천히 고개를 들었다. 그리 뛰어난 미색은 아니었다. 그러나 눈물이 흘러내리는 갸름한 얼굴은 한 떨기 수선화처럼 청순했다. 동그란 눈썹 밑의 크지 않은 봉안鳳眼은 샘물처럼 맑았다. 그녀는 여전히 창피하고 겁에 질린 표정을 한 채 감히 사람들을 바라보지 못하고 다시 고개를 숙였다.

"내가 이미 산파를 불러 검사해봤네. 소정은 아직 처녀성을 잃지 않았어. 방금 동정촌에서 나온 증인들의 생생한 증언도 다 들었으니 생각을 고쳐먹도록 하게. 보다시피 백옥같이 청순하고 아침 이슬 머금은 수선화처럼 아리따운 여식이 다 늙은 자네에게 뭐가 부족하다는 건가! 나중에 후회하지 말고 조금 더 신중하게 생각해보게."

"소인은 실로 내키지 않습니다. 그런 건 연극에서나 꾸며낼 법한 얘기입니다."

원매가 이등과의 말에 크게 냉소를 터트렸다. 그리고는 물었다.

"연극? 자네는 선비라는 사람이 학문충郝文忠 백상伯常 공公의 《능천집》陵川集도 읽어보지 않았나?"

이등과가 머뭇거리면서 대답했다.

"학백상 공은 원元나라 때의 충신이라는 정도로만 알고 있습니다. 《능천집》은 아직 읽어보지 못했습니다."

원매가 그러자 즉각 아역에게 분부를 내렸다.

"서재로 가서 서동書童에게 《능천집》을 찾아달라고 해서 가져오게."

원매가 이어 이등과에게 말했다.

"내가 오늘 시사詩詞를 읊어 자네 마음을 돌려보겠네. 누가 이기는가 보세."

고소, 고발 사건을 판결하는 숙연한 자리에서 현령이 시사를 읊겠다고 하니 이 얼마나 기괴한 일인가. 좌중의 사람들은 잔뜩 호기심이 동하는지 두 눈을 크게 뜨고 원매를 바라봤다.

"《능천집》에 〈천사부인사〉天賜夫人詞라는 제목의 시사가 수록돼 있네. 내가 읽어줄 테니, 잘 들어보게."

원매는 아역에게서 책을 받아 들고는 천천히 거닐면서 자신이 말한 제목의 시사를 읊기 시작했다.

팔월 십오일은 두 별이 만나는 날이니 선남선녀가 혼인하기 좋은 길일이라네.

부용성芙蓉城에 옥파玉波가 넘실대고 화월花月의 광채에 성 안이 휘황찬란하구나.

검은 바람이 촛불을 꺼버리자 선도仙桃가 하늘 밖에 떨어졌다네.

양梁씨 집에 신랑감이 있었는데 길을 가다가 홀연 등에 업히는 그 무엇이 있었다네.

혼비백산해 내려서 보니 주옥패환에 미색이 황홀한 여식이었다지.

갑자기 하늘에서 뚝 떨어진 여식은 온몸에 맥이 풀리고 정신을 반쯤 잃었다네.

눈을 들어 주위를 둘러보니 온통 말도 통하지 않고 옷차림도 다른 사람들뿐이라.

어떻게 오천 리나 떨어진 생판 낯선 이곳으로 날아왔는지 알 수 없었다네.

여식은 적막한 옥용玉容에 두 줄기 눈물 달고 그날로 양씨 총각과 부부의 인연을 맺었다네.

눈 깜빡할 사이에 몇 년 세월이 흘러 남편은 고관이 됐고 자손이 번성했다네.

자고로 부부의 인연은 하늘이 맺어주는 것, 조강지처 쉬이 버리지 말고 허황한 꿈 좇지 말라!

좌중의 사람들은 감정을 담아 음창吟唱하는 원매의 낭랑한 목소리에 모두들 감격한 표정들이었다. 해박하고 우아하면서도 멋스러운 현령의 기품에 매혹된 듯했다. 곧이어 이등과와 여식을 축복하는 박수갈채가 하늘땅을 뒤흔들었다.

"아직도 마음이 바뀌지 않았는가?"

이등과가 원매의 말에 고개를 푹 숙였다. 수재의 마음을 다 읽은 원매가 빙그레 웃었다.

"한 시대를 풍미한 충신이 허황된 말로 세인들을 희롱했겠는가? 옛날에도 오씨 가문의 어떤 여식이 그렇게 몇천 리 밖으로 날아가 훗날 재상의 처가 됐다고 하네. 사정이 조금 다르기는 하나 소정이 본인의 의사와 무관하게 바람에 날려갔다는 사실이 이제 황당하지만은 않지?"

"예……."

이등과가 그제야 쑥스러운 기색을 보였다. 그리고는 다소 흐뭇한 표정으로 한소정을 바라보았다.

"모두 소인이 무지몽매한 탓입니다. 지금 당장 고소를 취하하고 저 처자를 집으로 데려가겠습니다!"

원매가 이등과의 말에 반색을 하면서 크게 웃었다.

"암, 그래야지! 진작 그렇게 나왔으면 나도 덜 피곤했을 게 아닌가! 내가 자네들 혼사에 주례를 서줄 것을 약속하네. 달리 길일을 잡을 필요도 없겠네. 오늘이 바로 두 번 다시 없는 길일이니 이참에 수만 명의 하객들을 모시고 희사喜事를 치르는 게 어떻겠나? 여러분, 본 현령의 말에 공감하면 박수갈채를 보내시게!"

"와……!"

장내의 사람들은 환호성을 내질렀다. 박수소리도 우렁찼다. 그 소리는 끊어질 줄 모르고 멀리멀리 울려 퍼졌다. 백성들의 일이라면 크고 작음을 따지지 않는 진정한 부모관을 향한 뜨거운 호응이었다.

23장

일지화의 과거

이 무렵 일지화 역영은 강남의 양주揚州에 칩거하고 있었다. 그동안 3년 세월이 흘렀다. 산동山東에서 패해 도주한 다음 한단邯鄲에서 조정의 군비를 탈취한 사건이 백일하에 밝혀졌으니 그녀로서는 산서山西에도 발을 붙일 수가 없었던 것이다.

그녀는 처음에는 하남성 동백桐栢의 본거지로 돌아가려고 했다. 그러나 상황이 여의치 않았다. 유통훈이 병사를 대거 파병한 데다 조정에서 돈과 식량으로 민심을 산 탓에 그녀가 들어갈 자리가 전혀 없었다. 그래서 일지화 일당은 몇 갈래로 뿔뿔이 흩어져 회안淮安을 거쳐 남경으로 잠입했다. 그 와중에 황천패에게 바짝 추격당해 하마터면 목숨을 잃을 뻔한 적도 있었다. 궁지에 몰린 역영은 결국 남경 상청관上淸觀의 보허步虛 도장道長으로부터 "동쪽으로 가라!"는 충고를 받고는 결연히 강을 따라 동하東下하는 결단을 내렸다. 몇 번의 우여곡절 끝에 드디어 양주의 천뢰단天雷壇 도량道場에 둥지를 틀 수 있었다.

옛날 중국의 유명한 원림을 꼽으라면 단연 낙양洛陽의 명원名園과 변주汴州의 몽량夢梁을 첫손가락에 꼽을 수 있었다. 그러나 이 두 곳은 송나라 이후 전란을 거치면서 잿더미가 돼 역사의 뒤안길로 사라졌다. 양주도 바로 그런 낙양이나 변주 못지않았다. 산과 물을 낀 이름난 성城과 큰 고을이 많았다. 따라서 양주는 자연의 수려한 풍경을 만끽하려는 풍류객의 발길이 잦은 곳이었다. 그러나 청나라 병사들이 산해관山海關을 넘어 입성한 이후 양주에서 무려 열흘 동안 대학살을 감행하면서 상황은 달라졌다. 성 안에는 피비린내가 진동하고 그 많던 명승고적들은 일순간에 폐허가 되고 말았다. 다행히 양주는 남북 운하와 양자강, 즉 장강長江이 만나는 곳이자 금릉, 소주 및 항주를 연결하는 요충지였다. 즉위 이후 여섯 차례나 남순 길에 오른 강희제가 번번이 이곳 과주도瓜洲渡에서 육지에 올라 절경을 감상한 것은 다 그 때문이었다. 양주는 이후 다시 그 옛날의 명성을 되찾았다. 황제의 발길이 머문 이런 곳에 사람들이 모여들지 않을 리 없었다. 황제가 글을 남기고 시를 읊은 자리라는 이유로 선비와 장사꾼 등 온갖 사람들이 운집하는 건 당연했다.

역영이 터를 잡은 천뢰단은 양주 소금산小金山의 등허리에 붙어 있었다. 이곳은 원래 여조呂祖 도관으로 표고飄高 도인이 반란을 꾀하기 전에 수행 정진하던 묘원廟院이기도 했다. 다시 말해 홍양교紅陽敎의 발상지라고 해도 과언이 아니었다. 역영은 강서江西에서 거사했다가 실패한 이후 이곳에 반년 동안 칩거한 적도 있었다. 그러다 정말 오랜만에 천뢰단을 다시 찾았다. 물론 그녀가 찾아온 묘원은 과거와는 달랐다. 볼썽사납게 허물어진 담벼락은 우거진 잡초에 뒤덮여 있었다. 피폐하기 이를 데 없는 모습이었다. 그러나 군비를 갈취해 어마어마한 은자를 가지고 있는 역영이 그런 것을 걱정할 리 만무했다. 그녀는 곧 조용히 옛날 모습 그대로 묘원을 복원해 나가기 시작했다. 여조를 공봉供奉하는 정전正殿을 새로 세운 다음 그 뒤에 쪽배를 닮은 큰 대청이 세 개나 달린 건물도 들어앉혔다. 주변의 땅들을 사들여 크고 작은 전각도 짓고 기이한 꽃과 나무도 심었다. 아무튼 이렇게 해서 이곳은 몇 년 사이에 옛날의 승경勝景을 능가하는 명소로 탈바꿈할 수 있었다.

천뢰관은 서서히 규모를 갖춰갔다. 역영은 어느 정도 구색이 갖춰지자 홍양교의 호법존자인 황보수강, 나부명羅付明, 포영강包永强 등을 도사道士로 변장시켰다. 그리고는 천뢰관天雷觀의 일상 업무를 책임지도록 했다. 이어 본인은 여성사女聖使인 교송, 한매, 당하 등과 함께 남장男裝을 하고 천뢰관 동쪽의 엽공분葉公墳 북쪽에 거처를 마련하고 지냈다. 호화로움과는 거리가 먼 초가집과 토담이었다. 내친김에 앞뜰과 뒤뜰에 채소밭을 가꾸어 보통의 민가와 다름없게 위장도 했다. 위치 역시 방화후촌傍花後村이라는 자그마한 마을과 잇닿아 있어 전혀 사람들의 이목에 노출될 위험이 없었다. 역영은 이렇게 일당의 정체를 교묘히 위장했다. 이어 잇따라 마을의 이장과 향리의 전사典史(현縣의 치안을 맡아 보던 관직. 경찰)들을 매수한 다음 주민들과 허물없는 사이가 되기 위해 갖은 노력을 기울였다. 그렇게 몇 년이 지나자 역영은 철저히 자신의 신분을 감추고 어느덧 마을의 평범한 이웃으로 정착했다.

이때 유통훈은 강남 지역 어디든 미심쩍은 곳이 있으면 반드시 암행을 나갔다. 당연히 이곳 양주에도 내려온 적이 있었다. 심지어 천뢰관에도 들른 바 있었다. 한적한 숲속에 우뚝 솟은 건물들을 보면서는 감탄하기까지 했다.

그럴 만도 한 것이 주변 풍광이 무척 아름다웠을 뿐 아니라 뇌단雷壇에 올라 둘러보면 감탄이 절로 나올 만큼 절경이 펼쳐졌기 때문이었다. 더구나 남북으로 길게 뻗은 운하에서 조운 선박이 꼬리에 꼬리를 물고 왕래하는 모습은 그야말로 장관이었다. 그 선박들은 무지개처럼 운하 위에 걸쳐 있는 고교高橋, 영은교迎恩橋와 소영은교小迎恩橋 등을 수시로 지나갔다. 초하草河, 시하市河와 호성하護城河 역시 소금산 남쪽에서 합류해 거센 물살을 일으키면서 또 하나의 장관을 연출했다. 서쪽으로 눈길을 돌리면 하도河道가 종횡으로 교차하는 모습이 시선을 끌었다. 즐비하게 늘어선 야트막한 초가들도 한눈에 안겨왔다. 그 초옥모사草屋茅舍들 사이에서는 돼지가 꿀꿀대면서 돌아다니거나 이제 막 노적가리 어디에 알을 낳고 나온 듯한 암탉의 울음소리도 생생하게 들려왔다. 무성한 대나무 숲과 흐드러진 버드나무는 그림 같은 초가집들을 병풍처럼 은은히 감싸면서 평범한 시골 풍경에 신비감을 더해주었다. 당시 유통훈은 이곳 풍경에 매료된 나머지 무릉도원이 따로 없다면서 극찬을 아끼지 않았다. 그러나 어찌 알았으랴! 그가 무릉도원이라고 격찬하면서 아쉬운 발걸음을 떼어놓았던 이곳에 '백년 묵은 능구렁이'가 칭칭 똬리를 틀고 있는 줄을 말이다. 그것도 조정에서 수십만 냥의 은자와 네 개성의 녹영병을 투입하면서까지 잡아들이기 위해 온갖 심혈을 쏟고 있는 '능구렁이'가 아니었던가!

역영은 자신의 방에서 하얀 비단에 빨간 장미를 한 땀, 한 땀 수놓고 있었다. 그러다 잠시 수틀을 잡고 멍하니 생각에 잠겼다. 그녀의 버드나무 가지처럼 매끈하고 하얀 섬섬옥수는 마치 일류 조각가의 손을 거친 예술작품처럼 아름다웠다. 비단에 수놓은 빨간 장미는 아무도 감히 범접할 수 없는 가시 돋친 아름다움을 지닌 역영과 닮아 있었다. 하지만 이때 그녀는 어느덧 나이가 50이 다 된 노처녀가 돼 있었다.

천하에 명성이 자자한 역적 일지화는 원래 하남성 동백산 자락의 가난한 농부의 딸로 태어났다. 그녀의 삶은 평범하지 않았다. 우선 양친이 그녀가 아직 어릴 때 전염병으로 둘 다 한꺼번에 저세상으로 가버렸다.

그녀는 졸지에 의지할 곳 없는 신세가 되어 걸식으로 눈물겨운 나날을 보냈다. 그러다 어느 날 백의암白衣庵 정공靜空스님의 손에 이끌려 비구니 생활을 하게 됐다. 그러나 평온한 세월은 오래 가지 않았다. 자라면서 용모가 점점 미려해지자 불공에는 뒷전이고 잿밥에만 관심이 있는 어중이떠중이들이 그녀를 가만 놔두지 않았다. 급기야 밤낮없이 이어지는 추행에 도무지 정상적인 비구니의 삶을 이어나갈 수가 없었다. 역영을 굳건히 감싸주던 정공스님이 열반에 든 이후에는 상황이 더욱 악화됐다. 밖으로 화연化緣(탁발)을 나갈 때마다 가위를 몸에 지니지 않으면 안 될 정도로 점점 더 강도 높은 시달림을 받게 된 것이다.

그러던 옹정 연간의 어느 날이었다. 가사방賈士芳이라는 기인이 동백산으로 선교하러 왔다가 그녀에게 천서天書 한 권을 주고는 표연히 사라졌다. 이후 그 소문은 날개 돋친 듯 한 입 두 입 건너 퍼져나갔다. 법명이 '무색'無色인 역영은 동백뿐만 아니라 전 성省에까지 그 존재가 알려지게 됐다.

남자들의 유명세는 부귀공명의 운과 연결되지만 여자가 이름을 날리면 그것은 곧 재화災禍와 이어진다. 역영은 올챙이처럼 꼬불꼬불한 글자가 가득한 천서를 얼떨결에 받아든 죄로 다른 비구니들로부터 질시와 미움을 받아야 했다. 또 그녀를 보려고 동네방네에서 이리떼처럼 몰려드는 사내들 때문에 청정한 도관이 방해를 받는다는 이유로 암자에서 쫓겨날 위기에 처했다. 나중에는 인근 어느 현의 '백리왕'百里王이 첩으로 들이겠노라 문턱이 닳도록 찾아오기도 했다. 한마디로 시정잡배들이 그녀를 차지하기 위해 자기들끼리 수시로 치고받았다. 상황이 악화일로를 치닫던 중 급기야 사달이 나고 말았다. 감옥 아닌 감옥에 갇혀 바깥 출입도 마음대로 못하고 죄인처럼 숨죽이며 살던 그녀가 강가로 빨래하러 나간 어느 날이었다. 평소부터 호시탐탐 기회만 노리던 불량배들이 그녀 주위로 몰려들었다. 그리고는 자기들끼리 싸움이 벌어졌고, 그 와중에 그만 두 명이 어이없이 목숨을 잃고 말았다. 당시 사건을 접수했던 동백 현령 호사항胡斯恒은 앉은 자리에 풀도 나지 않을 정도로 고리타분한 도학선생이었다. 때문에 그가 작성한 판결문은 가히 충격적이었다.

요염한 도리화가 담을 넘어 한들거리니 꿀벌과 나비를 유혹하는 몸짓이 아니고 무엇인가? 천생 요물은 세속을 불안케 한다. 자고로 홍안紅顔은 화수禍水여서 가는 곳마다 독을 퍼뜨리고 재앙을 일으킨다. 이 처자가 일지화라는 방탕한 이름을 얻은 걸 보면 필히 정숙한 여자는 못될 것이다. 틀림없이 나라를 위태롭게 하고 성城을 무너뜨릴 요녀妖女이니 멀리 축출함이 마땅할지어다.

역영은 3개월 동안 항쇄를 쓴 채 차디찬 감옥에서 짐승보다 못한 나날을 보내게 되었다. 그러나 그녀는 눈물 한 방울 떨어뜨리지 않았다. 출옥 후에는 부모님의 무덤을 찾아 작별인사를 고했다. 이어 비장한 각오로 백운령白雲嶺이라는 산꼭대기의 사신애舍身崖라는 낭떠러지에 올랐다.

그녀는 늦가을의 찬바람이 화살 세례를 안기듯 귓가를 스치는 가운데 봉두난발을 바람에 흩날리며 흐느끼고 서 있었다. 당연히 세상을 향한 분노와 원망, 그리고 슬픔이 한꺼번에 가슴속으로 밀려들었다. 그럼에도 하늘은 그 어느 때보다도 맑았다. 솜뭉치 같은 구름이 사신애의 등허리를 감돌고 있었다. 사철 푸른 솔숲 역시 한눈에 안겨 왔다. 가끔 솜처럼 흩어지는 구름 사이로 부는 솔바람 소리가 시원한 파도소리처럼 들려왔다. 깎아지른 듯한 천애의 절벽 위에 선 역영은 처음으로 뿌리로 돌아갔다가 다시 새로 태어날 수 있는 낙엽이 부럽다는 생각을 했다. 또 '포라만상'包羅萬象(우주의 모든 것을 포함함)이라는 이 세상에 자

23장 | 일지화의 과거 283

신의 지친 몸 하나 뉘일 곳 없다는 사실이 한없이 처량하게 느껴졌다.

"이년이 대체 무슨 죄를 지었다고 이리 가혹한 벌을 내리는 겁니까?"

역영이 망망한 창공을 향해 물었다. 이어 다시 분노를 토해냈다.

"부모님께서 주고 가신 미색이 그리 큰 죄가 된다는 말입니까! 하늘은 어찌……, 어찌 이리도 이년에게 가혹하고 불공평한 것입니까?"

역영이 하소연하듯 말을 하고 나더니 스르르 눈을 감았다. 이제는 지겨운 세상과 작별하는 일만 남았다고 생각했다. 결국 인생에 환멸을 느낀 그녀는 이승에서의 생을 마감하고자 운해雲海가 자욱한 천 길 낭떠러지로 몸을 날리려고 했다. 그때 갑자기 등 뒤에서 늙은 목소리가 귓가에 전해졌다.

"아가야, 서두르지 말거라."

역영은 흠칫 놀라 뒤를 돌아봤다. 먼발치에 학발동안鶴髮童顏에 기괴한 용모의 노인이 백년 고송古松을 어루만지며 서 있는 모습이 보였다. 목에 감은 머리채가 눈처럼 흰 도인 행색의 노인이었다. 역영이 목숨을 버리고자 백운령을 오르는 동안 그녀와 약간 떨어진 곳에서 줄곧 뒤를 따라온 듯했다. 물론 역영은 그 사실을 전혀 몰랐다. 아무려나 홀연히 모습을 드러낸 노인은 마치 신선 같았다.

"나는 신선이 아니네."

노인이 역영의 마음을 꿰뚫어본 듯 자상한 미소를 지으면서 가까이 다가왔다. 이어 넓적한 바위 위에 걸터앉더니 역영을 향해 말했다.

"나는 이 산속에서 나무를 해서 불을 때고 졸음을 쫓아가며 글공부를 하다가 심심풀이 삼아 무공이나 연마하는 평범한 노인이네. 이 나이 되도록 신선이 어떻게 생겼는지는 만나보지도 못했고, 신선이 존재한다고 믿지도 않네. 정녕 이 세상에 신선이 있다면 어찌 생을 스스로 마감하려는 중생들의 고통을 그렇게 무심하게 외면할 수 있겠나?"

역영은 감옥에서 억울한 옥살이를 하면서도 눈물 한 방울 흘리지 않았었다. 조금 전 생을 마감하고자 천 길 낭떠러지로 다가가면서도 그랬다. 하지만 그런 그녀의 눈에서 갑자기 굵은 눈물이 주르르 흘러내렸다. 노인이 입에 올린 말의 깊은 뜻을 전부 알지는 못했으나 차갑게 얼어붙었던 마음의 가장자리가 조금씩 녹아내리기에는 충분했던 것이다. 역영은 뜨거운 눈물에 가려 희미해진 노인의 모습을 보면서 처연하게 입을 열었다.

"약간의 미색을 가지고 태어난 것이 용서받을 수 없는 죄라고 합니다. 그래서 이승을 떠나려 했습니다."

노인이 역영의 말에 탄식을 토해냈다.

"그것도 너의 팔자니라. 이 산에는 때가 되면 산단화山丹花, 두견화杜鵑花, 복숭아꽃, 살구꽃, 배꽃 등 많은 꽃들이 피어나지. 그러나 이런 꽃들은 너무 흔해서 그다지 시선을 끌지 못해. 하지만 심산유곡에 사발만한 모란꽃이나 작약꽃이 피었다고 상상해 보거라. 아마 많은 사람들이 그 꽃을 꺾으려고 갖은 애를 쓸 것 아니냐. 네가 미려한 것은 사실이야. 그러나 네가 여기에서 태어나지 않고 삼천궁녀가 운집한 구중궁궐이나 경성경국傾城傾國의 미인들이 도처에 널린 여러 왕조의 수도 남경에서 태어났더라면 아마 전혀 다른 삶을 살았을 테지. 네 잘못이 아니니라. 이곳의 물과 흙이 너와 같은 '꽃'을 키울 수 없는 게 잘못이야."

역영은 가지런한 이빨을 앙다물었다. 그리고는 구름 사이로 언뜻언뜻 비치는 산봉우리들을 바라봤다. 이어 오래도록 아무 말도 하지 않았다. 노인이 다시 말을 이었다.

"지금의 너는 너무 작고 약해 세속의 풍랑을 헤쳐 나갈 힘이 없으니라. 네가 한 떨기 꽃이라고 할 때 온몸에 가시가 돋쳐 아무도 감히 범접 못하는 장미꽃이 됐더라면 누가 감히 너를 괴롭힐 수 있겠느냐?"

역영은 무슨 말인지 잘 모르겠다는 듯 노인을 바라봤다. 그리고는 고개를 저었다. 노인이 슬며시 미소를 지었다.

"믿고 싶지 않은 게냐? 네가 지금처럼 가냘픈 모습에서 탈피해 출중한 무예를 갖춘 여장부 내지 협객이 됐더라면 시정잡배들이 감히 너에게 불결한 행동을 할 수 있었겠느냐?"

역영이 다시 고개를 저었다. 그러자 노인이 의미심장한 어조로 다시 입을 열었다.

"너에게《만법비장》萬法秘藏이라는 천서가 있지 않느냐?"

"노인장께서 그걸 어찌……?"

"수수께끼를 낸 사람이 있으면 그 수수께끼를 푸는 사람도 있게 마련이지."

역영이 급기야 씁쓸한 웃음을 지어보였다.

"지렁이처럼 꼬불꼬불한 글자밖에 없어요. 말 그대로 천서더군요."

노인이 인자한 어조로 말을 받았다.

"그건 내가 해독할 수 있어. 내가 가르쳐주마. 이 사신애를 내려다 보거라. 여기에서 뛰어내려 살아 돌아올 사람이 있을 것 같으냐?"

"아니오."

"방금 네가 뛰어내리려고 하지 않았더냐?"

"그래요."

"그럼 지금도 늦지 않았으니 뛰어내리거라!"

역영은 노인의 말이 끝나기 무섭게 아래를 굽어봤다. 눈이 아플 정도로 까마득한 천 길 낭떠러지가 보였다. 산중턱을 감도는 구름 아래로 울긋불긋한 잡목 숲과 평소에 꽤 거대해 보이던 망부석望夫石 봉우리가 땅콩처럼 작게 보였다. 순간 삶에 대한 미련을 완전히 떨쳐내지 못한 역영은 자신도 모르게 두려움에 뒷걸음치면서 망설였다. 이어 눈앞이 아찔한 듯 휘청거리더니 그 자리에 주저앉았다.

"감히 못 뛰어내리겠지? 내가 시범을 보여주마."

노인이 히죽 웃으면서 이상한 소리를 했다. 역영은 눈이 휘둥그레지면서 말려야겠다는 생각을 했다. 그러나 노인은 반신반의하는 역영의 시선이 채 닿기도 전에 천애절벽을 향해 몸을 훌쩍 솟구치더니 허공으로 떨어져 내렸다.

역영은 너무 놀라 비명을 지르면서 덮치듯 바위 위에 엎드려 아득한 벼랑 아래를 내려다보았다. 노인은 무서운 속도로 구름층을 뚫고 망부석 봉우리를 향해 추락하고 있었다. 역영은 두 눈을 질끈 감았다. 그리고는 괴성을 지르면서 가늘게 눈을 떴다. 노인은 어느새 까만 점이 돼 사라지고 없었다. 역영은 다리의 맥이 풀리면서 자신도 모르게 땅에 주저앉았다. 바로 그때였다. 절벽 아래 깊은 골짜기에서 광풍이 일었다. 동시에 삼킬 듯한 기세로 불어닥치는 광풍에 낙엽처럼 말려 올라오는 물체가 시야에 잡혔다. 점점 위로 올라오는 그 물체는 한 마리의 새 같았다. 노인이 그새 한 마리 새로 환생한 걸까? 역영은 동공이 튀어나올 정도로 눈에 힘을 준 채 자세히 살펴봤다. 구름층을 뚫고 올라오는 그 물체는 바람에 잔뜩 부푼 노인의 장삼이었다. 장삼자락은 마치 새가 자유로운 날갯짓을 하듯 높고 낮게 펄럭이면서 부침을 거듭했다. 때로는 곧게 솟구치고 때로는 물속으로 뛰어들듯 거꾸로 곤두박질치는 노인의 모습은 마치 하늘을 무대로 비무飛舞하는 한 마리의 붕조鵬鳥 같았다! 노인은 한참을 그렇게 구름 속을 노닐고 나서야 다시 올라와 땅에 내려섰다. 그리고는 꿈인지 생시인지 몰라 넋이 나간 역영에게 다가와 물었다.

"이래도 세상에 꺾이지 않는 꽃이 있다는 걸 못 믿겠느냐?"

"노인장께서는 틀림없이 이년을 제도하라는 하늘의 명을 받고 내려오신 신선입니다! 세상에 태어나 이대로 죽는 건 이년도 원치 않습니다.

이년을 수양딸로 슬하에 거둬주세요!"

역영은 노인의 앞에 무릎을 꿇으며 애원했다. 노인은 다른 사람이 아니었다. 명나라 말 대순大順 정권을 세운 이자성李自成을 따라 전쟁터를 종횡무진 누빈 대장군인 송헌책宋獻策이었다. 청나라 병사들이 산해관을 넘어 입성해 이자성의 왕조를 함락시키자 홀몸으로 난군亂軍을 뛰쳐나와 동백산에 은둔한 인물이었다. 그 이후 그는 줄곧 이곳 동백산에서 약초를 캐고 수련을 하면서 살아왔다. 역영과 만났을 때는 세속의 나이로 이미 130살의 고령을 넘긴 상태였다.

역영과 송헌책 두 사람은 그렇게 부녀의 인연을 맺고는 서로 의지하는 나날을 보내게 되었다. 그로부터 7년이 지난 어느 날 저녁이었다. 그날따라 산풍山風이 포효하고 대설大雪이 분분했다. 송헌책은 여느 날과 다름없이 저녁상을 물리고 온돌 위에 묵좌默坐해 주천周天을 꼽아보다가 갑자기 두 눈을 번쩍 떴다.

"영아, 나는 그만 가봐야겠다."

"아버지! 이리 험한 날씨에 가기는 어디를 간다고 그러세요?"

아궁이에 장작을 밀어 넣던 역영이 영문을 몰라 눈을 동그랗게 뜬 채 물었다.

"사람으로 태어나 자그마치 백사십 년 가까이 살았으니 내가 이제 가면 어디를 가겠느냐?"

"아버지!"

"불가佛家에서는 열반涅槃이라 하고, 도가道家에서는 충허우화沖虛羽化라고 일컫는 그런 곳으로 갈란다."

송헌책이 담담하게 미소를 짓더니 말을 이었다.

"이제껏 살아보니 역시 공자의 학문이 치세지학治世之學이야. 열반이니 우화니 해봤자 한마디로 '죽는다'는 뜻이지. 그런데 뭘 다들 그리 어럽게 말하는 건지!"

송헌책의 말에 역영의 손에 들려 있던 장작이 툭! 하고 맥없이 바닥에 떨어졌다. 역영은 송헌책을 바라보면서 잠시 할 말을 찾지 못했다. 그때 얼굴에 홍조가 올라 발그레해진 송헌책이 그녀를 뚫어지게 응시했다.

"이리 와서 내 말을 듣거라. 생사대도生死大道의 이치를 깨닫기 어려운 것은 그것이 가장 범상한 일이기 때문이니라. 도를 너무 오래 닦다 보면 예사롭기 이를 데 없는 것조차 깨닫지 못할 때가 있느니라. 이것이 내가 너에게 말하고 싶은 첫 번째 얘기야."

역영은 감정이 복받치며 가슴이 벌렁벌렁 뛰었다. 무의식중에 불사조로 생각해 왔던 양아버지가 죽음의 문턱을 넘을 준비를 하고 있다는 사실이 도무지 믿어지지 않았다.

"네가 배운 도술은 호신護身에는 별 무리가 없을 테지만 적을 물리치기에는 아직 부족해."

송헌책이 말을 마치고는 길게 탄식을 토했다. 이어 턱을 조금 들어 뭔가를 생각하더니 몇 마디를 덧붙였다.

"나의 사부님은 참으로 대단한 분이셨지! 그분이 출산出山하기 전 누누이 하신 말씀이 있지. '홍진紅塵에 들어가면 오색五色이 모두 흐려진다'는 말이었어. 그럼에도 나는 그 가르침을 잊고 살았어."

송헌책의 말소리는 점점 미약해졌다. 초점 없이 허공을 바라보는 눈은 텅 빈 마른 우물 같았다. 역영은 그제야 노인이 지금 자신에게 유언을 남기고 있다는 사실을 깨달았다. 마음이 찢어질 듯 아파서 그예 펑펑 눈물을 쏟고 말았다.

"아버지의 훈육을 가슴에 아로새기겠습니다. 도술은 아무리 배워도 못다 배울 무궁한 것입니다. 소녀는 아직 우물 안의 개구리에 불과합니다. 절대 교만하거나 자만하지 않고 모름지기 실력을 쌓아 끊임없이 정진하는 역영이 되도록 노력하겠습니다."

"도道와 술術을 혼동해서는 아니 되느니라."

송헌책의 얼굴에서는 어느새 홍조가 점점 퇴색하기 시작했다. 대신 보드라운 흙을 뿌려놓은 듯 잿빛으로 변하고 있었다. 그가 끊어질듯 아슬아슬 이어지는 미약한 숨을 들이마시면서 겨우 입을 열었다.

"네가 설령 술수를 부려 창밖의 바람을 멈추게 하고 대설을 멎게 할지라도 주천周天의 흐름은 여전히 엄동嚴冬임을 잊지 말거라. 이는 어느 누구도 거스를 수 없는 자연의 섭리이니라! 모든 길은 북경北京으로 통해 있으니, 북으로 가는 것이 곧 '도道'이니라. 그러나 네가 축지법으로 하루에 천리를 갈 수 있다고 해도 북으로 향하지 않는다면 목표에서 점점 멀어질 수밖에 없겠지."

역영은 스승의 말뜻을 잘 이해할 수가 없었다. 그러나 반드시 새겨들어야 한다는 사실을 모르지는 않았다. 그녀가 급기야 두 손으로 땅을 짚은 채 눈물로 얼룩진 얼굴을 들어 떨리는 목소리로 말했다.

"부디…… 가르침을 주세요. 이 부족한 딸이 더 이상 방황하지 않을 수 있도록……."

"적막공산寂寞空山에 풍설風雪이 쓸쓸하구나!"

송헌책은 실낱처럼 가는 목소리를 그렁거렸다. 그리고는 겨우 다시 말을 이었다.

"네 삶은 네가 살아가는 것이니 내가 무슨 가르침을 주겠느냐만 너는 평생 이대로 동백에서 발심發心하고 수련해 나가야만 여생을 무사히 마칠 수 있을 것 같구나. 그렇지 않고 출산出山한다면 아무리 드넓은 천지간이라고 해도 네 한 몸 편히 뉘일 수 있는 곳은 없을 것이니 내 말을 명심하거라. 알겠느냐?"

"예, 아버지."

"영원히 무명無名을 지킬 수 있겠느냐?"

"예!"

송헌책은 가쁜 숨을 몰아쉬었다. 그러는가 싶더니 역영의 머리를 쓸어내리던 손이 그만 툭! 하고 떨어지고 말았다. 역영은 가슴을 치면서 통곡했다. 천번만번 애통하게 그를 불렀다. 그러나 송헌책은 더 이상 응답이 없었다……. 한 시대를 풍미했던 영웅은 그렇게 별똥별처럼 허무하게 세상에서 사라졌다. 유도儒道와 도학道學에 두루 능하고 풍운을 질타하면서 이자성이 천하를 얻는 데 일조했던 인걸은 폭설이 휘몰아치는 동백산에서 조용히 이승의 삶을 마감했다.

"아버지! 사부님! 사부님……."

……

역영은 가슴속의 절절한 외침소리에 번쩍 제정신이 들었다. 잡고 있던 수틀이 어느새 진땀으로 눅눅해져 있었다. 얼굴을 쓸어보니 눈물이 흥건했다. 순간 창 밖에서 가을 매미의 처량한 울음소리가 들려왔다. 역영은 그제야 자기가 방금 과거로의 깊은 여행을 다녀왔다는 것을 깨닫고 눈물을 닦았다. 그때 저 멀리 창문 너머로 호수 맞은편의 춘향루春香樓에서 술을 권하는 가녀들의 앵앵거리는 창곡唱曲 소리가 비릿한 바람을 타고 날아들고 있었다.

주렴 앞에서 이내 섬섬옥수를 잡아준 그대여,
넘치는 이 술잔을 받아 주시옵소서.
간지러운 입김, 부드러운 그 품이 그리워
오늘도 서성이면서 그대를 기다렸는데…….

역영은 피식 실소를 터트리면서 수틀을 내려놓고 일어섰다. 그러다 마침 안으로 들어서는 당하를 향해 물었다.

"과주도 쪽에서는 무슨 소식이 없었어?"

당하가 의아쩍은 눈빛으로 역영의 얼굴을 쳐다보더니 희미하게 웃었다.

"주무시다 방금 깨신 것 같군요. 어제 저녁때쯤 고항이 도착했다고 합니다. 흑풍애黑風崖 태평진에서 개구멍에 숨어 있었던 그 별 볼 일 없는 국구라는 작자 말입니다. 고교高橋 역관에 투숙해 있다고 합니다. 그리고 밤에는 이름이 복의卜義인가 불의不義인가 하는 태감이 도착했다고 합니다. 고항보다 더 좋은 역관에 들어야 한다면서 고교 역관에서 조금 떨어진 영은교 접관청接官廳에 머무는 걸로 알고 있습니다. 양주 지부 배홍인裴興仁, 도서징집사圖書徵集司의 하정운夏正雲, 성문령城門領 근문괴靳文魁 등이 현지의 진신縉紳들을 모두 데리고 고항을 배견하러 갔다고 합니다. 포영강 나리도 쫓아갔습니다. 지금은 우리 측에서 춘향루에 고항을 환영하는 연회석을 마련했다고 합니다."

역영이 당하의 보고를 듣고는 미소를 지었다.

"어쩐지 춘향루가 떠들썩하다 했어. 태감 쪽에는 누가 가봤는가?"

당하가 즉각 대답했다.

"이름이 불의不義인가 봅니다. 무지하게 의리 없는 놈인가 봐요. 저희 쪽에서 탐문해본 바에 따르면 건륭의 남순에 앞서 안전 확보를 위한 차원에서 교량과 행궁을 미리 둘러보러 왔답니다. 진모회秦慕檜라는 신참 태감이 따라왔는데, 나부명 오라버니가 이미 매수해 놓았답니다. 그 태감이 그러는데, 불의 태감이 지금 입이 한 발이나 나와 있대요. 양주지부 배홍인 등이 국구만 위하고 자기는 꿔다 놓은 보릿자루 취급을 한다면서 말입니다!"

역영이 창가로 다가가면서 물었다.

"남경 쪽에서는 내려온 사람이 없어? 열흘 전에 비둘기가 전해온 서신에 따르면 황천패의 무리들이 도착했다고 하지 않았는가? 그래서 개영호에게 사람을 파견해 지켜보라고 하지 않았던가?"

당하가 역영의 질문에 미처 대답하기도 전에 교송이 비둘기 한 마리를 안고 들어섰다. 이어 흡족한 얼굴로 비둘기의 머리를 살살 쓰다듬고 나서 쪽지 하나를 역영에게 건넸다.

"개영호의 편지입니다."

그러나 역영은 편지를 도로 당하에게 넘겨주었다.

"보나마나 쌀뜨물로 쓴 것일 터이니 촛불에 그을려 보거라."

"예!"

당하가 대답을 하고는 촛대 앞으로 다가갔다. 이어 조심스레 종이를 이리저리 움직이면서 그을렸다. 그 사이 역영이 교송에게 지시했다.

"상의할 게 있으니 가서 한매를 불러와."

역영이 얼마 후 촛불에 그을려 하나둘씩 정체를 드러내는 글씨를 찬찬히 들여다봤다. 이어 긴 한숨을 내쉬고는 종이를 태워버렸다. 잠시 후 교송이 한매를 데리고 들어섰다. 역영이 세 사람에게 앉으라는 손짓을 했다.

"개영호가 황천패하고 무예를 겨룬대. 애들 장난도 아니고 뭐 하는 짓거리들인지 모르겠어. 황천패는 우리 대본영을 찾아내려고 남경에 왔어. 그러니 우리는 더욱 꽁꽁 숨어있어도 모자랄 판이야. 그런데 생뚱맞게 무예 시합이 무슨 소리야? 웃다가 입안에 파리가 들어갈 일 아니야? 대국大局을 염두에 두지 않고 저리 설치고 다니다가는 큰 사달이 생길 수 있어!"

교송과 당하, 한매 세 '호성사자'護聖使者는 뇌검이 호인중과 종적을 감춘 이후 역영의 주위에 똘똘 뭉쳤다. 더불어 역영을 따라다니며 온갖 풍랑을 겪었다. 숱한 구사일생의 고비를 넘기기도 했다. 그런 덕분에 그녀들은 연약한 소녀에서 어느덧 강인한 여장부로 성장할 수 있었다. 모진 세파는 그녀들에게 사내 못지않은 담대함을 키워줬던 것이다. 그녀들 세 사람은 역영의 말이 끝난 후에도 잠시 입을 열지 않았다. 그러다 당하가 먼저 침묵을 깼다.

"제 생각은 이렇습니다. 우리는 아무래도 남경을 뜨는 게 상책일 것 같습니다. 황천패는 유통훈이 준비한 미끼에 불과합니다. 우리를 끌어내기 위한 미끼 말입니다. 그자들이 아무리 미친년 널뛰듯 하면서 깝죽거리고 다녀봤자 우리가 그 미끼를 물지 않으면 무슨 재주로 우리를 잡겠습니까? 다른 한 생각은 또 이렇습니다. 우리는 개영호를 이용은 하되 크게 믿어서는 안 된다는 것입니다. 우리의 궁극적인 목표는 천지개벽입니다. 그러나 개영호는 조정과 대적할 마음이 없습니다. 오로지 무림지존武林至尊의 위치를 차지하려는 것이 전부인 자입니다. 온 천하의 이백만 홍양교도들이 전부 우리를 바라보고 있습니다. 우리가 자칫 실수해 들통이라도 나는 날에는 얼마나 많은 사람들이 다치게 될지 모릅니다!"

교송은 이견이 있는 듯 입을 열었다.

"한매가 도서징집사의 하정운으로부터 학전澗田(강물이 새 길을 열면서 물이 빠진 뒤에 생긴 땅) 이천 무畝를 더 사들였다고 합니다. 매입할 때는 한 무당 은자 삼백 냥이었으나 지금 시가로 팔면 한 무당 팔백 냥은 받을 수 있다고 합니다. 적게 쳐서 칠백오십 냥을 받는다고 해도 백만 냥에 가까운 차액을 챙길 수 있습니다. 게다가 우리가 현재 운영하고 있는 방직, 염색, 동광銅鑛, 주석광朱錫鑛, 부두, 주루酒樓 등의 관련 업소 수입을 모두 합치면 사백만 냥은 더 될 것입니다. 이는 어지간한 규모의 성省의 재력과 비견할 수 있는 금액이죠. 가진 돈 없이 함부로 움직이면 낭패를 볼 수 있으나 우리는 돈이 많습니다. 돈이 있으면 귀신도 불러

맷돌을 갈게 한다고 하는데, 우리가 유통훈에게 덜미 잡힐 일이 뭐 있겠습니까? 저는 당하의 견해는 우리의 취지와 위배된다고 생각합니다."

한매 역시 자신의 입장을 개진했다.

"어쨌든 꼼짝 않고 이대로 엎드려 있을 수만은 없습니다. 우리의 상대는 유통훈이 아니라 건륭이라는 사실을 간과해서는 안 됩니다. 우리가 아무리 돈이 많다고 해도 천하를 움켜쥔 건륭에 비교할 수 있겠습니까? 우리는 이미 용포龍袍를 찢어버리고 태자太子를 없애버렸습니다. 건륭도 심증이 가는 데가 있는 이상 우리를 가만히 놔둘 리 만무합니다. 장기간 이리 쑤시고 저리 찔러댄다면 아무리 견고한 석판이라도 틈새가 생기기 마련입니다!"

한매의 말 역시 충분히 수긍이 가는 견해라고 할 수 있었다. 좌중의 사람들은 모두 고개를 끄덕였다. 그러자 당하가 말했다.

"역시 한매가 과감하군요. 가만히 엎드려 있는 것이 능사가 아닌 건 맞아요. 이렇게 결정을 내린 이상 내친김에 건륭의 다 된 밥에 재나 뿌려보는 게 어떨까요? 사실 건륭의 의도는 태평성대가 도래했다는 감언이설로 강남의 민심을 끌어들이는 걸 거예요. 그렇게 해서 우리 한족들의 반란을 미연에 잠재운다는 계산을 하는 것 아니겠어요? 기대하라고요. 팔월 중추절에 틀림없이 한차례 굉장한 경전慶典이 벌어질 테니까요."

당하의 말에 좌중의 사람들은 모두 즐겁게 웃었다. 역영이 그 잠깐의 웃음을 뒤로 하고 정색을 했다.

"아직은 건륭과 정면으로 부딪칠 때가 아니야. 물론 그렇게 의미 있는 날에 우리 일지화가 백성들의 마음속에서 잠깐이라도 잊혀져서는 안 되겠지! 주원장朱元璋은 거병할 때 '팔월 십오일에 오랑캐를 치자'라는 글씨를 새긴 월병月餠을 돌렸다고 하네. 우리도 똑같은 방법을 써보면 어떨까? 월병가게에 미리 말해 연꽃, 소나무, 매화꽃 등 세 가지 무늬를 넣은 월병 백만 개를 만들라고 해야겠어. 우리는 천적일天炙日(팔월 초하룻날. 청나라 때는 육신일六神日이라고 해서 아이들을 데리고 절을 찾았음. 이 날 내리는 이슬과 주사朱砂를 함께 반죽해 이마에 찍어주면 아이가 백병百病을 이겨낸다고 함)에 크고 작은 향당香堂을 찾아 월병을 아이들에게 나눠주는 거야. 그리고 초사흘 조군일灶君日과 초여드레 팔자낭낭八字娘娘 탄신일 모두 향화가 극성하는 좋은 날이니 절을 찾는 모든 이들에게 월병을 나눠주는 거야. 이 월병을 먹으면 내년의 모든 재앙을 피해갈 수 있노라고 선전한다면 우리의 위상은 하늘을 찌를 게 아닌가! 추석 당일인 팔월 십오일에는 막수호, 현무호, 부자묘, 진회하, 도엽도 등 명승지에 대규모의 인파가 몰릴 거야. 건륭은 아마 그 많은 인파들 속에서 높은 수레에 앉아 멋스럽게 손을 흔들면서 만인의 칭송가를 들으려고 하겠지. 그때 우리는 미리 매수해둔 거지들을 하나둘씩 밀어넣는 거야. 울고불고 하소연하고 욕설을 퍼붓게 만들어 건륭의 얼굴을 납작하게 만들어 버리는 거지……."

역영의 그럴싸한 구상에 교송 등 세 여자들은 과연 묘책이라면서 깔깔거렸다. 그러다 교송이 문득 뇌검의 빈자리를 느꼈는지 분통을 터뜨렸다.

"아무리 생각해도 뇌검이 참 괘씸해요. 교주께서 그렇게 위해줬는데 위험이 닥치니 자기만 살겠다고 종적을 감춰버리다니, 그게 어디 사람이 할 짓이에요? 그것도 멀쩡한 오라버니까지 유혹해 가버렸잖아요. 우리 교주께서 그대로 주저앉을 줄 알았나보죠?"

도도하던 좌중의 흥은 교송의 말에 삽시간에 깨져버렸다. 역영은 뇌검에 대한 얘기가 나오자 자연스럽게 과거 자신을 가운데 두고 신경전을 벌였던 연입운과 호인중을 떠올렸다. 그러나 지금은 둘 다 그녀의 곁을 떠나고 없었다. 역영이 갑자기 마음이 착잡해지는지 애써 웃음을 지어보였다.

"사람마다 뜻이 다르고 추구하는 바가 다른데 어찌 나만 따르라고 강요할 수 있겠나! 그들이 우리를 팔아먹었다면 우리가 지금 여기서 이렇게 두 다리 뻗고 있을 수 있겠나? 그러니 우리도 그들의 선택을 존중해주자고. 과거지사는 더 이상 따지지 말자. 한매, 도서징집사를 통해 청강清江의 학전을 사들였다면서? 어떻게 된 일이야? 학전은 절대 팔지 못한다는 군기처의 지시가 있었다고 하지 않았나?"

한매가 역영의 의문을 풀어주겠다는 듯 즉각 대답했다.

"요즘은 도서징집사의 위상이 최고예요. 조정에서 내려온 관찰사라는 자들도 감히 감 놔라 배 놔라 못하는 걸요. 그들은 지방관의 세력 밖에 있는 기윤의 직속 부하들이에요. 어느 지방관이 도서 수집에 '열성이 미흡하다'는 보고만 올라가면 그 지방관은 즉시 목이 날아간다잖아요. 말 그대로 무소불위의 권력을 움켜쥐고 있는 거죠. 권력이 크면 아첨꾼들이 재물을 바리바리 싸들고 와 줄을 서는 건 당연지사 아니겠어요? 건륭이 남순 길에 오르면 도서징집사에서도 나름대로 어가를 영접할 준비를 해야 하는데, 돈이 없다고 은근히 눈치를 주니 양주 염도鹽道가 완전 헐값에 학전 일만 무를 도서징집사에 팔아 넘겼대요. 도서징집사에서는 헐값에 사서 비싸게 되파니 엄청난 차익을 챙긴 거죠."

"후환이 두렵지도 않나 보지?"

당하가 즉각 물었다. 한매가 웃으면서 대답했다.

"황제의 어가를 영접한다는 미명하에 하나같이 뭐 어디서 뜯어먹을 게 없나 혈안이 돼 있는 판에 누가 긁어 부스럼 만들 어리석은 짓을 하겠어? 아, 깜빡할 뻔했네. 채씨네 날염가게에서 '남순 길에 오르신 건륭황제에게 충성을 바친다'는 명목으로 은자 삼천 냥을 총독부에 공납

했대요. 윤계선은 그걸 공개적으로 표창한 것도 모자라 그 집 둘째아들에게 어가를 영접하는 관리들 틈에 끼어 용안을 우러러 볼 수 있도록 특별 배려도 해준다는군요. 우리도 심심한테 건륭 얼굴이나 한번 보러 갈까요?"

역영이 한매의 말이 끝나기 무섭게 불쑥 입을 열었다.

"십만! 우리는 십만 냥을 내놓는 거야. 기다렸다가 남들이 얼마나 내놓는지 지켜보고 남들보다 무조건 더 많이 내놓자고."

역영이 잠시 숨을 돌리고는 다시 덧붙였다.

"사람을 남경으로 보내 은자를 윤계선에게 직접 바쳐야 해."

좌중의 세 제자는 역영이 10만 냥이라는 거액을 공납하려 한다는 말에 자신들의 귀를 의심하고 숨이 넘어갈 만큼 놀랐다. 그러나 역영은 입을 크게 벌린 채 서로를 번갈아보는 그들을 아랑곳하지 않고 덧붙였다.

"윤계선은 역시 머리가 비상한 놈이야. 똑같이 밑에서 돈을 끌어다 써도 이런 식으로 하니 말이야. 아랫것들이 흔쾌히 서로 더 많이 '충성'하도록 경쟁을 벌이게 만드니 그것도 재주라면 재주겠군. 두고 봐, 삼천 냥이 기본이 됐으니 아마 '충민의행'忠民義行의 명분을 사고자 하는 자들이 가격을 천정부지로 높여 놓을 거야!"

교송 등은 역영의 말을 듣고서야 비로소 연신 머리를 끄덕이면서 공감을 표했다. 더불어 비상한 두뇌를 가진 윤계선과 숨바꼭질을 해야만 하는 자신들의 아슬아슬한 처지를 생각하니 등골이 오싹해지는 것을 느꼈다. 특히 교송은 심각한 표정을 지으면서 한참 동안이나 생각에 잠겨 있더니 천천히 입을 열었다.

"누구의 명의로 공납을 하죠? 그리고 누구를 내세워야 할지도 잘 생각해봐야겠어요."

"동광銅鑛 부두를 책임진 두목들의 이름이 뭐라고 했지? 동릉銅陵 향당의 부하 말이야. 남경 연자기燕子磯의 어시장에서 데려왔다고 했잖아."

당하가 즉각 대답했다.

"한 명은 막천파莫天派, 다른 한 명은 사정로司定勞라고 해요. 생긴 건 뭐같이 생겼어도 일은 잘하는 것 같아요. 그자가 관리하는 향당의 수입이 작년보다 삼 할이나 더 늘었거든요. 몇 번이나 포영강 오라버니를 찾아와 교주를 뵙고 싶어 하는 의사를 비쳤다고 합니다. 그런데 그자들을 윤계선과 연락을 취할 중간책으로 파견하려고요?"

"음."

역영이 짤막하게 대답했다. 순간 당하가 허리를 약간 숙인 채 말했다.

"막천파라는 자는 몇 년 전에 황천패의 수제자 가부춘이라는 자와 붙은 적이 있대요. 그때 싸움에서 지고 관아에 끌려가 고초를 당했다는군요. 그 후 우리쪽으로 넘어와 사정로와 함께 소금 운반을 책임지고 동광 부두에서도 꽤 잘 나가는 것 같더군요. 교주께서 그 사람을 만나보시게요? 포영강 오라버니의 말에 따르면 그자는 의협심이 강하고 통도 크대요. 아마 은자 십만 냥을 내놓으라고 해도 흔쾌히 수락할 걸요?"

역영이 잠시 생각하더니 입을 열었다.

"교송, 네가 먼저 막천파와 사정로라는 자를 만나 봐. 또 대만에서 왔다는 임상문林爽文도 만나보도록 해. 그리고 우리가 더 이상 개영호와 황천패 두 사람 사이의 일을 강 건너 불 보듯 수수방관해서는 안 될 것 같아. 황천패가 남경을 완전히 장악해버리는 날에는 우리 입지가 더욱 좁아질 테니 말이야."

"저쪽에 있는 두 '보배'는 어떻게 하죠?"

당하가 갑자기 동쪽을 가리키면서 물었다. 역영이 그녀의 말에 자리에서 일어나며 대답했다.

"나부명에게 삼백 냥을 가지고 가서 그 복의인가 불의인가 하는 자를 만나보라고 해. 무슨 말을 하나 들어보고 다시 대책을 마련하도록 하지. 그리고 포영강에게 전해. 춘향루의 계집들은 고 국구의 상대가 못 되니 설구雪狗를 불러오라고 하라고!"

포영강은 양주에 소재하는 거의 모든 향락업소의 경영권을 거머쥔 지하세계의 대부라고 할 수 있었다. 극장, 술집, 청루, 목욕탕 등의 풍속업소는 말할 것도 없고 민간 경조사 때 필요한 악단을 비롯해 관 파는 가게, 수레와 말을 대여해주는 점포의 경영권까지 모두 한손에 움켜쥐고 있었다. 그는 모든 수단을 총동원해 반드시 고항을 초대하라는 역영의 지시에 충실히 따랐다. 고항에게 정중하게 초대장을 보낸 것이다.

고항은 전날 춘향루에서 진탕 퍼마시고 이튿날 정오가 돼서야 겨우 잠에서 깼다. 그러나 벌거벗은 채 침대에 누워 멍하니 생각에 잠겨 있을 뿐 움직일 생각을 하지 않고 있었다. 그때 기생어멈 갈葛씨가 들어왔다. 고항이 즉각 머릿속의 생각을 털어내면서 물었다.

"무슨 일인가?"

"양주 지부 배홍인과 성문령 근문괴 대인께서 방문하셨습니다."

갈씨가 지체 없이 대답했다. 이어 고항의 가랑이 사이 물건이 우뚝 솟아 있는 걸 보고는 살살 눈웃음을 치면서 다가앉았다. 그리고는 음란한 웃음소리를 내면서 고항의 그것을 톡 건드렸다.

"아휴! 어젯밤 이년을 열두 번씩이나 죽여주고도 아직……. 호호호! 초저녁에는 우리 애들을 얼마나 들쑤셔놓았는지 애들이 저를 찾아와 아파서 죽겠다고 하소연을 하더군요."

기생어멈이 고항에게 옷을 입혀주면서 덧붙였다.

"연극 구경에 초대받아 가시나요? 끝나고 돌아오실 거죠?"

솔직히 고항은 '어젯밤'의 기억이 하나도 없었다. 그러나 늙은 기생의 출렁이는 젖가슴을 보자 욕정이 치솟았다. 그냥 가기가 너무 아쉬웠다. 급기야 기생어멈을 와락 끌어안고는 그녀의 새빨간 입술 사이에 자신의 혀를 밀어 넣었다. 이어 손을 옷 속에 넣은 채 밀가루 반죽하듯 기생의 젖가슴을 마구 움켜쥐었다. 하지만 갈씨는 고항을 가볍게 밀어냈다.

"밖에 손님들이 기다리고 있습니다! 맛도 모르고 허겁지겁 먹어서 뭘 하겠습니까! 오늘밤 이년이 곱게 치장하고 기다리고 있겠습니다."

고항은 그제야 의복을 정제하고는 으흠! 하는 기침소리를 내면서 밖으로 나왔다. 배홍인과 근문괴가 황급히 일어나 예를 갖췄다. 순간 고항이 밉지 않게 욕설을 퍼부었다.

"이것들이 어른 알기를 아주 우습게 아는군! 네놈들은 하나도 안 처먹고 나만 곤죽이 되게 만들었잖아! 아무튼 앉게. 그런데, 아직 볼일이 더 남았나? 아문으로 돌아가지 않고!"

근문괴가 자리에 앉자마자 고항을 연극 공연에 초대한다는 포영강의 말을 전했다. 이어 몇 마디 덧붙였다.

"대단한 연극무대라고 합니다. 웬만해서는 얼굴을 비추지 않는 콧대 높은 희자戲子들을 총출동시키느라 포영강이 자그마치 은자 오천 냥을 들였다고 합니다!"

그러나 고항은 넌더리난다는 듯 고개를 흔들었다.

"어제 춘향루에서 술 마신 것만으로도 어사들에게 얼마나 곤욕을 당할지 모르는데 또 가자고? 설마 내가 여기서 인생 종치는 걸 원하는 것은 아니겠지? 알다시피 나는 일 때문에 내려온 몸이라네. 조정의 신하로서 본 업무는 뒷전인 채 향락에만 빠져 있으면 조정과 백성들에게 면목이 없지, 안 그런가? 태감 한 명이 따라왔는데 아마 지금쯤은 이마에 뿔이 열두 개도 더 나 있을 걸? 자기를 찬밥 취급한다고 말이야. 내가 잠깐 들러서 달래줘야 하네. 시간이 없으니 자네들은 그만 가보게."

"위장생魏長生의 연극도 안 보시렵니까? 설백낭자雪白娘子만 아니라면 아마 천만금을 줘도 안 올 걸요! 못 보면 나중에 정말 후회하실 겁니다. 여편네들이 그놈만 보면 오줌을 질질 싼다지 않습니까? 노장친왕老莊親王께서 전에 양주로 내려오셨을 때 위장생과 설백낭자의 연극을 보시려고 사흘을 기다렸다는 것 아닙니까! 태감에게는 저희가 알아서 초청장을 보내겠습니다. 염려하지 마십시오!"

배홍인은 천하의 한량인 고항이 평생에 한 번 보기가 어렵다는 볼거리를 마다한다는 것이 도무지 믿어지지 않았다. 그래서 이런저런 말을 덧붙여가며 유혹을 했다. 고항은 배홍인과 근문괴가 그렇게 구워삶자 어쩔 수가 없었다. 결국은 두 사람의 꼬드김에 넘어가고 말았다. 그는 일에 대한 생각은 저 멀리 팽개친 채 싱글벙글 웃으며 무릎을 쳤다.

"그래 좋아! 메뚜기도 한철이라고 했어. 몇 년 지나면 위장생도 늙어 꼬부라지고 나도 어찌 될지 모르는데, 이참에 실컷 즐기세! 떠날 채비를 시키게!"

24장

고항의 교활함과 지저분한 풍류

양주 지부 배흥인 등이 고항을 데리고 간 곳은 춘향루에서 가까운 중락원衆樂園이었다. 비록 양주에서 가장 손꼽히는 곳은 아니었으나 그래도 주변에 부두가 있을 뿐 아니라 상가가 즐비하게 늘어서 있는 탓에 장사꾼과 구경꾼들이 밤낮없이 북적거리는 명소였다.

얼마 후 커다란 관교官轎 세 대가 앞장을 서고 요란하게 치장한 가녀들을 잔뜩 실은 마차 두 대가 그 뒤를 따랐다. 이어 마차가 저잣거리를 지나가자 양옆으로 쫙 갈라선 행인들은 모두 곱지 않은 시선을 던졌다. 손가락질을 하거나 수군거리면서 침을 뱉는 이들도 있었다. 고항은 하지만 가마 안에서 아무것도 듣고 보지 못했던 탓에 아무렇지도 않았다. 한편 배흥인과 근문괴는 흔히 당하는 횡액에 이미 익숙해진 듯 대수롭게 여기지도 않는 것 같았다. 일행은 곧 중락원에 도착했다. 이곳의 풍경은 북경의 극장가와 별반 다를 바 없었다. 대문 양 옆에는 온갖 먹을 거리를 파는 장사꾼들이 길게 늘어서 있었다. 또 신축한 건물은 아니었으나 새로 단장을 해서 참신한 느낌을 주고 있었다. 단정한 해서체로 쓴 영련楹聯은 내용이 아주 재미있었다.

대천세계大千世界를 두루 밟아 천하절경을 보고 다녀도 이만한 곳이 없다네.
십만춘화十萬春華가 꿈결인 듯 황홀한 가무에 곤륜崑崙이 취한다네.

고항은 영련에 찍힌 낙관을 들여다봤다. 원매가 쓴 주죽타朱竹坨(강희연간의 명사)의 수필手筆이었다. 고항은 안진경顔眞卿도 울고 갈 달필이라면서 연신 혀를 내둘렀다. 그리고는 배흥인의 안내를 받으면서 대문 안으로 들어섰다. 그러자 두 사내가 허둥지둥 영접을 나왔다. 그 뒤로는 미색이 뛰어난 여자가 종종 걸음으로 따르고 있었다. 배흥인이 서둘러 소개를 했다.

"이분이 바로 명성이 자자한 염정순안사鹽政巡按使 고 국구 어른이시오. 그리고 이쪽은 우리 대청의 으뜸가는 명창 위장생, 저쪽은 양주 위락업계의 대부인 포영강 선생입니다."

고항은 장친왕을 사흘씩이나 기다리게 만들고 여인네들을 꼼짝 못하게 만든다는 위장생에 대해 귀가 따갑도록 들어왔다. 하지만 실제로 만나보는 것은 처음인 만큼 잔뜩 기대하고 있었다. 그러나 위장생의 첫인상은 무척이나 실망스러웠다. 우선 그는 몸이 작고 왜소했다. 게다가 머리와 턱이 대추씨처럼 뾰족한 것이 전혀 호감이 가지 않았다. 그뿐만이 아니었다. 한줌밖에 안 되는 머리카락을 땋아 내린 머리채는 쥐꼬리를 연상케 했을 뿐 아니라 손바닥만 한 얼굴에 어울리지 않는 주먹만한 매부리코와 한없이 빈약해 보이는 턱은 완전히 '살풍경'이라고 해도 과언이 아니었다. 배홍인이 소개하지 않았더라면 그가 바로 〈모란정〉牡丹亭의 유몽매劉夢梅 역을 맡아 만인을 감동시킨 위장생이라고는 도무지 믿기 어려울 생김새였다. 그 때문이었을까, 고항은 차라리 그보다는 포영강이라고 소개받은 자에게 더 끌렸다. 그는 검미劍眉에 호안虎眼이 사내다운 영무英武 기질이 돋보이는 인물이었다. 어쨌거나 두 사람은 나란히 서서 고항에게 예를 올렸다. 이어 포영강이 먼저 입을 열었다.

"소인은 오래 전부터 이곳 무지렁이들과 더불어 국구 어르신의 풍채를 경앙해마지 않았습니다. 다만 신분이 천양지차인지라 감히 배견拜見을 꿈꿀 수 없었을 뿐입니다. 그런데 오늘 양주 지역 관리들의 소원을 풀어주고자 부득이 두 분 나리께 청을 드려 국구 어르신을 모셔오게 됐습니다. 국구 어르신께서 걸음을 하셨다는 것만으로도 소인은 무한한 영광으로 생각합니다. 설백薛白낭자, 어서 국구 어르신께 문후를 여쭈게!"

"국구 어르신의 만복을 비나이다!"

포영강의 말이 끝나기 무섭게 그의 등 뒤에 서있던 여자가 다소곳이 몸을 낮춰 인사했다. 사실 고항의 시선은 처음부터 미색이 출중한 그녀에게 꽂혀 있었다. 그녀는 이름 그대로 피부가 해쓱만큼이나 하얗고 부드러웠다. 또 가을 호수를 닮은 까맣고 반짝이는 두 눈은 닳고 닳은 고항의 가슴조차 두근거리게 만들었다. 폭포처럼 길게 드리운 치마 밑으로 귀엽고 앙증맞은 꽃신을 신은 발은 살짝 드러나서 그런지 더욱 매력적이었다. 우유에 담갔다 꺼낸 듯 뽀얀 목은 주름 하나 없이 매끈했다. 고항은 넋이 나간 채 삼킬 듯 그녀를 바라봤다. 그러자 여자는 그런 그의 시선을 감당하기가 어려운 듯 얼굴을 복숭아 빛으로 물들이면서 고개를 푹 숙였다. 그제야 고항은 어색한 분위기를 느낀 듯 포영강에게 말했다.

"하계下界로 막 내려온 선녀가 따로 없구먼. 이제 막 물을 차고 올라온 부용芙蓉 같네. 상아로 깎아 만든 사람 조각상을 보는 느낌이네! 당……."

고항은 하마터면 실수로 '당아棠兒'의 이름을 입 밖에 낼 뻔했다. 그러나 다행히도 재빨리 말을 돌릴 수 있었다.

"해, 해당화를 뺨치는 미인이네."

배흥인과 근문괴는 고항의 엉뚱한 말이 끝나기 무섭게 마주 보면서 어색한 웃음을 흘렸다. 그랬으니 아무도 포영강의 얼굴에 언뜻 나타난 교활한 미소를 눈치채지 못했다. 곧 설백이 앵두처럼 빨갛고 도톰한 입술을 열더니 꾀꼬리 같은 목소리로 말했다.

"국구 어르신의 과분한 찬사에 이년은 황감해 몸 둘 바를 모르겠습니다. 이년은 창唱도 위장생 오라버니에 비하면 아직 멀었습니다."

"나는 마음에 없는 소리는 못하는 사람이네!"

고항은 소녀처럼 수줍음을 타는 설백의 모습에 완전히 매혹된 듯했다. 그예 더 참지 못하고 성큼 다가가 그녀의 작은 손을 덥석 잡았다. 이어 소중한 물건을 쓰다듬듯 가만히 손등을 쓸어내렸다.

"누가 뭐라고 해도 자네는 스무 살이야! 오늘 밤 창을 한 곡조 뽑아보게. 내 마음에 들면 이번에 어가를 영접하는 자리에 끼워주겠어. 크게 이름을 날리게 해줄 테니 잘해보라고!"

설백이 가만히 손을 빼면서 부끄러워했다. 이어 분장을 해야 한다며 서둘러 위장생과 함께 물러갔다.

세 사람은 그제야 극장 안으로 들어갔다. 극장 안은 아래 위층으로 나뉘어져 있었다. 위층의 관람대는 무대를 가운데 두고 사방으로 둘러싼 말안장 구조를 하고 있었다. 또 병풍으로 칸막이를 한 열두 개의 독방이 있었다. 얼핏 보기에도 이미 많은 사람들이 자리를 잡고 있는 것 같았다. 아래층은 그런 위층과는 또 달랐다. 넓게 트인 공간에 굵은 나무기둥을 사이사이에 두고 팔선탁八仙卓 열 몇 개를 세 줄로 배열해놓고 있었다. 식탁 하나에 의자가 여섯 개씩 딸려 있었다. 옆으로 돌아앉으나 정면을 향하나 연극을 보는 데는 무리가 없는 자리 배치라고 할 수 있었다. 식탁 위에는 당연히 월병을 비롯한 여러 가지 다과와 싱싱한 과일들이 수북하게 쌓여 있었다.

세 사람이 들어서자 자리에 앉은 채 들뜬 마음으로 연극무대의 막이 오르기만 기다리고 있던 좌중의 남녀들은 일제히 자리에서 일어났다. 순간 걸상을 뒤로 빼는 소리로 인해 장내가 잠깐 소란스러워졌다.

"앉게, 다들 앉게!"

배흥인이 희색이 만면한 얼굴을 한 채 두 손을 아래로 내렸다. 그리고는 모두 자리에 앉으라는 손짓을 했다.

"회의를 하거나 부대에서 점호하는 것도 아닌데 왜들 그리 긴장을 하고 그러는가. 극장에 들어선 순간부터 저 무대 위의 사람들을 빼면 우리는 모두 평등한 사이가 아닌가!"

배흥인은 고항을 안내하면서 계단을 올랐다. 이어 천천히 걸음을 옮기면서 덧붙였다.

"양주 지역의 관리들과 가족들을 불렀습니다. 모처럼 연극 구경도 시켜줄 겸 국구 어르신의 풍채를 우러러볼 기회도 줄 겸 해서 이런 자리를 마련했습니다. 이리로 오시죠. 갈씨는 춘향루 자매들을 데리고 우측에서 세 번째 칸에 들어가 자리하게."

고항은 배흥인이 자리를 배치하느라 잠시 경황이 없는 와중에도 이리저리 눈을 굴렸다. 결국에는 한쪽에 서서 기다리고 있는 두 젊은 여자를 발견했다. 그가 일행에게 물었다.

"저 여인들은 누구신가?"

근문괴가 황급히 대답했다.

"왼쪽은 아홍阿紅이라고, 배 지부가 아끼는 애인입니다. 그리고 이 못생긴 계집은 운벽雲碧이라고, 저의 여부인如夫人(첩을 의미함)입니다. 너희들, 이분은 국구 어르신이시다. 어서 문후를 여쭙지 않고 뭘 하는 거냐?"

아홍과 운벽이라고 불린 두 여자는 그렇지 않아도 고항에게 호기심 어린 눈길을 보내던 차였다. 근문괴의 말이 떨어지자 황급히 몸을 낮춰 인사를 올렸다. 고항이 고개를 끄덕여 보이고는 다시 물었다.

"두 정실부인은 오지 않았는가?"

"배 지부의 부인은 몸이 편찮아 못 왔습니다. 천내賤內(자기 부인을 낮춰 부르는 말)는 극장에 들어오면 꾸벅꾸벅 조는 것이 일이어서 부르지도 않았습니다."

근문괴가 덧붙였다.

"이 아이들은 쟁금생황箏琴笙篁 연주에 능합니다. 창 역시 그런대로 들을 만합니다. 그러니 연극 구경이 끝나고 나면 국구 어르신을 즐겁게 해드릴 것입니다. 매일 공무에만 억눌려 계셨을 텐데, 즐길 때에는 훌훌 털어버리고 질펀하게 즐겨야 하지 않겠습니까?"

고항은 근문괴의 말이 끝나기도 전에 첫눈에 봐도 남자 호리는 재주가 대단할 것 같은 두 여자를 바라봤다. 그리고는 흡족한 표정을 지었다.

"과연 미인들이 운집한 고장이로군. 오늘은 종일 운무를 타고 노니는 느낌이네. 잘 보게, 내 눈이 뒤집히지는 않았나?"

고항이 능청을 떨었다. 그러자 근문괴는 말할 것도 없고 아홍과 운벽도 손수건으로 입을 막고 어깨를 흔들면서 웃었다.

"자네들도 잠시 앉게. 연극이 시작되면 자리로 돌아가더라도 말일세."

고항이 무대장치와 단원들의 분장을 점검하느라 바쁜 포영강을 일별

하면서 근문괴와 배흥인에게 덧붙였다.

"우리는 기다리는 동안 심심하니 수다나 떨자고."

고항을 비롯한 세 사람은 이렇게 해서 두 계집을 사이사이에 끼고 자리에 앉았다.

"양주의 재정 적자는……."

근문괴가 자리에 엉덩이를 붙이자마자 미리 생각을 해뒀다는 듯 운을 뗐다. 고항이 그러자 이내 말머리를 잘라버렸다.

"여기는 공무를 논하는 자리가 아니니 나중에 얘기하세. 나는 이미 내 발등의 불을 껐으니 자네들의 문제도 그리 심각하게 생각할 건 없네. 지금은 골치 아픈 생각은 말고 우스운 얘기나 해보세."

고항의 말에 배흥인이 즉각 입을 열었다.

"골백번도 더 우려먹은 건 재미가 없고 소인이 진짜 있었던 일을 말씀 올리겠습니다. 용호산龍虎山의 장張 진인眞人이 어지를 받고 북경으로 가서 폐하를 알현하고 돌아오는 길에 과주도瓜洲渡에서 하선下船했을 때의 일입니다. 당시 채蔡씨의 날염가게 옆자리에는 우산대를 만드는 유劉씨가 살고 있었답니다. 그런데 연 며칠 동안 전날 만들어 놓은 물건이 이튿날이면 전부 망가져 있다지 뭐겠습니까? 유씨는 이게 틀림없이 귀신의 소행이라고 생각해 장 진인에게 귀신을 쫓아 주십사 부탁을 드렸다고 합니다."

좌중의 사람들은 귀신 얘기가 나오자 잔뜩 숨을 죽였다. 고항도 흥미가 동한 모양이었다.

"장 진인이라면 법술이 뛰어나서 태후마마께서도 궁으로 부르신 적이 있네. 어떤 귀신인지 영락없이 뒷덜미를 잡혔겠는데?"

"귀신이 어디 있다고 그러세요! 사달은 유씨의 손재주를 배우러 그의 문하에 들어간 아랫것들의 소행으로 시작됐던 것입니다. 당시 유씨의 제자들은 스스로 우산대의 외양을 스승보다 더 견고하게 만든다고 자부했습니다. 그런데 이상하게 제자들이 만든 우산대는 물기만 닿으면 망가져 못쓰게 됐습니다. 그러니 고민이 이만저만 아니었던 겁니다. 그래서 밤마다 귀신으로 가장해 작방作坊에 숨어 사부의 재주를 훔치려 했던 겁니다. 그런 줄도 모르고 무지한 스승은 은자 몇 백 냥을 들여 장 진인을 불렀으니 웃다가 배꼽 빠질 일이 아니고 무엇입니까. 아무려나 장 진인은 밤에 약속대로 당도했습니다. 이어 가인들을 물러가라고 명하고 나서 제단을 설치한 다음 도술을 펼쳤다고 합니다. 뇌양건을 이마에 두르고 팔괘의를 입은 장 진인이 백발을 휘날리면서 칠성검을 휘둘러 부적을 불사르자 귀신으로 가장한 유씨의 일곱 제자가 장 진인 앞에 모습을 드러냈다고 합니다. 장 진인은 평소 부리는 도술대로 불에 타 재가 된 부적을 향해 기를 넣으면서 귀신을 격퇴하려고 연신 크게 외쳤다고 합니다. 그러나 장 진인이 목이 터지게 고함을 질러도 가면을 쓴 일곱 '귀신'은 도무지 물러갈 생각을 않고 오히려 혀를 날름거리면서 약을 올렸답니다. 온몸을 부들부들 떨면서 《도덕경》이니 뭐니 중얼중얼 읊조리던 장 잔인은 급기야 검을 내던지고 걸음아 나 살려라 줄행랑을 놓고 말았다고 합니다. 그렇게 약간의 거리를 두고 바짝 추격하는 귀신들을 뒤돌아보면서 혼비백산한 채 내빼던 장 진인은 그만 앞을 보지 못하고 커다란 태산석泰山石에 정면으로 부딪쳐 기절하고 말았답니다. 그 뒤로는 몇 날 며칠 귀신이란 귀신은 다 보느라 헛소리까지 했다고 합니다. 몸져누운 것은 당연했고요. 그 소문을 듣고 소인이 가보니 충격이 꽤나 컸던지 병색이 완연해 보였습니다. 그래서 신의神醫 엽천사葉天士를 불러 진맥하고 약을 지어 먹였더니 얼마 후 다시 멀쩡해졌지 뭡니까."

고항은 바람과 비까지 부를 수 있다고 소문이 자자한 장 진인이 가짜 귀신들에게 겁을 먹고 줄행랑을 놓다가 병까지 얻었다는 말에 껄껄 크게 웃음을 터트렸다. 이어 고개를 갸웃거리면서 물었다.

"그 말이 사실이라면 그건 장 진인의 커다란 치부가 분명해. 그런데 자네는 그걸 어찌 알았는가?"

"소생의 마누라가 병에 걸렸을 때 엽천사를 불러 진맥을 한 적이 있었죠. 그때 그가 농담조로 말하는 걸 들었습니다."

"자네가 말하는 엽천사라는 사람이 진짜 그렇게 의술이 대단한가? 황후마마의 치병治病을 위해 윤계선이 천거해 올린 명의 명단에서 본 기억이 나서 말일세."

배흥인이 바로 대답했다.

"전국을 떠들썩하게 만들 명의까지는 아닙니다. 하지만 이곳에서는 소문난 명의임은 사실입니다. 두진痘疹(천연두) 치료에 절대적인 권위자라고 사람들이 입을 모으고 있습니다. 소인의 둘째아들놈이 두진을 앓아 목숨이 경각에 이르렀던 적이 있는데, 다행히 그 사람의 고명한 의술에 힘입어 기적같이 소생했습니다!"

고항이 엽천사가 천연두 치료의 권위자라는 말에 귀가 솔깃했다. 자신의 셋째아들과 넷째아들도 아직 천연두를 앓지 않았기 때문이었다. 그는 엽천사라는 명의에게 큰 관심을 가지고 입을 열었다.

"이번에 어가를 영접하는 진신들의 명단에 끼워놓게. 그리고 어가를 따라 북경으로 갈 준비를 하라고 이르게. 이 일은 자네 두 사람이 명심하고 차질이 없도록 하게."

"예, 명심하겠습니다. 이자는 술을 좋아하고 부용고芙蓉膏(아편을 의미함)라면 오금을 못 씁니다. 지금 아편이 거래금지 품목이 됐기 때문에 아마 국구 어르신께서 조금 얻어주신다면 죽는 시늉까지 할 것입니다."

배흥인의 말에 고항이 전혀 문제 될 게 없다는 듯 웃음을 터트렸다.

"그래서 사람은 완벽한 이가 없다고들 하지. 그건 어려울 게 없네. 내가 노장친왕에게 부탁해 실컷 피울 수 있도록 넉넉한 양을 보내주겠네!"

근문괴도 익살스럽게 웃으면서 입을 열었다.

"생김새도 저 못지않게 잘 생겼는걸요!"

좌중의 사람들이 근문괴의 말에 마시던 차를 내뿜으면서 박장대소했다. 그러자 그가 다시 덧붙였다.

"믿어지지 않나요? 만나보면 알 것 아닙니까! 인간성도 그만입니다. 작년에 어떤 환자가 찾아왔는데, 그 환자는 병이 난 것이 아니라 굶주려서 그런 거라며 지독한 '가난병'을 고치는 것이 급선무라고 했답니다. 무슨 말인지 궁금하시죠?"

좌중의 사람들이 근문괴의 말에 귀를 쫑긋 세웠다.

"엽천사는 환자를 배불리 먹여 집으로 돌려보내면서 땅이란 땅에는 모조리 감람橄欖나무를 심으라고 당부했답니다."

"감람나무를 심으라고 했다고? 왜 그랬을까?"

고항이 고개를 갸웃거렸다. 근문괴가 대답했다.

"그날부터 엽천사는 환자들의 모든 처방전에 '감람나무 묘목 한 그루'를 첨가했답니다. 그래서 가난한 농부의 집에는 감람나무 묘목을 사러 오는 사람들로 문지방이 닳았다고 합니다."

고항 등이 시간가는 줄 모르고 얘기를 나누고 있을 때였다. 갑자기 무대 위에서 생황소리가 울려 퍼지기 시작했다. 이어 포영강이 땀을 철철 흘리면서 안으로 들어왔다. 그리고는 고항을 비롯한 세 사람에게 예를 갖춰 인사했다.

"모든 준비가 끝났습니다. 자리로 드시죠."

고항은 포영강 등의 안내를 받으면서 상석에 자리를 잡았다. 이어 희색이 만면한 얼굴을 들고는 그에게 분부했다.

"설백 낭자와 위장생에게 재주껏 우리를 즐겁게 해주라고 이르게!"

포영강이 연신 대답을 하고 물러났다. 순간 배홍인과 근문괴가 아홍과 운벽에게 고항의 옆에 다가앉으라는 눈짓을 보냈다. 그런 다음 그들은 바로 옆 칸의 관좌官座로 건너갔다.

연극의 시작을 알리는 간단한 인사말과 함께 막이 올랐다. 관객들은 모두 일제히 숨을 죽였다. 그때 조용한 극장에 갑자기 생황 소리가 울려 퍼지면서 푸른색 평상복을 입은 도고道姑(여자 도사) 한 명이 불진拂塵(먼지떨이 비슷한 도구로, 불교에서는 번뇌를 털어내는 데 사용된다. 권위의 상징이기도 함)을 들고 사뿐사뿐 걸어 나왔다. 그리고는 선율에 맞춰 나지막이 창을 하기 시작했다.

인간이 혼처를 찾아 서두르는 건 세상에 음양陰陽이 있기 때문이라지. 그 흔한 혼약 한 번 못해 하늘더러 무정하다고 하소연하니 사십 평생에 새삼스럽게 혼약 타령이 어인 일이냐면서 되묻네…….

창은 처량하면서도 일말의 자조가 섞여 있었다. 듣는 이의 마음을 숙연하게 만들었다. 고항은 박수를 치면서 환호를 보냈다. 그러자 아래층 관람석에서도 떠나갈 듯한 박수갈채가 터져 나왔다. 그러나 여자 도사는 크게 감동하는 기색 없이 덤덤한 표정으로 먼지 털듯 불진을 흔들면서 계속 목청을 돋웠다. 그때 환호를 연발하는 고항의 입에 갑자기 껍질을 깐 바나나가 들어왔다. 옆자리에 앉아 시중을 들던 아홍의 앙큼한 짓이었다. 바람둥이 고항의 눈에 그것이 단순한 바나나로 보일 리가 만무했다. 고항은 기다렸다는 듯 치마를 입은 아홍의 허벅지 위에 손을 얹으면서 불타는 눈길을 보냈다. 그러자 이번에는 운벽이 귤 한 조각을 고항의 입안에 넣어주면서 소곤거렸다.

"저 도고가 누군지 아직 모르시겠습니까? 저 사람이 바로 위장생입니다. 생단정추生旦淨醜(연극에서 중요한 네 개 배역을 의미함) 못하는 게 없습니다!"

"그래?"

고항이 깜짝 놀라면서 무대 위의 위장생을 유심히 살펴봤다. 교묘하게 여장을 해 언뜻 보기에 미색이 뛰어난 도고로 보이는 그는 과연 조금 전 만났던 추남 위장생이었다. 고항은 그 사실이 도무지 믿어지지 않아 자신도 모르게 실소를 금치 못했다. 그는 두 계집이 번갈아 넣어주는 바나나와 귤을 날름날름 받아먹으면서 시선을 무대에 고정시켰다. 물론 마음은 벌써 다른 곳에 가 있었다. 때마침 고항은 위장생의 창 중에서 계집들을 희롱할 수 있는 대목을 찾아냈다. 급기야 이 계집 저 계집에게 안겨들 듯 번갈아 기대면서 나지막이 물었다.

"노새 타고 흔들흔들 시골길을 걷는다고 했어. 그렇게 하면 남자들의 그것이 벌떡벌떡 일어난다는 건 알고 있어?"

둘 다 천민 출신으로 사내의 애간장을 녹이는 데는 고수인 아홍과 운벽 두 여자는 마치 고항의 발정을 꼬드기기라도 하듯 연신 추파를 던졌다. 동시에 그에게 좀 더 바싹 들러붙었다. 그 사이 무대에서는 요염하게 치장한 설백의 유혹이 이어지고 있었다. 하지만 고항은 첫 대면에 그렇게도 정신을 잃고 쳐다보던 그녀에게조차 별로 관심을 가지지 않았다. 치마를 허벅지까지 걷어 올린 탕녀들의 성화에 완전히 눈이 돌아간 것이다. 급기야 그가 침을 석 자나 흘리면서 여자들의 사타구니로 들어갈 것처럼 파고들었다. 운벽이 그런 고항을 살며시 밀쳐냈다.

"국구 어르신, 급하게 먹으면 체하는 법이옵니다."

"내가 체하나 네가 체하나, 어디 나중에 보자꾸나."

고항은 운벽의 말에 비로소 자신이 지금 극장 안에 있다는 사실을 깨달았다. 재빨리 헛기침을 하며 자세를 고쳐 앉았다. 무대 위에서는 떠나갈 듯한 관객들의 박수갈채 속에서 위장생과 설백의 춤사위가 한창 대미를 장식하고 있었다. 막이 거의 내려질 무렵 배홍인과 근문괴가 먼저 자리에서 일어나면서 입을 열었다.

"국구 어르신, 오늘 대단히 즐거워하시는 것 같아 저희들도 기분이 좋습니다."

배홍인은 이어 포영강에게 분부를 내렸다.

"무대 뒤편에 손님 접대용 응접실이 있으니 국구 어르신을 그리로 모실까 하네. 우리는 한림원에서 내려온 편수編修를 만나보고, 복의 태감에게도 다녀와야 하니 이쪽은 잠깐 자네에게 부탁하네. 야식을 간단하게 준비해 드리고 우리가 늦어지면 국구 어르신의 잠자리까지 봐드리도록 하게."

고항이 배홍인의 말에 고개를 갸웃거리면서 물었다.

"한림원에서 누가 왔다고 하던가?"

배홍인이 즉각 대답했다.

"방금 막료로부터 전해들은 바에 의하면 두광내竇光鼐가 내려왔다고 합니다. 도서를 수집하는 일 때문에 남경으로 가는 길에 들렀다고 합니다. 성격이 까칠하고 괴팍한 사람이라 별로 만나고 싶은 생각이 없습니다만 기윤 공이 그의 학문을 높이 평가하시는지라 잠깐 얼굴을 비춰야 할 것 같습니다."

배홍인의 말에 고항이 주머니를 들춰 시계를 꺼내봤다. 막 미시未時가 끝나고 신시申時가 시작되는 시각이었다.

"아직 시간이 이렇게밖에 안 됐나? 밑에 내려가 마작麻雀이나 몇 판 돌리고 가세. 뭘 그리 서두르나! 나에게 보고 올리느라 늦었다고 하면 누가 감히 토를 달겠는가?"

고항이 싱글벙글 웃으면서 먼저 도박을 하자는 제의를 했다. 배홍인과 근문괴는 내심 쾌재를 불렀다. 그렇지 않아도 고항에게 부탁할 일이 있어 셋이 조용히 따로 만날 기회만 찾고 있었기 때문이었다. 둘은 부랴부랴 고항을 무대 뒤쪽의 응접실로 안내했다. 포영강에게는 먼저 물러가 있다가 부르면 마작을 챙겨 오라고 분부했다. 두 사람이 다소 상기된 표정으로 자리에 앉자 예상했던 대로 고항이 질문을 던졌다.

"아까 뭐라고 했었지? 양주에도 재정 적자가 있다고 했나? 정말 금시초문인데? 세상에 공짜는 없으니 오늘 이 자리가 만만찮을 거라는 각오는 했었네만 대체 어떤 사연이 있는지 말해보게나."

고항이 안락의자에 깊숙이 몸을 파묻고는 차를 홀짝이면서 묘한 표정으로 배흥인에게 물었다. 그러자 배흥인이 서글픈 얼굴을 한 채 하소연을 했다.

"국구 어르신께서는 재신財神이시니 어찌 소인들의 구질구질한 사정을 헤아리실 수 있겠습니까? 양주는 백성들은 부유하고 관리들은 가난한 마을입니다. 솔직히 몇 푼 안 되는 양렴은에 매달려 아등바등 살다 보니 어떨 때는 입고 있는 옷이라도 벗어 팔고 싶은 심정입니다. 게다가 엎친 데 덮친다고, 거물급 경관京官들이 이곳을 거쳐 양강, 복건, 강서로 왕래하니 저희 같은 미관말직이 어찌 차 한 잔이라도 대접하지 않을 수 있겠습니까? 불법인 줄 아오나 고은庫銀에서 조금씩 꺼내 썼다가 메우고 하지 않으면 참으로 버텨나가기가 힘든 실정입니다!"

근문괴도 기다렸다는 듯 사정을 했다.

"사정은 저 성문령도 마찬가지입니다. 솔직히 국구 어르신께서 당장 시찰을 가시겠다고 할까봐 걱정입니다. 병사들이 다 떨어진 군복을 입고 있으니 창피하기도 하고 병영도 언제 허물어질지 몰라 불안하기만 합니다!"

고항이 한 손으로 턱을 고인 채 고개를 끄덕였다. 이어 생각에 잠기더니 다시 입을 열었다.

"자네들의 말이 거짓이 아닌 줄은 아네. 다른 지방관들 중에서도 비슷한 어려움을 호소하는 이들이 많네. 그래, 자네들은 당면한 난관을 헤쳐 나가는 데 얼마나 필요할 것 같은가?"

배흥인이 누런 앞니를 드러내면서 대답했다.

"감히 터무니없이 많이 요구할 수는 없습니다. 국구 어르신께서 양주 지역의 올해 염세鹽稅 수입을 저희에게 양도하시면 약 삼십 만 냥쯤 되지 않을까 합니다. 전도 대인께서 내려오시면 붙잡고 통사정을 해볼 작정입니다. 아마 적자를 메우는 데는 무리가 없을 듯합니다."

배흥인이 말을 마치고는 방금 깎은 배를 고항에게 건넸다. 배를 받아 쟁반에 내려놓는 고항의 얼굴에는 난감한 기색이 떠올랐다.

"염세는 아무도 손댈 수 없는 엄연한 국세이네. 그러지 않아도 호부에서 몇 번 조사하러 내려왔었네. 다행히 전도가 나하고 막역한 사이라 내 허물을 덮어줬으니 망정이지 나도 사실은 위태롭다네. 유통훈 부자가 두 눈을 시퍼렇게 뜨고 나를 감시하고 있어. 지난번 남경에서 날아온 서찰을 읽고 깜짝 놀랐지 뭔가. 유통훈이 벌써 무슨 냄새를 맡았는지 나와 전도가 구리를 운반한 사실에 대해 김홍에게 꼬치꼬치 캐물었다고 하더라고. 더운밥 먹고 눈 밖에 날 짓만 하고 다니니 이러다 큰 코 다치는 날이 있을 테지! 솔직히 그 구리는 태후마마께 동불銅佛을 주조해드리기 위해 원명원으로 운송한 것이네. 그러니 아무리 뒷조사를 해도 두려울 건 없네!"

고항은 침을 사방으로 튕기면서 장광설을 늘어놓았다. 그러다 문득 얘기가 엉뚱한 곳으로 흘러가고 있다는 사실을 깨달았다. 급히 입을 다문 그는 다시 머리를 굴렸다. 순간 한 가지 묘안이 떠올랐다. 급기야 손으로 무릎을 치면서 말을 이었다.

"그리 하세. 양주의 올해 염세 수입을 내주고 그곳 부두를 왕래하는 염선鹽船들이 과주도瓜洲渡 염운사鹽運司에 바치는 세금의 일 할도 양보하라고 할 걸세. 그리하면 얼추 계산해도 백만 냥은 될 것 같네!"

100만 냥이라고? 호기롭게 30만 냥을 불렀던 두 사람은 잠시 자신들의 귀를 의심했다. 이제 그들은 고항이 파놓은 덫에 보기 좋게 걸려들었다.

고항은 앞서 구리를 놋그릇 제조상들에게 팔아 막대한 이익을 챙기려 한 바 있었다. 그런데 그 일이 여의치 않게 됐다. 그러자 바로 선수를 쳤다. 약삭빠르게 '짧은 소견'으로 인해 본의 아니게 물의를 빚게 된 점을 운운하면서 먼저 죄를 청하는 상주문을 올린 것이다. 그는 상주문에서 결코 검은 돈에 현혹돼 법을 어길 생각은 없었다고 주장했다. 나아가 정녕 태후마마에게 충성을 다하기 위한 마음뿐이었노라고 끝까지 강조했다. 그렇게 해서 그는 일단 유통훈이 건청문乾淸門(황제가 정무를 보는 자금성 건청궁의 정문)에 머리를 박고 죽으면 죽었지 그 문제로 자신을 괴롭히지 못하게끔 만들었다. 그러나 염무鹽務에 재정 누수가 존재하는 것은 엄연한 사실이었다. 게다가 대부분의 진실을 알고 있는 유통훈이 끝까지 가만히 있을 리 만무했다. 고항으로서는 후환이 두려워 발을 편히 뻗고 잠을 잘 수가 없었다. 그나마 다행히 지난해에는 부세 감면 정책 덕분에 한숨 돌릴 수가 있었다. 소금을 염상鹽商들에게 넘겨 챙긴 차익으로 어느 정도 급한 불을 끈 것이다. 그럼에도 아직 40만 냥의 적자가 남아 있었다. 당연히 염무 역시 엉망진창이었다. 이런 상황에서 배홍인과 근문괴 둘을 끌어들이는 것은 절묘한 계책이 될 수 있었다. 둘에게 염무에 혼란을 야기했다는 덤터기를 씌우면 딱 좋았던 것이다. 한마디로 둘에게는 인심을 쓰는 척하면서 사실은 교묘하게 자신의 책임을 배홍인과 근문괴에게 떠넘기자는 것이 그의 전략이었다.

'이 두 바보가 스스로 섶을 지고 불구덩이에 뛰어들려고 하다니, 이게 웬 떡이냐!'

고항은 너무나 기뻐서 괴성이라도 지르고 싶었다. 그러나 가슴이 터질 듯한 흥분을 애써 가라앉히면서 조용히 말했다.

"너무 좋아하지는 말게. 자네들이 숨넘어가는 게 당연할 정도로 백만 냥은 결코 만만한 액수가 아니네. 이 돈은 원래 어가를 영접할 때 요긴하게 쓰려고 했는데 자네들의 사정이 하도 딱해서 먼저 내주는 거네. 다만 거래는 거래이니, 자네들은 백만 냥을 쓰고 백이십 만 냥짜리 영수증을 끊어줘야겠네. 나도 아직 메워야 할 구멍이 남아 있는 사람이니 어쩔 수가 없구먼!"

"그럼요, 그 정도는 해 드려야죠! 말씀 안 하셔도 그리 하려고 생각했었습니다!"

배흥인과 근문괴 두 사람은 마치 세상을 다 가진 듯 좋아서 펄쩍 뛰면서 감격했다. 동시에 약속이나 한 듯 손을 모으며 고마움을 표했다.

"국구 어르신께서는 실로 양주 지부의 큰 은인이십니다. 양주 백성들도 그 은혜를 입게 됐으니 얼마나 다행입니까!"

"자네들이 나를 상전으로 깍듯이 모시니 나도 당연히 의리를 지켜야 할 게 아닌가?"

고항이 의미심장한 미소를 지으면서 배흥인과 근문괴 두 사람을 천천히 바라봤다. 두 사람은 연신 변함없는 충성을 맹세하면서 일어나 물러가려는 자세를 취했다. 고항이 무슨 소리냐는 듯 황급히 둘을 붙잡았다.

"어째 그리 서두르나. 조금 더 놀다 저녁도 먹고 가지. 나도 두광내를 알고 있네. 재주는 없지 않으나 됨됨이가 너무 각박하고 고집불통이라서 같이 있으면 숨이 막힐 것이네. 지금 도서징집사의 하정운이 재롱을 떨고 있을 게 분명하니 자네들은 늦게 갔다가 빨리 일어서도록 하게. 공무에 매달려 다람쥐 쳇바퀴 돌 듯 바쁘다는 인상을 심어줘야 좋아하는 사람이거든!"

배홍인과 근문괴는 고항의 권유에 못 이기는 척하면서 도로 자리에 눌러 앉았다. 이어 눈치 빠른 사람들답게 고항의 기분을 살살 맞춰주면서 마작 패를 몇 판 돌렸다. 이어 아홍, 운벽과 설백을 불러왔다. 그리고는 슬그머니 자리를 피해버렸다.

고항은 미모의 세 여인을 옆에 두고 마작이나 하고 있을 위인이 결코 아니었다. 아나나 다를까! 이 여자, 저 여자를 집적거리면서 한바탕 음담패설을 늘어놓기 시작했다. 그리고는 급기야 옷을 홀딱 벗어던지고는 세 여자와 함께 난잡한 혼음混淫의 축제 속으로 빠져 들어갔다.

〈9권에 계속〉